SHARPE
em Trafalgar

OBRAS DO AUTOR PUBLICADAS PELA EDITORA RECORD

1356
Azincourt
O condenado
Stonehenge
O forte

Trilogia As Crônicas de Artur

O rei do inverno
O inimigo de Deus
Excalibur

Trilogia A Busca do Graal

O arqueiro
O andarilho
O herege

Série As Aventuras de um Soldado nas Guerras Napoleônicas

O tigre de Sharpe (Índia, 1799)
O triunfo de Sharpe (Índia, setembro de 1803)
A fortaleza de Sharpe (Índia, dezembro de 1803)
Sharpe em Trafalgar (Espanha, 1805)
A presa de Sharpe (Dinamarca, 1807)
Os fuzileiros de Sharpe (Espanha, janeiro de 1809)
A devastação de Sharpe (Portugal, maio de 1809)
A águia de Sharpe (Espanha, julho de 1809)
O ouro de Sharpe (Portugal, agosto de 1810)
A fuga de Sharpe (Portugal, setembro de 1810)
A fúria de Sharpe (Espanha, março de 1811)
A batalha de Sharpe (Espanha, maio de 1811)

Série Crônicas Saxônicas
O último reino
O cavaleiro da morte
Os senhores do norte
A canção da espada
Terra em chamas
Morte dos reis
O guerreiro pagão
O trono vazio
Guerreiros da tempestade

Série As Crônicas de Starbuck
Rebelde
Traidor

BERNARD CORNWELL

SHARPE
em Trafalgar

Tradução de
SYLVIO GONÇALVES

7ª edição

EDITORA RECORD
RIO DE JANEIRO • SÃO PAULO

2016

CIP-Brasil. Catalogação na fonte
Sindicato Nacional dos Editores de Livros, RJ.

C834s Cornwell, Bernard, 1944-
7ª ed. Sharpe em Trafalgar / Bernard Cornwell; tradução de Sylvio Gonçalves. – 7ª ed. – Rio de Janeiro: Record, 2016.
– (As Aventuras de um Soldado nas Guerras Napoleônicas)

Tradução de: Sharpe's Trafalgar
Sequência de: A fortaleza de Sharpe
Continua: A presa de Sharpe
ISBN 978-85-01-07051-7

1. Trafalgar, Batalha de, 1805 – Ficção. 2. Guerras napoleônicas – 1800-1815 – Ficção. 3. Grã-Bretanha – História militar – Século XIX – Ficção. 4. Ficção inglesa. I. Gonçalves, Sylvio. II. Título. III. Série.

05-3761
CDD – 823
CDU – 821.111-3

Título original inglês:
SHARPE'S TRAFALGAR

VOLUME IV: SHARPE'S TRAFALGAR
Copyright © Bernard Cornwell, 2000

Todos os direitos reservados. Proibida a reprodução, no todo ou em parte, através de quaisquer meios.

Texto revisado segundo o novo Acordo Ortográfico da Língua Portuguesa.

Direitos exclusivos de publicação em língua portuguesa somente para o Brasil adquiridos pela
EDITORA RECORD LTDA.
Rua Argentina, 171 – Rio de Janeiro, RJ – 20921-380 – Tel.: (21) 2585-2000, que se reserva a propriedade literária desta tradução.

Impresso no Brasil

ISBN 978-85-01-07051-7

Seja um leitor preferencial Record.
Cadastre-se no site www.record.com.br e receba informações sobre nossos lançamentos e nossas promoções.

Atendimento e venda direta ao leitor:
mdireto@record.com.br ou (21) 2585-2002

Sharpe em Trafalgar *é para*
Wanda Pan, Anne Knowles, Janet Eastham, Elinor
e Rosemary Davenhill e Maureen Shettle.

Comprimento da coberta dos canhões inferior – 54m
Comprimento de quilha para tonelagem – 45m
Boca máxima – 14,83m
Calado – 5,27m
Carga em toneladas – 1864 $^{48}/_{94}$

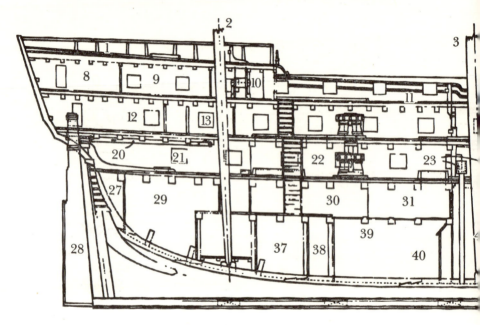

1 - Castelo de popa
2 - Mastro da mezena
3 - Mastro grande
4 - Meia-nau
5 - Sino de bordo
6 - Castelo de proa
7 - Mastro de vante
8 - Cabine do comandante
9 - Câmara de jantar do comandante
10 - Roda do leme
11 - Tombadilho
12 - Praça-d'armas
13 - Camarote de terceira classe
14 - Coberta de canhões superior
15 - Cabrestante
16 - Forno da cozinha
17 - Enfermaria
18 - Cabine do tombadilho
19 - Gurupés
20 - Cana do leme
21 - Alojamento dos oficiais subalternos
22 - Cabrestante principal
23 - Tanques de lastro
24 - Coberta dos canhões inferior

Navio de terceira classe de 74 canhões

Artilharia:
Coberta dos canhões inferior – 28 canhões de 32lb
Coberta dos canhões superior – 30 canhões de 24lb
Tombadilho – 12 canhões de 9lb
Castelo de proa – 4 canhões de 9lb

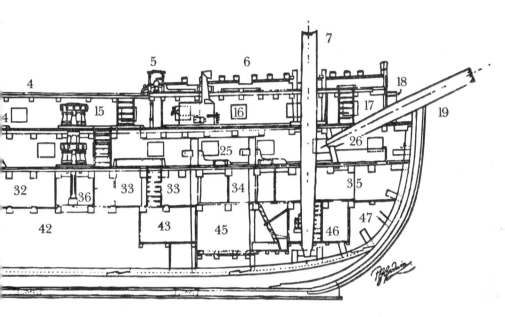

25 - Cabeço de bordo
26 - Manjedoura
27 - Almeida do leme
28 - Leme
29 - Depósito de pão e biscoitos
30 - Poço de ré
31 - Coberta inferior
32 - Paiol das velas
    (paiol de espias de amarração a cada bordo)
33 - Poço de vante
34 - Passagem de munição – depósito
35 - Depósito dos canhoneiros
36 - Sala do cabrestante
37 - Depósito de aguardente
38 - Depósito de peixes
39 - Porão de ré
40 - Paiol de munição
41 - Poço da bomba de água de olmo
42 - Porão de vante
43 - Depósito e buraco de carvão
44 - Paiol de munição
45 - Paiol grande e sala de suprimentos
46 - Câmara iluminada
47 - Pique de vante

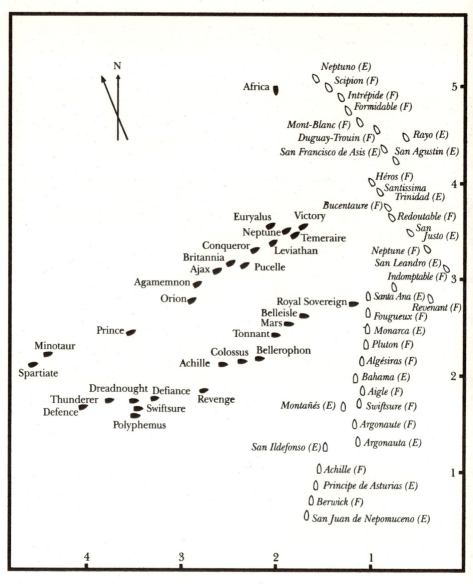

Batalha de Trafalgar, 21 de outubro de 1805. As esquadras aproximam-se da batalha.

CAPÍTULO I

— Cento e quinze rupias — disse o alferes Richard Sharpe, contando o dinheiro na mesa.

Nana Rao estalou a língua em sinal de desaprovação, correu algumas contas pelas barras de arame do ábaco e fez que não com a cabeça.

— Cento e trinta e oito rupias, *sahib*.

— Cento e quinze malditas rupias! — insistiu Sharpe. — Foram quatorze libras, sete xelins, uma moeda de três pence e uma de um centavo.

Nana Rao olhou seu cliente dos pés à cabeça, avaliando se valia a pena prosseguir a discussão. Viu um oficial jovem, um mero alferes sem importância. Mas este inglês sem berço tinha uma expressão severa, uma cicatriz na face direita e não demonstrava o menor nervosismo diante dos dois guarda-costas imensos que protegiam Nana Rao e seu depósito.

— Cento e quinze rupias, como você disse — concedeu o mercador, varrendo as moedas para um cofre preto. Deu de ombros num pedido de desculpas. — Estou ficando velho, *sahib*. Acho que desaprendi a contar!

— Você sabe contar, sim — disse Sharpe. — Mas acha que eu não sei.

— Mas ficará muito satisfeito com as suas aquisições, *sahib* — disse Nana Rao, pois Sharpe acabara de se tornar o proprietário de uma maca, dois cobertores, um baú de viagem feito de madeira de teca, uma lanterna e uma caixa de velas, um tonel de araca, um balde de madeira, uma caixa de sabão, outra de tabaco, e um filtro de latão e carvão que, segundo Rao, transformava a água carregada de resíduos insalubres que ficava estocada em tonéis no porão do navio em líquido mais palatável e cristalino.

Nana Rao demonstrara o filtro que, ainda segundo ele, fora trazido de Londres como parte da bagagem de um diretor da Companhia das Índias Orientais que fazia questão de usar apenas os melhores equipamentos.

— Você coloca a água aqui, está vendo? — O mercador vertera meio litro de água turva na câmara de latão que ficava na parte superior do aparelho. — Então, Sr. Sharpe, deixe a água assentar. Em cinco minutos ficará clara como vidro. Está vendo? — Ele levantou a câmara superior para mostrar água gotejando das camadas de musselina compactadas. — Sr. Sharpe, limpei pessoalmente o filtro e posso garantir a eficácia do dispositivo. Seria lamentável que morresse de obstrução intestinal causada por lama só porque não comprou este aparelho.

Então Sharpe comprara o filtro. Contudo, recusara-se a adquirir cadeira, estante, sofá ou lavatório: peças de mobílias que tinham sido usadas por passageiros de Londres para Bombaim, mas pagara pelo filtro e por todos os outros utensílios para que sua viagem não fosse um desconforto excruciante. Os passageiros do grande navio mercante da Companhia das Índias Orientais deviam suprir sua própria mobília.

— Senão, você teria de dormir no convés, *sahib*. Muito duro, muito duro mesmo! — dissera, rindo, Nana Rao.

Rao era um homem gorducho e aparentemente amistoso com um grande bigode preto e sorriso fácil. Sua atividade comercial consistia em comprar mobílias de passageiros que chegavam e em seguida vendê-las às pessoas que estavam retornando para casa.

— Terá de deixar as mercadorias aqui — disse Rao a Sharpe. — No dia do embarque meu primo irá entregá-las em seu navio. Qual é o navio?

— O *Calliope* — respondeu Sharpe.

— Ah! O *Calliope*! Comandante Cromwell. Ai de mim, o *Calliope* está fundeado ao largo, de modo que as mercadorias deverão ser levadas de barco, mas o meu primo cobra muito pouco por esse serviço, Sr. Sharpe, realmente muito pouco. E quando chegar a Londres, poderá vender todos os artigos com um belo lucro!

O que poderia, ou mais provavelmente, não poderia ser verdade. Contudo, isso se tornou irrelevante quando naquela mesma noite, apenas dois dias antes da data do embarque de Sharpe, o depósito de Nana Rao foi completamente incendiado e todos os artigos — camas, estantes, lanternas, filtros de água, cobertores, caixas, mesas e cadeiras, araca, sabão, tabaco, conhaque e vinho — foram supostamente consumidos junto com o estabelecimento. De manhã não restava nada além de cinzas, fumaça e um grupo de amigos de Nana Rao, lamentando a morte presumida do gentil mercador no incêndio. Felizmente, havia outro depósito a menos de trezentos metros das ruínas da empresa de Nana Rao, um depósito igualmente bem suprido com tudo que era necessário para a viagem. Esse segundo depósito obteve um bom lucro quando passageiros decepcionados readquiriram os bens que tinham perdido pagando quase o dobro dos preços cobrados originalmente por Nana Rao.

Richard Sharpe não comprou nada no segundo depósito. Estava em Bombaim havia cinco meses. Durante a maior parte desse tempo estivera suando e tremendo no castelo-hospital, mas depois que a febre passara, e enquanto ainda aguardava a chegada do comboio anual da Grã-Bretanha com o navio que iria conduzi-lo para casa, ele explorara a cidade, desde as casas ricas nas colinas Malabar até os becos pestilentos no cais. Ele encontrara companhia nos becos, e fora um desses conhecidos que, em troca de um guinéu de ouro, deu a informação que Sharpe julgou valer muito mais. Valia, mais precisamente, 115 rupias, e foi por esse motivo que, ao cair do sol, Sharpe estava em outro beco nos arrabaldes orientais da cidade. Estava de farda, embora tivesse se coberto com um manto feito de pano de saco barato impregnado com lama e sujeira. Andava capengando e arrastando os pés, corpo curvado e uma das mãos estendida à frente, como um pedinte. Murmurava para si mesmo e se contorcia, e algumas vezes virava-se e rosnava, sem motivo aparente, para alguma pobre alma. E dessa forma passava absolutamente despercebido.

Encontrou a casa que queria e se acocorou diante de uma parede. Um grupo de mendigos, alguns horrivelmente aleijados, estava reunido ao lado do portão junto com quase uma centena de peticionários que aguardavam que o proprietário da casa, um rico mercador, retornasse de seu endereço comercial. O mercador chegou logo depois do anoitecer, numa liteira fechada com cortinas carregada por oito homens, enquanto mais uma dúzia de guarda-costas usavam cajados compridos para enxotar os mendigos para fora do caminho. Porém, quando a liteira do mercador estava segura dentro do pátio, os portões foram deixados abertos para que os peticionários e mendigos também entrassem. Os mendigos — Sharpe entre eles — foram empurrados para um lado do pátio enquanto os peticionários reuniram-se no sopé dos degraus amplos que subiam até a porta da casa. Lanternas pendiam de coqueiros que se arqueavam sobre o pátio, enquanto de dentro da casa grandes chamas de velas reluziam por trás de cortinas finas. Sharpe aproximou-se o máximo possível da casa, mantendo-se à sombra dos troncos dos coqueiros. Por baixo do manto ensebado ele estava com seu sabre de cavalaria e uma pistola carregada, embora esperasse não ter de usar nenhuma das armas.

O mercador, que se chamava Panjit, manteve os peticionários e mendigos esperando até acabar de jantar. Finalmente a porta da casa foi aberta e Panjit, deslumbrante numa túnica comprida de seda amarela com brocados, apareceu no alto da escadaria. Os peticionários entoaram suas súplicas enquanto os mendigos avançaram o suficiente para serem tocados para trás pelos cajados dos guarda-costas. O mercador sorriu e tocou um sininho para atrair a atenção para um deus pintado em cores berrantes que estava num nicho na parede do pátio. Panjit fez uma mesura para o deus, e então, em resposta às preces de Sharpe, um segundo homem, este vestido numa túnica de seda vermelha, emergiu da porta da casa.

Esse segundo homem era Nana Rao. Trazia no rosto um sorriso largo, e conforme o guinéu de Sharpe descobrira, não fora nem um pouco afetado pelo fogo. Era primo em primeiro grau de Panjit, o dono do outro armazém que lucrara tanto ao atender as pessoas cujas compras supostamente tinham sido perdidas no incêndio calamitoso de Nana Rao. Havia sido um golpe para permitir aos primos venderem os mesmos artigos duas vezes. E agora que tinham os cofres repletos de lucros multiplicados, eles iriam escolher a quais homens conferir o trabalho lucrativo de conduzir os passageiros e seus pertences até os grandes navios no ancoradouro. Os homens escolhidos teriam de pagar pelo privilégio, desta forma enriquecendo ainda mais Panjit e Nana Rao, e os dois primos, cientes de sua boa sorte, planejavam agradar aos deuses distribuindo algumas moedas para os mendigos. Sharpe esperava alcançar Nana Rao disfarçado de peticionário e então despir o manto sujo e obrigá-lo a devolver seu dinheiro. Os guarda-costas de aparência competente no sopé da escadaria davam a entender que o plano talvez não se desenrolasse com a facilidade prevista, mas Sharpe presumiu que Nana Rao não gostaria de ver seu plano revelado e se prontificaria a ressarci-lo.

Sharpe agora estava perto da casa. Notou que a liteira vazia foi levada até uma passagem estreita e escura que corria ao longo da casa, evidentemente dando acesso a um pátio nos fundos. Agora estava pensando em seguir pela passagem e voltar por dentro da casa para abordar Nana Rao pelas costas, mas todos os mendigos que se aventuravam até perto da passagem eram rechaçados pelos guarda-costas. Os peticionários estavam recebendo permissão para subir a escadaria em pequenos grupos, mas os mendigos teriam de esperar até o término da transação principal daquela noite.

Sharpe suspeitou de que aquela seria uma longa noite, mas não se importava em esperar com o manto cobrindo-lhe o rosto. Acocorou-se contra a parede, esperando por uma oportunidade de investir pela passagem ao lado da casa, mas então um criado que estivera guardando o portão externo abriu caminho através da multidão e sussurrou alguma coisa no ouvido de Panjit. Por um segundo, o mercador pareceu alarmado e um silêncio desceu sobre o pátio, mas então ele sussurrou algo a Nana Rao, que simplesmente deu de ombros. Panjit bateu palmas e gritou para os guarda-costas, que energicamente empurraram os peticionários para trás de modo a abrir uma passagem entre o portão e a escadaria. Estava claro que alguém vinha chegando à casa. Apreensivo com a visita, Nana Rao recuou para as sombras da varanda.

Agora o caminho estava aberto para Sharpe seguir pela passagem ao lado da casa, mas a curiosidade o manteve no mesmo lugar. Do beco veio uma comoção que lembrou a Sharpe a algazarra que acompanhava um pelotão de policiais marchando pelas ruas pobres de Londres. O portão externo foi aberto completamente e o que Sharpe viu deixou-o boquiaberto.

Um grupo de marinheiros britânicos parou no portão, tendo à frente um comandante da Marinha, imaculado em chapéu tricorne, casaco azul, calças de seda, sapatos com fivelas de prata e espada fina. A luz da lanterna refletia-se nas barras de ouro de suas dragonas gêmeas. O comandante tirou o chapéu, revelando densos cabelos louros, sorriu e fez uma reverência.

— Tenho a honra de vir à casa de Panjit Lashti? — perguntou o comandante.

Panjit meneou a cabeça com cautela.

— Esta é a casa — disse ele em inglês.

O comandante repôs seu chapéu tricorne e anunciou num tom amistoso, carregado com sotaque de Devonshire:

— Vim buscar Nana Rao.

— Ele não está aqui — respondeu Panjit.

O comandante olhou para a figura envolta numa túnica vermelha, à sombra da varanda.

— Tudo bem, eu me contento com o seu fantasma.

— Já respondi ao senhor — disse Panjit, o tom de desafio deixando sua voz zangada. — Ele não está aqui. Ele está morto.

O comandante sorriu.

— Meu nome é Chase — disse com polidez. — Comandante Joel Chase da Marinha de Sua Majestade Britânica, e ficarei imensamente satisfeito se Nana Rao vier comigo.

— O corpo de Nana Rao foi cremado — declarou Panjit. — Suas cinzas foram jogadas no rio. Por que não vai procurá-lo lá?

— Nana Rao não está mais morto do que você ou eu — disse Chase e então fez um gesto para seus homens, instruindo-os a caminhar à frente. Ele trouxera uma dúzia de marinheiros, todos vestidos em calças brancas, camisas de listras vermelhas e brancas e chapéus de palha endurecidos com piche e envolvidos por laços vermelhos e brancos. Usavam rabos de cavalo compridos e carregavam cajados grossos que Sharpe presumiu que fossem barras de cabrestante. Seu líder era um homem imenso com antebraços cobertos por tatuagens. Ao lado dele estava um negro, igualmente alto, que empunhava sua barra com a facilidade de quem empunha um cabo de vassoura. — Nana Rao, você me deve dinheiro — disse Chase, parando de fingir que o mercador estava morto. — Vim coletar essa dívida.

— Qual é a sua autoridade para estar aqui? — inquiriu Panjit. A turba, que em sua maioria não entendia inglês, observava nervosamente os marinheiros, mas os guarda-costas de Panjit, que superavam em número os homens de Chase e estavam igualmente bem armados, pareciam ansiosos para serem lançados contra os marujos.

— Minha autoridade é a minha bolsa vazia — disse Chase, pomposo. Ele sorriu. — O senhor decerto não deseja que eu faça uso da força.

— Faça uso de quanta força quiser, comandante Chase — respondeu Panjit com a mesma pompa. — Mas se fizer, eu o terei diante de um magistrado ao amanhecer.

— Comparecerei ao tribunal com a maior satisfação, contanto que Nana Rao esteja ao meu lado.

Panjit balançou as mãos como se estivesse enxotando Chase e seus homens de seu pátio.

— O senhor irá se retirar, comandante. Sairá da minha casa agora.

— Acho que não.

— Vá! Ou convocarei autoridades! — insistiu Panjit.

Chase virou-se para o imenso homem tatuado.

— Nana Rao é o sodomita de bigode e túnica de seda vermelha, mestre. Pegue-o.

Os marinheiros britânicos avançaram, saboreando a oportunidade de uma escaramuça, mas os guarda-costas de Panjit estavam igualmente animados. Os dois grupos encontraram-se no centro do pátio num choque de cajados, crânios e punhos. No começo pareceu que os marujos venceriam, porque haviam atacado com tamanha ferocidade que os guarda-costas recuaram para o sopé da escadaria. Contudo, os homens de Panjit eram mais numerosos e acostumados a lutar com cajados compridos. Eles investiram para a escadaria e usaram seus cajados para atingir as pernas dos marinheiros e desequilibrá-los; um a um, os homens de rabo de cavalo foram derrubados e dominados. Os últimos a cair foram o mestre e o negro. Eles tentaram proteger seu comandante, que estava usando seus punhos com destreza, mas os marujos britânicos tinham subestimado terrivelmente a oposição e portanto estavam condenados à derrota.

Sharpe caminhou de lado em direção à escadaria, abrindo caminho entre os mendigos. A multidão vaiava os marujos britânicos derrotados, Panjit e Nana Rao riam, enquanto os peticionários, animados pelo sucesso dos guarda-costas, competiam entre si por uma chance de chutar os homens caídos. Alguns dos guarda-costas estavam usando os chapéus dos marinheiros enquanto outro se pavoneava triunfante com o tricorne na cabeça. O comandante foi feito prisioneiro, braços imobilizados por dois homens.

Um dos guarda-costas permanecera com Panjit e viu Sharpe aproximar-se da escadaria. O guarda-costas desceu depressa, ordenando que Sharpe recuasse. Quando o mendigo não obedeceu, o guarda-costas tentou acertá-lo com um chute. Sharpe agarrou o pé do homem e o puxou para cima; ele caiu de costas e bateu a cabeça no degrau inferior com um baque que passou despercebido em meio à celebração ruidosa da derrota britânica. Aos gritos, Panjit pedia silêncio, mãos levantadas. Nana Rao estava morrendo de rir, ombros subindo e descendo ao sabor das gargalhadas, enquanto Sharpe mantinha-se à sombra dos arbustos na lateral da escadaria.

Os guarda-costas vitoriosos empurraram os peticionários e mendigos para longe dos marujos feridos e ensanguentados que, desarmados, podiam apenas observar seu comandante ser empurrado humilhantemente para a base da escadaria. Panjit balançou a cabeça, fingindo tristeza.

— O que vou fazer com o senhor, comandante?

Chase debateu-se até conseguir soltar as mãos. Seus cabelos claros estavam escurecidos pelo sangue que escorria por sua face, mas ele mantinha-se desafiador.

— Sugiro que me entregue Nana Rao e rogue ao deus de sua preferência para que eu não o leve aos magistrados.

— Será o senhor, comandante, quem irá a julgamento — disse Panjit. — E que tal isso parecerá? O comandante Chase da Marinha de Sua Majestade Britânica, condenado por invadir uma casa particular e ali brigar como um bêbado? Creio, comandante Chase, que o senhor e eu precisamos discutir melhor em que termos podemos concordar para evitar esse destino. — Panjit esperou, mas Chase nada disse. Ele estava alquebrado. Panjit olhou para o guarda-costas que estava com o chapéu de Chase e ordenou ao homem que o devolvesse. Sorrindo, acrescentou:

— Comandante, não quero um escândalo mais do que o senhor, mas sobreviverei a qualquer escândalo que for iniciado por este caso lamentável, ao passo que o senhor não sobreviverá. Assim, creio que é melhor que o senhor me faça uma oferta.

Um clique alto interrompeu Panjit. Não foi simplesmente um clique, mas uma fricção metálica que terminou no som sólido de uma pistola sendo engatilhada. Panjit virou-se para ver que um oficial britânico de casaca vermelha com cabelos negros e rosto marcado por uma cicatriz estava parado de pé ao lado de seu primo, encostando uma boca de pistola na têmpora de Nana Rao.

Os guarda-costas olharam para Panjit, perceberam sua incerteza, e alguns deles levantaram os cajados e avançaram para a escadaria, mas Sharpe segurou os cabelos de Nana Rao com a mão esquerda e chutou-o atrás dos joelhos, fazendo com que o mercador caísse com um grito de dor e surpresa. A brutalidade repentina e a evidente disposição de Sharpe para apertar o gatilho contiveram os guarda-costas. Sharpe disse a Panjit:

— Acho melhor você me fazer uma oferta, porque este seu primo morto me deve quatorze libras, sete xelins, uma moeda de três pence e uma de um centavo.

— Largue a pistola — disse Panjit com um gesto para que seus guarda-costas se afastassem. Ele estava nervoso. Lidar com um comandante da Marinha de modos bem-educados e evidentemente um cavalheiro era uma coisa. Mas o alferes de casaca vermelha parecia ensandecido, e a boca da pistola estava afundando tanto na têmpora de Nana Rao que o comerciante gemeu de dor. — Apenas largue a pistola — repetiu Panjit em tom apaziguador.

— Acha que sou idiota? — rosnou Sharpe. — Além disso, os magistrados não poderão fazer nada comigo se eu matar seu primo. Ele já está morto! Você mesmo disse isso. Ele não é nada além de cinzas no rio. — Sharpe torceu os cabelos de Nana Rao, fazendo o homem ajoelhado arfar. — Quatorze libras, sete xelins, três pence e um centavo.

— Eu pago! — arfou Nana Rao.

— E o comandante Chase também quer seu dinheiro — disse Sharpe.

— Duzentos e dezesseis guinéus! — disse Chase, retirando o chapéu. — Embora eu ache que merecemos um pouco mais por termos produzido o milagre de trazer Nana Rao de volta à vida!

Panjit não era nenhum bobo. Ele olhou para os marujos de Chase, que estavam levantando suas barras e se preparando para continuar a luta.

— Sem magistrados? — indagou a Sharpe.

— Odeio magistrados — disse Sharpe.

O rosto de Panjit traiu um leve sorriso.

— Se o senhor largar os cabelos do meu primo, poderemos conversar sobre negócios — sugeriu ele.

Sharpe largou Nana Rao, abaixou a pederneira da pistola e recuou. Permaneceu parado por um instante, em posição de sentido.

— Alferes Sharpe, senhor — apresentou-se a Chase.

— Você não é um alferes, e sim um anjo caído do céu.

Chase galgou os degraus da escadaria e estendeu a mão direita. Apesar do sangue em seu rosto, era um homem de boa aparência com uma confiança e uma cordialidade que pareciam provir de um caráter digno e feliz.

— Você é o *deus ex machina*, alferes, tão bem-vindo quanto uma prostituta na coberta dos canhões ou uma brisa na zona de calmaria tropical. — Ele falava alegremente, mas isso se devia ao fervor de seus agradecimentos e, em vez de apertar a mão de Sharpe, ele o abraçou. — Obrigado — sussurrou e então recuou um passo. — Hopper!

— Senhor? — O mestre enorme de braços tatuados, que estivera derrubando inimigos a torto e a direito antes de ser sobrepujado, deu um passo à frente.

— Desobstrua o convés, Hopper. Nossos inimigos desejam discutir os termos de rendição.

— Sim, senhor.

— E, Hopper, este é o alferes Sharpe, e ele deve ser tratado como o mais honrado amigo.

— Sim, senhor — disse Hopper, sorrindo.

— Hopper comanda a tripulação de minha embarcação miúda — explicou Chase a Sharpe. — E aqueles cavalheiros espancados ali são os remadores dele. Esta noite não ficará como uma de nossas maiores vitórias, cavalheiros — Chase agora dirige-se aos seus homens feridos e ensanguentados —, mas não obstante foi uma vitória, e lhes devo meus mais profundos agradecimentos.

O pátio foi limpo, cadeiras trazidas da casa, e os termos discutidos.

Foi um guinéu muitíssimo bem gasto, pensou Sharpe.

— Sabe, até gostei dos sujeitos — comentou Chase.

— Panjit e Nana Rao? Eles são vigaristas — sentenciou Sharpe. — Também gostei deles.

— Aceitaram sua derrota como cavalheiros!

— Não perderam muito, senhor. Devem ter feito uma fortuna com aquele incêndio.

— O golpe mais velho do mundo — definiu o comandante Chase. — Tinha um camarada lá na Isle of Dogs que alegava que ladrões tinham levado tudo de seu depósito de velas uma noite antes da partida de alguma nau estrangeira, e as vítimas sempre caíam como patinhos. — Chase soltou uma risadinha, mas Sharpe não disse nada. Conhecera o homem mencionado por Chase e até o ajudara a limpar o depósito certa noite, mas achou por bem ficar calado. — Mas você e eu estamos bem, descontando um ou outro arranhão ou hematoma, e é isso que importa, não é, Sharpe?

— Estamos bem, senhor — concordou Sharpe. Os dois homens, seguidos pela tripulação da embarcação, estavam voltando pelos becos pungentes de Bombaim e ambos carregavam dinheiro. Chase originalmente contratara Rao para suprir seu navio com rum, conhaque, vinho e tabaco, e agora, em vez dos 216 guinéus que pagara ao mercador, estava carregando trezentos, enquanto Sharpe tinha duzentas rupias, de modo que Sharpe julgava que, no fim das contas, aquela tinha sido uma boa noite de trabalho, especialmente porque Panjit lhe prometera os bens que comprara originalmente: catre, cobertores, balde, lanterna, baú, araca, tabaco, sabão e filtro. Todos os artigos deveriam ser entregues no *Calliope* ao amanhecer sem qualquer custo para Sharpe. Após entenderem que Chase e Sharpe não tinham qualquer intenção de contar às outras vítimas do golpe que Nana Rao ainda estava vivo, os dois indianos ficaram mais do que dispostos em ressarcir os dois ingleses. Assim, os dois mercadores tinham oferecido um jantar aos seus convidados indesejados, enchendo-os de araca, pagando o dinheiro, jurando amizade eterna e desejando-lhes boa-noite. Agora Chase e Sharpe seguiam cambaleantes pela cidade escura.

— Minha nossa, como este lugar fede! — exclamou Chase.

— Não esteve aqui antes? — perguntou Sharpe, surpreso.

— Estou há cinco meses na Índia, mas sempre no mar — disse Chase. — Agora estou alojado em terra por uma semana, e como este lugar fede!

— Não tanto quanto Londres — disse Sharpe, o que era verdade, mas aqui os odores eram diferentes. Em vez de fumaça de carvão havia fumaça de bosta de vaca e os cheiros fortes de temperos e esgotos. Era um odor adocicado, enjoativo, mas não desagradável, e Sharpe estava se lembrando de quando chegara à Índia e sentira asco do cheiro que agora considerava familiar e até agradável. — Vou sentir falta — admitiu. — Às vezes preferia não estar de partida para casa.

— Em que navio você está?

— O *Calliope*.

Chase claramente considerou isso engraçado.

— E então, o que acha do Peculiar?

— Peculiar? — perguntou Sharpe.

— Peculiar Cromwell, o comandante. — Chase olhou para Sharpe. É claro que você o conheceu!

— Não, não conheci. Nunca ouvi falar dele.

— Mas o comboio deve ter chegado há dois meses — disse Chase.

— E chegou.

— Então você deveria ter tentado ver Peculiar. Esse é o nome verdadeiro dele, a propósito. Peculiar Cromwell. Estranho, não? Ele já pertenceu à Marinha. A maior parte dos comandantes da Índia Oriental foi da Marinha, mas Peculiar pediu demissão porque queria ficar rico. Também acreditava que devia ter sido promovido a almirante sem passar anos tediosos como mero comandante. Ele é antiquado mas mantém seu navio em boas condições de limpeza. Um navio bem rápido, por sinal. Não consigo acreditar que não tenha tentado conhecê-lo.

— Por que deveria? — perguntou Sharpe.

— Para obter privilégios a bordo, é claro! Posso presumir que você está viajando na cobertura de terceira classe?

— Estou viajando barato, se é isso que quer dizer — disse Sharpe.

Sharpe revelou isso num tom amargo, porque pagara o preço mais baixo possível, e mesmo assim a passagem custara-lhe cento e sete libras e quinze xelins. Sharpe julgara que o Exército pagaria pela viagem, mas este recusara-se, alegando que Sharpe estava aceitando um convite para juntar-se ao 95º Regimento de Fuzileiros e se os Fuzileiros se recusaram a pagar sua passagem, então que se danassem, que se danassem suas casacas de cor estranha e que se danasse Sharpe. Assim, Sharpe retirara um de seus preciosos diamantes da costura de sua casaca vermelha e pagara ele próprio a viagem.

Sharpe ainda tinha o resgate de um rei nas pedras preciosas que retirara do corpo do sultão Tipu num túnel escuro em Seringapatam, mas não gostara da ideia de usar o butim para pagar à Companhia das Índias Orientais. A Grã-Bretanha mandara Sharpe para a Índia e deveria mandá-lo de volta, ou pelo menos era essa a opinião dele.

Chase prosseguiu:

— Sharpe, a atitude mais inteligente teria sido apresentar-se a Peculiar enquanto ele estava alojado em terra e dar um presente a esse sodomita ganancioso. Assim, ele teria colocado você em alojamentos decentes. Se não subornou Peculiar, ele provavelmente vai alojá-lo num dos camarotes da cobertura de terceira-classe, junto com os ratos. O camarote do convés principal é muito melhor e não custa nem um *centavo* a mais, mas fique nas cobertas abaixo e sua vida vai se resumir a peidos, vômitos e sofrimento até chegar em casa. — Os dois homens tinham saído dos becos estreitos e estavam seguindo a tripulação da embarcação por uma rua salpicada com poças fedorentas. Era um quarteirão de fabricação de lata, e a esta hora as forjas já ardiam e o som dos martelos ecoava pela noite. Vacas pálidas observavam os marinheiros passarem e cães latiam freneticamente, perseguindo os mendigos que perambulavam. — É uma pena que você esteja viajando no comboio.

— Por que, senhor?

— Porque um comboio viaja na velocidade de seu navio mais lento — explicou Chase. — Se deixassem o *Calliope* voar, ele chegaria na Inglaterra em três meses. Mas ele vai se arrastar daqui até lá. Também é uma pena que eu não esteja viajando com vocês. Eu lhe ofereceria uma passagem como agradecimento pelo resgate que você nos prestou esta noite. Mas não vou com o comboio. Estou caçando um fantasma.

— Caçando um fantasma?

— Já ouviu falar do *Revenant*?

— Não, senhor.

— Como vocês soldados são ignorantes! — exclamou Chase, achando graça. — O *Revenant*, meu caro Sharpe, é um navio francês de setenta e quatro canhões que está assombrando o oceano Índico. Ele se esconde na ilha Maurício, de onde parte para atos de pirataria, e então volta antes que consigamos pegá-lo. Estou aqui para sufocar seu ardor, só que antes de perseguir o *Revenant* terei de raspar o fundo do casco. O meu navio está lento demais depois de oito meses no mar, e para deixá-lo mais rápido teremos de arrancar todas as cracas.

— Eu lhe desejo boa sorte, senhor — disse Sharpe e então franziu a testa. — Mas o que isso tem a ver com fantasmas? — Em geral Sharpe não gostava de fazer esse tipo de pergunta. Ele tinha sido recruta, e marchado nas fileiras de um batalhão de casacas-vermelhas, mas fora promovido a oficial por seus próprios méritos e se descobrira num mundo onde quase todo homem, menos ele, gozava de boa educação. Sharpe acostumara-se a permitir que pequenos mistérios passassem por ele, mas decidiu que não se importava em revelar sua ignorância a um homem de caráter tão bom quanto Chase.

— *Revenant* é a palavra francesa para fantasma — explicou Chase. — Substantivo, masculino. Tive um tutor que me fez aprender línguas pela força da palmatória, e para compensar gosto de me exibir de vez em quando. — Num quintal próximo um galo cantou. Chase olhou para o céu. — Já está quase amanhecendo. Você permite que eu lhe ofereça o desjejum? Depois meus rapazes irão levá-lo até o *Calliope*. E Deus o leve em segurança para casa.

Casa. Essa parecia uma palavra estranha para Sharpe, porque ele não tinha qualquer casa além do Exército e não via a Inglaterra há seis anos. Seis anos! Ainda assim não se sentia animado com a perspectiva de viajar para a Inglaterra. Não pensava na Inglaterra como sua casa, e na verdade não tinha a menor ideia de onde era sua casa, mas fosse lá onde fosse esse lugar esquivo, estava indo para lá.

Chase estava alojado em terra enquanto limpavam seu navio.

— Nós viramos o navio, raspamos sua bunda folheada a cobre na baixa-mar, e o pusemos para flutuar de novo — explicou enquanto criados traziam café, ovos cozidos, pãezinhos, presunto, galinha fria e uma cesta de mangas. — Raspar os fundilhos é um estorvo. Todos os canhões devem ser retirados e metade do conteúdo do porão de carga deve ser desembarcada, mas depois que está terminado, o barco navega como num sonho. Coma mais ovos, Sharpe! Deve estar faminto. Eu estou. Gostou da casa? Pertence ao primo de minha esposa. Ele é mercador aqui, embora agora esteja lá nas colinas fazendo seja lá o que os mercadores fazem quando estão enriquecendo. Foi o assistente dele que me alertou sobre os truques de Nana Rao. Sente-se, Sharpe. E coma.

Fizeram o desjejum à sombra de uma varanda ampla que dava para um jardinzinho, uma estrada e o mar. Gentil e generoso, Chase aparentemente não dava a menor importância para o abismo imenso que existia entre um mero alferes, a patente mais baixa do Exército, e um comandante de mar e guerra, que era o equivalente a um coronel do Exército, embora a bordo de sua nau tal homem fosse mais importante que todos os santos no céu. No começo Sharpe não conseguiu esquecer desse abismo, mas aos poucos compreendeu que Joel Chase era realmente de boa índole e nutria por ele uma gratidão profunda e sincera.

— Você já se deu conta de que aquele sodomita do Panjit realmente poderia ter me levado ao tribunal? — inquiriu Chase. — Por Deus, Sharpe, eu ficaria no maior apuro! Nana Rao desapareceria da face da Terra, e quem acreditaria em mim se eu dissesse que o morto tinha voltado à vida? Coma mais presunto, por favor. Isso teria significado, no mínimo, um inquérito, e quase certamente uma corte marcial. Eu teria muita sorte se mantivesse meu comando intacto. Mas como eu ia saber que ele tinha um exército particular?

— Saímos ilesos, senhor.

— Graças a você, Sharpe, graças a você. — Chase deu uma risadinha. — Meu pai sempre disse que eu morreria antes dos trinta. Até agora já fiz com que ele errasse a previsão por cinco anos, mas um dia desses vou me meter numa enrascada e não haverá nenhum alferes para me tirar dela. — Bateu na bolsa que continha o dinheiro que retirara de Nana Rao e Panjit. — E cá entre nós, Sharpe, este dinheiro caiu do céu. Do céu! Acha que poderíamos cultivar mangas na Inglaterra?

— Não sei, senhor.

— Vou tentar. Vou plantar algumas num pedaço bem aquecido do jardim e... quem sabe? — Chase serviu café e esticou as pernas compridas. Ele estava curioso em saber por que Sharpe, um homem no fim da casa dos vinte, era apenas um alferes, mas fez a pergunta com muito tato. Ao descobrir que Sharpe fora promovido das fileiras, Chase demonstrou admiração genuína. — Já tive um comandante que iniciou a carreira como praça na Marinha — disse a Sharpe. — E ele era muito competente! Compreendia o que ocorria no âmago da guarnição, para a qual a maioria dos comandantes não ousa olhar. Se quer minha opinião, o Exército tem muita sorte em ter você, Sharpe.

— Não tenho certeza se eles acham isso, senhor.

— Vou sussurrar minha opinião em alguns ouvidos, Sharpe, embora, se eu não capturar o *Revenant*, poucos ouvidos estarão dispostos a me escutar.

— Irá capturá-lo, senhor.

— Rezo por isso, mas ele é um animal veloz. Veloz e esquivo. Todos os navios franceses são assim. Aqueles sodomitas não sabem manobrar seus navios, mas sabem construí-los. Os navios franceses são como as mulheres francesas, Sharpe. Lindos de se ver, difíceis de se controlar. Coma um pouco de mostarda. — Chase empurrou o vidro sobre a mesa e então acariciou um gatinho preto e magro enquanto olhava através das palmeiras para o mar. — Gosto de café — disse ele, e então apontou para o mar. — Ali está o *Calliope*.

Sharpe olhou, mas tudo que conseguiu ver foi uma silhueta de navio bem ao longe no porto, além da água mais rasa, onde havia uma profusão de escaleres de compras, baleeiras e barcos de pesca.

— É o que está secando sua mezena — disse Chase.

Sharpe viu que um dos navios distantes largara seus joanetes, mas àquela distância parecia idêntico à dúzia de navios mercantes que navegariam juntos para casa, de modo a se protegerem dos corsários que assombravam o oceano Índico. Vistos de terra, pareciam navios de guerra, pois seus cascos tinham sido rajados de preto e branco para sugerir que baterias de canhões estavam ocultas por trás de portinholas fechadas, mas esse era um ardil que não enganaria nenhum corsário. Esses navios, abarrotados com as riquezas da Índia, eram os maiores prêmios que qualquer corsário ou comandante naval francês poderia querer tomar. Se um homem quisesse viver e morrer rico, tudo que precisava fazer era capturar um navio mercante das Índias, motivo pelo qual as grandes naus navegavam em comboios.

— Onde está seu navio, senhor? — indagou Sharpe.

— Não é possível vê-lo daqui — disse Chase. — Está querenado num banco de lama no outro lado da ilha Elephanta.

— Querenado?

— Virado de lado para podermos raspar o fundo.

— Qual é o nome do navio?

Chase pareceu embaraçado ao responder:

— *Pucelle*.

— *Pucelle*? Parece francês.

— É francês, Sharpe. Significa virgem. — Chase fingiu ofender-se quando Sharpe soltou uma gargalhada. — Já ouviu falar de *la pucelle d'Orléans*?

— Não, senhor.

— A donzela de Orleãs, Sharpe, foi Joana D'Arc, e o navio foi batizado em homenagem a ela. Bem, só espero que ele não acabe como Joana, todo queimado.

— Mas por que deram a um barco o nome de uma francesa, senhor?

— Não demos. Os franceses deram. O navio era francês até que foi apresado por Nelson no Nilo. Sharpe, quando você captura um navio, você mantém o nome antigo, a não ser que ele seja detestável. Nelson tomou o *Franklin* no Nilo, um navio de dezoito canhões de grande beleza, mas a Marinha jamais permitiria que ele mantivesse o nome de um maldito traidor ianque. Assim, rebatizamos o navio de *Canopus*. Mas o meu navio manteve seu nome, e ele é uma fera adorável. Veloz e bonito. Oh, meu Deus, não. — Ele se sentou ereto, olhando para a estrada. — Oh, Deus, não! — Essas últimas palavras foram provocadas pela visão de uma carruagem aberta que tinha reduzido sua velocidade e agora estava parada diante do portão do jardim. Chase, que fora simpático até este momento, subitamente pareceu amargo.

Um homem e uma mulher estavam sentados na carruagem que era conduzida por um indiano vestido numa farda amarela e preta. Dois lacaios nativos, trajados no mesmo uniforme, agora corriam para abrir a porta da carruagem e desdobrar os degraus, permitindo ao homem, que estava vestido numa jaqueta de linho branco, descer para a calçada. Um mendigo imediatamente levantou-se em muletas curtas e tocos endurecidos por calos e cambaleou em direção à carruagem, mas um dos lacaios enxotou o homem com um chute violento, e o cocheiro completou a ação com seu chicote. O homem de jaqueta branca era de meia-idade e com feições que fizeram Sharpe se lembra de sir Arthur Wellesley. Talvez fosse o nariz proeminente, ou talvez seu ar frio e altivo. Ou talvez fosse apenas o fato de que tudo que o cercava, da carruagem aos criados uniformizados, cheirava a privilégio.

— Lorde William Hale — disse Chase, pronunciando cada sílaba com desgosto.

— Nunca ouvi falar.

— Ele pertence à Junta de Controle — explicou Chase, e então viu a sobrancelha erguida por Sharpe. — Seis homens que são nomeados pelo governo para garantir que a Companhia das Índias Orientais não fará nenhuma estupidez. Ou, caso ela faça, para garantir que nenhuma parcela de culpa será atribuída ao governo. — Ele olhou com uma expressão azeda para lorde William, que havia parado para falar com a mulher na carruagem. — Essa é a esposa dele. Acabo de trazer os dois de Calcutá para que voltem para casa no mesmo comboio que você. Reze a Deus para que não estejam no *Calliope*.

Lorde William tinha cabelos grisalhos e Sharpe previu que sua esposa também seria de meia-idade, mas quando ela abaixou sua sombrinha branca, Sharpe teve uma visão nítida da dama que o fez esquecer de respirar por um instante. Ela era muito mais jovem que lorde William, e seu rosto pálido e fino era dotado de uma beleza assombrosa, quase melancólica, que atingiu Sharpe com a força de uma bala. Sharpe fitou a mulher, absolutamente encantado.

Chase sorriu ao ver a expressão embevecida de Sharpe.

— Ela nasceu como Grace de Laverre Gould, terceira filha do conde de Selby. É vinte anos mais nova que o esposo, mas tão fria quanto ele.

Sharpe não conseguia afastar os olhos da lady. Porque era de fato bela: estonteantemente, dolorosamente, intocavelmente bela. Ela inclinou na direção do marido o rosto branco como marfim e emoldurado por cachos dos cabelos negros que tinham sido arranjados de modo a parecerem despenteados, mas que até Sharpe pôde perceber que tinham custado horas dos cuidados de uma camareira. Ela não sorria; meramente olhava solene para o rosto do marido.

— Ela me parece mais triste que fria — comentou Sharpe.

Chase imitou o tom sonhador da voz de Sharpe.

— Por que haveria de se sentir triste? Sua beleza é sua fortuna. E seu marido é tão rico quanto é ambicioso e inteligente. Ela será esposa do primeiro-ministro se lorde William não meter os pés pelas mãos e, acredite em mim, ele se move com a leveza de um gato.

Lorde William concluiu a conversa com sua esposa e gesticulou para um criado, ordenando que abrisse o portão de Chase.

— Você deveria ter escolhido uma casa com caminho de entrada para carruagens — queixou-se ao comandante enquanto subia o caminho curto. — É muito irritante ser importunado por pedintes cada vez que venho lhe fazer uma visita.

— Ah, milorde, nós marinheiros somos tão ineptos em terra! Posso oferecer café à sua esposa?

— A dama não está passando bem. — Lorde William subiu os degraus da varanda, dirigiu a Sharpe um olhar negligente e estendeu uma das mãos para Chase como se esperasse que ele lhe desse alguma coisa. Devia ter notado o sangue que ainda estava grudado nos cabelos claros de Chase, mas não fez qualquer menção a isso. — E então, Chase, podemos acertar nossas contas?

Relutante, Chase pegou a bolsa de couro grande na qual guardara as moedas tomadas de Nana Rao e separou uma porção substancial, que entregou a lorde William. O lorde estremeceu diante da perspectiva de tocar as moedas emporcalhadas de sangue, mas forçou-se a aceitar o dinheiro e derramá-lo nos bolsos traseiros de seu casaco.

— Sua nota promissória — disse ele, dando a Chase uma folha de papel. — Ainda não recebeu novas ordens, suponho.

— Não, milorde. Ainda temos ordens de encontrar o *Revenant*.

— Estava torcendo para que recebesse ordens de voltar para casa. É crucial para mim alcançar Londres o mais rápido possível. — Ele franziu o cenho e sem mais nenhuma palavra deu as costas para Chase.

— Milorde não me deu a chance de apresentar-lhe um amigo íntimo, o Sr. Sharpe.

Lorde William brindou Sharpe com um segundo olhar breve, mas não viu nada que contradissesse sua primeira opinião de que o alferes era pobre e desprovido de qualquer autoridade, porque simplesmente fitou-o, meditou e desviou o olhar sem oferecer qualquer cumprimento. Contudo, nesse breve encontro de olhos, Sharpe recebera uma impressão de força, confiança e arrogância. Lorde William era um homem que tinha muito poder, mas queria mais e não estava disposto a desperdiçar tempo com quem não tivesse nada a lhe oferecer.

— O Sr. Sharpe serviu sob as ordens de sir Arthur Wellesley — disse Chase.

— Assim como milhares de outros, creio — disse lorde William, e mudou de assunto abruptamente: — Há um serviço que você pode me prestar, Chase.

— Estou inteiramente ao dispor de milorde — disse Chase.

— Você dispõe de um escaler e uma tripulação?

— Todos os comandantes dispõem — respondeu Chase.

— Precisamos ir ao *Calliope*. Pode nos levar até lá?

— Sinto, milorde, mas já prometi o escaler ao Sr. Sharpe — disse Chase. — Contudo, tenho certeza de que ele ficará satisfeito em dividi-lo com vocês. Ele também está indo para o *Calliope*.

— Eu ficaria feliz em ajudar — disse Sharpe.

A expressão de lorde William sugeriu que a ajuda de Sharpe era a última coisa que ele queria.

— Devemos manter nossos acordos atuais — disse a Chase e, sem perder mais tempo, afastou-se.

Chase riu baixo.

— Dividir um barco com você, Sharpe? Ele preferiria criar asas e voar.

— Eu não me importaria em dividir um barco com ela — disse Sharpe com olhos em lady Grace, cujo olhar mantinha-se fixo à frente enquanto uma horda de mendigos lamuriava a uma distância segura do chicote do cocheiro.

— Meu caro Sharpe — disse Chase, observando a carruagem afastar-se —, você vai compartilhar da companhia dessa dama por pelo menos quatro meses, mas duvido que irá vê-la. Lorde William alega que ela sofre de nervos delicados e é adversa a companhias. Eu a tive a bordo do *Pucelle* por quase um mês e a vi apenas duas vezes. Ela fica presa em sua cabine, ou sai para caminhar pelo convés à noite, quando ninguém pode abordá-la. Aposto com você um mês do seu soldo contra um ano do meu que ela nem mesmo saberá seu nome quando chegarem à Inglaterra.

Sharpe sorriu.

— Não faço apostas.

— Bom para você — disse Chase. — Quanto a mim, joguei como um idiota no último mês. Prometi à minha esposa que não apostaria alto, e Deus me puniu por isso. Ai de mim, que tolo eu sou. Joguei praticamente cada noite entre Calcutá e este lugar e perdi cento e setenta guinéus para aquele bastardo rico. Mas a culpa é apenas minha — admitiu, melancólico. — Não vou sucumbir de novo à tentação. — Ele estendeu o braço para tocar na madeira do tampo da mesa, como se não confiasse em sua própria resolução. — Mas dinheiro sempre vai embora rápido, não é mesmo? Tudo que preciso fazer é capturar o *Revenant* para ganhar um belo prêmio em dinheiro.

— Você vai conseguir — disse Sharpe em tom consolador.

Chase sorriu.

— Torço por isso. Torço fervorosamente, Sharpe. Mas de vez em quando os malditos franceses vomitam um marinheiro de verdade, e o

Revenant está nas mãos do *capitaine* Louis Montmorin. Ele é bom, e sua tripulação e seu navio também.

— Mas você é britânico — disse Sharpe. — Assim, deve ser melhor.

— Amém a isso — disse Chase. — Amém. — Escreveu num pedaço de papel seu endereço na Inglaterra e insistiu em acompanhar Sharpe até o forte, onde o alferes recolheu sua mochila. Depois os dois homens passaram pelas ruínas ainda fumegantes do depósito de Nana Rao e seguiram até o cais onde o escaler de Chase aguardava. O comandante naval apertou a mão de Sharpe. — Permaneço inteiramente seu devedor, Sharpe.

— Está exagerando, senhor.

Chase balançou a cabeça.

— Fui um estúpido ontem à noite e, se não fosse por você, estaria parecendo um estúpido ainda maior hoje. Sou seu devedor, Sharpe, e não me esquecerei disso. Vamos nos encontrar novamente, tenho certeza.

— Espero que sim, senhor — disse Sharpe, e desceu os degraus escorregadios. Era hora de ir para casa.

A tripulação do escaler do comandante Chase ainda estava machucada e ensanguentada, mas animada depois da aventura da noite anterior. Hopper, o mestre que lutara tão bravamente, ajudou Sharpe a embarcar no escaler, que era pintado em branco ofuscante com uma faixa vermelha em torno das amuradas para combinar com a faixa vermelha pintada nos remos brancos.

— Já fez o desjejum, senhor? — perguntou Hopper.

— O comandante Chase cuidou bem de mim.

— Ele é um bom homem — disse calorosamente Hopper. — Não há outro melhor.

— Conhece o comandante há muito tempo? — perguntou Sharpe.

— Desde que ele tinha a idade do Sr. Collier — respondeu o mestre, balançando a cabeça para o garotinho, talvez de doze anos, que estava sentado ao seu lado na popa. O Sr. Collier era guarda-marinha, e depois que Sharpe tivesse embarcado com segurança no *Calliope*, teria a responsabilidade de adquirir bebidas para a adega particular do comandante Chase. — O Sr. Collier — prosseguiu o mestre — está encarregado deste barco, não está, senhor?

— Estou — disse Collier numa voz ainda fina. Ele estendeu a mão direita para Sharpe. — Harry Collier, senhor. — Ele não precisava chamar Sharpe de "senhor", porque o posto de guarda-marinha equivalia ao de alferes, mas Sharpe era muito mais velho e, além disso, amigo do comandante.

— O Sr. Collier é o encarregado desta embarcação — repetiu Hopper. — Assim, se ele nos mandar atacar um navio, nós atacaremos. Devemos obedecê-lo até a morte, não é isso, Sr. Collier?

— Se o senhor diz, Sr. Hopper...

A tripulação estava sorrindo.

— Parem de sorrir como idiotas! — berrou Hopper, e depois cuspiu um jorro de suco de tabaco sobre a amurada. Era banguela de dois dentes superiores, o que facilitava em muito as cusparadas. — Sim, senhor — prosseguiu, olhando para Sharpe. — Sirvo com o comandante Chase desde que ele era um molecote. Estava com ele quando capturou o *Bouvines*.

— O *Bouvines*?

— Uma fragata francesa, senhor, trinta e dois canhões. Estávamos no *Spritely*, vinte e oito canhões, e levamos vinte e dois minutos da primeira até a última canhonada. Quando derrotamos o navio havia sangue escorrendo dos embornais. E um dia o Sr. Collier — olhou solene para o menino cujo rosto estava quase completamente escondido por um chapéu tricorne que parecia grande demais para sua cabeça — estará ao comando de um dos navios de Sua Majestade, e será seu dever e privilégio destroçar um navio francês.

— Assim espero, Sr. Hopper.

O escaler estava viajando suavemente através de água imunda com destroços, folhas de palmeira e cadáveres inchados de ratos, cães e gatos. Muitos outros barcos, alguns entulhados com bagagens, também estavam sendo remados até o comboio. Os passageiros mais felizardos eram aqueles cujos navios estavam atracados no cais da Companhia, mas essas docas não eram suficientemente grandes para cada navio mercante que estava partindo de volta para casa, de modo que a maioria dos viajantes estava sendo transportada até o fundeadouro.

— Providenciei para que suas coisas fossem levadas num barco nativo, senhor — disse Hopper. — E disse aos bastardos que eles comeriam o pão que o diabo amassou se a carga não fosse entregue. Essa gente adora enganar os passageiros. — Ele forçou os olhos para ver adiante, e riu. — Está vendo? Agora mesmo um deles está se aproveitando de passageiros incautos.

— É mesmo? — perguntou Sharpe. Tudo que ele conseguia ver eram dois barquinhos imóveis na água. Um dos dois barcos estava abarrotado com malas de couro enquanto o outro continha três passageiros.

— Os sodomitas dizem que custa uma rupia para levar o passageiro até o navio — explicou Hopper. — E quando chegam à metade do caminho eles triplicam o preço. E se não receberem o que pedem, remam de volta até o cais. Nossos rapazes fazem a mesma coisa quando pegam passageiros no Deal para levá-los até os Downs. — Ele começou a guinar para contornar os dois barcos.

Sharpe viu que os passageiros do barco da frente eram lorde William Hale, sua esposa e um rapaz. No segundo barco estavam dois criados e uma pilha de bagagens. Lorde William estava aos berros com um indiano sorridente que não parecia impressionado com sua ira.

— O lordezinho vai ter de pagar, se não quiser ser levado de volta para a praia — disse Hopper.

— Siga para perto deles — pediu Sharpe.

Hopper olhou para ele e deu de ombros como a sugerir que não era da sua conta se Sharpe queria fazer papel de idiota.

— Arvorar remos! — gritou, e a tripulação levantou seus remos da água para permitir que a chata deslizasse até chegar a alguns metros dos barcos parados. — De volta à água! — gritou Hopper, e os remos mergulharam de volta para frear o barco elegante.

Sharpe se levantou.

— Está com problemas, milorde?

Lorde William olhou para Sharpe com uma carranca, mas não disse nada, enquanto uma expressão de sua esposa sugeriu que um fedor ainda pior que os outros no porto aproximara-se de suas narinas delicadas. Ela mantinha-se olhando para a ré, ignorando a tripulação de indianos, seu marido e Sharpe. Foi o terceiro passageiro, o rapaz que estava vestido tão sobriamente quanto um cura, quem se levantou e explicou a situação.

— Eles se recusam a continuar — queixou-se.

— Cale-se, Braithwaite. Fique calado e sentado — ordenou o lorde, desdenhando da ajuda de Sharpe.

Não que Sharpe quisesse ajudar lorde William, mas sua esposa era outra história, e foi por ela que Sharpe sacou a pistola e engatilhou a pederneira.

— Continue remando! — ordenou ao indiano, que respondeu cuspindo na água.

— O que, em nome de Deus, você está fazendo? — perguntou lorde William, finalmente reconhecendo a presença de Sharpe. — Minha esposa está a bordo! Tome cuidado com essa arma, seu boçal! Quem é você?

— Fomos apresentados não faz uma hora, milorde — respondeu Sharpe. — Richard Sharpe é o meu nome. — Ele disparou e a bala da pistola lascou uma tábua do barco justo na linha d'água entre o recalcitrante timoneiro e seus passageiros. Assustada, lady Grace levou uma das mãos à boca, mas a bala não feriu ninguém. Contudo, abriu um buraco no barco, obrigando o indiano a tapar o dano com um dedão. Sharpe começou a recarregar. — Continue remando, bastardo! — gritou.

O indiano olhou para trás como se avaliasse a distância até a margem, mas Hopper ordenou à tripulação que mergulhasse os remos de volta na água e movessem o escaler lentamente para trás dos dois barcos, obstruindo seu percurso para terra. Lorde William pareceu estarrecido demais para falar enquanto Sharpe introduzia uma segunda bala no cano curto da pistola.

Como não queria que outra bala rachasse seu barco, o indiano subitamente sentou-se e gritou para que seus homens começassem a remar depressa. Hopper meneou a cabeça em sinal de aprovação.

— Entre vento e água, senhor. O comandante Chase ficaria muito orgulhoso.

— Entre vento e água? — perguntou Sharpe.

— O senhor atingiu o bastardo na linha-d'água. Se ele não mantiver o buraco tampado, o barco afundará.

Sharpe olhou para a dama que, finalmente, virou-se para olhar seu salvador. Os olhos de lady Grace eram grandes, e talvez fosse esse aspecto que lhes concedesse um ar triste. Sharpe estava tão embasbacado com sua beleza, que não resistiu a piscar para a dama. Ela desviou rapidamente o olhar.

— Agora ela vai se lembrar de meu nome — disse ele.

— Foi para isso que os ajudou? — perguntou Hopper, e então riu quando Sharpe não respondeu.

O barco de lorde William chegou primeiro ao *Calliope*. Os criados, que ainda estavam no segundo barco, deviam pular para o navio da melhor forma que pudessem, enquanto marinheiros içavam a bagagem em redes, mas lorde William e sua esposa saltaram do barco para uma plataforma flutuante da qual subiram pela escada do portaló até o convés principal. Sharpe, esperando sua vez, sentiu cheiro de água de porão, sal e piche. Um jorro de água suja emergia de um buraco no alto do casco.

— Estão bombeando os porões dele, senhor — disse Hopper.

— Está dizendo que ele embarca água?

— Todo navio embarca água, senhor. É da natureza dos navios.

Outro barco encostara na bochecha do *Calliope* e marinheiros estavam içando redes com caixotes entupidos com cabras e galinhas debatendo-se frenéticos.

— Leite e ovos — disse Hopper animadamente, e então ordenou à tripulação que deitassem os remos na água para que Sharpe pudesse desembarcar. — Eu lhe desejo uma viagem rápida e segura, senhor — disse o mestre. — De volta à velha Inglaterra, hein?

— De volta à Inglaterra — disse Sharpe, e observou os remos sendo levantados enquanto Hopper usava o restante do impulso do escaler para atracá-lo a contrabordo da plataforma flutuante. Sharpe deu a Hopper uma moeda, tocou seu chapéu para o Sr. Collier, agradeceu à guarnição do escaler e saltou para a plataforma, de onde subiu para o convés principal através de uma portinhola aberta na qual aparecia a boca polida de um canhão.

Um oficial esperava no portaló de bombordo.

— Seu nome? — perguntou, peremptório.

— Richard Sharpe.

— Sua bagagem já está a bordo, Sr. Sharpe, e isto é para o senhor. — Tirou uma folha de papel dobrada do bolso e a entregou a Sharpe. — Regulamentos do navio. Leia, marque, aprenda e obedeça ao pé da letra. Seu posto de combate é o canhão número cinco.

— Meu o quê? — perguntou Sharpe.

— Cada homem a bordo deve ajudar a defender o navio, Sr. Sharpe. Canhão número cinco. — O oficial fez um gesto para o convés, que estava tão ocupado por bagagens que nenhum dos canhões do bordo oposto podia ser visto. — Sr. Binns!

Um oficial muito jovem chegou correndo entre as pilhas de bagagens.

— Senhor?

— Conduza o Sr. Sharpe até o alojamento da coberta de terceira classe. Um dos camarotes dois por um e oitenta, Sr. Binns, dois por um e oitenta. E forneça-lhe martelo e pregos. Agora, mova-se!

— Venha comigo, senhor — disse Binns a Sharpe, seguindo à ré. — Já peguei o martelo e os pregos, senhor.

— Os o quê? — perguntou Sharpe.

— Martelo e pregos, senhor, para que possa pregar sua mobília no convés. Não queremos que nada fique desgarrado durante uma tempestade, senhor. Não que devamos nos deparar com alguma antes de chegarmos ao estreito de Madagáscar, senhor, mas lá será quase certo. — Binns apertou o passo, desaparecendo por uma escada de escotilha como um coelho entrando em sua toca.

Sharpe seguiu-o, mas antes de alcançar a escada foi interpelado por lorde William Hale, que saiu de trás de uma pilha de caixas. Um rapaz vestido de preto parou atrás do lorde.

— Seu nome? — inquiriu Hale.

Sharpe tremeu de raiva. A atitude mais sensata seria adotar um tom conciliatório, porque Hale era evidentemente um homem formidável em Londres, mas Sharpe adquirira uma antipatia intensa pela sua arrogância.

— O mesmo que dez minutos atrás — respondeu, sucinto.

Lorde William fitou o rosto de Sharpe, que estava queimado de sol e marcado por uma cicatriz.

— Você é impertinente — disse lorde William. — E não admito impertinências. — Analisou os adornos brancos na casaca de Sharpe. — O septuagésimo quarto? Conheço o coronel Wallace e devo informá-lo de sua insubordinação. — Lorde William, que até agora não levantara a voz, que já era naturalmente agressiva, assumiu um tom indignado: — Você poderia ter me matado com essa pistola!

— Matado você? — perguntou Sharpe. — Não, não poderia. Não estava mirando em você.

— Braithwaite, você escreverá para o coronel Wallace agora — disse lorde William ao rapaz de roupas pretas. — Providencie para que a carta vá para terra antes de partirmos.

— É claro, milorde. Imediatamente, milorde — disse Braithwaite. O rapaz, que era evidentemente o secretário de lorde William, lançou a Sharpe um olhar condescendente, sugerindo que o alferes se envolvera com forças muito mais poderosas do que ele.

Lorde William deu um passo para o lado, permitindo que Sharpe alcançasse o jovem Binns, que estivera observando o confronto da escada de escotilha.

Sharpe não estava preocupado com a ameaça de lorde William. O lorde poderia escrever mil cartas para o coronel Wallace que isso não faria diferença, porque Sharpe não pertencia mais ao 74º. Ele usava a farda porque não tinha outra roupa para vestir, mas quando chegasse à Grã-Bretanha iria se juntar ao 95º, com seu estranho novo uniforme de casaca verde. Sharpe não gostava da ideia de se vestir de verde. Sempre se vestira de vermelho.

Binns estava esperando no sopé da escada de escotilha.

— Coberta de terceira classe, senhor — disse ele, e empurrou uma cortina de lona para adentrar um espaço escuro e fedorento. — Aqui é o camarote de terceira classe.

— Nem parece um compartimento habitável.

— Antes este espaço era usado para governar os navios, senhor. Nos velhos tempos, quando não havia gualdropes. Equipes de homens alando os cabos para movimentar o leme, senhor. Devia ser um inferno. — Ainda parecia infernal. Algumas lanternas bruxuleavam, lutando contra a escuridão na qual marinheiros pregavam cortinas de lona para dividir o espaço fétido num labirinto de cômodos pequenos. — Um de dois por um e oitenta! — gritou Binns, e um marinheiro indicou o bordo de boreste, onde as cortinas de lona já estavam colocadas. — Escolha à vontade, senhor — disse Binns a Sharpe. — O senhor é um dos primeiros cavalheiros a bordo, mas se quiser meu conselho, eu ficaria o mais à ré que pudesse, e é melhor não dividir seu espaço com um canhão, senhor. — Gesticulou para um dezoito-libras que ocupava quase metade de um camarote. A arma estava peiada ao convés e apontada para uma portinhola fechada. Binns conduziu Sharpe ao cubículo vazio ao lado, e largou uma pequena bolsa no chão. — Aí estão o martelo e os pregos, senhor. Assim que sua mobília for entregue, prenda tudo bem no navio. — Ele abriu um lado do cubículo de lona, permitindo que um pouco de luz difusa de lanterna adentrasse a cabine, e então bateu no convés com o pé. — Todo o dinheiro está cobertas abaixo, senhor — disse alegremente.

— Dinheiro? — perguntou Sharpe.

— Uma carga de índigo, salitre, barras de prata e seda. O bastante para tornar qualquer um de nós mil vezes mais rico. — Sorriu e deixou Sharpe contemplar o espaço exíguo que seria sua casa durante os próximos quatro meses.

A antepara do fundo de seu camarote era o costado encurvado do navio. O teto era baixo e trespassado por vigas pretas e pesadas nas quais alguns gatos enferrujavam. O piso era o convés, marcado por velhos buracos de prego onde passageiros anteriores tinham pregado seus baús. As três anteparas remanescentes eram feitas de lona suja, mas era um paraíso em comparação à acomodação que Sharpe recebera ao ser trazido da

Grã-Bretanha para a Índia. Na época um recruta, Sharpe ficara satisfeito com uma rede e trinta e cinco centímetros de espaço no qual pendurá-la.

Acocorou-se na entrada do camarote, onde uma lanterna oferecia alguma luz, e desdobrou o regulamento do navio. O texto era impresso, embora algumas adições tivessem sido feitas a tinta. Ele era proibido de ir ao tombadilho, a não ser se convidado pelo comandante do navio ou pelo oficial do serviço, e a essa proibição alguém acrescentara o aviso de que, mesmo se tivesse sido convidado, ele jamais deveria ficar entre o comandante e a amurada de barlavento. Sharpe nem sabia o que era barlavento. Quando subisse ao convés, ele deveria tocar seu chapéu na direção do tombadilho, mesmo se o comandante não estivesse por perto. Jogo era proibido. Sempre que o tempo permitisse, o comissário de bordo ministraria a missa aos domingos, e todos os passageiros deveriam comparecer, exceto os dispensados pelo cirurgião de bordo. O desjejum era oferecido às oito, almoço ao meio-dia, chá servido às dezesseis e jantar às vinte horas. Era dever de todos os homens familiarizar-se com seus postos de combate designados. Nenhuma chama desprotegida poderia ser acesa cobertas abaixo e todas as lanternas deveriam ser apagadas às vinte e uma horas. Fumar era proibido devido ao risco de incêndio, e os passageiros que mascassem tabaco deveriam usar escarradeiras. Cuspir no convés era terminantemente proibido. Nenhum passageiro podia subir o cordame sem permissão de um oficial. Passageiros na coberta de terceira classe, como Sharpe, eram proibidos de entrar no camarote grande ou no camarote do tombadilho, a não ser quando convidados. Era terminantemente vetado o uso de palavrões a bordo.

— Deus todo-poderoso — resmungou um marinheiro enquanto empurrava com grande esforço o barril de araca de Sharpe. Dois outros marinheiros estavam carregando seu beliche e outra dupla trazia seu baú.

— Tem algum cabo fino, senhor? — perguntou um deles.

— Não.

O marinheiro providenciou um pedaço de cabo de linho e mostrou a Sharpe como amarrar o baú de madeira e o barril pesado que virtualmente enchiam o espaço pequeno. Sharpe deu ao marinheiro uma gorjeta de uma rupia e depois fixou os pregos no convés através dos cantos do baú e amarrou o barril a uma das vigas laterais do navio. O beliche era um leito duro, do tamanho de um caixão, que ele pendurou nos gatos nas vigas. Ao lado, Sharpe suspendeu o balde.

— É melhor mijar através da portinha de ré quando ela não estiver debaixo d'água — aconselhou o marinheiro — e poupar seu balde para sólidos, se é que está me entendendo, senhor. Ou ir ao convés e fazer sobre a amurada, mas não em mar encapelado, senhor, porque pode cair ao mar e ninguém ficará sabendo. Especialmente à noite. Muitos homens bons já foram ver os anjos porque quiseram esvaziar as tripas no mar.

Uma mulher estava protestando aos gritos contra as acomodações no outro lado do convés, enquanto seu marido afirmava humildemente que eles não podiam pagar por nada melhor. Duas crianças pequenas, nervosas e suadas, choravam alto. Um cachorro latiu até ser silenciado por um chute. Poeira caiu do vau no teto quando um passageiro do camarote de terceira classe no convés principal martelou um prego. Cabras baliram. A bomba de esgoto ofegou, sugou e cuspiu água imunda ao mar.

Sharpe sentou-se no baú. Havia luz suficiente apenas para que ele lesse o papel que o comandante Chase lhe dera. Era uma carta de apresentação para a esposa de Chase na casa do comandante, nas proximidades de Topsham em Devon.

— Deus sabe quando verei Florence e as crianças novamente — dissera Chase. — Mas se você estiver no oeste do país, vá até lá e se apresente a ela. A casa não é grande coisa. Uns cinco hectares, um estábulo e alguns celeiros, mas Florence fará com que você se sinta em casa.

Ninguém jamais faria com que se sentisse em casa, pensou Sharpe, porque ninguém o esperava na Inglaterra. Nenhuma lareira seria acesa para seu retorno e nenhuma família iria recebê-lo. Mas era seu lar e, gostasse ou não, Sharpe estava voltando para ele.

CAPÍTULO II

Naquela tarde, depois que os últimos barcos haviam entregado seus passageiros e bagagens ao comboio, o mestre do *Calliope* ordenou aos gajeiros que assumissem seus postos nos mastros. Trinta outros marinheiros desceram a primeira coberta, introduziram as barras no cabrestante e se puseram a caminhar em círculos, erguendo centímetro a centímetro a amarra comprida e pesada da âncora que subia pelo escovém, atravessava as cobertas e chegava às entranhas do navio. A amarra estava coberta por uma lama fedorenta que dois marinheiros tentavam em vão limpar com baldes d'água, mas a maior parte da lama diluída escorria à ré, para dentro dos compartimentos da coberta de terceira classe. As gáveas foram largadas e as velas de proa desterradas. Quando a âncora soltou do fundo, o navio guinou a proa para mar aberto e largou as velas grandes. Como os passageiros da coberta de terceira classe não tinham permissão de sair de seus aposentos até o içamento das velas, Sharpe ficou sentado em seu baú ouvindo os ruídos que soavam acima de sua cabeça: passos, cabos roçando no convés, o crepitar do madeirame do navio. Meia hora depois da âncora ter sido içada, Binns, o jovem oficial, gritou que o convés estava liberado. Sharpe subiu a escadaria para ver que o navio ainda não deixara o porto. Um sol vermelho e inchado, raiado por nuvens negras, pairava sobre os telhados e palmeiras de Bombaim. O aroma da terra chegava forte. Sharpe inclinou-se na amurada e olhou para a Índia. Duvidava que fosse revê-la, e sentiu-se triste por estar partindo.

Cabos estalavam e água gorgolejava nos bordos do navio. No tombadilho, onde os passageiros mais ricos tomavam ar, uma mulher acenava para a praia distante. O navio adernou frente a um pé de vento mais intenso e um canhão próximo a Sharpe correu pelo convés até ser contido por suas amarras.

    O canal se aproximava da terra de forma sinuosa, fazendo o navio passar perto de um templo com uma torre muito colorida e cinzelada com macacos, deuses e elefantes. A grande vela no mastro da gata foi largada; sua lona agitou-se e crepitou, até finalmente encher-se de vento e impulsionar mais ainda o navio. Atrás do *Calliope* os outros navios grandes do comboio afastavam-se do fundeadouro, formando um bigode de espuma branca em suas proas e enchendo seus mastros altos com velas amarelas. Uma fragata da Companhia das Índias Orientais que escoltaria o comboio até o cabo da Boa Esperança velejava imediatamente à frente do *Calliope*. A bandeira da fragata, treze faixas vermelhas e brancas com o emblema britânico no quadrante superior do mastro, reluzia ao sol vermelho. Sharpe procurou pelo navio do comandante Joel Chase, mas a única nau da Marinha Real que viu foi uma escunazinha de quatro canhões.

    Os marinheiros do *Calliope* arrumaram o convés, guardando as escotas soltas em selhas de madeira e verificando a peiação das embarcações miúdas que estavam estivadas em vigas de madeira entre o tombadilho e o castelo de proa. Um homem de pele escura numa canoa de pesca remou para afastar-se do caminho do navio, e então ficou de queixo caído diante da imensa parede preta e branca que passou rugindo por ele. O templo estava desvanecendo agora, perdido em meio ao brilho do sol, mas Sharpe fitou a silhueta negra da torre e mais uma vez desejou que não estivesse partindo. Gostara da Índia, que se revelara um paraíso para guerreiros, príncipes, mercenários e aventureiros. Ali Sharpe encontrara riqueza, lutara em suas colinas e fortalezas antigas, e fora promovido. Na Índia deixava amigos e amantes, e alguns inimigos em suas sepulturas. E estava trocando este lugar pelo quê? Pela Grã-Bretanha, onde ninguém o esperava, e em cujas colinas não cavalgavam aventureiros, e onde tiranos não espreitavam por trás de ameias vermelhas.

Um dos passageiros ricos desceu a escadaria do tombadilho de braço dado a uma mulher. Como a maioria dos passageiros do *Calliope*, era civil. Vestia-se elegantemente num casaco verde-escuro comprido, calças brancas e um chapéu tricorne antiquado. A mulher que o acompanhava era loura e gorducha; estava vestida de branco e ria de alguma coisa que o homem dizia. Os dois falavam numa língua estrangeira, que Sharpe não conhecia. Alemão? Holandês? Sueco? O casal estrangeiro divertia-se com tudo que via: os canhões amarrados, os caixotes de galinhas, os primeiros passageiros enjoados debruçados sobre a amurada. A mulher deu um gritinho falso e apertou o braço do marido enquanto eles cambaleavam para a frente.

— Bum! — gritou ele, apontando para um dos canhões. A mulher riu e cambaleou quando um pé de vento balançou o grande navio. Soltou um gritinho de alarme fingido e segurou com força o braço do homem para que os dois continuassem seu passeio.

— Sabe quem é aquele? — perguntou Braithwaite, o secretário de lorde William Hale, que parara ao lado de Sharpe.

— Não — disse Sharpe com rispidez, instintivamente repugnado por qualquer pessoa associada a lorde William.

— O barão Von Dornberg — disse Braithwaite, evidentemente esperando que Sharpe ficasse impressionado. O secretário observou o barão ajudar a dama a subir até o castelo de proa, onde outro pé de vento ameaçou carregar seu chapéu de aba larga.

— Nunca ouvi falar dele — disse Sharpe, desinteressado.

— Ele é um nababo. — Braithwaite pronunciou a palavra com pasmo, indicando que o barão era um homem que se fizera fabulosamente rico na Índia e agora levava sua riqueza de volta para a Europa. Esse tipo de carreira era um jogo. Na Índia, um homem ou morria ou ficava rico. A maioria morria. — Você está carregando mercadorias? — perguntou Braithwaite a Sharpe.

— Mercadorias? — perguntou Sharpe, intrigado com o esforço do secretário em ser agradável com ele.

— Para vender — disse com impaciência Braithwaite, como se Sharpe estivesse sendo obtuso deliberadamente. — Tenho penas de pavão — prosseguiu. — Cinco caixotes. As plumas alcançam um valor extraordinário em Londres. Os chapeleiros as compram. A propósito, meu nome é Malachi Braithwaite. — Ele estendeu a mão. — Secretário particular de lorde William.

Sharpe apertou relutantemente a mão que lhe foi oferecida.

— Não enviei a carta — disse Braithwaite, sorrindo significativamente. — Disse a ele que enviei, mas não o fiz. — Braithwaite aproximou-se mais de Sharpe para sussurrar essas confidências. Ele era alguns centímetros mais alto que Sharpe, porém bem mais magro, e tinha um rosto lúgubre com olhos agitados que nunca pareciam demorar muito em Sharpe antes de virarem abruptamente em outra direção, quase como se Braithwaite esperasse ser atacado a qualquer segundo. — Milorde irá deduzir que seu coronel nunca recebeu a carta.

— Por que você não a enviou? — perguntou Sharpe.

Braithwaite pareceu ofendido pelo tom ríspido de Sharpe.

— Nós vamos ser companheiros de viagem — respondeu com honestidade. — Por quanto tempo? Três? Quatro meses? E não viajo na popa como meu mestre. Tenho de dormir no camarote da coberta de terceira classe, e ainda por cima no nível inferior! Ele não me colocou nem mesmo na terceira classe do convés principal. — Ele claramente considerava isso humilhante. O secretário estava vestido como um cavalheiro, com gola alta e gravata amarrada num nó complicado, mas o tecido do casaco preto era brilhoso, as mangas gastas e o colarinho da camisa cerzido. — Por que eu haveria de fazer inimigos desnecessários, Sr. Sharpe? — perguntou Braithwaite. — Se eu coçar as suas costas, então o senhor talvez possa me prestar um serviço.

— Que tipo de serviço?

Braithwaite deu de ombros.

— Quem sabe que eventualidade pode ocorrer? — perguntou num tom vago, virando-se para observar o barão Von Dornberg descer pela escadaria do castelo de proa. — Dizem que ele fez uma fortuna em diamantes — murmurou Braithwaite para Sharpe. — E o criado dele não viaja na coberta de terceira classe; ele tem um lugar só para ele no camarote grande. — Cuspiu essa última informação, mas recompôs o rosto para dar um passo à frente e interceptar o barão. — Malachi Braithwaite, secretário particular de lorde William Hale — apresentou-se enquanto levantava o chapéu. — E muitíssimo honrado de encontrar Vossa Excelência.

— A honra e o prazer são inteiramente meus — respondeu o barão Von Dornberg num inglês impecável e retribuiu a cortesia de Braithwaite removendo o chapéu tricorne e fazendo uma mesura baixa.

Ao empertigar-se, o barão olhou para Sharpe, que se descobriu diante de um rosto familiar, embora agora esse rosto estivesse decorado com um bigode grande e encerado. Fitou o barão, e este pareceu estarrecido por um segundo, mas então se recuperou e piscou para Sharpe.

Sharpe quis dizer alguma coisa, mas temeu soltar uma gargalhada; em vez disso, simplesmente ofereceu ao barão um leve meneio de cabeça.

Mas Von Dornberg não estava disposto a aceitar formalidades da parte de Sharpe. Ele abriu os braços poderosos e apertou Sharpe num abraço de urso.

— Este é um dos homens mais corajosos do exército britânico! — disse à mulher, e então sussurrou no ouvido de Sharpe: — Não diga nada, eu lhe imploro, nem um pio. — Ele recuou um passo. — Posso lhe apresentar a baronesa Von Dornberg? Mathilde, é o Sr. Richard Sharpe, um amigo que, muito tempo atrás, foi um inimigo. Não me diga que está viajando na terceira classe, Sr. Sharpe?

— Estou sim, milorde.

— Fico chocado! Os britânicos não sabem como tratar seus heróis. Mas eu sei! Você deve vir ranchar conosco na câmara de refeições do comandante do navio. Insisto!

Sorriu para Sharpe, ofereceu o braço a Mathilde, despediu-se de Braithwaite com um meneio de cabeça e continuou andando.

— Achei que você tinha dito que não o conhecia — disse Braithwaite, magoado.

— Não o reconheci de chapéu — retrucou Sharpe.

Incapaz de resistir a um sorriso, Sharpe deu as costas para o secretário. O barão Von Dornberg não era barão, e Sharpe duvidava que houvesse enriquecido com comércio e trocado seu lucro por diamantes, a despeito de quantos carregasse, porque Von Dornberg era um mercenário. Seu nome verdadeiro era Anthony Pohlmann. Fora sargento no Exército hanoveriano antes de desertar para os serviços muitíssimo mais bem pagos de um príncipe indiano, e seu talento bélico valera-lhe uma promoção atrás da outra até que, durante algum tempo, chefiara um exército mahratta que espalhara terror por toda a Índia central. E então, num dia quente, suas forças haviam encontrado um exército britânico bem menor entre dois rios numa aldeia chamada Assaye, e ali, numa tarde poeirenta, marcada por tiros de canhão e chacina sanguinária, o exército de Anthony Pohlmann fora aniquilado por sipaios e Highlanders. O próprio Pohlmann desaparecera na Índia misteriosa, mas agora estava aqui no *Calliope* como um passageiro celebrado.

— Como o conheceu? — inquiriu Braithwaite.

— Nem lembro mais — respondeu vagamente Sharpe. — Em algum lugar. Realmente não lembro. — Ele se virou para admirar o litoral. A terra agora estava escura, pontuada por fagulhas de luz de lareira e delineada por um céu cinza manchado com fumaça de cidade. Sharpe queria voltar para lá, mas então ouviu a voz alta de Pohlmann e se virou para ver o alemão apresentando sua mulher a lady Grace Hale.

Sharpe olhou a dama. Ela estava acima dele, no tombadilho, aparentemente alheia à turba reunida no convés principal abaixo. Ofereceu a Pohlmann a mão flácida, cumprimentou com a cabeça a mulher de cabelos louros e então, sem dizer palavra, virou-se majestosamente.

— Aquela é lady Grace — disse Braithwaite a Sharpe numa voz carregada de admiração.

— Ouvi dizer que ela anda doente.

— Ela é apenas muito tensa — disse Braithwaite, defensivamente. — Mulheres muito tensas são propensas à fragilidade, creio, e Sua Excelência é muito tensa, realmente muito tensa. — Falou calorosamente, incapaz de desviar os olhos de lady Grace, que estava parada observando a praia cada vez mais distante.

Uma hora depois era noite, a Índia havia sumido e Sharpe singrava o mar debaixo de um céu de estrelas.

— A guerra está perdida — declarou o comandante Peculiar Cromwell. — Perdida. — Fez a declaração numa voz rouca e monocórdia, e fitou desconsolado a toalha de mesa.

Era o terceiro dia desde que o *Calliope* partira de Bombaim, e o navio velejava com um vento favorável. O *Calliope* era, como o comandante Chase dissera a Sharpe, uma nau veloz, e a fragata da Companhia das Índias Orientais ordenara a Cromwell para ferrar as velas durante o dia para não correr o risco de deixar os navios mais lentos para trás. Cromwell resmungara ao ouvir a ordem, e então enrolara tanto pano dos mastros que agora o *Calliope* velejava na retaguarda do comboio.

Anthony Pohlmann convidara Sharpe para jantar na câmara onde o comandante Cromwell presidia todas as noites uma reunião dos passageiros mais ricos que tinham pagado para viajar nos luxuosos camarotes da popa. A câmara de refeições ficava no painel de popa, a parte mais elevada da nau, imediatamente a vante dos dois camarotes de tombadilho que eram os maiores, mais opulentos e mais caros. Lorde William Hale e o barão Von Dornberg ocupavam cada um destes camarotes, enquanto abaixo deles, no convés principal do navio, o camarote grande fora dividido em quatro compartimentos para os outros passageiros abastados. Um deles era um nababo e sua esposa que estavam voltando para sua casa em Cheshire depois de vinte anos lucrativos na Índia; outro era um advogado que estivera viajando depois de atuar no Supremo Tribunal em Bengala; o terceiro era um major de cabelos grisalhos do 96º que estava se aposentando do Exército; o último camarote pertencia ao criado de Pohlmann, que fora o único dos passageiros da popa a não ser convidado para comer na câmara.

Foi o major escocês, um homem troncudo chamado Arthur Dalton, que fez cara feia diante da declaração de Peculiar Cromwell de que a guerra estava perdida.

— Nós derrotamos os franceses da Índia e sua Marinha está de joelhos — protestou o major.

— Se a Marinha deles está de joelhos, então por que estamos viajando em comboio? — resmungou Cromwell. Olhou beligerante para Dalton, esperando por uma resposta, mas o major se recusou a morder a isca e Cromwell olhou triunfal para as pessoas na câmara. Ele era um homem alto e gordo com cabelos negros raiados de branco que desciam até abaixo dos ombros. Tinha queixo comprido, dentes grandes e amarelos, olhos belicosos. Suas mãos, grandes e poderosas, mantinham-se permanentemente escurecidas devido ao alcatrão dos cordames. A casaca de seu uniforme era feita de um pano grosso azul e pesadamente ornada com botões de latão decorados com o símbolo da Companhia que supostamente mostrava um leão usando coroa, mas que todos chamavam de "o gato e o queijo". Cromwell balançou sua cabeça pesada. — A guerra está perdida — tornou a declarar. — Quem rege o continente da Europa?

— Os franceses — respondeu preguiçosamente o advogado. — Mas isso não vai durar. Os franceses são como balões: belos e impressionantes, mas sem substância. Sem nenhuma substância.

— Toda a costa da Europa está em mãos inimigas — disse friamente Cromwell, ignorando o escárnio do advogado.

Ele se calou quando um ruído rangente, alto e arrepiante ecoou pela câmara. Ele pontuava a conversa esporadicamente e Sharpe levara alguns momentos para compreender que esse era o som do gualdrope da cana do leme que se estendia dois conveses abaixo dele. Cromwell olhou para a agulha magnífica que estava montada no teto, e então, decidindo que tudo estava em ordem, prosseguiu a discussão:

— A Europa, eu lhes digo, está em mãos inimigas. Os americanos, maldita seja sua insolência, são hostis, de modo que o nosso oceano nativo é um mar inimigo. Um mar inimigo. Velejamos nele porque possuímos um número maior de navios, mas navios custam dinheiro, e por quanto tempo o povo britânico pagará por navios?

— Há os austríacos — sugeriu o major Dalton. — Os russos?

— Os austríacos, senhor! — zombou Cromwell. — Os austríacos não podem nem colocar um exército em campo que ele logo é destruído! Os russos? Você confiaria nos russos para libertar a Europa quando eles não conseguem libertar a si mesmos? Já esteve na Rússia, senhor?

— Não — admitiu o major Dalton.

— Uma terra de escravos — disse Cromwell com desprezo.

Era esperado que lorde William Hale contribuísse para esta conversa, porque, como um dos seis membros da Junta de Controle da Companhia das Índias Orientais, ele devia estar familiarizado com o pensamento do governo britânico, mas satisfazia-se em ouvir com um sorriso levemente entretido, embora tivesse soerguido uma sobrancelha diante da declaração de Cromwell de que os russos eram uma nação de escravos.

— Os franceses — prosseguiu acaloradamente Cromwell — enfrentam uma turba de inimigos em suas fronteiras orientais, mas nenhum a oeste. Portanto eles podem concentrar seus exércitos, confiando no conhecimento de que nenhum exército britânico jamais tocará seu litoral.

— Jamais? — perguntou sarcástico o mercador, um homem chamado Ebenezer Fairley.

Cromwell moveu seu olhar severo para o novo oponente, contemplou Fairley por um momento, e então balançou a cabeça.

— Fairley, os britânicos não gostam de exércitos. Eles mantêm um exército pequeno. Um exército pequeno jamais poderá derrotar Napoleão. Por conseguinte, Napoleão está seguro. Por conseguinte, a guerra está perdida. Por Deus, homem, eles já podem até ter invadido a Grã-Bretanha!

— Oro para que não — disse com fervor o major Dalton.

— O exército deles estava preparado — ribombou Cromwell com um estranho deleite nesta conversa sobre uma derrota britânica —, e tudo que eles precisavam era de sua Marinha para comandar o canal.

— O que eles não podem fazer — interveio em voz baixa o advogado.

Ignorando o advogado, Cromwell prosseguiu:

— E mesmo se eles não invadirem este ano, com o tempo conseguirão construir uma Marinha capaz de derrotar a nossa, e quando esse dia chegar a Grã-Bretanha buscará a paz. A Grã-Bretanha reverterá à sua postura natural, e sua postura natural é uma ilha pequena e insignificante se fazendo passar por grande continente.

Lady Grace falou pela primeira vez. Sharpe ficara feliz e satisfeito em vê-la no jantar, porque o comandante Chase sugerira que ela não gostava de companhia, mas parecia contente por estar na câmara de refeições, embora até aqui tivesse tomado tão pouca participação na conversa quanto seu marido.

— Então estamos fadados à derrota, comandante — sugeriu lady Grace.

— Não, madame — respondeu Cromwell, suavizando sua belicosidade agora que se dirigia a uma passageira dotada de um título honorífico. — Estamos fadados a um acordo de paz realista assim que aqueles políticos cegos virem o que está bem diante dos seus narizes.

— E o que é? — inquiriu Fairley.

— Que os franceses são muito mais poderosos que nós, é claro! — vociferou Cromwell. — E, antes de fazermos paz, devemos fazer dinheiro, porque precisaremos de dinheiro num mundo governado pelos franceses. É por isso que a Índia é tão importante. Devemos sugar o lugar até os ossos antes que os franceses o tomem de nós. — Cromwell estalou os dedos para instruir aos taifeiros que removessem os pratos que haviam alojado um ragu de bife salgado. Sharpe comera desajeitadamente, manejando mal os talheres e desejando coragem para retirar do bolso o canivete que usava para comer quando não estava na companhia de pessoas mais refinadas.

Mathilde, a baronesa Von Dornberg, sorriu com gratidão enquanto o comandante enchia seu cálice de vinho. A baronesa, que quase certamente não era nada disso, sentava-se à esquerda do comandante Cromwell, enquanto à sua frente estava lady Grace Hale. Pohlmann, resplandecente num casaco de seda com franjas de renda, sentava-se ao lado de lady Grace, e lorde William se achava à esquerda de Mathilde. Sharpe, sendo a pessoa menos importante, estava na cabeceira mais distante da mesa.

A câmara de refeições era um cômodo elegante revestido com madeira pintada de verde-ervilha e dourado, enquanto um candelabro de bronze, despojado de velas, pendia de uma viga ao longo da claraboia ampla. Se o cômodo não estivesse balançando lentamente, de vez em quando movendo um cálice de vinho na mesa, Sharpe teria achado que estava em terra.

Ele não dissera nada a noite inteira, satisfeito em deitar os olhos em lady Grace, que, pálida e indiferente, ignorava-o desde o momento em que foram apresentados. Ela lhe oferecera polidamente a mão enluvada, dirigira-lhe um olhar inexpressivo, e dera-lhe as costas. Seu marido ficara carrancudo ao se dar conta da presença de Sharpe, mas em seguida imitara a esposa, fingindo que o alferes não existia.

Uma sobremesa de laranja com açúcar queimado foi servida. Pohlmann levou a calda grossa avidamente à boca, e então olhou para Sharpe.

— E você, Sharpe, acha que a guerra está perdida?

— Eu, senhor? — Sharpe estava atônito por terem se dirigido a ele.

— Você, Sharpe, sim, você — disse Pohlmann. — Você acha que a guerra está perdida?

Sharpe hesitou, imaginando que o curso de ação mais sensato seria dizer alguma coisa inofensiva e deixar a conversa fluir novamente sem ele, mas sentira-se ofendido pelo derrotismo de Cromwell.

— Ela certamente não acabou, milorde — disse a Pohlmann.

Cromwell reconheceu o desafio.

— O que quer dizer com isso, senhor? Explique-se.

— Uma luta não está perdida até estar terminada, senhor — disse Sharpe. — E esta luta ainda não terminou.

— Um alferes fala — murmurou com escárnio lorde William.

— Você acha que um rato tem chance contra um *terrier*? — inquiriu Cromwell, igualmente escarninho.

Pohlmann levantou uma das mãos para impedir Sharpe de responder.

— Creio que o alferes Sharpe sabe muita coisa a respeito de combates, comandante — disse o alemão. — Quando o conheci, ele era um sargento, e agora é um oficial comissionado. — Ele fez uma pausa, deixando a declaração provocar surpresa. — Do que precisa um sargento para se tornar oficial do Exército britânico?

— De uma sorte danada — disse lorde William, lacônico.

— Ele precisa de um ato de bravura extraordinário — observou o major Dalton em voz baixa. Ele levantou seu cálice de vinho para Sharpe. — Estou honrado por conhecê-lo, Sharpe. Não associei o nome à pessoa quando fomos apresentados, mas agora me lembro de você. Estou honrado.

Pohlmann, divertindo-se com sua travessura, brindou Sharpe com um gole de vinho.

— E então, Sr. Sharpe, qual foi o seu ato de bravura extraordinária?

Sharpe enrubesceu. Lady Grace estava fitando-o, notando-o pela primeira vez desde que o grupo se sentara para jantar.

— E então, Sharpe? — insistiu o comandante Cromwell.

Sharpe não sabia o que dizer, mas foi resgatado por Dalton.

— Ele salvou a vida de sir Arthur Wellesley — disse o major em voz baixa.

— Como? Onde? — inquiriu Pohlmann.

Sharpe olhou nos olhos do alemão.

— Num lugar chamado Assaye, senhor.

— Assaye? — disse Pohlmann, franzindo levemente o cenho. Fora em Assaye que o exército e as ambições de Pohlmann tinham sido massacrados por Wellesley. — Nunca ouvi falar — disse, recostando-se em sua cadeira.

— E você foi o primeiro a transpor a muralha de Gawilghur, Sharpe — disse o major. — Não foi isso?

— Eu e o capitão Campbell fomos os primeiros, senhor. Mas a muralha estava mal defendida.

— Foi lá que você ganhou a cicatriz, Sharpe? — inquiriu o major e toda a mesa fitou Sharpe. Ele se sentiu desconfortável, mas não havia como negar o poder de seu rosto, nem a sugestão de violência contida na cicatriz. — Não foi uma bala, foi? — insistiu o major. — Balas não deixam esse tipo de cicatriz.

— Foi uma espada, senhor — respondeu Sharpe. — Um homem chamado Dodd. — Ele olhou para Pohlmann enquanto falava, e Pohlmann, que já comandara e odiara o renegado Dodd, sorriu de lado.

— E o Sr. Dodd ainda vive? — perguntou o alemão.

— Ele está morto, senhor — disse Sharpe sem emoção.

— Bom. — Pohlmann levantou seu cálice para Sharpe.

O major se virou para Cromwell.

— O Sr. Sharpe é um soldado muito bem-conceituado, comandante. Sir Arthur me disse que se você se descobrir numa luta particularmente encarniçada, então deve rezar para ter Sharpe ao seu lado.

A notícia de que o general Wellesley dissera tal coisa agradou Sharpe, mas o comandante Cromwell não esquecera de seu comentário e agora estava fitando muito sério o alferes.

— Você acha que os franceses podem ser derrotados? — inquiriu o comandante.

— Estamos em guerra com eles, senhor, e ninguém vai à guerra se não pretende vencer — retorquiu Sharpe.

— Os homens vão à guerra porque políticos de mente estreita não veem alternativa.

— E se toda guerra tem um vencedor, a lógica dita que também sempre há um perdedor. Rapaz, se quer o meu conselho, deixe o Exército antes que algum político o mate num ataque insensato à França. Ou, mais provavelmente, antes que os franceses invadam a Grã-Bretanha e matem você junto com todos os outros casacas-vermelhas.

As senhoras retiraram-se algum tempo depois, e os homens beberam uma taça de vinho do Porto, mas a atmosfera estava carregada, e Pohlmann, claramente entediado, pediu licença aos presentes e fez um gesto para que Sharpe o seguisse de volta até o camarote do tombadilho a boreste onde Mathilde agora estava sentada num sofá coberto de seda. Diante dela, num sofá idêntico, estava um homem idoso que falava animadamente em alemão quando Pohlmann entrou, mas que imediatamente se levantou e curvou respeitosamente a cabeça. Pohlmann pareceu surpreso em vê-lo, e com um gesto mostrou a porta para o homem.

— Não precisarei de você hoje — disse em inglês.

— Muito bem, milorde. — O homem, evidentemente o criado de Pohlmann, respondeu na mesma linguagem e então, com um olhar para Sharpe, saiu do camarote.

Pohlmann ordenou peremptoriamente a Mathilde que fosse tomar um pouco de ar no tombadilho e então, quando ela havia se retirado, serviu duas doses grandes de conhaque e dirigiu um sorriso matreiro a Sharpe.

— Meu coração quase saiu pela boca e parou quando vi você — disse ele, apertando dramaticamente o peito.

— Faria diferença se eles soubessem quem foi você? — perguntou Sharpe.

Pohlmann sorriu.

— Quanto crédito os mercadores dariam ao sargento Anthony Pohlmann? Mas ao barão Von Dornberg... ah! Eles fazem fila para dar crédito ao barão. Eles brigam para ver quem vai derramar guinéus na minha bolsa.

Sharpe olhou ao seu redor para o camarote grande que estava mobiliado com dois sofás, uma mesa de canto, uma mesa baixa, uma harpa e uma enorme cama de teca com ornamentos de marfim na cabeceira.

— Mas você deve ter se saído muito bem na Índia — comentou Sharpe.

— Para um ex-sargento, você quer dizer? — Pohlmann riu. — Cometi alguns saques, meu caro Sharpe, mas não tantos quanto gostaria e nem de perto tanto quanto perdi em Assaye, mas não posso me queixar. Se eu tomar cuidado, não terei de trabalhar novamente. — Ele olhou para a bainha da casaca vermelha de Sharpe onde as joias faziam pequenos caroços no tecido. — Vejo que você também se saiu bem na Índia.

Sharpe estava ciente de que o tecido esgarçado da casaca se tornava cada vez mais um lugar inseguro para esconder os diamantes, esmeraldas e rubis, mas como não queria discutir isso com Pohlmann, preferiu gesticular na direção da harpa.

— Você toca?

— *Mein Gott*, não! Mathilde toca. Muito mal, mas eu digo a ela que é maravilhosa.

— Ela é sua esposa?

— E eu lá tenho miolo mole? Acha que me casaria? Essa não, Sharpe. Ela era amante de um rajá, e quando ele se cansou dela a tomei para mim. Ela é da Baviera e quer ter filhos, de modo que é duplamente estúpida, mas vai manter minha cama aquecida até eu chegar em casa. Depois encontro uma mais jovem. Você matou Dodd?

— Não eu, um amigo fez isso.

— Ele merecia morrer. Homem horrível. — Pohlmann estremeceu.

— Está viajando sozinho?

— Sim.

— No buraco de rato, é? — Ele olhou para a bainha na casaca de Sharpe. — Você fica com suas joias o tempo todo e viaja no camarote da terceira classe. Porém o mais importante, meu amigo cauteloso: você vai revelar quem eu sou?

— Não — disse Sharpe com um sorriso. Da última vez que vira Pohlmann, o hanoveriano estava escondido na cabana de um aldeão na aldeia de Assaye. Sharpe poderia tê-lo prendido e obtido crédito por capturar o comandante do exército vencido, mas como sempre gostara de Pohlmann, fez vista grossa e deixou o homem escapar. — Mas acho que meu silêncio vale alguma coisa — acrescentou Sharpe.

— Você quer Mathilde de vez em quando? — Pohlmann, seguro de que seu segredo estava a salvo com Sharpe, não pôde ocultar seu alívio.

— Alguns convites para jantar, talvez?

Pohlmann ficou surpreso por Sharpe contentar-se com tão pouco.

— Gosta tanto assim da companhia do comandante Cromwell?

— Não.

Pohlmann riu.

— Lady Grace — disse baixinho. — Eu vi você, Sharpe, babando que nem um cachorro. Gosta das magrinhas, é?

— Gosto dela.

— O marido não gosta — disse Pohlmann. — Nós os ouvimos através da divisória. — Ele apontou com o dedão para a antepara que dividia o grande camarote do tombadilho. A antepara era feita de uma madeira fina que podia ser retirada e guardada no porão se apenas um passageiro viajasse no camarote luxuoso. — O taifeiro do comandante me disse que o camarote deles é duas vezes maior que este e que eles o dividem em dois. Ele fica com uma parte e ela com a outra. Eles são como... como vocês dizem? Gato e cão?

— Cão e gato — corrigiu Sharpe.

— Ele late e ela mia. Ainda assim, eu lhe desejo felicidades. Só os deuses conhecem nossos destinos. Eles provavelmente pensam que sou um touro e Mathilde uma vaca. Que tal nos juntarmos a Mathilde no tombadilho? — Pohlmann pegou dois charutos na mesinha de cabeceira. — O comandante disse que não devemos fazer fumaça a bordo. Em vez disso, devemos mascar tabaco, mas ele que faça isso. — Pohlmann acendeu os charutos, deu um a Sharpe e então o conduziu até o tombadilho e escadas acima até o painel de popa.

Mathilde estava parada na amurada, olhando para um marinheiro que se encontrava no nível inferior, acendendo a lanterna da bitácula, a única luz permitida no navio depois do anoitecer, enquanto lady Grace se achava na grinalda da popa, parada debaixo da imensa lanterna de alcançado que não seria acesa nesta viagem para que não corressem o risco de que o *Revenant* ou outro navio francês avistasse o comboio.

— Vá lá, fale com ela — incitou Pohlmann, cutucando as costelas de Sharpe com o cotovelo.

— Não tenho nada para dizer a ela.

— Então você não é realmente corajoso — replicou Pohlmann. — Arrisco dizer que você não pensaria duas vezes antes de avançar contra uma linha de canhões como aquela que tive em Assaye, mas uma mulher bonita como aquela deixa você morrendo de medo, não é?

Lady Grace estava parada, magra, embrulhada num manto, acompanhada por uma camareira que se mantinha a uma certa distância de sua ama como se a temesse. Sharpe também estava nervoso. Queria falar com ela, mas sabia que tropeçaria nas palavras. Assim, permaneceu ao lado de

Pohlmann, olhando em frente para além da silhueta geral de velas onde o resto do comboio estava praticamente invisível na noite. Ao longe um violino era tocado e um grupo de marinheiros dançava ao seu ritmo.

— Você realmente foi promovido das fileiras? — perguntou uma voz fria, e Sharpe virou-se para ver que lady Grace aparecera ao seu lado.

Instintivamente, tocou seu topete. Por um momento sentiu-se estúpido e sua língua pareceu grudada no palato, mas finalmente conseguiu fazer que sim com a cabeça.

— Sim, madame. Milady.

Ela fitou os olhos dele, e era suficientemente alta para não precisar olhar para cima. A noite deixava seus olhos grandes escuros, mas durante o jantar Sharpe vira que eles eram verdes.

— Deve ter sido uma circunstância difícil — disse ela, ainda usando uma voz distante como se estivesse sendo forçada a ter esta conversa.

— Sim, madame — repetiu Sharpe, sabendo que estava parecendo um idiota. Sentia-se tenso, com um músculo da perna esquerda latejando, a boca seca e o estômago embrulhado: as mesmas sensações que um homem sentia enquanto aguardava a batalha. — E antes de acontecer, madame, eu queria muito, mas agora... — desabafou, querendo dizer qualquer outra coisa que não fosse uma resposta monossilábica. — Agora gostaria de nem mesmo ter desejado.

O rosto da dama estava inexpressivo. Belo, mas inexpressivo. Ignorando Pohlmann e Mathilde, fitou o tombadilho durante alguns instantes antes de olhar novamente para Sharpe.

— Quem dificulta mais, os soldados ou os oficiais? — perguntou ela.

— Ambos, madame — disse Sharpe. Ao ver que a fumaça de seu charuto a estava incomodando, jogou-o na água. — Os homens acham que você não é um oficial de verdade, e os outros oficiais... bem, é como quando um vira-lata é adotado por uma família. Os outros cachorros não gostam.

Ela abriu um meio sorriso a isso.

— Diga-me exatamente como salvou a vida de Arthur — disse ela num tom que ainda sugeria que estava conversando apenas por educação. Ficou calada durante alguns segundos, e Sharpe viu que ela tinha um tique nervoso no olho esquerdo que o fazia tremer a intervalos de poucos segundos. Prosseguiu: — Ele é um primo, embora bastante distante. Ninguém da família pensava que ele um dia fosse chegar a algum lugar.

Sharpe levou um ou dois segundos para compreender que ela se referia a sir Arthur Wellesley, o homem frio que o promovera.

— Ele é o melhor general que já vi, madame.

— E você poderia saber? — perguntou, cética.

— Sim, madame — disse Sharpe com firmeza. — Eu poderia.

— Então, como salvou a vida dele? — insistiu.

Sharpe hesitou. O aroma do perfume de lady Grace o deixava tonto. Ele estava prestes a dizer alguma coisa vaga sobre batalha, confusão e memória embotada, mas nesse instante lorde William apareceu no tombadilho e, sem dizer uma palavra, lady Grace virou-se para a escadaria do painel de popa. Sharpe observou-a afastar-se, consciente de que seu coração estava martelando as costelas. Ele ainda tremia. Tinha sido entorpecido por ela.

Pohlmann ria, baixinho.

— Ela gosta de você, Sharpe.

— Não diga bobagens.

— Ela está arfando por você — disse Pohlmann.

— Meu caro Sharpe! Meu caro Sharpe! — Era o escocês, major Dalton, subindo do tombadilho. — Aí está! Você desapareceu! Quero falar com você, Sharpe, se pode me fazer a gentileza de me ceder alguns momentos. Como você, Sharpe, estive em Assaye, mas ainda estou absolutamente confuso com o que aconteceu lá. Precisamos conversar, precisamos sim. Meu caro barão, baronesa — ele tirou o chapéu e fez uma mesura —, meus cumprimentos. Poderiam perdoar dois soldados trocando reminiscências?

— Eu o perdoarei, major — disse Pohlmann, expansivo —, mas também deixarei vocês, porque nada sei sobre o ofício de soldado, nada!

A conversa dos senhores seria um longo mistério para mim. Venha, minha *Liebchen*, venha.

E enquanto Sharpe falava da batalha, a escuridão tropical caiu sobre o navio.

— Canhão número quatro! — gritou o tenente Tufnell, imediato do *Calliope*. — Fogo!

O canhão de dezoito libras pulou para trás, parando abruptamente quando o cabo que o prendia conteve o poderoso recuo da arma. Farpas de tinta voaram do cânhamo retesado, porque o comandante Cromwell insistia que as talhas dos canhões, assim como cada outra peça de equipamento no convés, fossem pintadas em branco. Era por esse motivo que apenas um canhão estava sendo disparado, porque Cromwell não queria gastar os outros trinta e um canhões que haviam tido seus canos polidos e suas talhas pintadas; assim, cada guarnição de canhão, composta de tripulantes do navio e metade dos passageiros, se revezava para disparar o canhão número quatro. O dezoito-libras, sua boca escurecida pela pólvora, chiou enquanto as paredes internas do cano eram limpas. Fumaça subia ao céu para se aglomerar numa grande nuvem que estava fazendo companhia ao navio.

— O tiro caiu curto, senhor! — Binns, o jovem oficial, anunciou do castelo de popa onde, equipado com uma luneta, observava a queda das balas. O *Chatam Castle*, outro navio do comboio, estava periodicamente largando barris em sua esteira para servir como alvos para o canhão do *Calliope*.

Era a vez da equipe do canhão número cinco disparar. O marinheiro no comando era um homem de pele ressequida e cabelos grisalhos longos que usava presos num coque, no qual enfiara uma espicha.

— Você — apontou para Malachi Braithwaite que, para seu imenso desprazer, era integrante de uma guarnição de canhão a despeito de ser secretário particular de um lorde —, quando eu ordenar, empurre duas dessas bolsas pretas para dentro do canhão. Ele — apontou para um marinheiro lascar — soca a carga e você — olhou novamente para Braithwaite — introduz a bala e o indiano soca ela também. E todos vocês, marujos de água doce, devem sair da frente do canhão, e você — olhou para Sharpe — faz a mira.

— Achei que esse era seu trabalho — disse Sharpe.

— Sou meio cego, senhor. — O marinheiro ofereceu a Sharpe um sorriso banguela e se virou para os três outros passageiros. — O resto de vocês ajuda os outros indianos a empurrar o canhão para a frente até aquelas duas linhas ali, e, depois que tiverem feito isso, se afastem e tapem os ouvidos. E se houver realmente um combate, a melhor coisa que poderão fazer é ajoelhar e rezar ao Todo-Poderoso para nos rendermos. Você pode disparar o canhão, senhor? — perguntou a Sharpe. — E sabe que deve ficar ao lado se não quiser ser sepultado no mar. A bolsa de juncos está aqui, senhor, e o cordão de disparo ali, senhor, e é melhor atirar no momento ascendente do jogo do navio se não quiser deixar todos nós com cara de idiota. Não vai acertar nada, senhor, porque ninguém jamais acerta. Só praticamos porque a Companhia nos manda fazer isso, mas jamais disparamos um canhão em combate e rezo para que isso nunca aconteça.

O canhão estava equipado com um fecho de pederneira, exatamente como um mosquete, que inflamava a pólvora acumulada dentro do junco oco que era inserido no ouvido do canhão, de modo a conduzir o lume até a carga principal. Uma vez que o canhão estivesse carregado, tudo que Sharpe precisava fazer era apontá-lo, manter-se de lado e puxar o cordão de disparo que acionava o ferrolho. Braithwaite e o lascar socaram a carga e a bala, Sharpe empurrou um arame afiado através do ouvido do canhão para perfurar a bolsa de lona com pólvora, e deslizou o junco para seu lugar. Os outros membros da guarnição empurraram desajeitadamente o canhão até seu cano passar por cima da amurada do convés principal. Havia à disposição alavancas de madeira grandes que poderiam ser usadas para conteirar o canhão para a esquerda ou para a direita, mas nenhuma das guarnições as usava. Eles não estavam tentando seriamente apontar o canhão; apenas realizavam todos os procedimentos obrigatórios para que se pudesse registrar no diário de bordo que os regulamentos da Companhia tinham sido cumpridos.

— Ali está o seu alvo! — gritou o comandante Cromwell, e Sharpe, de pé no reparo do canhão, viu um barril impossivelmente pequeno ao sabor das ondas. Ele não fazia a menor ideia de qual era a distância, e tudo que pôde fazer foi aguardar até o barril flutuar para a conteira correta, aguardar até que uma vaga causasse o jogo ascendente do navio e puxar a corda. A pederneira foi acionada e uma pequena língua de fogo subiu do ouvido; o canhão recuou violentamente sobre suas rodinhas, e a fumaça subiu até a metade da altura da vela grande enquanto a chama de pólvora lambia e coleava na nuvem branca pungente. As peias se retesaram, espalhando mais resíduos de tinta. E então o Sr. Binns gritou empolgado do painel de popa:

— Um acerto, senhor, um acerto! Um acerto! Na mosca, senhor! Um acerto!

— Nós ouvimos da primeira vez, Sr. Binns — resmungou Cromwell.

— Mas é um acerto, senhor! — protestou Binns, pensando que ninguém acreditava nele.

— Acima, para o ninho de pega! — rugiu Cromwell para Binns. — Eu lhe disse para ficar calado. Se não sabe conter a língua, garoto, então vá lá para cima gritar para as nuvens. Acima! — Ele apontou para o tope do mastro grande. — E ficará lá até que eu consiga suportar de novo sua presença malsã.

Mathilde estava aplaudindo entusiasticamente do tombadilho. Lady Grace também se achava lá e Sharpe estivera fortemente cônscio de sua presença enquanto apontava o canhão.

— Você teve uma sorte danada — disse o velho marinheiro.

— Pura sorte — concordou Sharpe.

— E você custou dez guinéus ao comandante — casquinou o velho.

— Custei?

— Ele tinha apostado com o Sr. Tufnell que ninguém jamais acertaria o alvo.

— Eu pensei que apostas fossem proibidas a bordo.

— Muitas coisas são proibidas, senhor, mas isso não quer dizer que não acontecem...

Os ouvidos de Sharpe estavam zumbindo por causa do estrondo terrível do canhão enquanto ele recuava da arma fumarenta. Tufnell, o imediato, insistiu em apertar sua mão e recusou-se a aceitar a alegação de Sharpe de que o acerto tinha sido apenas um golpe de sorte. Então Tufnell deu um passo para o lado, porque o comandante Cromwell descera do tombadilho e estava avançando até Sharpe.

— Já havia disparado um canhão antes? — inquiriu furiosamente o comandante.

— Não, senhor.

Cromwell olhou para o cordame, e em seguida para seu imediato.

— Sr. Tufnell!

— Senhor!

— Um estribo partido! Ali, na gávea do grande! — apontou Cromwell. Sharpe seguiu o dedo do comandante e viu que um dos estribos da verga, nos quais ficariam os gajeiros enquanto estivessem ferrando a vela, partira-se. — Não vou comandar um navio desmazelado, Sr. Tufnell — rosnou Cromwell. — Isto aqui não é uma barcaça de feno do Tâmisa, Sr. Tufnell, é um navio mercante! Emende aquilo imediatamente!

Enquanto Tufnell mandava dois marujos acima para emendarem o cabo partido, Cromwell olhou carrancudo para a guarnição seguinte a disparar o canhão. O canhão recuou, a fumaça subiu, e a bala ricocheteou sobre as ondas a umas boas cem jardas do barril flutuante.

— Um erro! — gritou Binns do tope do mastro grande.

— Tenho olho para irregularidades — disse Cromwell em sua voz baixa e rouca. — Tenho certeza de que o senhor também, Sr. Sharpe. Aposto que ao inspecionar uma centena de soldados em parada seu olho se fixa naquele que está empunhando um mosquete sujo. Estou certo?

— Espero que sim, senhor.

— Um estribo partido pode matar um homem. Pode derrubá-lo para o convés, e encher de dor o coração de uma mãe. Seu filho baixou o pé e não havia nada debaixo dele além de vácuo. Você quer que sua mãe sofra, Sr. Sharpe?

Sharpe decidiu que não era hora de explicar que ele era órfão há muito tempo.

— Não, senhor.

Cromwell olhou em torno do convés principal, que estava apinhado com os homens que constituíam as guarnições de canhão.

— O que o senhor nota nesses homens? — perguntou a Sharpe.

— O que eu noto, senhor?

— Eles estão em mangas de camisa, Sr. Sharpe. Todos, exceto o senhor e eu, estão em mangas de camisa. Eu fico com meu casaco, Sharpe, porque sou o comandante deste navio e espera-se que um comandante apareça vestido formalmente diante de sua tripulação. Mas por que, eu me pergunto, o Sr. Sharpe mantém sua casaca de lã num dia quente? Acredita que é comandante desta barcaça?

— Apenas sinto frio, senhor — mentiu Sharpe.

— Frio? — disse Cromwell. Ele colocou o pé direito numa rachadura entre as tábuas do convés e, quando levantou o sapato, um fio de piche derretido havia aderido à sola. — Você não está com frio, Sr. Sharpe. Você está suando. Suando! Venha comigo, Sr. Sharpe.

O comandante girou nos calcanhares e conduziu Sharpe para cima, até o tombadilho. Enquanto os passageiros que assistiam aos disparos abriam caminho para que os dois passassem, Sharpe subitamente percebeu o perfume de lady Grace. Desceu com Cromwell pela escada da escotilha até o camarote grande onde o comandante tinha suas acomodações. Cromwell destrancou a porta, empurrou-a e gesticulou para que Sharpe entrasse.

— Minha casa — resmungou o comandante.

Sharpe esperara que o comandante vivesse num dos camarotes da popa, com suas janelas grandes e largas, mas era mais lucrativo alugar essas acomodações a passageiros e Cromwell satisfazia-se com um camarote menor a bombordo do navio. Mesmo assim, era um lar confortável. Um beliche fora montado na parede entre estantes de livros. Uma mesa, fixa à antepara, estava coberta com cartas náuticas desenroladas mantidas abertas por três lanternas e um par de pistolas de cano longo. A luz do dia entrava pela vigia aberta, acima da qual o reflexo do mar ondulava no teto pintado de branco. Cromwell destrancou um bufezinho para revelar um barômetro e, ao seu lado, o que parecia um relógio de bolso bem gordo pendia de um gato.

— Trezentos e vinte e nove guinéus — disse Cromwell a Sharpe, cutucando o aparelho.

— Nunca tive um relógio, senhor.

— Não é um relógio, Sr. Sharpe — disse Cromwell, indignado. — É um cronômetro. Uma maravilha da ciência. Entre aqui e a Grã-Bretanha, duvido que irei perder mais do que dois segundos. É essa máquina, Sr. Sharpe, que nos diz onde estamos. — Ele soprou uma camada de poeira de cima da face do cronômetro, cutucou o barômetro, e então fechou e trancou cuidadosamente o bufezinho. — Mantenho meus tesouros em segurança, Sr. Sharpe. O senhor, por outro lado, ostenta os seus.

Sharpe não disse nada, e o comandante mostrou com um gesto a única cadeira no camarote.

— Sente-se, Sr. Sharpe. Já parou para pensar no meu nome?

Sharpe sentou-se meio incomodado.

— Seu nome? — Deu de ombros. — É incomum, senhor.

— É peculiar — disse Peculiar Cromwell, e então soltou uma gargalhada curta e áspera que não evidenciava qualquer humor. — Meus pais eram cristãos fervorosos e me deram um nome da Bíblia. — "Porque sois o povo santo ao Senhor Deus, o Senhor vos escolheu para serdes um povo peculiar." Deuteronômio, capítulo quatorze, versículo dois. Não é fácil, Sr. Sharpe, viver com um nome como esse. É um convite ao ridículo. Esse nome já me fez alvo de muitas piadas! — Ele disse essas últimas palavras com uma força extraordinária, como se ainda estivesse profundamente ressentido de todas as pessoas que tinham caçoado dele, mas Sharpe, empoleirado na beira da cadeira, não podia imaginar ninguém caçoando do rouco e carrancudo Peculiar Cromwell.

Cromwell sentou-se em seu beliche, pôs os cotovelos nas cartas e fixou os olhos em Sharpe.

— Fui dedicado a Deus, Sr. Sharpe, e isso me valeu uma vida de solidão. Foi-me negada uma educação apropriada. Outros homens vão para Oxford ou Cambridge, e são imersos em conhecimento, mas fui mandado para o mar porque meus pais acreditavam que eu ficaria acima das tentações mundanas se me mantivesse afastado da costa. Mas ensinei a mim mesmo, Sr. Sharpe. Aprendi com os livros — gesticulou para as prateleiras — e descobri que meu nome é adequado. Eu sou peculiar, Sr. Sharpe. Peculiar em minhas opiniões, apreensões e conclusões. — Meneou a cabeça com tristeza, ondulando os cabelos longos que repousavam nos ombros de sua casaca azul. — Observei atentamente todos à minha volta: homens racionais, homens convencionais e, principalmente, os homens sociáveis. Mas descobri que nenhuma dessas criaturas jamais fez qualquer coisa notável. É entre os solitários, Sr. Sharpe, que ocorre a verdadeira grandeza. — Ele fez uma careta, como se o fardo fosse quase pesado demais para carregar. — O senhor também é um homem peculiar — prosseguiu Cromwell. — O destino o colheu de seu lugar natural entre a escória da sociedade e o traduziu num oficial. E isso — ele se inclinou à frente e espetou um dedo em Sharpe — deve gerar solidão.

— Nunca me faltaram amigos — disse Sharpe, tentando evitar a conversa constrangedora.

— Você confia em si mesmo, Sr. Sharpe — ribombou Cromwell, ignorando as palavras de Sharpe —, assim como eu, à luz do conhecimento de que ninguém é merecedor de confiança, aprendi a confiar em mim mesmo. Excluídos, como o senhor e eu, são solitários porque são amaldiçoados a observar o trânsito daqueles que não são peculiares. Mas hoje, Sr. Sharpe, insistirei para que deixe de lado a sua desconfiança. Vou exigir que confie em mim.

— A respeito de quê, senhor?

Cromwell fez uma pausa enquanto o gualdrope da cana do leme rangia e gemia abaixo dele, e então olhou para uma agulha de teto fixada acima do beliche.

— Um navio é um mundo pequeno, Sr. Sharpe, e sou o regente desse mundo. Neste navio sou o senhor de todos, e o poder da vida e da morte me foi concedido, mas não desejo esse poder. O que desejo, Sr. Sharpe, é ordem. Ordem! — Ele desferiu uma palmada numa das cartas. — E não permitirei roubo em meu navio!

Sharpe empertigou-se, indignado.

— Roubo! O senhor não acha...

— Não! — interrompeu Cromwell. — Claro que não o estou acusando. Mas haverá roubo, Sr. Sharpe, se o senhor continuar a ostentar sua riqueza.

Sharpe sorriu.

— Senhor, sou um alferes, o mais modesto dos oficiais. O senhor mesmo disse que fui colhido de meu lugar, e sabe que não há dinheiro lá embaixo. Não sou rico.

— Então, Sr. Sharpe, o que tem costurado nas bainhas das suas roupas? — inquiriu Cromwell.

Sharpe nada disse. O resgate de um rei estava costurado na bainha de sua casaca, no topo de suas botas, e na cintura de suas calças, e as joias em sua casaca estavam aparecendo devido à fragilidade do tecido vermelho.

— Marinheiros têm olhos de águia, Sr. Sharpe — grunhiu Cromwell. Ele pareceu irritado quando o canhão foi disparado do convés principal, como se o som tivesse interrompido o processo de seu pensamento. — Marinheiros precisam ter olhos aguçados, e os meus são bons o bastante para saber quando um soldado esconde seus butins em sua pessoa, bons o bastante para notar que o Sr. Sharpe jamais tira a casaca. Numa noite dessas, Sr. Sharpe, quando estiver tomando ar no convés, um marinheiro de olhos aguçados se aproximará do senhor pelas costas. Uma barra de cabrestante? Um golpe no crânio? E então uma queda na água? Quem dará por sua falta? — Ele sorriu, revelando dentes amarelos e compridos, e então tocou no cabo de uma das pistolas em sua mesa. — Se eu atirasse agora no senhor, revistasse seu cadáver, e depois o empurrasse pelo escotilhão, quem ousaria contradizer minha história de que o senhor me atacou?

Sharpe ficou calado.

A mão de Cromwell permaneceu na pistola.

— O senhor tem um baú em seu camarote?

— Sim, senhor.

— Mas não confia em meus marinheiros. Sabe que eles arrombariam a fechadura numa questão de segundos.

— Sim, senhor.

— Mas eles não ousariam arrombar o meu baú! — declarou Cromwell, gesticulando sob a mesa para onde ficava um grande baú de teca e aço. — Quero que me entregue seu tesouro agora, Sr. Sharpe. Assinarei um recibo por ele e irei armazená-lo. E quando chegarmos ao nosso destino, devolverei sua riqueza. Esse é um procedimento normal. — Ele finalmente removeu a mão da arma e levou-a até a estante, onde pegou uma caixinha cheia de papéis. — Naquele baú tenho algum dinheiro que pertence a lorde William Hale, está vendo? — Ele passou um dos papéis a Sharpe, que viu o recibo de 170 guinéus em dinheiro nativo. O papel fora assinado por Peculiar Cromwell e por Malachi Braithwaite, representando lorde William, mestre por Oxford. — Tenho posses do major Dalton — disse Cromwell, mostrando outro papel — e joias pertencentes ao barão Von Dornberg. — Ele mostrou o recibo a Sharpe. — E mais joias de propriedade do Sr. Fazackerly. — Fazackerly era o advogado. Cromwell chutou o baú. — Este é o lugar mais seguro neste navio, e se um dos meus passageiros está carregando bens preciosos, então quero que esses bens fiquem aqui, não tentem a ninguém. Fui claro, Sr. Sharpe?

— Claríssimo, senhor.

— Mas está pensando que não confia em mim?

— Não, senhor — disse Sharpe, que pensava exatamente nisso.

— Estou lhe dizendo, é um procedimento normal. Você confia seus bens valiosos a mim e eu, na condição de comandante a serviço da Companhia das Índias Orientais, lhe dou um recibo. Se eu perder seus bens, Sr. Sharpe, a Companhia irá reembolsá-lo. O senhor só irá perdê-los se o navio afundar ou se eles forem tomados por ação inimiga. Nesses casos, o senhor deverá recorrer aos seus seguradores. — Cromwell abriu um meio sorriso, sabendo muito bem que o tesouro de Sharpe não devia estar segurado.

Sharpe continuou calado.

— Até agora requisitei ao senhor que atendesse aos meus pedidos — disse Cromwell em voz baixa. — Se for preciso, poderei insistir.

— Não há necessidade de insistir, senhor — disse Sharpe, porque, na verdade, Cromwell tinha razão ao sugerir que qualquer marinheiro de olhos aguçados no navio notaria as joias mal escondidas. Já fazia algum tempo que Sharpe estava preocupado com a segurança das joias, e esse fardo seria tirado de seus ombros se ele as entregasse à guarda da Companhia. Além disso, ele sentira-se confortado com o fato de saber que Pohlmann confiara tantas joias à guarda do comandante. Se Pohlmann, que não era nenhum idiota, confiava em Cromwell, então Sharpe certamente também podia confiar.

Cromwell deu a Sharpe um pequeno par de tesouras e Sharpe cortou a bainha de sua casaca. Ele não revelou as pedras em sua cintura, nem em suas botas, porque elas não eram óbvias nem mesmo a alguém que corresse os olhos por suas roupas em busca de esconderijos. Contudo, Sharpe pousou na mesa uma pilha cada vez maior de rubis, diamantes e esmeraldas que retirou das costuras da casaca vermelha.

Cromwell separou as pedras em três pilhas, e então pesou cada pilha numa balança pequena e delicada. Ele anotou cuidadosamente os resultados, trancou as joias e deu a Sharpe um recibo que ele e Sharpe assinaram.

— Eu lhe agradeço, Sr. Sharpe, porque acaba de aliviar minha consciência — disse solenemente Cromwell. — O comissário encontrará um marujo que possa costurar sua casaca — acrescentou, levantando-se.

Sharpe também se levantou, com cuidado para não bater a cabeça nas vigas baixas.

— Obrigado, senhor.

— Sem dúvida nos veremos logo no almoço. O barão parece gostar muito de sua companhia. Você o conhece bem?

— Eu o encontrei uma ou duas vezes na Índia.

— Ele parece um homem estranho, não que eu o conheça muito. Mas um aristocrata? Sujando as mãos com comércio? — Cromwell estremeceu. — Suponho que eles têm hábitos diferentes lá em Hannover.

— Imagino que tenham, senhor.

— Obrigado, Sr. Sharpe. — Cromwell enfiou as chaves num bolso e meneou a cabeça para indicar a Sharpe que ele podia se retirar.

O major Dalton estava no tombadilho, divertindo-se com o treinamento com o canhão.

— Ninguém igualou a sua perícia com o canhão, Sharpe — informou o escocês. — Estou muito orgulhoso de você. Manteve a honra do Exército!

Lady Grace lançou a Sharpe um de seus olhares desinteressados e então se virou para olhar o horizonte.

— Deixe-me perguntar-lhe uma coisa, senhor — disse Sharpe ao major. — O senhor confiaria num comandante da Companhia das Índias Orientais?

— Se você não pudesse confiar num homem como esse, Sharpe, então o fim do mundo estaria próximo.

— E não gostaríamos disso, gostaríamos, senhor?

Os olhos de Sharpe fixaram-se em lady Grace. Ela estava parada atrás do esposo, segurando de leve seu braço para manter o equilíbrio no convés oscilante. Cão e gato, pensou Sharpe.

E ele tinha a sensação de que estava sendo arranhado.

CAPÍTULO III

O tédio no navio era palpável.
Alguns passageiros liam, mas Sharpe, que ainda sentia dificuldade para ler, não obtinha nenhum alívio com os poucos livros que pegava emprestado com o major Dalton, que passava seu tempo fazendo anotações para um livro de memórias que planejava escrever sobre a guerra contra a Confederação Mahratta.

— Duvido que alguém irá ler meu livro, Sharpe — admitiu modestamente o major. — Mas será uma pena se os sucessos do Exército não forem registrados. Você poderia me oferecer suas recordações?

Alguns dos homens passavam o tempo praticando com armas portáteis ou travando falsos duelos com espadas e sabres no convés principal até ficarem encharcados de suor. Durante a segunda semana da viagem houve um entusiasmo súbito por tiro ao alvo, usando os pesadíssimos mosquetes de serviço do navio para disparar contra garrafas vazias arremessadas para as ondas, mas depois de cinco dias o comandante Cromwell declarou que as fuzilarias estavam exaurindo as reservas de pólvora do *Calliope*, e o passatempo cessou. Mais tarde nessa semana um marinheiro afirmou ter visto uma sereia ao amanhecer e durante um ou dois dias os passageiros ficaram debruçados na amurada na esperança de que ocorresse outra aparição. Lorde William negou peremptoriamente a existência de tais criaturas, mas o major Dalton vira uma quando menino.

— Foi exibida em Edimburgo depois que a pobre criatura encalhou em Inchkeith Rock — disse a Sharpe. — A exposição foi numa sala muito escura, lembro bem, e ela era um pouco peluda. Bem descuidada, eu diria. Fedia muito, mas lembro de sua cauda e creio que ela era muito bem-dotada na parte de cima. — Ele enrubesceu. — Pobre garota, estava morta como uma pedra.

Certa manhã uma vela estranha foi avistada e houve uma empolgação momentânea quando as guarnições de canhões foram convocadas. O comboio cerrou fileiras desajeitadamente e a fragata da Companhia largou suas velas auxiliares para investigar o estranho, que acabou se revelando um navio árabe de três mastros rumando para Cochin e decerto nenhuma ameaça àqueles navios grandes.

Os passageiros na popa, os ricos que habitavam o camarote do tombadilho e o camarote grande, jogavam cartas. Outro grupo jogava no camarote de terceira classe, mas Sharpe não sabia jogar e, além disso, não se sentia tentado a apostar. Sabia que grandes somas eram ganhas e perdidas, e, embora isso fosse proibido pelos regulamentos da Companhia, o comandante Cromwell não fazia qualquer objeção. Inclusive, de vez em quando, ele próprio participava de uma partida.

— Ele ganha — disse Pohlmann a Sharpe. — Ele sempre ganha.

— E você perde?

— Um pouco. — Pohlmann deu de ombros como se isso não importasse.

Pohlmann estava sentado num dos canhões peiados. Ele descia frequentemente para conversar com Sharpe, geralmente a respeito de Assaye, onde sofrera uma derrota tão devastadora.

— O seu William Dodd afirmava que sir Arthur era um general cauteloso — disse Pohlmann. — Ele não é. — Pohlmann sempre chamava de "o seu William Dodd", como se o casaca-vermelha renegado tivesse sido colega de Sharpe.

— Wellesley é determinado como um touro — disse Sharpe com admiração. — Quando vê uma oportunidade, ele a ataca.

— E ele voltou para a Inglaterra?

— Partiu no ano passado — respondeu Sharpe. — Sir Arthur, conforme convinha à sua patente, viajou no *Trident*, a nau capitânia do almirante Rainier, e agora provavelmente estava na Grã-Bretanha.

— Ele ficará entediado em casa — presumiu Pohlmann.

— Entediado? Por quê?

— Porque o nosso amargo comandante Cromwell tem razão. A Grã-Bretanha não pode lutar contra a França na Europa. Ela pode lutar contra a França nos confins do mundo, mas não na Europa. O Exército francês, meu caro Sharpe, é uma horda. Não é como o seu Exército. Ele não depende de condenados, fracassados e bêbados, porque é recrutado. Portanto, é imenso.

Sharpe forçou um riso.

— Os condenados, fracassados e bêbados esmagaram você.

— Sim, eles me esmagaram — reconheceu Pohlmann sem sentir-se ofendido. — Mas eles não têm condições de enfrentar os vastos exércitos franceses. Ninguém tem. Não agora. E, meu amigo, quando os franceses decidirem construir uma Marinha decente, então o mundo dançará no ritmo das melodias deles.

— E você? — perguntou Sharpe. — Onde estará dançando?

— Hannover? — sugeriu Pohlmann. — Devo comprar uma casa grande, enchê-la com mulheres e observar o mundo pelas minhas janelas. Ou talvez vá viver na França. As mulheres de lá são mais bonitas e se aprendi uma coisa na minha vida, Sharpe, foi que as mulheres gostam de dinheiro. Por que acha que lady Grace casou com lorde William? — Apontou com a cabeça para o tombadilho onde lady Grace, acompanhada por sua camareira, caminhava de um lado para outro. — Como vai a sua campanha com a dama?

— Não vai — resmungou Sharpe. — E não há uma campanha.

Pohlmann riu.

— Então por que aceita meus convites para jantar?

A verdade, e Sharpe sabia disso, era que ele estava obcecado por lady Grace. Do momento em que acordava pela manhã até a hora em que finalmente dormia, Sharpe pensava em pouca coisa além dela. Lady Grace parecia intocável, fria, inatingível, e isso apenas piorava a sua obsessão. Ela havia falado com ele uma vez, e nunca mais novamente, e quando Sharpe a encontrava durante o rancho na câmara de refeições do comandante e tentava puxar conversa, ela dava-lhe as costas como ofendida com sua presença.

Sharpe pensava constantemente nela, e constantemente a observava, embora fizesse de tudo para não demonstrar essa obsessão. Mas a obsessão existia, e corroía Sharpe enquanto o *Calliope* avançava pelo oceano Índico. Os ventos continuavam favoráveis e todos os dias o imediato, tenente Tufnell, reportava o progresso do comboio: setenta e duas milhas, sessenta e oito milhas, setenta milhas, sempre aproximadamente a mesma distância.

O clima estava quente e seco, mas mesmo assim o navio parecia estar apodrecendo com umidade cobertas abaixo. Embora ventos tropicais soprassem o comboio para sudoeste, alguma água embarcava pelas portinholas dos conveses mais baixos, e a coberta de terceira classe, onde Sharpe dormia, jamais ficava seca; os cobertores eram úmidos, as tábuas do navio eram úmidas, e de fato todo o *Calliope*, nos lugares onde o sol não batia, estava cheio de água, fedendo e apodrecendo, contaminado por fungos e infestado por ratos. Os marujos manejavam constantemente as quatro bombas de esgoto do navio; a água fluía pelos tubos de elmo para sarjetas no porão que conduziam a água fedorenta para fora da nau, porém, por mais que os marinheiros bombeassem, sempre havia mais água a ser aspirada e expelida do casco.

As cabras tiveram uma infecção e quase todas morreram na primeira quinzena, de modo que não havia leite fresco para os passageiros de terceira classe. A comida fresca estava acabando, e o que restava era salgado, duro, rançoso e monótono. A água era choca e fedorenta, geralmente útil apenas para se fazer chá forte, e embora o filtro de Sharpe removesse parte das impurezas, nada fazia para melhorar o gosto, e depois de duas semanas o filtro ficou tão entupido com lama marrom que Sharpe o jogou no oceano. Ele bebia araca e cerveja azeda ou, na câmara do comandante, o vinho que era pouco melhor que vinagre.

O desjejum era todo dia às oito. Os passageiros da terceira classe eram divididos em grupos de dez e os homens revezavam-se em turnos para se servir de papa na cozinha do navio no castelo de proa. A papa, que passava a noite inteira sendo fervida no fogão da cozinha, era feita de aveia e pedaços de gordura de carne. O almoço era ao meio-dia e com mais papa, embora esta ocasionalmente tivesse pedaços maiores de carne ou peixe seco flutuando na aveia queimada e encaroçada. Aos domingos servia-se peixe salgado e biscoitos duros como pedra, embora mesmo assim estivessem tão infestados de gorgulhos que precisavam ser batidos na mesa antes de serem comidos. Os biscoitos eram muito secos e precisavam ser mastigados por uma eternidade, embora a sensação de se comer um tijolo fosse ocasionalmente atenuada por algum inseto suculento que escapara das batidas. O chá era servido às quatro, mas apenas aos passageiros que viajavam na popa do navio, enquanto os passageiros da terceira classe precisavam esperar pelo jantar, que era mais peixe seco, biscoitos e um queijo duro no qual minhocas vermelhas faziam túneis minúsculos.

— Seres humanos não deviam comer este tipo de coisa — disse Malachi Braithwaite, estremecendo depois de uma refeição particularmente medonha. Ele havia se juntado a Sharpe no convés principal para ver o sol se pôr em esplendor vermelho-dourado.

— Você comeu esse tipo de coisa quando foi para a Índia, não comeu? — perguntou Sharpe.

— Viajei para lá como secretário particular para um mercador londrino — disse Braithwaite, pomposo. — E ele me acomodou no camarote grande e pagou minha alimentação de seu próprio bolso. Contei isso ao meu lorde, mas ele se recusou a arcar com tamanhas despesas. — Ele parecia magoado. Braithwaite era um homem orgulhoso, mas pobre, e muito ciente de quaisquer insultos ao seu amor-próprio. Ele passava suas tardes no camarote do tombadilho onde, ele contou a Sharpe, lorde William estava compilando um relatório para a Junta de Controle. O relatório sugeriria o futuro governo da Índia e Braithwaite gostava do trabalho, mas no fim de cada tarde ele era dispensado de volta para cobertas abaixo e ao seu sofrimento. Sentia-se envergonhado por viajar na coberta da terceira classe, odiava participar de uma das guarnições de canhão e detestava ter de participar daquele rancho sofrível. Ele acreditava que essas coisas lhe colocavam à altura de um criado doméstico, não melhor do que o valete de lorde William ou a camareira de lady Grace. — Sou um secretário — protestou certa vez a Sharpe. — Estudei em Oxford!

— Como você se tornou secretário de lorde William? — Sharpe perguntou-lhe agora.

Braithwaite considerou a questão como se fosse uma armadilha sendo disposta à sua frente, mas acabou decidindo que era seguro responder.

— O secretário original dele morreu em Calcutá. De mordida de cobra, creio, e milorde teve a gentileza de me oferecer o cargo.

— E agora você lamenta ter aceitado?

— Mas é claro que não! — respondeu vigorosamente Braithwaite. — Milorde é um homem proeminente. Ele é íntimo do primeiro-ministro. — Isto foi confidenciado num tom de admiração. — Inclusive, o relatório no qual estamos trabalhando agora não apenas será para a Junta de Controle, como também seguirá diretamente para o próprio Pitt! Muito depende das conclusões de milorde. Talvez até um posto no gabinete? Milorde pode vir a se tornar secretário das Relações Exteriores dentro de um ou dois anos, e o que isso me tornaria?

— Um secretário cheio de trabalho — disse Sharpe.

— Mas terei influência — insistiu Braithwaite. — E milorde terá uma das maiores casas em Londres. Sua esposa presidirá um grupo social de vasta influência.

— Se ela um dia falar com alguém — comentou secamente Sharpe. — Ela não me diz uma palavra sequer.

— É claro que não diz. Ela está acostumada apenas a diálogos do mais alto nível. — O secretário olhou para o tombadilho, mas se esperava ver lady Grace, ficou desapontado. — Ela é um anjo, Sharpe. Uma das melhores mulheres que já tive o prazer de conhecer. E tão inteligente quanto bela! Sou um homem de Oxford, Sr. Sharpe, mas não tenho um terço do conhecimento de lady Grace das Geórgicas!

Seja lá que diabos for isso, pensou Sharpe.

— Ela é uma mulher de rara beleza — disse brandamente, perguntando-se se isso provocaria em Braithwaite mais um arroubo de franqueza.

Provocou.

— De rara beleza? — perguntou, sarcástico, Braithwaite. — Ela é uma beldade, Sr. Sharpe, a quintessência da virtude, aparência e inteligência feminina.

Sharpe riu.

— Braithwaite, você está apaixonado por ela.

O secretário lançou a Sharpe um olhar peçonhento.

— Se você não fosse um soldado com uma reputação de selvageria, Sharpe, eu consideraria essa declaração impertinente.

— Posso ser o selvagem, mas sou eu quem jantará com ela esta noite — disse Sharpe, polvilhando sal no orgulho ferido do secretário.

Contudo, lady Grace nem falou com ele naquela noite, nem compareceu para notar sua presença na câmara onde o rancho era levemente melhor do que a lavagem provida na terceira classe. Aos passageiros mais ricos eram servidas as cabras que tinham sido cozidas e conservadas em vinagre; além disso, o comandante Cromwell era particularmente apreciador de ervilhas e carne de porco, embora as ervilhas fossem ressecadas até adquirirem a consistência de balas de mosquete e a carne fosse salgada até a textura de couro antigo. Quase toda noite era servido um pudim de banha de porco, seguido por vinho do Porto ou conhaque, café, charutos e um jogo de cartas. De manhã serviam-se ovos e café, luxos que jamais chegavam à terceira classe, mas Sharpe não era convidado a fazer o desjejum com os privilegiados.

Nas noites em que ranchava na terceira classe, Sharpe saía depois para o convés para ver os marinheiros dançando ao som de um quarteto composto por dois violinistas, um flautista e um percussionista que martelava com as mãos o fundo de um meio-barril. Certa noite houve uma chuvarada repentina e violenta que martelou as velas. Sharpe ficou parado na chuva, de peito nu, cabeça para trás e boca aberta, para beber a água limpa. Entretanto, a maior parte da chuva que caiu no navio pareceu encontrar seu caminho entre os conveses que estavam cada vez mais fedidos. Tudo parecia estar podre, enferrujado ou infestado por fungos. Aos domingos o comissário de bordo celebrava a missa e o quarteto tocava enquanto os passageiros, os mais ricos de pé no tombadilho e os menos privilegiados abaixo deles no convés principal, cantavam "Despertai, minha alma, com o sol que diariamente cumpre seu dever". O major Dalton cantava com gosto, marcando o tempo com uma das mãos. Pohlmann parecia divertir-se com a missa, enquanto lorde William e sua esposa, desobedecendo às ordens do comandante, não se davam ao trabalho de comparecer. Quando o hino terminava, o comissário de bordo lia uma oração que Sharpe e os outros passageiros que estavam prestando atenção consideravam alarmante: "Ó glorioso e gracioso Deus, que estais no céu, mas que contemplais todas as coisas neste mundo; Olhai para baixo, nós vos rogamos, e ouvi-nos, gritando das profundezas do sofrimento e das mandíbulas desta morte que está prestes a nos engolir. Salvai-nos, Senhor, para que não pereçamos."

    Mas eles não pereceram, e o mar e as milhas continuaram se sucedendo infinitamente, intocados por qualquer migalha de terra ou vela hostil. Ao meio-dia os oficiais observavam solenemente a passagem meredianal do sol com seus sextantes, e em seguida corriam ao camarote do comandante Cromwell para fazer os cálculos, embora, no meio da terceira semana, tivesse finalmente chegado um dia em que o céu estava tão carregado de nuvens que nenhuma observação pôde ser feita. Alguém ouviu o comandante Cromwell dizer que o *Calliope* estava à espera de um vento forte, e durante o dia inteiro ele andou de lado a lado do tombadilho com uma expressão de prazer amargo. O vento aumentou com lerdeza mas com determinação, fazendo os passageiros cambalearem no convés adernado e segurarem seus chapéus. Muitos daqueles que haviam parado de enjoar agora sucumbiram novamente, e o salpico espumante das ondas que quebravam na proa arredondada do navio farfalhava as velas enquanto descia para o convés. Mais tarde naquela noite começou a chover tão forte que nuvens baixas e cinzentas esconderam tudo menos as naus do comboio que estavam mais próximas.

Pohlmann mais uma vez convidou Sharpe para o jantar. Quando Sharpe desceu para vestir sua camisa menos suja e colocar o casaco que fora costurado com afinco por um gajeiro da gávea do traquete, encontrou a coberta da terceira classe alagada em água e vômito. Crianças choravam, um cachorro amarrado com corda gania. Braithwaite estava dobrado sobre um canhão, arfando alto. Cada vez que o navio afundava sob a força do vento, água entrava pelas portinholas trancadas e lavava o convés. E quando o navio enterrava sua proa arredondada no mar, uma verdadeira enchente entrava pelos escovéns e descia através das tábuas ensopadas.

Água cascateava pela escada da escotilha enquanto Sharpe subia de volta para a última luz do dia. Cambaleou pelo tombadilho, onde seis homens guarneciam a roda do leme e se arremeteu contra a porta do camarote do tombadilho, atravessando velozmente o corredor curto antes de adentrar violentamente a câmara de refeições onde apenas o comandante, o major Dalton, Pohlmann, Mathilde, lorde William e lady Grace esperavam. Os outros três passageiros estavam ou enjoados ou comendo em seus próprios camarotes.

— O senhor é novamente convidado do barão? — perguntou Cromwell sem papas na língua.

— Comandante, decerto não se importa que o Sr. Sharpe seja meu convidado? — perguntou Pohlmann com certa irritação.

— É você quem paga o que ele come, barão, e não eu — resmungou Cromwell e apontou com um gesto a cadeira usual de Sharpe. — Pelo amor de Deus, Sr. Sharpe, queira se sentar. — Ele levantou uma das mãos, e então aguardou enquanto o navio jogava. As anteparas mexeram-se de forma alarmante, e os talheres escorregaram pela mesa. — Que o Senhor abençoe os alimentos que vamos comer e pelos quais somos gratos — orou Cromwell. — Em nome do Senhor, amém.

— Amém — disse, distante, lady Grace.

O marido dela estava pálido e segurava a ponta da mesa como se para aliviar os movimentos violentos do barco. Lady Grace, em contrapartida, parecia não ter sido afetada pelo mau tempo. Usava vestido vermelho e um colar de pérolas adornava-lhe o pescoço delgado. Seus cabelos negros estavam empilhados sobre a cabeça e mantidos no lugar por alfinetes decorados com pérolas.

Réguas de balanço tinham sido dispostas em torno da mesa para que as facas, garfos, copos, pratos e galheteiros não deslizassem, mas o jogo do navio faria da refeição uma experiência perigosa. O taifeiro de Cromwell serviu primeiro uma sopa grossa.

— Feita de peixes frescos! — gabou-se Cromwell. — Todos pescados hoje de manhã. Não tenho a menor ideia de que tipo de peixe eram, mas até hoje ninguém morreu por ter consumido um peixe desconhecido em meu navio. Já teve gente que morreu de outras coisas, é claro. — O comandante levou à boca uma colher da sopa grossa, segurando o prato para que seu conteúdo não fosse derramado quando o navio adernasse. — Homens caem dos mastros, gente sucumbe à febre, e já tive até uma passageira que se matou por causa de amor não correspondido, mas jamais alguém morreu de envenenamento por peixe.

— Amor não correspondido? — perguntou Pohlmann, achando graça.

— Isso acontece, barão, isso acontece — disse Cromwell com deleite. — É muito bem atestado o fenômeno de que uma viagem marítima atiça os instintos básicos. A senhora, por obséquio, perdoe-me mencionar a questão, milady — acrescentou apressadamente a lady Grace, que ignorou sua rudeza.

Lorde William provou um pouco da sopa de peixe e virou-se abruptamente, deixando que seu prato se esvaziasse na mesa. Lady Grace conseguiu tomar algumas colheradas, mas então, repugnada pelo sabor, empurrou para longe o caldo malcheiroso. O major comeu com gosto, Pohlmann e Mathilde, com sofreguidão, e Sharpe com cautela, não querendo desgraçar-se com uma demonstração de maus modos na frente de lady Grace. Espinhas de peixe ficaram presas em seus dentes e ele tentou retirá-las sutilmente, porque vira lady Grace estremecer quando Pohlmann cuspira-as na mesa.

— O próximo prato é carne fria com arroz — anunciou o comandante, como se estivesse oferecendo uma iguaria. — Então me conte, barão, como fez sua fortuna? O senhor trabalhou com comércio, não é verdade?

— É verdade, comandante.

Lady Grace levantou abruptamente os olhos, franziu a testa, e então fingiu que a conversa não lhe interessava. As garrafas de vinho chocalhavam em suas caixas de metal. O navio inteiro rangia, gemia e estremecia sempre que uma onda mais forte explodia na proa.

— Na Inglaterra, a aristocracia não trabalha — disse Cromwell sem rodeios. — Os aristocratas de lá acham que isso está abaixo deles.

— Os nobres ingleses têm terras — replicou Pohlmann —, mas a minha família perdeu suas propriedades há cem anos, e uma pessoa que não possui terras deve trabalhar para viver.

— Fazendo o quê? Rezando? — inquiriu Cromwell. Seus cabelos compridos e molhados jaziam flácidos sobre seus ombros.

— Eu compro, eu vendo — disse Pohlmann, evidentemente nem um pouco perturbado pela inquisição do comandante.

— E com sucesso! — O comandante Cromwell parecia estar puxando conversa para desviar as mentes de seus convidados dos caturros e dos balanços do navio. — Então agora você está levando seus lucros para casa. Mas onde é sua casa? Baviera? Prússia? Hesse?

— Hannover — respondeu Pohlmann. — Mas tenho pensado em talvez comprar uma casa grande em Londres. Lorde William talvez possa me indicar alguma propriedade. — Ele sorriu sobre a mesa para Lorde William que, em resposta, se levantou abruptamente, apertou um guardanapo contra a boca e se retirou da câmara. Borrifos atingiram os vidros fechados da gaiuta e algumas gotas escorreram para a mesa.

— Meu marido não é um bom marinheiro — disse calmamente lady Grace.

— E a senhora, milady? — indagou Pohlmann.

— Gosto do mar — disse ela, quase indignada. — Sempre gostei do mar.

Cromwell riu.

— Dizem, minha dama, que aqueles que vão ao mar por prazer poderiam muito bem passar suas férias no inferno.

Ela deu de ombros, como se o que os outros diziam não significasse nada para ela. O major Dalton assumiu o fardo da conversa.

— Já ficou enjoado, Sharpe?

— Não, senhor. Tive sorte.

— Nem eu — disse Dalton. — Minha mãe sempre acreditou que não há remédio melhor para enjoos que um bom bife.

— Bife? Bobagem. As únicas coisas que aliviam enjoos são rum e óleo, disse Cromwell.

— Rum e óleo? — perguntou Pohlmann com uma careta.

— Force uma garrafa de rum pela garganta do paciente e em seguida faça o mesmo com uma garrafa de óleo. Qualquer óleo serve, até óleo da lanterna, porque o paciente perderá completamente a consciência. Mas no dia seguinte ele estará animado como um passarinho. — Cromwell lançou um olhar preconceituoso para lady Grace. — Devo enviar o rum e o óleo para seu camarote, milady?

Lady Grace nem se deu ao trabalho de responder. Olhou para a antepara da câmara, onde uma pequena pintura a óleo de uma igreja no campo inglês ondulava junto com o navio.

— E então, quanto tempo esta tempestade vai durar? — perguntou Mathilde com seu forte sotaque britânico.

— Tempestade? — gritou Cromwell. — A senhora acha que isto é uma tempestade? Isto, madame, não é nada além de um sopro. Nada além de um bocado de vento e chuva que não causará qualquer dano aos tripulantes, aos passageiros, ou ao navio. Uma tempestade, madame, é violenta, violenta! Isto aqui é um chuvisco em comparação com o que podemos encontrar no Cabo.

Quando ninguém teve estômago para uma sobremesa de gordura com groselhas, Pohlmann sugeriu que fossem jogar cartas em seu camarote.

— Tenho um pouco de conhaque da melhor qualidade, comandante — disse ele. — E se o major Dalton estiver disposto, podemos jogar em duplas. Sei que Sharpe não jogará. — Ele indicou a si mesmo e Mathilde como os outros jogadores, e então persuadiu lady Grace. — A não ser que eu possa persuadi-la a jogar, milady.

— Não — disse ela, num tom que sugeria que Pohlmann convidara-a a chafurdar em vômito. Ela se levantou, de algum modo conseguindo manter-se graciosa apesar do jogo do navio, e os homens imediatamente empurraram suas cadeiras para trás e recuaram para permitir que ela saísse da câmara.

— Fique e termine seu vinho, Sharpe — disse Pohlmann, conduzindo os jogadores de carta para fora.

Sharpe foi deixado sozinho na câmara. Depois que terminou seu vinho, retirou a garrafa do engradado de metal no bufê, e serviu-se de mais uma taça. A noite caíra e a fragata, ansiosa para que o comboio não se desgarrasse em meio à escuridão, estava disparando um canhão a intervalos de dez minutos. Sharpe disse a si mesmo que permaneceria ali durante mais três disparos, e então desceria para o porão fétido e tentaria dormir.

E então a porta se abriu e lady Grace voltou para a câmara. Usava um cachecol em torno do pescoço, escondendo as pérolas e a brancura lisa de seus ombros. Dirigiu a Sharpe um olhar inamistoso e ignorou seu cumprimento desajeitado. Sharpe esperou que se retirasse imediatamente, considerando que viera apenas para pegar alguma coisa que deixara no local. Mas, para sua surpresa, lady Grace sentou-se na cadeira de Cromwell e o olhou com uma expressão muito séria.

— Sente-se, Sr. Sharpe.

— Aceita vinho, milady?

— Sente-se — disse com firmeza.

Sharpe sentou-se do lado oposto da mesa. O candelabro de latão vazio oscilava na viga, refletindo lampejos da luz que provinha das duas lanternas penduradas nas anteparas. As chamas bruxuleantes acentuavam os molares protuberantes do rosto de lady Grace.

— Conhece bem o barão de Dornberg? — perguntou abruptamente.

Sharpe piscou, surpreso pela pergunta.

— Não muito bem, milady.
— Vocês se conheceram na Índia?
— Sim, madame.
— Onde? — perguntou peremptória. — Como?

Sharpe franziu a testa, preocupado. Ele prometera não entregar a identidade de Pohlmann, de modo que precisaria tratar a insistência de lady Grace com muito tato.

— Servi com um oficial explorador da Companhia durante algum tempo, madame, e ele frequentemente cavalgava para além das linhas inimigas. Foi quando conheci P... o barão. — Sharpe pensou durante um ou dois segundos. — Eu talvez tenha estado com ele quatro ou cinco vezes.

— Que inimigo?
— Os mahrattas, madame.
— Então ele era amigo dos mahrattas?
— Acredito que sim, madame.

Ela fitou Sharpe como se pesasse a verdade em suas palavras.

— Ele parece tê-lo em alta conta, Sr. Sharpe.

Sharpe quase xingou quando a taça de vinho escorregou para longe dele e caiu da mesa. A taça se estilhaçou no chão, espalhando vinho pelo tapete de lona.

— Da última vez que nos encontramos eu lhe prestei um serviço, madame. Após o término da batalha — disse cuidadosamente, disfarçando a verdade de que Pohlmann tinha sido o general que comandara o outro lado. — Depois da derrota dos mahrattas, eu poderia tê-lo capturado, mas como parecia inofensivo, deixei-o ir. Ele me é grato por isso, tenho certeza.

— Obrigada — disse ela e pareceu prestes a se levantar.
— Pelo quê, madame? — perguntou Sharpe, torcendo para que ela ficasse.

Ela relaxou cautelosamente, e então o fitou durante um longo tempo, evidentemente considerando se deveria responder, mas então se levantou da mesa e deu de ombros.

— Você ouviu a conversa do comandante com o barão esta noite?
— Sim, madame.

— Eles não parecem íntimos.

— Realmente não parecem, madame — concordou Sharpe. — O próprio Cromwell me disse que não sabe nada a respeito do barão.

— Apesar disso, Sr. Sharpe, todas as noites eles se encontram e conversam. Apenas os dois. Eles vêm aqui depois da meia-noite e sentam-se à mesa um de frente para o outro e conversam. E às vezes o criado do barão está aqui com eles. — Ela fez uma pausa. — Sofro frequentemente de insônia e, se a noite está bonita, saio para o convés. Eu os escuto pela gaiuta. Não o faço de propósito, mas escuto suas vozes — acrescentou, ácida.

— Então eles conhecem um ao outro muito mais do que fingem? — perguntou Sharpe.

— É o que parece.

— É estranho, madame.

Ela deu de ombros como se para sugerir que a opinião de Sharpe não lhe interessava.

— Talvez apenas joguem gamão — disse ela, distante.

Mais uma vez ela pareceu prestes a se retirar e Sharpe tentou manter a conversa.

— O barão me disse que pretende ir morar na França, madame.

— Não em Londres?

— Na França ou em Hannover, foi o que ele disse.

— Mas não pode esperar que ele lhe faça uma confidência — disse ela em tom de escárnio. — Afinal, vocês se conhecem muito pouco. — Ela se levantou.

Sharpe empurrou sua cadeira para trás e correu para abrir a porta. Lady Grace agradeceu a cortesia com um meneio de cabeça, mas uma onda repentina empurrou o *Calliope* e fez a dama cambalear. Sharpe instintivamente estendeu uma das mãos para ampará-la. A mão envolveu a cintura e recebeu o peso de lady Grace, de modo que agora ela estava apoiada em Sharpe e com o rosto a centímetros do dele. Sharpe sentiu um desejo terrível de beijá-la e percebeu que ela não objetaria, porque não se afastou depois que o navio voltou a se nivelar. Sharpe podia sentir a cintura fina de lady Grace por baixo do tecido macio do vestido. Ele estava entorpecido porque aqueles olhos, tão grandes e sérios, estavam fixados nos dele. Assim como quando a vislumbrara pela primeira vez, Sharpe sentiu uma grande melancolia naqueles olhos. Então a porta do tombadilho foi aberta e o taifeiro de Cromwell soltou uma praga enquanto carregava uma bandeja para a câmara. Lady Grace desvencilhou-se dos braços de Sharpe e, sem uma palavra, saiu porta afora.

— Baldes para goteiras, senhor — disse o taifeiro. — Um peixe poderia se afogar no convés, senhor.

— Maldição — imprecou Sharpe. — Maldição. — Segurou a garrafa pelo gargalo, virou-a na boca e bebeu até o último gole.

O vento e a chuva açoitavam a noite. Cromwell reduzira os panos ao anoitecer e os poucos passageiros que se aventuraram ao convés pela manhã encontraram o *Calliope* navegando debaixo de nuvens baixas e negras das quais uma borrasca negra castigava o mar coberto por espuma branca. Sharpe, que não tinha capa de chuva, e não queria encharcar a casaca de seu uniforme, saiu para o convés de peito nu. Virou-se para o tombadilho, respeitosamente curvou a cabeça em saudação ao comandante que não estava ali, e meio correu, meio caminhou até o castelo de proa, onde a papa do desjejum aguardava para ser colhida do seu caldeirão. Encontrou um grupo de marinheiros na cozinha do navio, um deles o chefe de peça de cabelos grisalhos do canhão número cinco, que saudou Sharpe com um sorriso manchado de tabaco.

— Perdemos o comboio, senhor.

— Perdemos?

— Evaporou como fumaça, não foi? — O homem riu. — Mas não foi por acaso.

— Por que acha isso? — perguntou Sharpe.

Jem abaixou a cabeça para cuspir tabaco.

— O comandante esteve na casa do leme desde a meia-noite, senhor. E esteve nos conduzindo para o sul. Ele fez a gente vir para o convés na calada da noite para largar vela. Agora estamos velejando para o sul, em vez de seguir para sudoeste.

— O vento virou — observou um homem.

— O vento não vira nesta região! — disse Jem com escárnio. — Não nesta época do ano! Nesta região o vento que sopra de noroeste é constante como uma rocha. Nove em cada dez dias, senhor, a direção do vento é noroeste. Não é preciso manobrar um navio que suspende de Bombaim. Basta sair do Canal Balasore e içar as velas grandes, que este vento te sopra para Madagáscar reto como uma bala voando dentro de um beco de taverna, senhor.

— Mas então por que ele guinou para sul? — indagou Sharpe.

— Porque somos um navio veloz, senhor, e Peculiar não aguentava mais ficarmos presos àquelas banheiras velhas do comboio. Preste atenção nele, senhor. Ele vai mandar a gente pendurar as camisas no cordame para pegar bastante vento. Vamos voar para casa como uma gaivota. — Ele piscou. — O primeiro navio a chegar em casa obtém os melhores preços pela carga, entendeu?

O cozinheiro despejou a papa na tigela de Sharpe. Jem abriu a porta do castelo de proa para ele, que quase colidiu com o criado de Pohlmann, o homem idoso que Sharpe vira relaxado no sofá de seu mestre na primeira noite em que visitara o camarote.

— *Pardonnez-moi* — disse instintivamente o homem, recuando rapidamente para que Sharpe não derramasse papa em sua roupa cinza.

Sharpe olhou para ele e perguntou:

— Você é francês?

— Sou suíço, senhor — disse respeitosamente o homem e então caminhou para o lado, embora ainda olhasse para Sharpe, que considerou que os olhos daquele homem não eram olhos de criado. Eram mais semelhantes aos olhos de lorde William: confiantes, inteligentes, experientes.

— Bom dia, senhor — disse respeitosamente o criado, oferecendo uma leve mesura. Sharpe passou por ele e levou a tigela com a papa fumegante através do convés principal molhado de chuva até a escada de escotilha da popa.

Cromwell escolheu esse momento para aparecer no tombadilho e, exatamente como Jem previra, ele ordenou que cada farrapo de vela fosse içado. Ordenou a alguns gajeiros que subissem nos mastros e pegou na balaustrada um porta-voz que usou para se comunicar com o primeiro-tenente, que vinha caminhando para a frente.

— Içar a cevadeira, Sr. Tufnell! Acelerado! Sr. Sharpe, faça-me o favor de se vestir. Isto é um navio da Companhia, não um prostíbulo!

Sharpe desceu para fazer o desjejum, e quando voltou ao convés, apropriadamente vestido, Cromwell subira até o painel de popa, de onde estava olhando para o norte, temendo que a fragata da Companhia aparecesse para ordená-lo a retornar para o comboio, mas nem Cromwell nem os homens no alto dos mastros viram qualquer sinal dos outros navios. Parecia que Cromwell conseguira escapar do comboio e agora podia deixar o *Calliope* exibir sua velocidade. E o navio realmente fez isso, porque cada vela estava içada e inflada ao vento. O *Calliope* parecia transformar a água do mar em creme enquanto navegava para o sul.

O vento amainou durante o dia e as nuvens se dispersaram, de modo que ao cair da noite o céu estava novamente limpo e o mar azul-esverdeado em vez de cinza. Havia um ar ebuliente a bordo, como se, ao se libertar do comboio, o *Calliope* tivesse insuflado vida em todos. Havia risos na coberta da terceira classe, e palmas soaram quando Tufnell abriu condutos de ventilação para arejar os conveses fétidos. Passageiros juntaram-se aos marinheiros em danças abaixo do castelo de proa enquanto o sol se punha em esplendor dourado.

Antes da hora do jantar, Pohlmann trouxe um charuto para Sharpe.

— Esta noite vou convidá-lo para ranchar conosco — disse ele. — Joshua Fazackerly vai doar o vinho, o que significa que se sentirá no direito de entediar a todos nós com suas recordações de tribunal. Será uma refeição muito, muito tediosa. — Fez uma pausa, soprando uma pluma de fumaça para a vela mestra. — Sabe por que eu gostava dos mahrattas? Porque não havia advogados entre eles.

— Nem advogados nem lei — observou Sharpe.

Pohlmann olhou de soslaio para Sharpe.

— Verdade. Mas gosto de sociedades corruptas, Sharpe. Numa sociedade corrupta vence o maior patife.

— Então, por que voltar para casa?

— A Europa está sendo corrompida — disse Pohlmann. — Os franceses falam em voz alta sobre lei e razão, mas por baixo dessa conversa jaz apenas ganância. E de ganância eu entendo, Richard.

— Mas onde você vai morar? — indagou Sharpe. — Londres, Hannover ou França?

— Talvez Itália? Talvez Espanha? Não, Espanha não. Eu não teria estômago para padres. Talvez eu vá para a América. Dizem que os vigaristas prosperam muito lá.

— Ou talvez vá morar na França?

— Por que não? Não tenho nenhuma rixa com a França.

— Terá, se o *Revenant* nos encontrar.

— O *Revenant*? — perguntou Pohlmann com inocência.

— Navio de guerra francês — explicou Sharpe.

Pohlmann soltou uma gargalhada.

— Seria como... achar uma agulha num palheiro, não é assim que vocês dizem? Embora eu sempre tenha achado que seria fácil achar uma agulha num palheiro. Simplesmente leve uma garota para o palheiro e faça amor com ela, e certamente a agulha acabará espetando a bunda da garota. Já fez amor num palheiro?

— Não.

— Eu não recomendo. É como aquelas camas nas quais os mágicos indianos dormem. Mas se fizer isso, Richard, não esqueça de ficar por cima.

Sharpe olhou para o oceano cada vez mais escuro. Não havia mais cristas espumantes, apenas uma paisagem infinita de marulhos.

— Você conhece bem Cromwell? — perguntou abruptamente, dividido entre a relutância de não despertar as suspeitas do alemão e um desejo de não acreditar nessas suspeitas.

Pohlmann olhou para Sharpe com curiosidade e absolutamente nenhuma hostilidade.

— Mal o conheço — respondeu depressa. — Eu o encontrei uma ou duas vezes quando ele estava em terra em Bombaim, porque queria conseguir acomodações decentes, mas fora isso eu o conheço tão bem quanto você. Por que a pergunta?

— Estava pensando que talvez o conhecesse bem o bastante para descobrir por que ele deixou o comboio.

Pohlmann riu, suas suspeitas amainadas pela explicação de Sharpe.

— Não creio que o conheça tão bem assim, mas o Sr. Tufnell me disse que vamos velejar para o leste de Madagáscar enquanto o comboio segue para oeste. Ele disse que devemos ganhar tempo, e estar em casa pelo menos duas semanas antes dos outros navios. E isso aumentará o valor da carga, da qual o comandante recebe uma porcentagem considerável. — Pohlmann tragou o charuto. — Desaprova a iniciativa?

— Estar escoltado aumenta a segurança — disse Sharpe.

— A rapidez também aumenta a segurança. Tufnell disse que devemos navegar pelo menos noventa milhas por dia agora. — O alemão jogou no mar o resto de seu charuto. — Vou trocar de roupa para o jantar.

Havia alguma coisa errada, considerou Sharpe, mas ele não conseguia especificar o quê. Se lady Grace tinha razão, então Pohlmann e o comandante conversavam frequentemente, mas Pohlmann alegava mal conhecer Cromwell, e Sharpe tendia a acreditar na dama, embora ele não pudesse ver como essa situação poderia afetar a qualquer outra pessoa além de Pohlmann e Cromwell.

Dois dias depois se avistou terra a oeste. O grito do tope do mastro atraiu uma multidão de passageiros para a balaustrada de boreste, embora ninguém pudesse ver a terra a não ser que estivesse disposto a escalar até o cordame alto, mas um cinturão de nuvens espessas no horizonte denunciava onde jazia a costa distante.

— Cabo Leste em Madagáscar — anunciou o tenente Tufnell, e o dia inteiro os passageiros fitaram a nuvem como se ela pressagiasse algo significativo. A nuvem sumiu no dia seguinte, embora Tufnell tivesse dito a Sharpe que eles ainda estavam seguindo a costa de Madagáscar que agora jazia além do horizonte.

— A próxima aterragem será na costa africana — disse Tufnell. — Lá encontraremos uma corrente veloz que nos levará até a Cidade do Cabo.

Os dois homens conversavam no tombadilho escurecido. Passava bastante da meia-noite no segundo dia desde o avistamento do cabo Leste e a terceira noite em sucessão que Sharpe saía para o tombadilho na calada da noite na esperança de ver lady Grace no painel de popa. Ele precisava pedir permissão para estar no tombadilho, mas o oficial de serviço gostava de tê-lo por companhia, alheio ao motivo pelo qual Sharpe queria estar lá. Lady Grace não aparecera em nenhuma das duas primeiras noites, mas agora, enquanto estava de pé ao lado do tenente, Sharpe ouviu o rangido de uma porta e o som de sapatos macios subindo a escadaria até o painel de popa. Sharpe esperou até o tenente ir falar com o timoneiro, e então se virou e também subiu até o painel de popa.

Uma lua em forma de sabre curvo e fino brilhava no mar e oferecia luz suficiente para que Sharpe visse Grace, envolta num manto escuro, parada ao lado da luz de alcançado. Estava sozinha, sem a companhia de sua camareira. Sharpe juntou-se a ela, mantendo-se um passo à sua esquerda com as mãos, como as dela, apoiadas na balaustrada, enquanto admirava, como ela, a esteira suave e enluarada que se estendia infinita para a escuridão. A grande vela da mezena avultava-se pálida sobre eles.

Nenhum dos dois falou. Lady Grace olhou para Sharpe quando ele se juntou a ela, mas não se afastou. Ficou simplesmente olhando para o oceano.

— Pohlmann alega que não conhece o comandante Cromwell — disse Sharpe bem baixo, porque duas vidraças da gaiuta da câmara estavam abertas e ele não queria ser ouvido por ninguém que estivesse abaixo delas.

— Pohlmann? — perguntou lady Grace, olhando intrigada para Sharpe.

— O barão de Dornberg não é barão, milady — Sharpe estava quebrando sua palavra para com Pohlmann, mas ele não se importava, não quando estava tão perto de lady Grace que podia sentir seu perfume. — Seu nome é Anthony Pohlmann, e ele já foi sargento de um regimento hanoveriano que foi contratado pela Companhia das Índias Orientais, mas desertou. Ele se tornou um mercenário, e era muito bom nisso. Foi comandante do exército inimigo em Assaye.

— O comandante deles? — Ela pareceu surpresa.

— Sim, madame. Ele era o general inimigo.

Lady Grace olhou novamente para o oceano.

— Por que você o protegeu?

— Gosto dele — disse Sharpe. — Sempre gostei dele. Ele tentou fazer de mim oficial no Exército mahratta, e confesso que me senti tentado. Ele disse que me faria rico.

Ela sorriu ao ouvir isso.

— Deseja ser rico, Sr. Sharpe?

— É melhor que ser pobre, milady.

— Sim — disse ela. — É sim. Então, por que está me contando sobre Pohlmann?

— Porque ele mentiu para mim.

— Mentiu para você?

— Ele me disse que não conhece o comandante, e a senhora disse que ele conhece.

Ela se virou para Sharpe.

— Talvez eu tenha mentido para você.

— A senhora mentiu?

— Não. — Ela olhou para a gaiuta da câmara e então caminhou até o canto mais distante do convés, onde um pequeno canhão de salvas estava apeiado à amurada. Ficou parada entre o canhão e a grinalda da popa. Sharpe, depois de um momento de hesitação, juntou-se a ela. — Eu não gosto disso — disse lady Grace em voz baixa.

— Não gosta do quê, madame?

— Que estejamos velejando para o leste de Madagáscar. Por quê?

Sharpe deu de ombros.

— Pohlmann me disse que estamos tentando navegar à frente do comboio. Chegar a Londres primeiro e colocar a carga no mercado.

— Ninguém veleja pelas cercanias de Madagáscar — disse ela.
— Ninguém! Estamos nos afastando da corrente Agulhas, o que significa menor velocidade. E indo nessa direção nos aproximamos da Île-de-France.
— Ilha Maurício?

Ela fez que sim. Maurício, ou Île-de-France, era a base inimiga no oceano Índico, uma ilha-fortaleza para piratas e navios de guerra com um porto principal protegido por recifes de coral traiçoeiros e fortes de pedra.

— Eu disse tudo isto a William, mas ele riu de mim — comentou, amarga. — O que posso saber? Ele disse que Cromwell conhece seu ofício, e que devo simplesmente esquecer o assunto. — Ela se calou e Sharpe subitamente percebeu que ela estava chorando. Essa constatação deixou-o atônito, porque um instante antes ela estivera mais fria do que nunca e agora estava chorando. Ficou parada com as mãos na balaustrada enquanto as lágrimas corriam silenciosas por suas faces. — Eu odiei a Índia — disse depois de algum tempo.

— Por quê, milady?

— Tudo morre na Índia — disse amarga. — Meus dois cães morreram, e depois meu filho.

— Oh, meu Deus. Sinto muito.

Ela ignorou sua compaixão.

— E eu quase morri. Febre, é claro. — Fungou. — E houve momentos em que desejei morrer.

— Qual era a idade de seu filho?

— Três meses — disse baixinho. — Era o nosso primogênito, e era tão pequeno, tão perfeito, com dedinhos animados, e estava começando a sorrir. Apenas começando a sorrir, e então apodreceu. Tudo apodrece na Índia. Enegrece e então apodrece! — Ela começou a chorar mais forte, seus ombros subindo a cada soluço. Sharpe virou lady Grace e puxou-a para ele. Ela se deixou abraçar e chorou em seu ombro.

Depois de algum tempo, Sharpe conseguiu acalmá-la.

— Sinto muito — sussurrou lady Grace e fez menção de se afastar, mas pareceu satisfeita em deixar que ele mantivesse as mãos nos seus ombros.

— Não há necessidade de pedir desculpas — disse Sharpe.

Ela estava de cabeça baixa e Sharpe pôde cheirar seu cabelo, mas então ela levantou o rosto e o fitou.

— Já quis morrer, Sr. Sharpe?

Ele sorriu para ela.

— Sempre achei que isso seria um desperdício terrível, milady.

Lady Grace fitou-o intrigada, tentando decifrar sua resposta, e então, subitamente, riu. Pela primeira vez desde que se conheciam, Sharpe viu o rosto de lady Grace cheio de vida, e pensou que nunca tinha visto, nem nunca voltaria a ver, uma mulher mais bonita. Tão bonita que Sharpe inclinou-se à frente e a beijou. Ela o empurrou para trás e Sharpe recuou, mortificado, preparando desculpas incoerentes; mas ela estava apenas desvencilhando os braços, que tinham ficado presos entre seus corpos, e depois que estavam livres, envolveu o pescoço de Sharpe, puxou seu rosto para o dele, e o beijou com tanta ferocidade que Sharpe sentiu um gosto de sangue no lábio da dama. Grace suspirou, e então repousou a face contra a dele.

— Meu Deus, eu quis você desde o primeiro momento em que o vi — disse baixinho.

Sharpe escondeu seu estarrecimento.

— Pensei que você não tinha me notado.

— Então você é um tolo, Richard Sharpe.

— E você, minha dama?

Ela jogou a cabeça para trás, deixando os braços em torno do pescoço de Sharpe.

— Sou uma tola, sei disso. Quantos anos você tem?

— Vinte e oito anos, milady. Pelo menos essa é a minha melhor estimativa.

Ela sorriu e ele pensou que nunca tinha visto um rosto tão transformado pela alegria. Então ela se inclinou à frente e o beijou com suavidade nos lábios.

— Meu nome é Grace — disse baixinho. — E por que essa é sua melhor estimativa?

— Não conheci nem minha mãe nem meu pai.

— Não? E quem o criou?

— Não fui realmente criado, madame. Desculpe. Grace. — Ele enrubesceu ao dizer isso, porque, embora pudesse imaginar-se beijando-a e embora pudesse imaginar-se deitando-a numa cama, não podia acostumar-se a usar seu nome. — Passei alguns anos num orfanato, que era anexado a uma casa de correção, e depois disso passei a me defender sozinho.

— Também tenho vinte e oito anos, e não acredito que algum dia tenha sido tão feliz quanto agora — disse ela. — É por causa disso que sou uma tola. — Sharpe não disse nada, atendo-se a fitá-la, incrédulo. Ela viu a incredibilidade dele e riu. — É verdade, Richard.

— Por quê?

Do tombadilho chegou um murmúrio de vozes e um lampejo de luz repentino quando foi removida a cúpula da bitácula da agulha iluminada. Lady Grace afastou-se de Sharpe e ele dela, e ambos instintivamente olharam para o mar. A luz da bitácula sumiu. Lady Grace nada disse durante algum tempo e Sharpe se perguntou se ela estaria arrependida do que acabara de acontecer, mas então ela disse, bem baixo:

— Você é como mato, Richard. Pode crescer em qualquer lugar. Um mato grande e forte que provavelmente tem espinhos e folhas venenosas. Mas sou como uma rosa num jardim: podada e mimada, mas que não pode crescer para nenhum lugar além daquele ditado pelo jardineiro. — Ela deu de ombros. — Não estou querendo despertar piedade em você, Richard. Jamais se deve ter piedade dos privilegiados. Estou apenas falando para descobrir por que estou aqui com você.

— Por que está?

— Porque sou solitária — respondeu com firmeza. — E infeliz. E porque você me intriga. — Ela estendeu o braço e tocou muito carinhosamente a cicatriz em sua face direita. — Você é um homem horrivelmente bonito, Richard Sharpe, mas, se eu o tivesse conhecido em Londres, teria ficado assustada com seu rosto.

— Mau e perigoso, esse sou eu — disse Sharpe.

— E eu estou aqui — prosseguiu lady Grace —, porque há alegria em fazer coisas que não se deve fazer. O que o comandante Cromwell chama de instintos básicos, suponho. Mas mesmo sabendo que isto terminará em lágrimas, sou incapaz de não sentir felicidade. — Ela olhou com severidade para ele. — Você parece muito cruel às vezes. Você é cruel?

— Não — disse Sharpe. — Talvez com os inimigos do rei. Talvez com os meus inimigos, mas apenas se eles forem tão fortes quanto eu. Sou um soldado, não um bandido.

Lady Grace mais uma vez tocou a cicatriz de Sharpe.

— Richard Sharpe, meu soldado destemido.

— Eu sentia um medo terrível de você — admitiu Sharpe. — Desde o primeiro momento em que a vi.

— Medo? — Ela pareceu genuinamente intrigada. — Achei que você me desprezava. Você olhava para mim com uma expressão sorumbática.

— Não disse que não a desprezava — disse Sharpe, fingindo seriedade. — Mas desde o momento em que a vi quis estar com você.

Ela riu.

— Você pode ficar comigo aqui — disse ela. — Mas apenas nas noites de tempo bom. Venho para o painel de popa quando não consigo dormir. William dorme no camarote de popa — explicou —, e eu durmo no sofá do camarote diurno. Minha camareira dorme no mesmo cômodo, numa esteira.

— Você não dorme com ele? — Sharpe ousou perguntar.

— Eu tenho de ir para a cama com ele — admitiu. — Mas ele toma láudano todas as noites porque insiste em dizer que não consegue dormir. Ele toma láudano demais e dorme como uma pedra. Assim, depois que ele adormece, vou para o camarote diurno. — Ela estremeceu. — E a droga o deixa constipado, o que agrava ainda mais o seu mau humor.

— Eu tenho um camarote — disse Sharpe.

Grace olhou para ele, sem sorrir, e Sharpe temeu que a tivesse ofendido, mas então ela sorriu.

— Só para você?

Ele fez que sim com a cabeça.

— Você gostaria dele. Tem dois metros por um e oitenta, com paredes de madeira úmida e lona pegajosa.

— E você fica se embalando sozinho na sua maca? — perguntou ela, ainda sorrindo.

— Tenho algo bem melhor que uma rede: um beliche com um colchão úmido.

Ela suspirou.

— E não faz seis meses um homem me ofereceu um palácio com paredes de marfim esculpido, um jardim com fontes e um pavilhão com uma cama de ouro. Ele era um príncipe, e devo dizer que me fez sua proposta de forma muito delicada.

— E você, também foi delicada? — perguntou Sharpe, subitamente com ciúmes do homem.

— Eu o congelei com minha frieza.

— Você é boa nisso.

— E amanhã de manhã terei de ser boa nisso novamente.

— Sim, minha dama, você será.

Ela sorriu, reconhecendo que ele compreendia que era necessário fingir.

— O dia ainda vai demorar três horas para nascer.

— Mais provavelmente, quatro.

— E estou ansiosa para explorar o navio. Tudo que vi foi o camarote do tombadilho, a câmara de refeições e o painel de popa.

Ele segurou a mão de lady Grace.

— Estará escuro como breu lá embaixo.

— Acho que isso provavelmente irá nos favorecer — disse com solenidade. Ela retirou sua mão da dele. — Vá na frente; eu o seguirei. Iremos nos encontrar no convés principal.

E assim Sharpe esperou por ela debaixo da passagem do tombadilho. Sharpe conduziu lady Grace até o camarote de terceira classe, e lá eles se esqueceram de suas suspeitas sobre Pohlmann e Cromwell.

Que, muito provavelmente, passaram a noite jogando gamão, pensou Sharpe quando o dia raiou e ele se descobriu deitado sozinho em seu beliche. Sharpe fechou os olhos, estarrecido com sua felicidade e rezando para que esta viagem durasse para sempre.

CAPÍTULO IV

Duas manhãs depois, uma vela foi avistada, a primeira desde que o *Calliope* deixara o comboio. O dia amanhecia e o céu acima da invisível Madagáscar ainda estava escuro quando um gajeiro viu o primeiro brilho do sol refletir numa vela distante na bochecha de boreste. O comandante Cromwell, convocado de seu camarote pelo tenente Tufnell, parecia agitado. Usava um pijama de flanela e seus cabelos compridos estavam torcidos num coque sobre a nuca. Observou as velas do navio desconhecido através de uma luneta antiquíssima.

— Não é um navio nativo — ouviu-o dizer Sharpe. — São gáveas europeias. Pano cristão. — Cromwell ordenou que os canhões do convés principal fossem liberados. Pólvora foi trazida dos paióis enquanto Cromwell vestia seu uniforme usual. Tufnell subiu ao mastro grande com uma luneta. Após um longo tempo de observação, gritou que considerava que o navio distante era um baleeiro. Cromwell pareceu aliviado, mas deixou as cargas de pólvora no convés apenas para o caso de o navio distante revelar-se um corsário.

Passou quase uma hora antes de o navio distante poder ser visto a olho nu do *Calliope*, e sua presença atraiu os passageiros para o convés. Como o lampejo de terra, o evento foi uma quebra na monotonia da viagem, e Sharpe juntou-se aos outros para olhar o navio, embora tivesse uma vantagem sobre a maioria dos passageiros: possuía uma luneta. O instrumento era uma maravilha, uma luneta belíssima feita por Matthew

Berge de Londres e gravada com a data da batalha de Assaye. Sir Arthur Wellesley presenteara a luneta a Sharpe, com seus agradecimentos inscritos sobre a data, embora tivesse se comportado do seu jeito frio e acanhado ao entregar o instrumento.

— Não queria que pensasse que esqueci o serviço que me prestou — dissera, sem jeito, o general.

— Fico satisfeito por ter estado lá, senhor — respondeu Sharpe, embaraçado.

Sir Arthur forçara-se a falar mais alguma coisa.

— Lembre-se, Sr. Sharpe, de que um oficial deve valorizar ainda mais seus olhos do que sua espada.

— Lembrarei disso, senhor — prometera Sharpe, refletindo que o general estaria morto se não fosse pelo sabre de Sharpe. Ainda assim, supusera que o conselho era bom. — E obrigado, senhor — dissera Sharpe.

Sharpe recordava ter ficado vagamente desapontado com a luneta. Considerara que uma boa espada teria sido uma recompensa melhor por salvar a vida do general.

Sir Arthur fechara a carranca, mas Campbell, um de seus ajudantes, tentara ser amistoso.

— E então, Sharpe, está indo para os Fuzileiros?

— Sim, senhor.

Sir Arthur comentara, sucinto:

— Tenho certeza de que será feliz lá. Obrigado, Sr. Sharpe. Tenha um bom dia.

E assim Sharpe tornara-se o ingrato proprietário de uma luneta que causaria inveja a homens mais ricos. Agora apontava o instrumento para a nau desconhecida, que, ao seu olho destreinado, parecia muito menor que o *Calliope*. Decerto não era um vaso de guerra, parecia mais um pequeno navio mercante.

— É um Jonathon! — gritou Tufnell lá de cima, e Sharpe moveu a luneta para a esquerda e viu uma bandeira desbotada adejando da popa do navio distante. A bandeira parecia muito com o estandarte listrado em vermelho e branco da Companhia das Índias Orientais, mas quando foi levantada por um pé de vento, Sharpe viu as estrelas em seu quadrante superior, e concluiu que era a bandeira americana.

O major Dalton descera para o convés principal e agora estava de pé ao lado de Sharpe, que polidamente ofereceu ao escocês o uso de sua luneta. O major olhou para o navio americano.

— Está transportando pólvora e balas de canhão para a ilha Maurício — disse o major.

— Como sabe, senhor?

— Porque é isso que eles fazem. Como nenhum navio mercante francês velejaria nestas águas, os malditos americanos suprem a ilha Maurício com armamentos. E eles têm a petulância de se dizer neutros! Mesmo assim, não tenho dúvida de que obtêm um belo lucro, que é tudo que importa para eles. Sharpe, este é um instrumento ótico fabuloso!

— Foi um presente, senhor.

— Um belo presente. — Dalton devolveu a luneta e fitou Sharpe com preocupação. — Você parece cansado, Sharpe.

— Não tenho dormido bem, major.

— Rezo para que não esteja adoecendo. Lady Grace também tem parecido muito abatida. Espero que não haja um surto de febre a bordo. Lembro-me de um bergantim que chegou a Leith quando eu era criança, sem mais do que três homens vivos a bordo, e todos à beira da morte. Eles não receberam permissão para baixar terra, é claro. Pobres coitados. Tiveram de ancorar a uma distância segura da costa e deixar que a doença seguisse seu rumo. No fim, morreram todos.

O navio americano, confiante de que o *Calliope* não representava qualquer ameaça, aproximou-se do grande mercante das Índias e os dois navios inspecionaram um ao outro. O navio americano tinha metade do comprimento do *Calliope* e seu convés principal estava apinhado com as chalupas que sua tripulação usava para arpoar e matar baleias.

— Por certo deixarão sua carga na ilha Maurício e depois rumarão para o oceano sul — observou o major Dalton. — Vida difícil, Sharpe.

A tripulação norte-americana retribuiu os acenos do *Calliope*, e, quando da ultrapassagem, as pessoas a bordo do mercante puderam ler o nome do baleeiro e o porto nativo, que estava pintado na popa em elegantes letras azuis e douradas.

— O *Jonah Coffin*, de Nantucket — disse Dalton. — "Caixão do Jonah", que nome mais curioso!

— Como Peculiar Cromwell?

— Exato! — Dalton riu. — Mas não consigo imaginar nosso comandante pintando seu nome na popa de seu barco, você consegue? A propósito, Sharpe, doei uma língua em conserva para o almoço.

— Generosidade sua, senhor.

— E lhe devo uma recompensa por toda a ajuda que você tem me prestado — disse Dalton, referindo-se às longas conversas com Sharpe sobre a guerra contra os mahrattas, sobre a qual o major planejava escrever em sua aposentadoria. — Assim, por que não se reúne ao nosso grupo ao meio-dia? O comandante concordou em nos deixar comer no tombadilho! — Dalton parecia empolgado, como se almoçar ao ar livre tornasse a refeição muito mais especial.

— Não quero me intrometer, senhor.

— Não será uma intromissão! Você será meu convidado. Também doei um pouco de vinho e você poderá me ajudar a bebê-lo. Temo apenas que terá de usar sua casaca vermelha, Sharpe. O almoço será apenas uma refeição fria, mas Peculiar proíbe qualquer pessoa em mangas de camisa no tombadilho.

Dispondo de uma hora antes de o almoço ser servido, Sharpe desceu para escovar sua casaca vermelha. Para sua absoluta surpresa, encontrou Malachi Braithwaite sentado no seu baú de viagem. O secretário estava ficando mais moroso à medida que a viagem progredia, e agora fitava Sharpe com olhos ressentidos.

— Não encontrou seu camarote, Braithwaite? — perguntou bruscamente.

— Queria vê-lo, Sharpe. — O secretário parecia nervoso, incapaz de fitar os olhos de Sharpe.

— Poderia ter me encontrado no convés — disse Sharpe e esperou, mas Braithwaite não replicou; simplesmente ficou observando enquanto

Sharpe pendurava a casaca vermelha na ponta do cabideiro e se punha a escová-la vigorosamente. — E então? — perguntou Sharpe.

Braithwaite continuou hesitante. Sua mão direita estava remexendo um fio pendurado da manga de sua casaca preta desbotada, e quando ele reuniu a coragem necessária para fitar Sharpe e abrir a boca para falar, perdeu-a novamente. Enquanto esfregava uma nódoa na casaca, o secretário finalmente encontrou sua voz.

— Você recebe uma mulher à noite — disse bruscamente Braithwaite.

Sharpe riu.

— E se eu fizer isso? Lá em Oxford não ensinam a vocês sobre as mulheres?

— Uma mulher específica — disse Braithwaite num tom tão carregado de ressentimento que ele soava como uma serpente venenosa.

Sharpe pousou a escova sobre seu barril de araca e se virou para o secretário.

— Braithwaite, se tem alguma coisa a me dizer, desembuche.

O secretário enrubesceu. Os dedos de sua mão direita agora tamborilavam na beira do baú, mas ele se forçou a continuar a confrontação.

— Sei o que você tem feito, Sharpe.

— Você não sabe coisa nenhuma, Braithwaite.

— E se eu informar Sua Excelência, como pretendo fazer, você não terá mais uma carreira no Exército de Sua Majestade. — Braithwaite precisara de quase toda a sua coragem para articular essa ameaça, mas foi encorajado por um rancor que o comia por dentro como um verme. — Você não terá nenhuma carreira, Sharpe, nenhuma!

O rosto de Sharpe não esboçou qualquer emoção enquanto fitava o secretário, mas intimamente estava estarrecido com o fato de Braithwaite ter descoberto seu segredo. Lady Grace passara duas noites seguidas naquela cabine esquálida, chegando bem depois do anoitecer e saindo muito antes do amanhecer, e Sharpe achara que ninguém notara. Ambos haviam acreditado que estavam sendo discretos, mas Braithwaite vira-os e agora estava morrendo de inveja. Sharpe pegou a escova.

— É só isso que você tem a dizer?

— Também irei arruiná-la — sibilou Braithwaite, e então tomou um susto enorme quando Sharpe jogou sua escova no chão e virou-se para ele. — Sei que você depositou bens valiosos com o comandante! — acrescentou apressadamente o secretário, levantando as mãos como se para defender-se de um golpe.

— Como sabe disso?

— Todo mundo sabe. É um navio, Sharpe. As pessoas falam.

Sharpe olhou para os olhos sagazes do secretário.

— Prossiga — disse Sharpe em voz baixa.

— Meu silêncio pode ser comprado — disse Braithwaite, desafiador.

Sharpe assentiu como se estivesse considerando a barganha.

— Vou lhe dizer como comprarei seu silêncio, Braithwaite, um silêncio, a propósito, a respeito de nada, porque não sei do que está falando. Só posso crer que Oxford estragou seu cérebro, mas vamos supor, apenas por um minuto, que eu saiba o que está sugerindo. Devemos concordar com isso?

Braithwaite assentiu cautelosamente.

— E um navio é um lugar pequeno, Braithwaite — disse Sharpe, sentando-se ao lado do secretário. — Você não pode escapar de mim a bordo do navio. E isso significa que se abrir sua boca sórdida para dizer qualquer coisa, se disser uma maldita palavra sequer, eu o mato.

— Você não entende...

— Entendo perfeitamente bem — interrompeu Sharpe. — Então cale a boca. Braithwaite, na Índia há homens chamados *jettis* que matam torcendo o pescoço de suas vítimas como se fossem galinhas. — Sharpe colocou as mãos na cabeça de Braithwaite e começou a torcê-la. — Eles torcem até o outro lado, Braithwaite...

— Não! — arfou o secretário. Ele segurou as mãos de Sharpe, mas não tinha força suficiente para se libertar.

— Eles torcem até a vítima estar com os olhos virados para a bunda, e o pescoço partir com um estalo.

— Não! — Braithwaite mal podia falar, porque seu pescoço estava sendo torcido violentamente.

— Na verdade não é bem um estalo — prosseguiu Sharpe em tom de conversa. — Parece mais com o som de uma coisa sendo moída, e sempre tive curiosidade de saber se seria capaz de fazer isso. Mas não me entenda mal, Braithwaite; não é que eu tenha qualquer medo de matar. Já matei muitos homens, com espadas, com facas e com as mãos nuas. Matei mais homens do que você pode imaginar em seu pior pesadelo, Braithwaite. Mas nunca torci o pescoço de um homem até ele quebrar. Mas começarei com você. Se fizer qualquer coisa que me prejudique, ou que prejudique a qualquer dama que eu conheça, então torcerei sua cabeça como uma rolha numa garrafa, e vai doer. Deus, como vai doer! — Sharpe deu um puxão repentino no pescoço do secretário. — Vai doer mais do que imagina, e prometo que vai acontecer se abrir a boca para dizer uma palavra sequer. Você vai morrer, Braithwaite, e não vou pensar duas vezes antes de matá-lo. Na verdade, será um prazer. — Sharpe deu uma última torcida no pescoço do secretário e então o soltou.

Braithwaite arfou, massageando a garganta. Olhou apavorado para seu agressor e tentou se levantar, mas Sharpe puxou-o de volta para o baú.

— Você vai me fazer uma promessa, Braithwaite — disse Sharpe.

— Qualquer coisa! — Agora toda a coragem abandonara o peito do homem. — Prometo qualquer coisa!

— Você não dirá nada a ninguém. E saberei se você disser, eu saberei, e encontrarei você, Braithwaite. Encontrarei você e torcerei seu pescoço fino como se fosse uma galinha.

— Não direi uma palavra!

— Porque suas acusações são falsas, não são?

— Sim. — Braithwaite assentiu vigorosamente. — Sim, elas são.

— Você andou sonhando, Braithwaite.

— Sim, andei sonhando.

— Agora vá. E lembre-se de que sou um assassino, Braithwaite. Enquanto você estava em Oxford estudando para ser um palerma eu estava aprendendo a matar pessoas. E aprendi bem.

Braithwaite saiu correndo e Sharpe continuou sentado. Merda, pensou. Merda, merda, merda. Sharpe calculava ter incutido silêncio no secretário, mas ainda assim estava assustado. Pois se Braithwaite descobrira seu segredo, quem mais o faria? Não que isso importasse para Sharpe, mas importava muito para lady Grace, que tinha uma reputação a perder.

— Está brincando com fogo, seu estúpido — disse a si mesmo e então pegou novamente sua escova e terminou a limpeza de sua casaca.

Pohlmann pareceu surpreso por Sharpe ser um convidado para o almoço, mas saudou-o efusivamente e gritou para o taifeiro trazer outra cadeira para o tombadilho. Uma mesa dobrável fora colocada diante da roda do leme do *Calliope*, coberta com linho branco e posta com talheres de prata.

— Eu mesmo ia convidá-lo, mas na empolgação de ver o Jonathon, acabei esquecendo — justificou-se Pohlmann.

Desta vez não havia precedência à mesa, porque o comandante Cromwell não estava almoçando com seus passageiros, mas lorde William ocupou a cabeceira da mesa e cordialmente convidou o barão a sentar-se ao seu lado.

— Como sabe, meu caro barão, estou compilando um relatório sobre a futura política do governo de Sua Majestade para com a Índia, e apreciaria imensamente a sua opinião sobre os estados mahrattas remanescentes.

— Não tenho certeza se posso lhe contar muita coisa, porque mal conheci os mahrattas. Entretanto, tentarei ajudá-lo da melhor forma possível — disse Pohlmann. E então, para a irritação evidente de lorde William, Mathilde ocupou a cadeira à esquerda dele e chamou Sharpe para sentar-se ao seu lado.

— Sou convidado do major, minha senhora. — Sharpe explicou sua relutância em se sentar junto a Mathilde, mas Dalton balançou a cabeça e insistiu que Sharpe ocupasse a cadeira indicada.

— Agora tenho um homem bonito de cada lado! — exclamou Mathilde em seu inglês excêntrico, obtendo um olhar condescendente de lorde William. Lady Grace, sem lugar livre ao lado do marido, permaneceu de pé até lorde William friamente apontar com a cabeça a cadeira ao lado de Pohlmann, o que significava que ela sentaria diretamente à frente de Sharpe. Numa demonstração soberba de talento dramático, ela olhou para Sharpe, e então soergueu as sobrancelhas para o marido, que deu de ombros como se não houvesse nada que pudesse fazer para aliviar seu infortúnio de estar sentada de frente para um mero alferes. E assim lady Grace sentou-se. Não fazia oito horas que estivera nua no beliche de Sharpe, mas agora seu desprezo por ele era cruelmente óbvio. Fazackerly, o advogado, pediu permissão para sentar ao seu lado, e ela sorriu para ele graciosamente como se estivesse aliviada por ter uma companhia para o almoço com quem pudesse ter uma conversa civilizada.

— Sessenta e nove milhas — disse o tenente Tufnell, juntando-se aos passageiros e anunciando os resultados da passagem meridiana do sol. — Esperávamos fazer muito, muito melhor, mas o vento está parado.

Balançando seu guardanapo, lorde William comentou:

— Minha esposa alega que vocês progrediriam mais depressa se velejássemos por dentro de Madagáscar. Ela tem razão, tenente? — Sua voz sugeria que torcia para que não tivesse.

— Ela está completamente certa, milorde — disse Tufnell. — Existe uma corrente prodigiosa descendo a costa africana, mas o estreito de Madagáscar tende a ser tempestuoso. Muito tempestuoso. E o comandante julgou que seria melhor seguirmos por fora, isto é, se o vento aparecer.

— Está vendo, Grace? — lorde William olhou para a esposa. — O comandante evidentemente conhece seu trabalho.

— Achei que estávamos apressados para chegarmos primeiro a Londres — observou Sharpe a Tufnell.

O primeiro-tenente encolheu os ombros.

— Nós previamos ventos mais fortes. Agora, devo cortar? Major, pode me passar a salada de repolho? Sharpe? Isso aí no prato coberto é *chitney*, ou devo dizer *chatna*? *Chutney*, talvez? Barão, pode servir um pouco de vinho? Estamos em dívida com o major Dalton pelo vinho e por esta língua de primeiríssima qualidade.

Os convidados murmuraram sua apreciação pela generosidade de Dalton, e então observaram Tufnell cortar a carne. O primeiro-tenente passou os pratos pela mesa e, quando uma onda forte balançou o navio, um dos pratos escorregou da mão do major Dalton para espalhar suas fatias grossas de língua em conserva no tecido de linho da mesa.

— *Lapsus linguae* — disse solenemente Fazackerly, sendo recompensado com risos instantâneos.

— Muito boa! — disse lorde William. — Realmente muito boa!

— Vossa Excelência é muito gentil — agradeceu o advogado com uma inclinação de cabeça.

Lorde William recostou-se em sua cadeira.

— Você não riu, Sr. Sharpe — observou. — Talvez não goste de trocadilhos?

— Trocadilhos? — Sharpe sabia que estava sendo ridicularizado, mas não encontrou nenhuma saída a não ser permitir que acontecesse.

— *Lapsus linguae* — disse lorde William — significa uma escorregada da língua.

— Muito obrigado por ter me explicado, porque eu também não sabia — disse uma voz forte no fundo da mesa. — E não é uma piada realmente engraçada, mesmo depois que a gente entende. — Quem falava era Ebenezer Fairley, o rico mercador que estava retornando com sua esposa depois de fazer fortuna na Índia.

Lorde William olhou para o nababo, que era um homem corpulento de opiniões duras e sinceras.

— Duvido, Fairley, que latim seja necessário no ramo comercial, mas conhecimento é um atributo de um cavalheiro, exatamente como o francês é a linguagem da diplomacia, e precisaremos de todos os cavalheiros e diplomatas que pudermos reunir se quisermos fazer deste novo século uma época de paz — disse lorde William. — O objetivo da civilização é subjugar a barbárie — lançou um olhar escarninho para Sharpe — e cultivar a prosperidade e o progresso.

— Você acha que um homem não pode ser um cavalheiro se não falar latim? — perguntou, indignado, Ebenezer Fairley. Sua esposa fulminou-o com o olhar, talvez por acreditar que o marido não deveria ser beligerante com um aristocrata.

— As artes da civilização são a maior conquista que um cavalheiro deve almejar. E oficiais — lorde William não olhou para Sharpe, mas todos souberam a quem ele estava se referindo — deveriam ser cavalheiros.

Ebenezer Fairley balançou a cabeça, atônito.

— Você negaria uma patente a homens que não falam latim?

— Oficiais deveriam ser bem instruídos — insistiu lorde William.

— Apropriadamente instruídos.

Sharpe estava prestes a dizer alguma coisa profundamente rude quando um pé desceu sobre seu sapato direito e apertou com força. Olhou para lady Grace, que não parecia estar prestando atenção nele, embora seu pé estivesse.

— Concordo completamente com você, meu querido — disse lady Grace em sua voz mais fria. — Oficiais sem educação são uma desgraça para o Exército. — O pé de lady Grace deslizou para cima até o calcanhar de Sharpe.

Lorde William, desacostumado à aprovação da esposa, pareceu levemente surpreso, mas recompensou-a com um sorriso.

— Se o Exército deseja qualquer coisa que não uma turba, deve ser liderado por homens de berço, gosto e boa educação — decretou.

Ebenezer Fairley sorriu em desgosto.

— Milorde, se Napoleão aportar seu exército na Grã-Bretanha, você não se importará se nossos oficiais falam em latim, grego, inglês ou hotentote, contanto que façam seu serviço.

O pé de lady Grace pressionou mais forte o de Sharpe, alertando--o a ser discreto.

— Napoleão não aportará na Grã-Bretanha, Fairley — disse lorde William com a voz carregada de desprezo. — A Marinha não permitirá tal coisa. Não, o imperador da França — ele investiu o título com um escárnio soberbo — vai se pavonear e posar por mais ou menos um ano, mas, cedo ou tarde, cometerá um erro e então haverá outro governo na França. Quantos vimos nos últimos anos? Uma república, um diretorado, um consulado e agora um império! Um império do quê? Do queijo? Do alho? Não, Fairley, Bonaparte não durará. Ele é um aventureiro. Um carniceiro. Estará a salvo enquanto obtiver vitórias, mas nenhum mero carniceiro vence para sempre. Um dia ele será derrotado, e então teremos homens sérios em Paris com quem poderemos negociar seriamente. Homens com quem possamos selar a paz. Isso acontecerá muito em breve.

— Creio que Vossa Excelência está certo — disse Fairley, sem convicção. — Mas até onde sabemos, esse Napoleão já pode ter cruzado o Canal!

— A Marinha dele jamais chegará ao mar — insistiu lorde William. — Nossa Marinha garantirá isso.

— Tenho um irmão na Marinha — disse Tufnell. — Ele me disse que se o vento soprar muito forte do leste os navios do bloqueio fugirão em busca de abrigo e os franceses estarão livres para deixar o porto.

— Eles não navegam há dez anos — observou lorde William. — Assim, acho que podemos dormir seguros em nossas camas. — O pé de lady Grace deslizou para cima e para baixo pela panturrilha de Sharpe.

— Mas se o imperador não invadir a Grã-Bretanha, quem derrotará a França? — indagou Pohlmann.

— Aposto nos prussianos. Nos prussianos e nos austríacos. — Lorde William parecia muito convicto disso.

— Não os ingleses? — perguntou Pohlmann.

— Não temos um cão no poço de ratos europeu — disse lorde William. — Deveríamos manter nosso Exército — ele olhou para Sharpe — tal como está, para proteger nossos interesses comerciais.

— Acha que seria um desperdício colocar-nos para combater os franceses? — indagou Sharpe. O pé de Grace pisou no dele, alertando-o.

Lorde William contemplou Sharpe por um momento, e então deu de ombros.

— O Exército francês destruiria o nosso em um dia — disse lorde William com um sorriso de escárnio. — Você pode ter visto algumas vitórias sobre exércitos indianos, Sharpe, mas isso não é a mesma coisa que enfrentar os franceses.

O pé pisou com mais força no de Sharpe.

— Acho que iríamos nos sair muito bem — respondeu o major Dalton. — E os exércitos indianos não eram desprezíveis, milorde, nem um pouco desprezíveis.

— Excelentes tropas! — disse calorosamente Pohlmann, e então se apressou em acrescentar: — Ou pelo menos foi o que me disseram.

— Não se trata da qualidade das tropas — observou lorde William —, mas de sua liderança. Bom Deus! Até Arthur Wellesley derrotou os indianos! Ele é um primo distante seu, não é, querida? — Ele não esperou que sua esposa respondesse. — E ele nunca foi muito inteligente. Era péssimo aluno.

— O senhor estudou com ele, milorde? — perguntou Sharpe, interessado.

— Eton — respondeu, sucinto, lorde William. — E meu irmão mais novo era da turma de Wellesley, que era péssimo em latim. Creio que ele abandonou o curso. Não estava à altura do lugar.

— Mas ele aprendeu a cortar gargantas — disse Sharpe.

— Ele aprendeu isso! — concordou o major, animadamente. — Você esteve em Argaum, Sharpe. Viu como ele lidou com aqueles sipaios quando eles romperam a linha? Os disparos dos inimigos caindo como granizo e a cavalaria espreitando no flanco, e ali estava o seu primo, madame, frio como gelo, forçando os sujeitos a voltarem para a linha.

— Arthur é um primo muito distante, embora eu fique feliz em ouvir sua boa opinião sobre ele, major — disse Grace, sorrindo para Dalton.

— E a boa opinião de Sharpe, espero? — disse Dalton.

Lady Grace estremeceu como se para sugerir que estava abaixo dela até mesmo considerar uma opinião sobre Sharpe, e ao mesmo tempo ela o chutou na canela com tanta força que o alferes quase fez uma careta de dor. Lorde William fitou Sharpe com frieza.

— Você só gosta de Wellesley, Sharpe, porque ele o promoveu a oficial. O que é muito leal da sua parte, mas dificilmente uma referência confiável.

— Ele também mandou me açoitar, milorde.

Subitamente, a mesa ficou silenciosa. De todos ali, só Grace sabia que Sharpe fora açoitado, porque ela correra seus dedos longos e compridos pelas cicatrizes nas costas do alferes, mas o restante da mesa fitou-o como se ele fosse alguma criatura estranha que um dos marinheiros acabara de colher numa rede de pesca.

— Você foi açoitado? — perguntou Dalton, atônito.

— Duzentas chicotadas — disse Sharpe.

— Tenho certeza de que mereceu — disse lorde William, achando graça.

— Acontece que não mereci, milorde.

— Ora, vamos, todo homem diz isso. — Lorde William fitou-o, severo. — Todo homem diz isso. Não é verdade, Fazackerly? Já conheceu um homem culpado que tenha aceitado responsabilidade por seu crime?

— Nenhum, milorde.

— Deve ter doído terrivelmente — comentou, penalizado, o tenente Tufnell.

— Esse é o objetivo da punição — disse lorde William. — Não se pode vencer batalhas sem disciplina, e não se pode ter disciplina sem o chicote.

— Os franceses não usam o chicote — disse Sharpe tranquilamente, olhando para o mastro grande e o emaranhado de panos e cordames que se erguia ainda mais alto. — E o senhor mesmo disse, milorde, que eles iriam nos destruir em um dia.

— Essa é uma questão de números, Sharpe, números. Oficiais também devem saber contar.

— Sei contar até duzentos — disse Sharpe, e foi recompensado com outro chute.

Finalizaram com uma sobremesa de frutas secas, e em seguida os homens beberam conhaque. Sharpe dormiu durante a maior parte da tarde numa maca pendurada entre as vigas que corriam longitudinalmente sobre o convés principal e nas quais os botes do navio ficavam armazenados durante a viagem. Sharpe sonhou com batalha. Estava correndo, perseguido por um gigante indiano armado com uma lança.

Acordou encharcado de suor e imediatamente olhou para o sol, porque sabia que não poderia encontrar-se com Grace até que estivesse escuro. Absolutamente escuro. Até que o navio estivesse adormecido e somente o quarto de serviço estivesse no convés. Mas Braithwaite sabia, e estaria observando e ouvindo na escuridão. Que diabos faria a respeito de Braithwaite? Não ousaria contar a lady Grace sobre as alegações do homem, porque ela ficaria aterrorizada.

Jantou na coberta da terceira classe, e depois ficou passeando pelo convés principal até o cair da noite. E depois ainda teria de esperar até que lorde William acabasse de jogar gamão ou cartas, tomasse suas pílulas de láudano e se recolhesse. O sino do navio entoou o toque de silêncio e Sharpe aguardou nas sombras entre o mastro grande e a antepara que sustentava a extremidade frontal do tombadilho. Era onde esperava por lady Grace, porque ela podia chegar ali sem ser vista por nenhum tripulante. A dama usava as escadas que desciam do camarote do tombadilho para o camarote grande e então passava por uma porta que conduzia para o camarote da terceira classe no convés principal. Lady Grace arrastava-se entre as telas de lona e saía por outra porta para o convés aberto. Então Sharpe dava-lhe a mão e a conduzia para as entranhas quentes e fedorentas do camarote da terceira classe coberta abaixo e até a sua maca estreita, onde, com um apetite que estarrecia a ambos, eles se agarravam como se estivessem se afogando. Para Sharpe, bastava pensar em lady Grace que ele se sentia tonto. Ela deixava-o embriagado, entorpecido, louco.

Ele esperou. O cordame rangia. O mastro grande movia-se imperceptivelmente a cada sopro de vento. Sharpe podia ouvir um oficial caminhando pelo tombadilho, mãos esbofeteando as malaguetas da roda do leme, o gemido do gualdrope do leme. Enquanto aguardava, Sharpe tentou distrair-se com o murmúrio das ondas; olhou para as estrelas visíveis através das velas e pensou que elas pareciam as fogueiras de um grande exército acampado no céu.

Fechou os olhos, desejando que ela chegasse e que a viagem durasse para todo o sempre. Queria que eles pudessem ser amantes num navio velejando numa noite infinita debaixo de um manto de estrelas, porque depois que o *Calliope* chegasse à Inglaterra, ela ficaria fora de seu alcance. Iria para a casa do marido em Lincolnshire, e Sharpe seguiria para Kent e se juntaria a um regimento que nunca tinha visto.

Então a porta se abriu e ali estava ela, acocorada ao lado dele em seu manto.

— Venha ao painel de popa — sussurrou para Sharpe.

Quis perguntar por quê, mas engoliu a pergunta porque ouvira tanta urgência na voz da dama que só podia ser alguma coisa importante para ela e para ele. Assim, deixou que ela segurasse sua mão e o conduzisse de volta para o camarote da terceira classe no convés principal. Essas cabines custavam a mesma coisa que no convés inferior, mas aqui era muito mais seco e arejado. Estava escuro como breu, porque não se permitiam luzes após as 21 horas, exceto no camarote do tombadilho, onde lanternas podiam ser fixadas nas pequenas vigias. Lady Grace entrelaçou os dedos com os dele enquanto ambos tateavam na escuridão até a porta que conduzia ao camarote grande, e depois escada acima.

— Enquanto eu deixava a cabine, vi Pohlmann entrar na câmara de refeições — sussurrou lady Grace para Sharpe no topo da escadaria.

Ela o conduziu até a porta que se abria para os fundos do tombadilho. Ambos saíram, correndo o risco de serem vistos pelo timoneiro e pelo oficial de serviço, mas se foram vistos, ninguém comentou nada. Subiram até o painel da popa e lady Grace mostrou com um gesto a gaiuta acima da câmara, onde, em contradição às ordens do comandante Cromwell, uma luz suave estava acesa.

Andando na ponta dos pés, como crianças que ficaram acordadas até muito depois da sua hora de dormir, Sharpe e lady Grace aproximaram-se da gaiuta. Quatro de suas dez vidraças estavam abertas e Sharpe ouviu um murmúrio de vozes masculinas. Lady Grace espiou sobre a borda, e então recuou.

— Estão lá embaixo — sussurrou na orelha dele.

Sharpe olhou por uma das vidraças sujas e viu as cabeças de três homens curvadas sobre a mesa comprida. Um deles era Cromwell, o segundo era Pohlmann, e Sharpe não reconheceu o terceiro. Eles pareciam estar examinando um mapa, e então Pohlmann empertigou-se e Sharpe recuou agachado. Um cheiro de fumaça de charuto chegava pelas vidraças abertas.

— *Morgen früh* — disse uma voz, só que não foi Pohlmann que falou em alemão, mas outro homem. Sharpe arriscou inclinar-se à frente de novo e viu que fora o criado de Pohlmann, o homem que falava francês e afirmava ser suíço.

— *Morgen früh* — repetiu Pohlmann.

— Essas coisas não são certas, barão — disse Cromwell.

— Você trabalhou muito bem até agora, meu amigo. Portanto, tenho certeza de que tudo correrá bem amanhã — respondeu Pohlmann.

Sharpe ouviu um tinido de copos. Em seguida, ele e Grace encolheram-se para trás porque a mão de alguém apareceu para fechar as janelas abertas. A luz difusa foi extinta e um momento depois Sharpe ouviu a voz rouca de Cromwell falar com o timoneiro no tombadilho.

— Não podemos descer agora — sussurrou Grace na orelha dele.

Eles foram até o canto escuro entre o canhão de salvas e a grinalda da popa. Ali, acocorados nas sombras, beijaram-se, e só depois Sharpe perguntou se ela ouvira as palavras em alemão.

— Significam "amanhã de manhã" — explicou Grace.

— E o homem que as pronunciou primeiro deveria ser o criado de Pohlmann — disse Sharpe. — O que um criado está fazendo bebendo com seu amo? Também o ouvi falar em francês, mas ele alega ser suíço.

— Os suíços, meu bem, falam alemão e francês — disse lady Grace.

— É mesmo? — perguntou Sharpe. — Pensei que falassem suíço. — Ela riu. Sharpe estava sentado com as costas contra a amurada e ela estava montada no colo dele, joelhos a cada lado do peito do alferes. Sharpe prosseguiu: — Sei lá, talvez estivessem apenas dizendo que iremos guinar para oeste amanhã. Navegamos para sul durante dias; precisamos ir para oeste em breve.

— Mas não muito em breve — disse lady Grace. — Queria que esta viagem durasse para sempre. — Ela se inclinou à frente e beijou o nariz de Sharpe. — Achei que você iria dizer alguma coisa terrivelmente rude a William no jantar.

— Segurei minha língua, não foi? — perguntou. — Mas só porque minha canela já estava roxa. — Ele tocou o rosto de lady Grace com um dedo, maravilhando-se com a delicadeza de suas feições. — Meu amor, sei que é seu marido, mas ele só abre a boca para falar bobagens. Querer que os oficiais falem latim! Para que serve o latim?

Lady Grace deu de ombros.

— Richard, se o inimigo estiver vindo matá-lo, quem você quer que o defenda? Um cavalheiro bem-educado que pode recitar Ovídio, ou um bárbaro com as costas cortadas como uma tábua de lavar?

Sharpe fingiu pensar.

— Se você coloca desse jeito, claro que eu ficaria com o camarada do Ovídio. — Ela riu, e Sharpe teve a impressão de que esta era uma mulher nascida para a alegria e não para o sofrimento. — Senti falta de você — disse ele.

— Também senti falta de você — respondeu ela.

Sharpe colocou as mãos sob o manto grande e preto para descobrir que ela estava nua debaixo de sua camisola, e então se esqueceram da manhã seguinte, Cromwell, Pohlmann e o criado misterioso, porque o *Calliope* estava amortalhado pela noite, singrando o mar debaixo de uma lasca de lua, conduzindo os amantes secretos a lugar nenhum.

O comandante Peculiar Cromwell passou a manhã inteira no tombadilho, caminhando de bombordo a boreste, fitando a bitácula, e tornando a caminhar. Sua inquietude contagiava o navio de tal modo que os passageiros ficaram tensos e olhando frequentemente para o comandante, como se esperassem que ele perdesse a cabeça. Especulações voaram pelo convés principal até que finalmente se concordou que Cromwell estava esperando uma tempestade. Mas o comandante não fez qualquer preparação para tempestades. Nenhuma vela foi ferrada, nenhum cabo inspecionado.

Ebenezer Fairley, o nababo que respondera com tanta ferocidade às asserções de William sobre latim, desceu ao convés principal em busca de Sharpe.

— Sr. Sharpe, espero que não tenha ficado aborrecido com aqueles absurdos ditos no jantar de ontem.

— Por lorde William?

— O homem é um retardado — disse Fairley, furioso. — Dizer que deveríamos falar latim! Para que serve latim? Ou grego? Ele me deixou envergonhado de ser inglês.

— Não fiquei ofendido, Sr. Fairley.

— E a esposa dele não é nada melhor! Ela trata o senhor como se fosse lixo. E ela nem fala com minha esposa.

— Entretanto, é muito bonita — disse Sharpe, em tom sonhador.

— Muito bonita? — replicou Fairley com repugnância. — Bem, sim, suponho que ela agrade a quem gosta de ser pinicado por farpas cada vez que a tocar. — Ele fungou. — Mas o que qualquer um deles já fez além de aprender latim? Já plantaram um campo de trigo? Construíram uma fábrica? Cavaram um canal? Eles nasceram, Sharpe, e isso foi tudo que aconteceu a eles, nasceram. — Ele estremeceu. — Eu lhe digo, Sharpe, não sou um radical, não eu! Mas há momentos em que não me importaria em ver uma guilhotina na frente do Parlamento. E lhe digo uma coisa, eu poderia fabricar esse instrumento e ganhar muito dinheiro com isso! — Fairley, um homem alto e de expressão soturna, levantou o rosto para olhar para Cromwell. — Peculiar está irritadiço.

— Dizem que uma tempestade se aproxima.

— Que Deus salve o navio, então, porque estou levando três mil libras de carga no fundo dele — disse Fairley. — Mas creio que estaremos a salvo. Sr. Sharpe, escolhi o *Calliope* porque ele tem uma reputação. Uma boa reputação. É veloz e estável, e Peculiar é um grande marinheiro, apesar de suas manias. O porão de carga está recheado com artigos valiosos porque o navio tem uma boa reputação. Em negócios, nada é mais importante que uma boa reputação. Eles realmente açoitaram você?

— Sim, senhor.

— E se tornou oficial? — Fairley balançou a cabeça, admirado. — Eu já fiz uma fortuna, Sharpe, uma bela fortuna, e você não faz dinheiro se não for um bom juiz de caráter. Se quiser trabalhar para mim, basta dizer. Posso estar indo para casa para descansar, mas ainda tenho negócios a conduzir e preciso de bons homens em quem possa confiar. Faço negócios na Índia, na China e qualquer parte da Europa que os malditos franceses permitam, e preciso de homens capazes. Só posso lhe prometer duas coisas, Sharpe, que vai trabalhar como um cão e que será pago como um príncipe.

— Trabalhar para o senhor? — Sharpe estava estarrecido.

— Você não fala latim, fala? Isso é uma vantagem. E você também não conhece nada sobre negócios, mas pode aprender isso com muito mais facilidade do que aprender latim.

— Gosto de ser soldado.

— Sim, acredito. E Dalton me disse que você é muito bom nisso. Mas um dia, Sharpe, um retardado como William Hale selará a paz com a França porque é covarde demais para enfrentá-la, e nesse dia o Exército vai cuspir você para longe como um farelo de biscoito. — Ele enfiou uma das mãos num bolso do casaco que estava esticado sobre uma barriga que continuava grande a despeito da comida execrável do navio. — Tome. — Ele deu a Sharpe um pedaço de cartolina. — Minha esposa chama isso de *carte de visite*. Procure-me quando quiser um emprego. — No cartão estava escrito o endereço de Fairley, Pallisser Haw. — Cresci perto dessa casa, e meu pai costumava lavar suas sarjetas com as próprias mãos. Agora é minha. Eu a comprei do lorde que morava lá. — Ele sorriu, orgulhoso. — Não há nenhuma tempestade chegando. Peculiar acordou mal-humorado, só isso. De qualquer modo, ele tem bons motivos para ficar nervoso.

— Tem?

— Não estou feliz por termos deixado o comboio para trás, Sharpe. Não aprovo isso, mas a bordo deste navio o que conta é a opinião de Peculiar, não a minha. Você não compra um cachorro e continua latindo, Sharpe. — Ele pescou um relógio em seu bolso e abriu a tampa. — Quase hora do almoço. Os restos daquela língua, tenho certeza.

O meio-dia chegou e ainda nada explicava o nervosismo de Cromwell. Pohlmann apareceu no convés, mas não chegou perto do comandante, e alguns minutos depois lady Grace, acompanhada de sua camareira, saiu para tomar ar antes de ir à câmara para almoçar. O vento estava mais fraco que nos dias anteriores, fazendo o *Calliope* embalar nos marulhos, e alguns passageiros pálidos debruçavam-se na balaustrada a sota-vento. O tenente Tufnell tentava acalmar a todos. Nenhuma tempestade se aproximava, dizia ele, pois o barômetro no camarote do comandante continuava indicando alta pressão.

— O vento vai voltar — dizia aos passageiros no convés principal.

— Vamos guinar para oeste hoje? — indagou Sharpe.

— Amanhã, provavelmente — disse Tufnell. — Provavelmente para sudoeste. Acho que nossa aposta não se pagou e que deveríamos realmente ter ido pelo Estreito. Ainda assim, somos velozes e devemos compensar o tempo no Atlântico.

— Vela à vista! — gritou um vigia do mastro grande. — Vela na amurada de bombordo!

Cromwell pegou um porta-voz e falou por ele:

— Que tipo de vela?

— Gávea, senhor. Não consigo ver mais.

Tufnell franziu a testa, preocupado.

— Uma gávea significa um navio europeu. Talvez outro Jonathon? — Ele olhou para Cromwell. — Deseja virar em roda, senhor?

— Manteremos o rumo, Sr. Tufnell. Manteremos o rumo.

— Virar em roda? — Sharpe perguntou.

Agora Tufnell parecia preocupado.

— Guinar se afastando de quem quer que seja — disse a Sharpe. — Não importa se é um Jonathon; não devíamos nos aproximar de um navio francês.

— O *Revenant*? — sugeriu Sharpe.

— Nem diga esse nome — retrucou Tufnell, de modo sombrio, esticando o braço para bater na madeira da amurada e assim afastar a má sorte da sugestão de Sharpe. — Mas se virássemos em roda agora poderíamos escapar desse navio. Seja lá quem for, está vindo contra o vento.

O vigia gritou novamente:

— É um navio francês, senhor.

— Como você sabe? — perguntou Cromwell.

— Pelo desenho das velas, senhor.

Tufnell pareceu aflito.

— Senhor? — apelou a Cromwell.

— O *Pucelle* é um navio de fabricação francesa, Sr. Tufnell — redarguiu Cromwell. — É provável que seja o *Pucelle*. Manteremos o rumo.

— Pólvora no convés, senhor? — perguntou Tufnell.

Cromwell hesitou, e então balançou a cabeça negativamente.

— É provável que seja outro baleeiro, Sr. Tufnell, provavelmente outro baleeiro. Não vamos ficar nervosos sem motivo.

Sharpe se esqueceu de seu almoço e subiu ao castelo de proa, onde apontou sua luneta para o navio em aproximação. O casco ainda estava alagado, mas ele pôde ver duas camadas de velas acima do horizonte e divisar a forma achatada das velas do traquete enquanto elas lutavam para colher o máximo possível de vento. Sharpe emprestou a luneta para os marinheiros que se acotovelavam no castelo de proa, e nenhum gostou do que viu.

— Aquele não é o *Pucelle* — resmungou um dos marinheiros. — O *Pucelle* tem uma faixa de sujeira na gávea do traquete.

— Eles podem ter lavado a vela — sugeriu outro. — O comandante Chase não gosta de ver seu navio sujo.

— Bem, se não é o *Pucelle*, é o *Revenant*, e não devíamos estar mantendo o rumo — disse o primeiro marujo. — Não devíamos mesmo. Isto não faz sentido.

Tufnell subira para o cesto da gávea com sua luneta.

— Navio francês, senhor! — gritou para o tombadilho. — Urracas pretas no mastro!

— O *Pucelle* tem urracas pretas! — gritou em resposta Cromwell. — Consegue ver a bandeira?

— Não, senhor.

Cromwell permaneceu irresoluto por um momento, e então deu ao timoneiro uma ordem que fez o *Calliope* guinar desajeitado para oeste. Os marinheiros correram para guarnecer as escotas, mareando o pano ao novo ângulo do vento.

— Ele está virando junto conosco, senhor! — gritou Tufnell.

O *Calliope* estava navegando mais rápido agora e sua proa arredondada golpeava as ondas, cada golpe emitindo um tremor através de suas toneladas de tábuas de carvalho. Os passageiros estavam em silêncio. Sharpe olhou através da luneta e viu que o casco do navio distante estava agora acima do horizonte e era pintado em preto e amarelo, como uma abelha.

— Cores francesas, senhor! — gritou Tufnell.

— Peculiar se afastou tarde demais — disse um marinheiro perto de Sharpe. — O maldito pensa que pode caminhar na água.

Sharpe virou-se e olhou através do convés principal para Peculiar Cromwell. Talvez, pensou, o comandante estivesse esperando isto. *Morgen früh* pensou Sharpe, *morgen früh*, embora o encontro houvesse atrasado algumas horas. Mas então ele apagou o pensamento. Cromwell certamente não poderia estar planejando isto. Mas então Sharpe viu Pohlmann olhando a vante com uma luneta e lembrou que o hanoveriano já comandara oficiais franceses. Será que ele mantivera contato com os franceses depois de Assaye? Teria ele se aliado aos franceses? Não, pensou Sharpe, não. Isso parecia impensável. Mas então lady Grace apareceu na amurada do tombadilho e olhou diretamente para Sharpe, apontou com os olhos para Cromwell e olhou de volta para Sharpe, e soube que ela estava pensando exatamente o mesmo que ele.

— Vamos lutar? — perguntou um passageiro.

Um marinheiro riu.

— Não podemos lutar contra um 74 francês! E ele tem canhões grandes, não é como nossos dezoito-libras.

— Podemos deixá-lo para trás? — perguntou Sharpe.

— Se tivermos sorte. — O homem cuspiu pela borda.

Cromwell continuou dando ordens ao timoneiro, ordenando um ponto de agulha cingindo ao vento ou três pontos folgado do vento, e

Sharpe teve a impressão de que o comandante estava recorrendo às últimas reservas de velocidade do *Calliope*, mas os marinheiros no castelo de proa estavam revoltados.

— Bordejando desse jeito ele apenas reduz nossa velocidade — explicou um deles. — Cada vez que inverte o leme, você retarda o navio. Peculiar devia deixar o leme em paz. — O marinheiro olhou para Sharpe. — Se eu fosse o senhor, escondia essa luneta. Algum francês gostaria dele, e aquele navio vai nos alcançar.

Sharpe correu para baixo. Precisava retirar suas joias do camarote de Cromwell, mas havia outras coisas que também queria salvar. Assim, escondeu a preciosa luneta dentro da camisa e amarrou a faixa vermelha de oficial sobre ele, vestiu a casaca vermelha, afivelou o cinto da espada e enfiou a pistola no bolso da calça. Outros passageiros tentavam esconder seus pertences mais valiosos, as crianças choravam. Súbito, muito ao longe, abafado pela distância e pelo casco do navio, Sharpe ouviu um tiro de canhão.

Sharpe subiu de volta para o convés principal e pediu a Cromwell permissão para estar no tombadilho. Cromwell fez que sim e achou graça ao ver o sabre de Sharpe.

— Esperando uma luta, Sr. Sharpe?

— Posso retirar meus bens do seu camarote, comandante? — pediu Sharpe.

— Tudo em seu devido tempo, Sharpe — disse Cromwell, fechando a carranca. — Tudo em seu devido tempo. No momento estou ocupado e agradeceria se me deixasse em paz, para que eu tente salvar o navio.

Sharpe foi até a balaustrada. O navio francês ainda parecia muito distante, mas agora Sharpe podia ver o bigode esbranquiçado de espuma na proa do navio inimigo e uma nuvem de fumaça pairando ligeiramente acima do convés.

— Eles dispararam — o major Dalton, sua pesadíssima espada Claymore pendendo do cinto, juntou-se a Sharpe na balaustrada —, mas a bala caiu a cerca de uma milha de nós. Tufnell disse que eles não estavam tentando nos acertar, apenas nos assustar.

Ebenezer Fairley pôs-se ao outro lado de Sharpe.

— Devíamos ter ficado com o comboio — disse, cuspindo de desgosto.

— Um navio como aquele poderia ter dado cabo do comboio inteiro — disse Dalton, olhando para o imenso flanco da belonave, que estava salpicado com portinholas de canhão.

— Teríamos sacrificado a fragata da Companhia — disse Fairley.

— É para isso que serve a fragata. — Ele tamborilou dedos nervosos na balaustrada. — Esse navio é bem veloz.

— O nosso também — disse o major Dalton.

— Aquele é maior — retrucou bruscamente Fairley. — E navios maiores são mais rápidos que os menores. — Ele se virou. — Comandante!

— Estou ocupado, Fairley, ocupado. — Cromwell nem olhou para o mercador.

— Consegue navegar mais rápido que ele?

— Se me deixarem em paz para praticar meu ofício, talvez.

— E quanto ao meu dinheiro? — inquiriu lorde William. Ele havia se juntado à esposa no convés.

— Os franceses não fazem guerra contra indivíduos civis — decretou Cromwell. — O navio e sua carga podem ser perdidos, mas eles respeitarão a propriedade privada. Se eu tiver tempo, milorde, destrancarei meu camarote. Mas por enquanto, cavalheiros, será que podem permitir que eu comande este navio em paz?

Sharpe olhou para lady Grace, mas ela o ignorou, e ele voltou a olhar o navio francês. Fairley, frustrado, deu um soco na amurada.

— Esses malditos franceses terão um lucro e tanto! — disse amargamente o mercador. — Esse casco e esse carregamento devem valer sessenta mil libras. Sessenta mil! Talvez mais.

Vinte para os franceses, pensou Sharpe, vinte para Pohlmann e vinte para Cromwell, um comandante que acreditava fervorosamente que a guerra estava perdida e que os franceses venceriam. Um comandante que declarara que um homem deve fazer sua fortuna antes dos franceses tomarem o mundo. E vinte mil libras era uma verdadeira fortuna, uma soma com a qual um homem poderia viver para sempre.

— Mas eles ainda precisam nos alcançar — disse Sharpe, tentando animar Fairley. — E terão de levar o navio e sua carga de volta para a França. Isso não será fácil.

Fairley balançou a cabeça.

— Não funciona desse jeito, Sr. Sharpe. Eles irão nos levar para a ilha Maurício e vender a carga lá. Há muitos neutros dispostos a comprar esta carga. E, goste oú não, eles vão vender o navio também. A próxima vez em que vir este navio ele se chamará *George Washington* e estará velejando para Boston. — Cuspiu sobre a balaustrada. Os gualdropes do leme gemeram quando Cromwell ordenou mais uma guinada.

— E quanto a nós? — perguntou Sharpe.

— Eles irão nos mandar para casa — disse Fairley. — Um dia. Não sei quanto a você e o major, que estão de farda. Eles podem trancafiar vocês numa prisão.

— Eles vão nos dar liberdade condicional, Sharpe — disse Dalton ao homem mais jovem. — E viveremos em liberdade em Port Louis. Ouvi dizer que é um lugar agradável. E um jovem bonito como você certamente conseguirá seu sustento com jovens damas entediadas.

O *Revenant*, porque não podia ser nenhuma outra nau, disparou novamente. Sharpe viu uma coluna monstruosa de fumaça branca aparecer alta sobre a proa do navio inimigo e, alguns segundos depois, o som do disparo chegou roncando sobre a água. Uma fonte de espuma branca apareceu a meia milha do *Calliope*.

— Foi mais perto — resmungou Dalton.

— Devíamos responder ao fogo — resmungou Fairley.

— Ele é grande demais para nós — disse Dalton com tristeza.

Os dois navios estavam em rumos convergentes e o *Calliope* ainda seguia a vante, mas as frequentes mudanças de rumo de Cromwell o estavam retardando.

— Alguns disparos nos cordames dele podem retardá-lo — sugeriu Fairley.

— Logo, logo, vamos mostrar nossa popa para eles — disse Dalton.

— Não temos canhões nela.

— Então mova um canhão — disse Fairley, furioso. — Bom Deus, tem de haver alguma coisa que possamos fazer!

O *Revenant* disparou de novo e desta vez a bala quicou nas ondas como uma pedra saltando através de um lago, para finalmente afundar a um quarto de milha do *Calliope*.

— O canhão está ficando mais aquecido — disse Dalton. — Mais um ou dois minutos e eles vão nos ter dentro do alcance dos canhões.

Lady Grace atravessou abruptamente o convés para se colocar entre Dalton e Sharpe.

— Major — disse ela alto demais, para que seu marido soubesse que falava ao respeitável Dalton e não a Sharpe —, acha que eles irão nos alcançar?

— Rezo para que não nos alcancem, madame — disse Dalton, removendo seu chapéu tricorne. — Rezo para que não.

— Não vamos lutar? — perguntou ela.

— Não podemos — disse Dalton.

Ela estava usando saias largas que, devido à sua proximidade de Sharpe, espremeram-se contra as calças dele. Sharpe sentiu os dedos da dama tocarem sua perna. Discretamente, Sharpe abaixou a mão, que ela apertou fervorosamente, mas sem que ninguém visse.

— Mas os franceses irão nos tratar bem? — perguntou Grace a Dalton.

— Tenho certeza de que irão, minha dama — disse o major. — E há uma multidão de cavalheiros a bordo deste navio preparados para protegê-la.

Grace baixou sua voz para um mero sussurro e, ao mesmo tempo, apertou com tanta força os dedos de Sharpe que eles doeram.

— Cuide de mim, Richard — murmurou ela e depois se virou e caminhou de volta para seu marido.

O major Dalton seguiu-a, evidentemente disposto a acalmá-la, e Ebenezer sorriu de lado para Sharpe.

— Então é assim, hein?

— O que é assim? — perguntou Sharpe, sem olhar para o mercador.

— Minha família sempre teve bons ouvidos. Bons ouvidos e bons olhos. Você e ela, hein?

— Sr. Fairley... — começou a protestar Sharpe.

— Não seja bobo, rapaz. Não vou dizer uma palavra. Mas você é matreiro, hein? E ela também. Bom para você, rapaz, e bom para ela. Então ela não é tão ruim quanto eu pensava, hein? — Ele ficou subitamente sério quando Cromwell uma vez mais exigiu que a roda do leme fosse movida. — Pare de mexer com esse leme, homem!

— Eu lhe agradeço se descer, Sr. Fairley — disse calmamente Cromwell. — Este é o meu tombadilho.

— Uma boa parte da carga é minha!

— Se não descer, Fairley, terei de mandar o mestre do navio escoltá-lo.

— Maldita seja sua insolência — resmungou Fairley, mas obedientemente retirou-se do tombadilho.

O *Revenant* disparou de novo. Desta vez a bala afundou a poucos metros do *Calliope* e perto o bastante para jorrar água na popa. Cromwell vira a fonte de água respingar sobre sua grinalda de popa, e sua proximidade fez com que se decidisse.

— Arrie a bandeira, Sr. Tufnell.

— Mas, senhor...

— Arrie a bandeira! — gritou Cromwell furiosamente para Tufnell. E acrescentou ao timoneiro: — Vire-a contra o vento. — O alferes desceu da carangueja da mezena e, ao mesmo tempo, o *Calliope* virou sua proa arredondada para o vento de modo que todas as velas grandes chocaram-se contra mastros e cordame como asas dementes. — Ferrar velas! — gritou Cromwell. — Acelerado!

A roda do leme virou sozinha para um lado e para o outro, respondendo aos fluxos de água que se chocavam contra o leme. Cromwell dirigiu-se aos seus passageiros no tombadilho.

— Peço-lhes desculpas — rosnou, não parecendo nem um pouco apologético.

— Meu dinheiro! — gritou lorde William.

— Está seguro! — respondeu Cromwell. — E tenho trabalho a fazer antes que os franceses cheguem. — Ele saiu do tombadilho.

Foi uma questão de minutos até o *Revenant* alcançar o *Calliope*, mas então o vaso de guerra francês atravessou na alheta de boreste e arriou uma embarcação miúda. A balaustrada do navio francês estava apinhada com homens que olhavam para seu prêmio valiosíssimo. Todos os marinheiros franceses sonhavam com um gordo mercante da Companhia das Índias abarrotado de riquezas, mas Sharpe duvidava que os franceses já tivessem ganhado um prêmio com tanta facilidade. Este navio fora dado aos franceses. Ele não podia provar, mas tinha certeza disso, e se virou para olhar para Pohlmann que, percebendo que ele o observava, deu de ombros melancolicamente.

Bastardo, pensou Sharpe. Bastardo. Mas por enquanto ele tinha outras coisas com que se preocupar. Precisava permanecer o mais perto possível de lady Grace, precisava ficar atento a Braithwaite, mas, acima de tudo, precisava sobreviver. Porque Sharpe fora traído e queria vingança.

CAPÍTULO V

Enquanto o *Revenant* arriava a primeira de suas embarcações miúdas, Sharpe seguiu até o camarote de Cromwell. A porta do camarote estava aberta, mas Cromwell não estava lá dentro. Sharpe tentou levantar a tampa do baú grande, mas estava trancada. Voltou para o tombadilho, mas o comandante não estava lá também, e o escaler francês já se aproximava do *Calliope*.

Sharpe correu de volta ao camarote do comandante, onde encontrou lorde William de pé, irresoluto. Ele não gostava de falar com Sharpe, mas forçou-se a parecer cortês.

— Você viu Cromwell em algum lugar?

— Desapareceu — disse sucintamente Sharpe enquanto curvava-se para o baú. O tamanho grande do orifício sugeria que a fechadura era de fabricação indiana, o que era bom, porque fechaduras indianas eram fáceis de abrir, mas Sharpe sabia que podia muito bem ser uma fechadura europeia com uma chapa de face de metal indiana, o que poderia complicar ainda mais as coisas. Pescou no bolso um fio de ferro curto que inseriu na fechadura.

— O que é isso? — perguntou lorde William.

— Uma gazua — respondeu Sharpe. — Sempre carrego uma. Antes de me tornar respeitável, eu ganhava minha vida assim.

Lorde William fungou e disse:

— Isso não é coisa da qual se gabar, Sharpe. — Fez uma pausa, esperando que Sharpe respondesse, mas o único som que escutou foi o leve roçar da gazua contra os ferrolhos da fechadura. — Talvez devamos esperar por Cromwell? — sugeriu lorde William.

— Ele guardou valores meus aqui — disse Sharpe, sondando com o metal para encontrar os ferrolhos. — E os malditos franceses estarão aqui a qualquer momento. Mexa-se, seu bastardo! — O comentário não foi para lorde William, mas para o primeiro ferrolho.

— Você encontrará uma bolsa de dinheiro aí, Sharpe — disse lorde William. — Era grande demais para esconder, de modo que permiti que Cromwell... Sua voz morreu na garganta quando percebeu que estava explicando demais. Hesitou quando o primeiro ferrolho clicou, e então observou Sharpe segurar esse ferrolho com a lâmina de seu canivete enquanto trabalhava no segundo. — Disse que confiou valores a Cromwell? — inquiriu lorde William, surpreso, pois não conseguia imaginar Sharpe possuindo nada que merecesse proteção.

— Confiei — disse Sharpe. — Que grande idiota eu fui. — O segundo ferrolho deslizou para trás e Sharpe levantou a tampa pesada do baú.

Sharpe sentiu um fedor de roupa suja. Ele fez uma careta e então jogou para o lado um casaco imundo e camadas de camisas e roupas de baixo sujas. A julgar pelas aparências, Cromwell não lavava nada a bordo do *Calliope*; simplesmente deixava a roupa suja acumular no baú até que chegasse em terra. Sharpe jogou mais e mais roupas para o lado até que alcançou o fundo do baú. Não havia joias ali. Nada de diamantes, rubis ou esmeraldas. Nem bolsa de dinheiro.

— Aquele bastardo — xingou e, sem a menor cerimônia, empurrou lorde William para fora do caminho e foi procurar Cromwell no convés.

Chegou tarde demais. O comandante já estava no portaló de bombordo, onde saudava um oficial naval francês alto, que resplandecia numa casaca azul com adornos dourados, faixa vermelha, calças compridas azuis e meias brancas. O francês tirou seu chapéu tricorne manchado de sal como cortesia a Cromwell.

— Você entrega o navio? — perguntou em inglês fluente.

— Não tenho muita escolha, tenho? — disse Cromwell, olhando para o *Revenant*, que abrira quatro de suas portinholas de canhão para deter qualquer pessoa a bordo do navio que tentasse uma resistência inútil. — Quem é você?

— Sou o comandante Montmorin. — O francês fez uma mesura.

— *Capitaine* Louis Montmorin e você tem minha simpatia, *monsieur*. E o senhor é...?

— Cromwell — resmungou o comandante inglês.

Montmorin, o comandante francês de quem o comandante Joel Chase falara com tanta admiração, agora se dirigia aos seus marujos que tinham embarcado no *Calliope* para guarnecer a meia-nau. Depois de dar as ordens, ele se voltou novamente para Cromwell.

— Comandante, tenho sua palavra de que nem o senhor nem seus oficiais tentarão nada violento? — Ele esperou até Cromwell ter oferecido um aceno e um resmungo, e sorriu. — Então a sua tripulação irá para o castelo de proa, você e seus oficiais irão recolher-se aos seus aposentos e todos os passageiros retornarão para seus camarotes. — Ele deixou Cromwell perto do portaló e subiu para o tombadilho. — Peço desculpas pela inconveniência, damas e cavalheiros, mas devem voltar para seus camarotes — disse com cortesia. — Os cavalheiros são oficiais britânicos? — Ele havia se virado para olhar Sharpe e Dalton, que eram os únicos homens no tombadilho em uniforme militar.

— Sou o major Dalton. — Dalton deu um passo à frente, e então gesticulou para Sharpe, que ainda estava parado ao lado da roda do leme. — E este é o meu colega, o Sr. Sharpe.

Dalton começara a desembainhar sua espada Claymore para oferecer uma rendição formal, mas Montmorin balançou a cabeça como se para sugerir que esse gesto não era necessário.

— Tenho sua palavra de que vocês cumprirão minhas ordens, major?

— Tem — disse Dalton.

— Então podem ficar com suas espadas. — Montmorin sorriu, mas sua cortesia elegante foi oferecida sob a mira dos mosquetes de três fuzileiros franceses em casacas azuis que tinham acabado de escalar o tombadilho.

O major deu um passo para trás, gesticulando para que Sharpe se juntasse a ele.

— Fique comigo — disse baixo.

Montmorin percebeu a presença de lady Grace e a saudou removendo novamente o chapéu e oferecendo uma reverência.

— Sinto muito, madame, por este inconveniente.

Lady Grace pareceu não notar a existência do francês, mas lorde William falou a Montmorin em francês fluente, e o que quer que tivesse dito pareceu divertir o comandante, que fez uma segunda reverência para lady Grace.

— Ninguém será molestado — anunciou em voz alta. — Contanto que cooperem com a minha guarnição de mesa. Agora, senhoras e senhores, queiram fazer a gentileza de retornar aos seus camarotes.

— Comandante! — chamou Sharpe. Montmorin virou-se e esperou que Sharpe falasse. — Eu quero Cromwell — disse Sharpe e começou a caminhar em direção aos degraus do tombadilho. Cromwell pareceu alarmado, mas então um fuzileiro francês bloqueou a passagem de Sharpe.

— Para seu camarote, *monsieur* — insistiu Montmorin.

— Cromwell! — gritou Sharpe, e tentou abrir caminho à força, mas uma segunda baioneta foi empunhada contra ele, obrigando-o a recuar.

Pohlmann e Mathilde, sozinhos entre os passageiros da popa, não haviam estado no tombadilho enquanto os franceses subiam a bordo, mas agora emergiram e com eles vinha o criado suíço que não estava mais vestido em trajes cinzentos e sóbrios, e sim usando uma espada, como um cavalheiro. Ele saudou Montmorin em francês fluente e o comandante do *Revenant* ofereceu uma reverência ao suposto criado; depois Sharpe não viu mais nada porque os fuzileiros franceses estavam tocando os passageiros para fora do convés e Sharpe relutantemente acompanhou Dalton até seu camarote. O camarote do major tinha duas vezes o tamanho das acomodações de Sharpe e era dividido com madeira em vez de lona. Era mobiliado com cama, cômoda, baú e cadeira. Dalton fez um gesto para que Sharpe sentasse na cama, pendurou sua espada e cinto nas costas da porta e desarrolhou uma garrafa.

— Conhaque francês para nos consolarmos de uma vitória francesa — disse com a voz pesada de tristeza. Serviu dois copos. — Achei que você ficaria mais confortável aqui do que lá embaixo no porão do navio, Sharpe.

— É muita gentileza da sua parte, senhor.

— E, para ser sincero, eu gostaria de ter alguma companhia — disse o major idoso. — Temo que as próximas horas serão muito tediosas.

— Também temo isso, senhor.

— Sabe, eles não podem nos manter engaiolados para sempre. — Ele deu a Sharpe um copo de conhaque e então espiou através da vigia. — Mais embarcações chegando, mais homens. Uns biltres horrorosos. Não sei quanto a você, Sharpe, mas acho que Cromwell não se esforçou muito para escapar. Não que eu seja um homem do mar, é claro, mas Tufnell me disse que havia outras velas que poderiam ter sido içadas. Sobrinhos, acho que foi assim que ele as chamou. Sobrinhos, cutelos e varredouras. Será que ele tem razão?

— Na minha opinião, Peculiar nem mesmo tentou, senhor — disse morosamente Sharpe. De fato, Sharpe acreditava que este ponto desolado de um oceano vazio fora um local de encontro e que Cromwell deliberadamente separara-se do comboio e depois singrara de propósito para cá, ciente de que o *Revenant* estaria à sua espera. O comandante inglês encenara uma tentativa de fuga e fizera uma demonstração morna de desafio quando Montmorin subira a bordo, mas Sharpe ainda acreditava que o *Calliope* fora vendido muito antes que o *Revenant* aparecesse no horizonte.

— Mas não somos homens do mar, você e eu — disse Dalton, parecendo preocupado quando passos soaram no convés acima, evidentemente dentro das acomodações de Pohlmann no camarote do tombadilho. Alguma coisa pesada tombou e em seguida foi arrastada pelo convés.

— Deus meu — disse Dalton. — Agora eles estão nos saqueando. — Ele suspirou. — Deus sabe quanto tempo levará até sermos libertados. E eu queria tanto estar em casa no outono!

— Estará frio em Edimburgo, senhor — disse Sharpe.

Dalton sorriu.

— Já esqueci como é a sensação de sentir frio. Qual é o lugar que você chama de lar, Sharpe?

Sharpe deu de ombros.

— Vivi apenas em Londres e em Yorkshire, senhor, e não sei se algum desses dois lugares é meu lar. Meu verdadeiro lar é o Exército.

— Não é um lar ruim, Sharpe. Você poderia estar num lugar bem pior.

O conhaque fez a cabeça de Sharpe rodar e ele recusou um segundo copo. O navio, estranhamente silencioso, balançou numa onda longa. Sharpe inclinou-se até a vigia para ver que os marujos franceses haviam tirado as vigas longitudinais do convés principal do *Calliope* e agora chalupas rebocavam as madeiras compridas até o *Revenant*, enquanto outros barcos carregavam barris de vinho, água e comida. O vaso de guerra francês era mais comprido que o *Calliope* e tinha conveses muito mais altos. Suas portinholas de canhão estavam todas fechadas agora, mas a nau ainda parecia ameaçadora enquanto subia e descia ao sabor do oceano. O revestimento de cobre na linha-d'água reluzia, sugerindo que o fundo fora raspado recentemente.

Passos soaram na passagem estreita e eles ouviram alguém bater na porta.

— Entre! — gritou o major Dalton, esperando um de seus colegas passageiros, mas quem se abaixou para passar pela porta foi o *capitaine* Louis Montmorin, seguido por um homem ainda mais alto vestido na mesma farda vermelha, azul e branca. Os dois franceses altos fizeram o camarote parecer bem mais baixo.

— O senhor é o oficial britânico mais antigo a bordo? — perguntou Montmorin a Dalton.

— Escocês — corrigiu Dalton.

— *Pardonnez-moi* — disse Montmorin, achando graça. — Permita-me apresentá-lo ao tenente Bursay. — O comandante indicou o homenzarrão parado diante da porta. — O tenente Bursay comandará a guarnição de presa que conduzirá este navio até a ilha Maurício. — O tenente era uma criatura de aparência grosseira, com um rosto inexpressivo que primeiro fora marcado por varíola, e depois por armas. Tinha faces queimadas por pólvora e cabelos compridos e ensebados que pendiam lânguidos sobre o colarinho. A farda estava manchada com o que parecia sangue seco. As mãos imensas tinham palmas escurecidas, que sugeriam que ele já trabalhara no alto do cordame, enquanto de seu flanco pendia um cutelo de folha larga e uma pistola de cano comprido. Montmorin falou com o tenente em francês e então se voltou para Dalton.

— Major, eu disse ao tenente que ele deverá consultá-lo acerca de todas as questões concernentes aos passageiros.

— *Merci, capitaine* — disse Dalton, e então olhou para o imenso Bursay. — *Parlez-vous anglais?*

Bursay dirigiu um olhar vazio a Dalton antes de finalmente resmungar:

— *Non.*

— Mas o senhor fala francês, não é verdade? — perguntou Montmorin a Dalton.

— Um pouco — concedeu Dalton.

— Isso é bom. E pode ter certeza, *monsieur*: nenhum mal cairá sobre nenhum passageiro enquanto obedecerem às ordens do tenente Bursay. São ordens muito simples. Devem ficar cobertas abaixo. Podem ir a qualquer parte do navio, menos o convés principal. Haverá homens armados guardando cada escotilha, e eles têm ordem de atirar se qualquer um de vocês desobedecer nossas ordens. — Ele sorriu. — Levaremos até Maurício uns, digamos, quatro dias? Mais ainda, creio, se o vento não melhorar. E, *monsieur*, permita-me dizer-lhe que lamento sinceramente o transtorno. *C'est la guerre.*

Montmorin e Bursay se retiraram e Dalton balançou a cabeça.

— Este é um acontecimento muito triste, Sharpe. Muito triste mesmo.

O barulho lá em cima, vindo do camarote de Pohlmann, tinha parado. Sharpe olhou para cima.

— O senhor se importa que eu faça um reconhecimento?

— Um reconhecimento? Não no convés, espero. Bom Deus, Sharpe, você acha que eles realmente atirariam em nós? Isso seria muito incivilizado, não acha?

Sharpe não respondeu, mas em vez disso saiu para o corredor e, seguido por Dalton, galgou os degraus da escadaria estreita até o camarote do tombadilho. A porta para a câmara de refeições estava aberta; lá dentro Sharpe encontrou um desconsolado tenente Tufnell fitando um compartimento quase vazio. As cadeiras tinham sido levadas, as cortinas removidas e o candelabro desinstalado; apenas a mesa, que era fixada no convés e presumivelmente pesada demais para ser retirada às pressas, ainda permanecia no lugar.

— A mobília pertencia ao comandante, e eles a roubaram — disse Tufnell.

— O que mais roubaram? — perguntou Dalton.

— Nada meu — disse Tufnell. — Levaram cabos e vigas, é claro, e alguma comida, mas deixaram a carga. Eles podem vendê-la em Maurício.

Sharpe voltou para o corredor e seguiu até a porta de Pohlmann que, embora fechada, não estava trancada. Todas as suas suspeitas foram confirmadas quando empurrou a porta, porque o camarote estava vazio. Os dois sofás cobertos de seda tinham sumido, assim como a harpa de Mathilde; a mesa baixa não estava mais ali e apenas o bufê e a cama, móveis monstruosamente pesados, ainda estavam pregados no convés. Sharpe caminhou até o bufê e abriu suas portas para descobrir que não havia mais nada dentro dele além de garrafas vazias. Os lençóis, cobertores e travesseiros tinham sumido da cama, restando apenas um colchão.

— Maldito — disse Sharpe.

— Maldito quem? — Dalton seguira Sharpe até o camarote.

— O barão de Dornberg, senhor. — Sharpe decidiu não revelar a identidade verdadeira de Pohlmann, porque Dalton decerto exigiria saber por que não revelara o impostor antes, e Sharpe não achava que pudesse responder satisfatoriamente a essa pergunta. Também não achava que essa informação pudesse ter salvado o navio, porque Cromwell era tão culpado quanto Pohlmann. Sharpe conduziu o major e Tufnell escadas abaixo até o camarote de Cromwell para encontrá-lo tão vazio quanto o de Pohlmann. As roupas sujas tinham sumido, os livros tinham sido retirados das prateleiras, e o cronômetro e o barômetro não estavam mais no pequeno armário. O baú grande tinha desaparecido.

— E maldito seja Cromwell também — disse Sharpe. — Que morra e apodreça. — Não se deu ao trabalho de examinar o camarote do "criado" de Pohlmann, porque sabia que estaria tão pelado quanto este. — Eles venderam o navio, senhor — disse a Dalton.

— Eles fizeram o quê? — O major estava estupefato.

— Venderam o navio. O barão e Cromwell. Malditos. — Ele chutou a perna da mesa. — Não posso provar, senhor, mas não foi por acaso termos desgarrado do comboio, e não foi por acaso termos encontrado o *Revenant*. — Exausto, esfregou o rosto. — Cromwell acredita que a guerra está perdida. Ele acha que vamos viver sob influência francesa, se não sob governo francês. Assim, ele se vendeu para os vencedores.

— Não! — protestou o tenente Tufnell.

— Não posso crer nisso, Sharpe — disse o major, mas a crença estava estampada em seu rosto. — Quero dizer, o barão, sim, ele é um estrangeiro. Mas Cromwell?

— Não tenho dúvida de que foi ideia do barão. Ele provavelmente conversou com todos os comandantes do comboio enquanto estavam esperando em Bombaim e descobriu seu homem em Cromwell. Agora eles roubaram as joias dos passageiros, venderam o navio e desertaram. Por que mais o barão iria para o *Revenant*? Por que ele não permaneceu com o resto dos passageiros? — Sharpe quase o chamou de Pohlmann, mas se corrigiu bem a tempo.

Dalton sentou-se à mesa vazia.

— Cromwell estava cuidando de um relógio para mim — disse com tristeza. — Não era valioso, mas pertenceu ao meu querido pai. Ele nem marcava as horas direito, mas era precioso para mim.

— Sinto muito, senhor.

— Não há nada que possamos fazer — disse Dalton. — Fomos tosquiados, Sharpe, tosquiados!

— Não por Cromwell, com certeza! — disse Tufnell, surpreso. — Ele era tão orgulhoso de ser inglês!

— Sim, só que ele ama mais o dinheiro do que seu país — disse Sharpe, amargo.

— E você mesmo me disse que ele poderia ter se esforçado mais para evadir do *Revenant* — lembrou Dalton a Tufnell.

— Ele poderia, senhor, poderia realmente — admitiu Tufnell, apalermado com a traição de Cromwell.

Foram até o camarote de Ebenezer Fairley e o mercador grunhiu ao ouvir a história de Sharpe, mas não pareceu muito surpreso.

— Já vi gente negociar a própria família em troca de uma fatia do lucro. E Peculiar sempre foi um homem ganancioso. Entrem, vocês três. Tenho garrafas de conhaque, vinho, rum e araca que precisam ser bebidas antes que aqueles malditos franceses as encontrem.

— Espero que Cromwell não estivesse carregando seus valores — disse Dalton, solícito.

— E eu sou um retardado, por acaso? — retrucou Fairley. — Ele tentou! Ele até me disse que eu era obrigado pelo regulamento da Companhia a entregar-lhe meus valores, mas disse a ele que não sou nenhum idiota!

— Não é mesmo — disse Dalton, pensando no relógio do pai. Sharpe não disse nada.

A esposa de Fairley, uma mulher gorducha e matronal, expressou a esperança de que os franceses lhes oferecessem um jantar.

— Não será nada requintado, mãe — alertou Fairley à esposa. — Não será nem de perto parecido com o que comíamos na câmara. Será mingau, concorda, Sharpe?

— Imagino que sim, senhor.

— Deus sabe o que Suas Excelências acharão disso! — comentou Fairley, apontando com a cabeça na direção do camarote de lorde William antes de dirigir um olhar matreiro a Sharpe. — Será que lady Grace irá se sujeitar a descer tão baixo?

— Duvido que ela goste do mingau — disse Dalton honestamente.

Era quase noite quando os franceses acabaram de despojar tudo que queriam do *Calliope*. Levaram pólvora, cordames, vigas, comida, água e todos as embarcações do navio, mas deixaram a carga intacta porque ela, como o próprio navio, seria vendida na ilha Maurício. A última embarcação foi remada de volta até a nau de guerra, e então os franceses largaram suas gáveas, e os marujos içaram as velas do traquete para tocar em vento e manobraram o navio para oeste, enquanto as outras velas eram largadas. Marujos acenaram do tombadilho enquanto o navio preto e amarelo se afastava.

— Vão para o cabo da Boa Esperança — disse Tufnell, desanimado. — Certamente para procurar os comerciantes chineses.

O *Calliope*, agora com a bandeira tricolor francesa içada acima do galhardete da Companhia, começou a se mover. Avançou lentamente no começo, porque sua guarnição de presa era pequena e eles levaram mais de meia hora para largar todas as velas do mercante, mas ao anoitecer um vento moderado soprava o grande navio para oeste.

Dois dos marinheiros do *Calliope* receberam permissão de levar o jantar aos passageiros. Fairley convidou o major, Tufnell e Sharpe para comerem em seu camarote. A refeição foi uma panela de aveia cozida engrossada com gordura salgada de bife e peixe seco, que Fairley declarou ser a melhor coisa que já comera a bordo. Mas viu que sua esposa não gostou nem um pouco.

— Você comeu coisas piores quando éramos recém-casados, mãe.

— Eu cozinhava para você quando éramos recém-casados! — respondeu, indignada.

— Acha que eu esqueci? — retrucou Fairley, e então encheu outra colherada de mingau.

Durante o jantar ficou cada vez mais escuro no camarote, mas como ninguém da guarnição de presa se incomodou em verificar se os passageiros estavam usando lanternas, Fairley acendeu cada lanterna que encontrou e pendurou-as nas janelas da popa.

— Deve haver navios britânicos neste oceano — declarou. — Então, que eles nos vejam.

— Dê-me mais lanternas e eu irei pendurá-las nas janelas do barão — disse Sharpe.

— Bom rapaz — disse Fairley.

— E você deveria dormir lá, Sharpe — disse o major. — Posso lhe dar um cobertor.

— Nós lhe daremos um cobertor, rapaz, e lençóis — insistiu Fairley. Sua esposa abriu um baú de viagem e deu a Sharpe uma pilha de roupas de cama enquanto Fairley pegava duas lanternas no corredor diante de seu camarote. — Você precisa de um isqueiro?

— Eu tenho um — disse Sharpe.

— Ao menos você terá um camarote decente por um dia ou dois — disse Fairley. — Mas só Deus sabe como ficaremos instalados em Maurício. Arrisco dizer que as camas francesas são cheias de piolhos. Passei uma noite em Calais e nunca vi na vida um quarto tão imundo. Lembra, mãe? Depois daquilo você ficou constipada por uma semana.

— Henry! — protestou a Sra. Fairley.

Sharpe subiu as escadas e tomou posse do camarote grande e vazio de Pohlmann. Acendeu as duas lanternas, colocou-as no banco que dava para a popa e então fez a cama. O gualdrope da cana do leme gemeu. Sharpe abriu uma das janelas, com um pouco de força para soltar a madeira inchada, e baixou os olhos para a esteira deixada pelo *Calliope*. Uma lua fina iluminava o mar e argentava umas nuvenzinhas, mas não havia navios visíveis. Acima dele um francês riu no painel de popa. Sharpe retirou a casaca e o sabre, mas, tenso demais para dormir, ficou deitado na cama, olhando as tábuas pintadas de branco acima dele e pensando em Grace no aposento ao lado. Supôs que ela e o marido dormiriam separados, como faziam todas as noites, e tentou imaginar uma maneira de avisá-la de que agora ele estava acolhido em luxo.

Então percebeu vozes altas vindo dos aposentos vizinhos. Levantou da cama e se acocorou ao lado da divisória de madeira fina. Havia pelos menos três homens no camarote mais de vante, todos falando em francês. Sharpe discerniu a voz de lorde William, que soava zangada, mas não tinha como saber o que estava sendo dito. Talvez Sua Excelência estivesse se queixando da comida, e tal pensamento fez Sharpe sorrir. Ele voltou para a cama e, nesse exato instante, lorde William soltou um gritinho. Foi um som estranho, como o ganido de um cachorro. Sharpe agora estava de pé novamente, tentando equilibrar-se em meio ao jogo lento do navio. Fez-se silêncio. Mais uma vez Sharpe se acocorou ao lado da frágil divisória de madeira e ouviu uma voz francesa dizendo uma palavra repetidas vezes. Bi-jú, soava assim. Lorde William disse alguma coisa, voz abafada, e então gemeu como se alguém lhe tivesse socado a barriga e expulsado todo o ar de seu corpo.

Sharpe ouviu a porta entre os dois camarotes de lorde William abrir e fechar. Em seguida, um clique de fechadura sendo trancada. Mais uma vez a voz de um francês, agora vindo do camarote com o qual o novo aposento de Sharpe compartilhava a janela ampla. Lady Grace respondeu em francês, aparentemente protestando, e então soltou um grito.

Sharpe se levantou. Ele esperava ouvir lorde William intervir, mas houve silêncio. E então, quando Grace emitiu um segundo grito abafado abruptamente, Sharpe arremeteu contra a divisória. Ele poderia ter saído para o corredor e entrado no camarote ao lado, mas arrombar a divisória de madeira fina era a forma mais rápida de alcançar Grace, e assim ele a golpeou com o ombro. A madeira frágil se estilhaçou e Sharpe atravessou-a, emitindo um grito de guerra, como se estivesse entrando numa batalha.

O que era exatamente que estava acontecendo, porque o tenente Bursay estava na cama, deitado por cima de lady Grace. O tenente, alto, rasgara o vestido da dama na altura do pescoço e agora tentava aumentar ainda mais o rasgo, para baixo, enquanto mantinha uma das mãos sobre a boca da vítima. Bursay virou-se para ver Sharpe, mas foi demasiado lerdo, porque Sharpe já estava sobre as costas largas do tenente, com a mão esquerda agarrada nos cabelos oleosos. Sharpe puxou a cabeça do francês para trás e golpeou a lateral da mão direita contra o pescoço do tenente. Acertou-a uma vez, duas, e então Bursay empurrou Sharpe e se virou para brandir um punho imenso. Alguém bateu na porta do camarote. Bursay a havia trancado.

Bursay despira a casaca e o cinturão de espada, mas empunhou o cabo do cutelo, sacou a lâmina, e investiu contra Sharpe. Lady Grace estava arqueada na cabeceira da cama, segurando os restos do seu vestido no pescoço. Havia pérolas espalhadas na cama. Bursay evidentemente viera saquear as posses de lorde William e considerara Grace a mais deliciosa.

Sharpe jogou-se para trás através dos destroços da antepara. Seu próprio sabre estava em cima da cama, e ele o puxou da bainha e brandiu a lâmina enquanto o francês grandão transpunha os estilhaços da divisória. Bursay aparou o golpe de Sharpe, e então, com o som das lâminas ainda ecoando pela cabine, arremeteu contra Sharpe.

Sharpe tentou lancear o sabre através da barriga de Bursay; o tenente francês rechaçou o metal com um sorriso de desprezo e arrojou o cabo do cutelo contra a cabeça do alferes britânico. O golpe fez Sharpe cambalear e tombar para trás com a visão cheia de fagulhas ameaçando escurecer. Sharpe rolou desesperado para a direita, enquanto o cutelo fincava a madeira do convés; em seguida volteou o sabre num golpe violento e desajeitado que não surtiu qualquer dano, mas serviu para obrigar Bursay a recuar. Sharpe se levantou atabalhoadamente, cabeça ainda zumbindo, e escutou alguém tentando arrombar a porta entre os dois camarotes de lorde William. Bursay sorriu. Era tão alto que precisou curvar-se sob as vigas do convés, mas estava confiante porque ferira Sharpe, que mancava um pouco. O cabo do cutelo abrira uma ferida que deitava sangue pela face de Sharpe. Este balançou a cabeça, tentando clarear a visão, sabendo que aquele brutamontes era tão selvagem e veloz quanto ele próprio. O tenente curvou-se debaixo de uma viga e investiu contra Sharpe, que aparou o golpe. Com um rosnado, Bursay atacou de novo, cutelo varrendo o ar como uma ceifa. Quando Sharpe jogou-se contra a antepara de vante da cabine, o francês decidiu que vencera, mas Sharpe quicou de volta da parede, brandindo o sabre como uma lança. No último instante Sharpe estendeu o sabre, fazendo a ponta curvada rasgar a garganta de Bursay. Sharpe se esquivou para a esquerda de modo a evitar o contragolpe violento do cutelo, e teve a impressão de que seu golpe não causara nenhum dano real, porque não sentira qualquer resistência à lâmina. Contudo, Bursay estava cambaleando, e sangue jorrava sobre sua casaca. O braço direito do francês tombou, de modo que a ponta do cutelo se fincou no deque. Ele fitou Sharpe com uma expressão de pasmo e levou a mão esquerda ao pescoço, de onde pulsava sangue escuro; então tropeçou e caiu de joelhos, produzindo um som gorgolejante. Um fuzileiro trespassou com um chute o tabique estilhaçado e deparou com o tenente derrotado, fitando Sharpe com olhos arregalados e surpresos. E então, tal como uma árvore derrubada por um lenhador, Bursay tombou para a frente e verteu no convés uma enxurrada de sangue que escorreu entre as ranhuras.

O fuzileiro levantou seu mosquete, mas nesse instante uma voz autoritária gritou alguma coisa em francês e o homem abaixou a arma. O major Dalton empurrou o fuzileiro para o lado e viu o corpo de Bursay, que ainda se contorcia.

— Você fez isto? — perguntou o major, ajoelhando-se. Levantou a cabeça do tenente e largou-a rapidamente quando mais sangue verteu do ferimento no pescoço.

— O que mais eu poderia fazer com ele? — perguntou Sharpe com beligerância. Limpou a ponta do sabre na bainha de sua casaca, empurrou o fuzileiro para o lado e espiou através da antepara quebrada para ver que lady Grace ainda estava acocorada na cama, mãos na garganta, tremendo.
— Está tudo bem, milady — disse ele. — Acabou.

Lady Grace fitou Sharpe. Dalton falou em francês com o fuzileiro, evidentemente ordenando ao homem que se apresentasse ao tombadilho. Lorde William espiou através da divisória estilhaçada, viu o cadáver e olhou para o rosto ensanguentado de Sharpe.

— O que... — começou lorde William, mas então ficou sem palavras. Havia um hematoma na face de lorde William onde ele fora atingido por Bursay. O francês agora estava imóvel. Lady Grace ainda soluçava.

Sharpe jogou seu sabre na cama de Pohlmann e passou por lorde William para alcançar lady Grace.

— Tudo está bem agora, milady — repetiu. — Ele está morto.

— Morto?

— Sim, morto.

Um camisolão de seda, presumivelmente de lorde William, pendia da cama. Sharpe pegou-o e jogou-o para lady Grace. Ela usou o camisolão para cobrir os ombros, e então tornou a estremecer.

— Desculpe — disse, soluçante. — Desculpe.

— Não precisa se desculpar por nada, minha dama — disse Sharpe.

— Saia agora mesmo deste camarote, Sharpe — disse lorde William com frieza. Ele tremia levemente e uma gota de sangue escorria por seu queixo.

Lady Grace virou-se para o marido.

— Você não fez nada! — Ela cuspiu nele. — Você não fez nada!

— Você está histérica, Grace. Histérica. O homem bateu em mim! — protestou para que todos ouvissem. — Tentei detê-lo, mas ele bateu em mim!

— Você não fez nada! — repetiu lady Grace.

Lorde William convocou a camareira de lady Grace que, como ele, estivera sob a guarda do fuzileiro no camarote diurno.

— Acalme-a, pelo amor de Deus — disse à garota, e então moveu abruptamente a cabeça para ordenar a Sharpe que saísse do quarto.

Sharpe retornou pela antepara destruída para descobrir que a maioria dos passageiros do camarote grande tinha subido e agora estava olhando o cadáver de Bursay. Ebenezer Fairley balançou a cabeça, pasmo.

— Rapaz, quando você faz um serviço, faz bem-feito — disse o mercador. — Não deve ter sobrado uma gota de sangue nele! A maior parte gotejou para a nossa cama.

— Desculpe — disse Sharpe.

— Não foi a primeira vez que vi sangue, garoto. E já me contaram que coisas piores acontecem no mar.

— Saiam todos daqui! — Lorde William chegara à cabine de Pohlmann. — Apenas saiam! — repetiu, quase implorando.

— Este não é o seu camarote — resmungou Fairley. — E se o senhor fosse metade de um homem, milorde, nem Sharpe nem este cadáver estariam aqui.

Lorde William olhou para Fairley sem palavras, mas nesse instante lady Grace, cabelos emaranhados, passou por cima dos fragmentos da antepara. Seu marido tentou empurrá-la para trás, mas ela se desvencilhou dele, baixou os olhos para o cadáver, e enfim olhou para Sharpe.

— Muito obrigada, Sr. Sharpe — disse ela.

— Foi um prazer servi-la, minha dama — retrucou Sharpe, e então se virou e se preparou para o pior quando viu o major Dalton entrar com um francês no camarote apinhado de gente.

— Este é o novo comandante do navio — disse Dalton. — Ele é um *officier marinier*, que acredito que seja o equivalente ao nosso sargento.

O francês era um homem mais velho, quase calvo, com um rosto enrugado e escurecido por longos anos servindo no mar. Não usava farda, porque não era oficial de carreira, mas evidentemente um marinheiro veterano que não pareceu nem um pouco comovido pela morte de Bursay. Ficou claro que o marinheiro já explicara as circunstâncias, porque o francês não perguntou nada, simplesmente dirigiu um embaraçado cumprimento de cabeça para lady Grace e murmurou uma escusa.

Lady Grace aceitou o pedido de desculpas numa voz ainda trêmula de medo.

— *Merci, monsieur.*

O *officier marinier* falou a Dalton, que traduziu para Sharpe.

— Ele lamenta as ações de Bursay, Sharpe. Ele diz que o homem era um animal. Era um sargento até um mês atrás, quando foi promovido por Montmorin. Montmorin disse a Bursay que o promoveria sob a condição de que ele se comportasse como um cavalheiro, e Bursay deu sua palavra de honra, mas agora está claro que ele não tinha nenhuma honra.

— Estou perdoado? — perguntou Sharpe, achando graça.

— Você defendeu uma dama, Sharpe — disse Dalton, reprimindo com um olhar o tom divertido de Sharpe. — Como qualquer homem razoável poderia objetar a isso?

O francês providenciou para que um cobertor de lona fosse pregado sobre o rombo na antepara e o corpo do tenente fosse removido. Ele também insistiu para que as lanternas fossem removidas da janela.

Sharpe pousou as lanternas no armário vazio.

— Vou dormir aqui, para o caso de mais algum maldito francês se sentir solitário — anunciou.

Lorde William abriu a boca para protestar, mas desistiu. O cadáver foi levado e um pedaço de lona esfiapada foi pregada na divisória. Então Sharpe dormiu na cama de Pohlmann enquanto o navio singrava o mar, levando-o até seu cativeiro.

Os dois dias que se seguiram foram tediosos. O vento estava tão fraco que o navio balançava demais e avançava pouco, tão lento que Tufnell calculou que eles levariam quase seis dias para alcançar a ilha Maurício, e isso era bom, porque significava mais tempo para um vaso de guerra britânico avistar o navio capturado. Nenhum dos passageiros podia sair para o convés e o calor nos camarotes era sufocante. Sharpe passava o tempo da melhor maneira que podia. O major Dalton emprestou-lhe um livro chamado *A vida e as opiniões do cavalheiro Tristam Shandy*, mas Sharpe não conseguia entender patavina do texto. Ficar deitado, olhando o teto, era mais recompensador. O advogado tentou ensinar Sharpe a jogar gamão, mas como Sharpe não estava interessado em jogos, Fazackerly foi procurar outra presa. O tenente Tufnell mostrou-lhe como dar alguns nós de marinheiro, e isso matou algumas horas entre as refeições, que sempre eram papa com ervilhas secas. A Sra. Fairley bordava um xale, seu marido passava a maior parte do tempo caminhando e resmungando, o major Dalton tentava compilar um relato preciso da batalha de Assaye e precisava da assessoria constante de Sharpe, o navio velejava lentamente e Sharpe não via lady Grace durante o dia.

Ela apareceu em seu camarote na segunda noite. Chegou enquanto ele dormia e acordou-o colocando a mão em sua boca para que não gritasse.

— Minha camareira adormeceu — sussurrou ela, e no silêncio que se seguiu Sharpe pôde ouvir, do outro lado da divisória remendada com lona, os roncos induzidos por drogas de lorde William.

Ela se deitou ao lado de Sharpe, uma das pernas sobre a dele, e por um longo tempo não disse nada. Finalmente, sussurrou:

— Quando entrou, ele disse que queria minhas joias. Apenas isso. Minhas joias. Depois me disse que ia cortar a garganta de William se eu não lhe desse o que ele queria.

— Está tudo bem agora — disse Sharpe, tentando acalmá-la.

Ela balançou a cabeça abruptamente.

— E depois ele me disse que odiava todos os aristocratas. Foi isso que ele disse: "aristocratas". Disse que todos nós merecíamos ser guilhotinados. Disse que ia matar a nós dois e alegar que William o atacara e que eu morrera de febre.

— Mas é a ele que os peixes estão comendo agora — disse Sharpe. Ele tinha ouvido um baque na água na manhã anterior e deduzira imediatamente que era o corpo de Bursay sendo lançado para a eternidade.

— Você não odeia os aristocratas, odeia? — perguntou Grace depois de uma longa pausa.

— Até agora só conheci você, seu marido e sir Arthur. Ele é um aristocrata?

Ela fez que sim.

— O pai dele é o conde de Mornington.

— Então gosto de dois em três — disse Sharpe. — Não é uma média ruim.

— Você gosta de Arthur?

Sharpe deu de ombros.

— Não sei se gosto dele, mas gostaria que ele gostasse de mim. Eu o admiro.

— Mas você não gosta de William?

— Você gosta?

Ela fez uma pausa.

— Não. Meu pai me obrigou a me casar com ele. Ele é rico, muito rico, e a minha família não é. Ele foi considerado um bom partido, um partido realmente bom. Já gostei dele, mas agora não gosto mais. Principalmente agora.

— Ele me odeia — disse Sharpe.

— Ele sente medo de você.

Sharpe sorriu.

— Ele é um lorde, não é? E eu não sou nada.

— Mas está aqui — disse Grace, beijando-o na face. — E ele não está. — Ela o beijou novamente. — E se ele me encontrasse aqui, eu ficaria arruinada. Meu nome cairia em desgraça. Eu jamais veria a sociedade novamente. Eu jamais veria alguém novamente.

Sharpe pensou em Malachi Braithwaite e sentiu-se grato pelo secretário ter ficado trancafiado no camarote de terceira classe, onde não poderia alimentar suas desconfianças sobre Sharpe e lady Grace.

— Está querendo dizer que seu marido poderia matar você? — perguntou Sharpe a ela.

— Ele gostaria. Ele poderia. — Ela refletiu. — Mas ele provavelmente iria me declarar louca. Isso não é difícil. Ele contrataria médicos caríssimos que diagnosticariam que sou uma lunática histérica e um juiz decretaria minha internação. Passaria o resto de minha vida curta trancada numa ala do asilo Lincolnshire, onde iriam me administrar remédios. Só que os remédios seriam levemente venenosos para que eu, misericordiosamente, não vivesse muito.

Sharpe virou-se para fitá-la, embora estivesse tão escuro que ele podia ver muito pouco além do rubor no rosto de lady Grace.

— Ele poderia fazer isso? — perguntou.

— É claro — disse ela. — Mas eu me mantenho em segurança comportando-me muito corretamente e fingindo que William não dorme com amantes e prostitutas. E, é claro, ele deseja um herdeiro. Ele ficou eufórico quando nosso filho nasceu, mas passou a me odiar desde que o bebê morreu. O que não o impede de tentar ter outro. — Ela fez uma pausa. — Então minha maior esperança de permanecer viva é dando a ele um filho e me comportar como um anjo, e jurei que faria as duas coisas, mas depois vi você e pensei: por que não perder minha sanidade?

— Cuidarei de você — prometeu Sharpe.

— Depois que descermos deste barco, duvido que voltemos a nos ver algum dia — disse ela, em tom baixo.

— Não — protestou Sharpe. — Não.

Ela fez sinal para que Sharpe se calasse e cobriu a boca dele com a sua.

Quando amanheceu ela havia sumido. A visão da janela da popa não havia mudado. Nenhum vaso de guerra britânico os perseguia; via-se apenas o infinito oceano Índico estendendo-se para um horizonte enevoado. O vento estava mais forte, embalando o navio tão furiosamente que desarrumou as peças de xadrez que o major Dalton dispusera em cima de um mapa da batalha de Assaye, sobre o banco que dava para a popa.

— Você precisa me contar o que aconteceu quando o cavalo de sir Arthur foi abatido — disse o major.

— Acho que o senhor deve perguntar a ele, major.

— Mas você sabe tanto quanto ele, estou certo?

— Sim, eu sei — concordou Sharpe. — Mas duvido que ele vá gostar de lhe contar essa história, ou que ela seja contada. É melhor que diga que ele enfrentou um grupo de inimigos e foi resgatado por seus ajudantes.

— Mas isso é verdade?

— Há verdade nisso — disse Sharpe, decidido a não dizer mais nada. Ademais, não lembrava com exatidão o que acontecera. Lembrava de apear do cavalo e acutilar seu sabre como se fosse um ancinho num monte de feno; lembrava de sir Arthur atordoado e abrigado atrás de uma roda de canhão; lembrava de ter matado. Mas o que lembrava com mais nitidez era do espadachim indiano que merecera matá-lo, porque o homem golpeara sua *tulwar* num movimento de foice que atingira Sharpe na nuca. Esse golpe deveria ter decapitado Sharpe, mas ele estivera usando seu cabelo num coque de soldado, amarrado em torno de uma bolsinha de couro que normalmente teria estado cheia de areia, só que em vez de areia Sharpe escondera nela o grande rubi do chapéu do sultão Tipu e a joia detivera a *tulwar*. O golpe liberara o rubi e Sharpe lembrava-se de como, depois que a luta violenta terminara, sir Arthur pegara a pedra no chão e a devolvera a Sharpe com uma expressão intrigada. O general estivera confuso demais para entender o que ela era, e provavelmente pensara tratar-se de nada além de um seixo de cor bonita que Sharpe guardara como lembrança. E agora o maldito Cromwell tinha esse seixo.

— Qual era o nome do cavalo de sir Arthur? — perguntou Dalton.

— Diomedes — respondeu Sharpe. — Ele gostava muito desse cavalo. — Sharpe se lembrou do jorro de sangue que verteu na terra seca quando a lança foi puxada do peito de Diomedes.

Dalton questionou Sharpe até o final da tarde, tomando notas para seu relato.

— Preciso fazer alguma coisa em minha aposentadoria, Sharpe. Isto é, se eu voltar a ver Edimburgo.

— É casado, senhor?

— Eu era. Uma dama adorável. Ela faleceu. — O major balançou a cabeça e então olhou melancólico pela janela da popa. — Não tínhamos filhos — acrescentou, e então franziu as sobrancelhas quando um súbito tropel de passos soou no tombadilho. Ouviram um grito, e um instante depois o *Calliope* guinou para bombordo e as velas martelaram como canhões disparando. As velas foram laçadas uma a uma, e o navio, depois de balançar um pouco, voltou a velejar com suavidade, só que desta vez bordejava para ganhar barlavento no rumo mais ao norte que a pequena tripulação podia aguentar. — Alguma coisa empolgou os franceses — disse o major.

Ninguém sabia o que causara a mudança de rumo para o norte, porque nenhum outro navio estava visível das vigias dos camarotes, embora fosse possível para um vigia de mastro ver algumas velas de gávea no horizonte sul. O movimento do navio estava mais desconfortável agora, porque golpeava as ondas e caturrava. Mas então, quando o jantar foi levado para os passageiros, o *officier marinier* ordenou que nenhuma luz fosse acesa, e prometeu que qualquer um que o desobedecesse seria lançado no porão do navio, que era cheio de água fétida e ratos.

— Então há outro navio — disse Dalton.

— Mas ele nos viu? — perguntou Sharpe.

— Mesmo se tiver visto, o que podemos fazer? — disse Dalton, sorumbático.

Sharpe rezou para que fosse o *Pucelle*, o navio de fabricação francesa do comandante Chase, que era tão veloz quanto o *Revenant*.

— Há uma coisa que podemos fazer — disse ele.

— O quê?

— Preciso de Tufnell — disse Sharpe, e desceu até os aposentos dos oficiais no camarote grande e bateu na porta do tenente. Depois de uma breve conversa, Sharpe levou o tenente e Dalton até a cabine de Ebenezer Fairley.

O mercador estava vestido para dormir e usava uma touca com uma franja que caía sobre o lado esquerdo de sua face, mas ele escutou Sharpe, e então sorriu.

— Entre, rapaz. Mãe! Você vai ter de se levantar de novo. Temos umas travessuras para fazer.

O problema era uma carência de ferramentas, mas Sharpe estava com sua faca, Tufnell tinha uma adaga curta e o major arranjou um punhal. Os três homens primeiro puxaram o tapete de lona no camarote de Fairley, e em seguida atacaram um taboado de piso.

A tábua era de carvalho, com mais de cinco centímetros de espessura, envelhecida e endurecida, mas Sharpe não via alternativa, exceto fazer um buraco no convés e torcer para que esse fosse o local certo. Os homens revezaram-se em turnos para golpear, cortar e arranhar a madeira, enquanto a Sra. Fairley usava a pedra de amolar utensílios de cozinha que pegara em seu baú para afiar periodicamente as três lâminas que iam lenta, muito lentamente, escavando a madeira.

Eles fizeram dois cortes, com trinta centímetros de distância um do outro, e ficaram até bem depois da meia-noite cortando a madeira e tentando suspender a área cortada. Trabalharam no escuro, mas, depois que o buraco foi feito, Fairley acendeu uma lanterna que ele encobriu com um dos mantos de sua esposa, e os três homens olharam para a escuridão abaixo. A princípio Sharpe não viu nada. Apenas escutou o gemido do gualdrope da cana do leme, mas não conseguiu vê-lo, e então, quando Fairley largou a lanterna no buraco, ele viu o grande gualdrope de cânhamo a aproximadamente trinta centímetros de distância. A cada intervalo de poucos segundos o cabo retesado movia-se uns dois centímetros ou mais, e seu gemido ecoava pela popa.

O cabo estava amarrado à cana do leme, que era a haste que virava o imenso leme do *Calliope*. Do leme, o gualdrope seguia para ambos os bordos do navio, nos quais atravessava roldanas antes de retornar para o centro do barco, onde mais duas roldanas conduziam o cabo para cima até a roda do leme, que na verdade eram duas rodas, uma na frente da outra, para que tantos homens quanto possível pudessem puxar suas malaguetas quando o navio estivesse em alto-mar e à mercê de ventos poderosos. As rodas gêmeas do leme eram conectadas por um tambor de madeira muito pesado em torno do qual o gualdrope do leme era amarrado. Assim, cada volta na roda do leme puxava o cabo e transferia o movimento para a cana do leme. Se esse gualdrope fosse cortado, o *Calliope* ficaria sem governo durante algum tempo.

— Mas quando devemos cortá-lo? — perguntou Fairley.

— Esperem pela luz do dia — sugeriu Dalton.

— Não vai ser fácil cortar — observou Sharpe, porque o cabo tinha quase oito centímetros de espessura. Ele corria num espaço entre os conveses principal e inferiores, e Fairley colocou o tapete de lona de volta no lugar, não apenas para disfarçar o buraco, mas para impedir que os ratos subissem para seu camarote.

— Quanto tempo levará para substituir o gualdrope? — perguntou o mercador a Tufnell.

— Uma boa tripulação poderia fazer isso em uma hora.

— Eles terão alguns bons marinheiros — disse o mercador. — Portanto, é melhor não desperdiçarmos seus esforços agora. Vamos ver o que a manhã trará.

Aquela noite não trouxe lady Grace. Talvez, pensou Sharpe, ela já tivesse espiado o interior do camarote de Pohlmann e visto que Sharpe estava ausente. Ou talvez lorde William estivesse acordado e vigilante, imaginando que talvez o *Calliope* fosse resgatado à noite. Assim, Sharpe embrulhou-se num cobertor e dormiu até um punho bater em sua porta para anunciar a papa do desjejum.

— Há um navio pela bochecha de boreste, senhor — disse em voz baixa o marinheiro que trouxe a tigela. — Dá para ver daqui, mas ele esteve lá a noite inteira. É um dos nossos.

— Marinha?

— Calculamos que sim, senhor. Portanto, agora estamos numa regata até a ilha Maurício.

— A que distância está de nós?

— Sete, oito milhas? Uma boa distância, senhor, principalmente porque terá de virar de bordo para então nos interceptar. — O marinheiro baixou ainda mais a voz. — Os franceses arriaram sua bandeira, de modo que agora estamos ostentando apenas a britânica, mas isso não vai ajudá-los se o navio for de guerra. De qualquer jeito, ele irá se aproximar para nos examinar. Quando há uma presa valiosa em jogo, bandeiras içadas nada significam.

A notícia se espalhou pelo navio, empolgando os passageiros e alarmando a tripulação francesa, que tentou garantir sua presa desenvolvendo sua melhor velocidade, mas para os passageiros na popa, que não podiam nem ver o outro navio nem determinar o que acontecia no convés do *Calliope*, aquela foi uma manhã lenta e agonizante. O tenente Tufnell sugeriu que os dois navios deviam estar em rumos convergentes e que o *Calliope* tinha a vantagem do vento, mas era amargamente frustrante não ter certeza. Todos eles queriam cortar o gualdrope da cana do leme, mas sabiam que se ele fosse partido cedo demais os franceses disporiam de tempo para fazer um reparo.

Não foi servida comida ao meio-dia e talvez tenha sido essa pequena privação que persuadiu Sharpe de que era melhor cortar o cabo do gualdrope.

— Como não podemos saber qual é o melhor momento, vamos dar uma dor de cabeça aos franceses agora — argumentou.

Ninguém discutiu. Fairley levantou o tapete e Sharpe enfiou seu sabre no buraco e começou a cortar o cabo. O gualdrope continuava se movendo, não muito, mas o suficiente para dificultar o corte do sabre no mesmo ponto. Sharpe resmungou e suou enquanto tentava encontrar o apoio que lhe permitisse colocar toda a sua força sobre a lâmina.

— Posso tentar? — perguntou Tufnell.

— Estou conseguindo — disse Sharpe.

Ele não podia ver o cabo, mas sabia que estava com a lâmina enterrada profundamente em suas fibras, porque ela estava sendo puxada para a frente e para trás com os movimentos pequenos do leme. Sharpe estava com o braço direito ardendo de dor do pulso ao ombro, mas mantinha a lâmina cortando. De súbito, sentiu a tensão sumir enquanto o cânhamo se desfiava. O leme uivou em suas governaduras enquanto Sharpe recolhia o sabre através do buraco e tombava exausto contra o pé da cama de Fairley.

O *Calliope*, sem pressão no leme para resistir à força do vento, balançou com violência afilando o vento. Soaram gritos no convés, um tropel de pés descalços correndo até as escotas e então o ruído abençoado das velas panejando inutilmente ao vento.

— Cubra o buraco — ordenou Fairley. — Depressa! Antes que aqueles sodomitas vejam!

Sharpe moveu os pés para que ele pudesse colocar o tapete de volta no lugar. O navio sacudiu-se enquanto os franceses usavam os panos de proa para tentar trazê-lo para o vento, mas sem a pressão do leme o *Calliope* negou-se a virar, e as velas martelaram os mastros. O timoneiro girou a roda que subitamente não tinha carga, e então passos desceram as escadas de escotilha e Sharpe soube que os franceses por fim estavam verificando o mecanismo da cana do leme.

Houve uma batida na porta de Fairley e, sem esperar por uma permissão, lorde William adentrou o camarote.

— Alguém sabe o que exatamente está acontecendo? — perguntou o lorde.

— Cortamos o cabo da cana do leme, e eu agradeceria se Vossa Excelência não contasse nada a ninguém — disse Fairley. Lorde William piscou diante do pedido repentino, mas, antes que pudesse dizer qualquer coisa, um disparo de canhão soou ao longe. — Acho que é o fim disto — disse Fairley alegremente. — Vamos, Sharpe, vamos ver o estrago que você causou. — Ele estendeu uma das mãos e ajudou Sharpe a se levantar.

Nenhum membro da guarnição de presa tentou impedir que eles saíssem para o convés. Na verdade, os franceses já estavam até arriando a bandeira original do *Calliope* que eles esperavam enganar seu perseguidor, fazendo-o pensar que o mercante ainda estava sob comando britânico.

E agora eles estavam realmente sob comando britânico, porque, vindo lentamente em direção ao *Calliope* e ferrando suas velas enquanto se aproximava, estava outra nau de guerra pintada em amarelo e preto. O bico de proa pintado em dourado ostentava a figura de uma dama de expressão extasiada com a cabeça envolvida por uma auréola, empunhando uma espada e vestida numa armadura pintada de prateado, embora curiosamente seu peitoral tivesse sido cortado para revelar um par de seios nus e rosados.

— O *Pucelle* — disse Sharpe deliciado. Joana D'Arc viera ao socorro dos britânicos.

E o *Calliope*, pela segunda vez em cinco dias, foi tomado.

CAPÍTULO VI

O primeiro tripulante do *Pucelle* a bordo do *Calliope* foi o próprio comandante Joel Chase, que escalou agilmente a amurada do navio mercante para os aplausos dos passageiros libertados. O *officier marinier*, não dispondo de espada para entregar, estoicamente ofereceu a Chase uma espicha. Chase sorriu, aceitou a espicha, e galantemente devolveu-a ao *officier marinier*, que, resignado, conduziu seus homens para o aprisionamento cobertas abaixo. Enquanto isso, Chase tirava o chapéu, apertava as mãos dos passageiros no convés principal e tentava responder a uma dúzia de perguntas, todas ao mesmo tempo. Malachi Braithwaite manteve-se afastado dos passageiros felizes, olhando para Sharpe no tombadilho. O secretário fora isolado no camarote de terceira classe desde a tomada do navio pelos franceses e devia estar sentindo pontadas de inveja só de pensar em Sharpe estar na popa com lady Grace.

— Ali está um comandante de navio feliz — disse Ebenezer Fairley. Ele parara ao lado de Sharpe no tombadilho e estava observando o aglomerado de passageiros do camarote de terceira classe que cercava Chase. — Ele acaba de ganhar uma fortuna em presa, se bem que agora terá de lutar muito para receber o dinheiro.

— Como assim?

— Você acha que os advogados não vão querer a parte deles? — perguntou amargamente Fairley. — A Companhia das Índias Orientais terá advogados que dirão que os franceses não chegaram realmente a se apoderar do navio, de modo que ele não pode ser considerado uma presa, e o agente de prêmio de Chase terá outro grupo de advogados argumentando o oposto. Essa discussão manterá o tribunal ocupado por anos, enquanto os advogados ficarão mais ricos e todo o resto mais pobre. — Ele fungou. — Suponho que eu mesmo poderia contratar um ou dois advogados, considerando que uma parte da carga é minha, mas não vou me dar ao trabalho. Até onde me diz respeito, aquele comandante pode ficar com o prêmio. Prefiro que ele fique com o dinheiro do que algum advogado sanguessuga. — Fairley fez uma careta. — Uma vez tive uma boa ideia sobre como poderíamos aumentar a prosperidade da Grã-Bretanha. Minha noção era de que cada homem de posses poderia matar um advogado por ano sem temer penalidades. O Parlamento não ficou interessado, mas não é de admirar, o Parlamento está cheio de sanguessugas.

O comandante Chase retirou-se do convés principal e subiu até o tombadilho, onde a primeira pessoa que viu foi Sharpe.

— Meu caro Sharpe! — gritou Chase, um sorriso iluminando seu rosto. — Meu caro Sharpe! Agora estamos quites, hein? Você me resgatou, eu o resgatei. Como vai? — Ele apertou a mão de Sharpe com as duas mãos, foi apresentado a Fairley e então se deparou com lorde William Hale. — Oh, Deus, esqueci que ele estava a bordo — disse aos seus botões. — Como vai, milorde? Tem passado bem? Excelente, excelente!

Na verdade, embora estivesse ansioso por falar com o comandante em particular, lorde William não respondera a Chase, que lhe deu as costas e segurou Tufnell pelo braço. Os dois marinheiros embarcaram numa longa discussão a respeito de como o *Calliope* fora capturado pelo *Revenant*. Um grupo de marinheiros do *Calliope* desceu para emendar o cabo da cana do leme, enquanto alguns *pucelles*, liderados por Hopper, o homenzarrão que comandava o escaler do comandante Chase, hasteavam uma bandeira britânica acima da bandeira francesa.

Lorde William, visivelmente irritado por ter sido ignorado por Chase, tentava atrair a atenção do comandante, mas alguma coisa que

Tufnell disse fez Chase mais uma vez ignorar Sua Excelência e virar-se para os outros passageiros.

— Quero saber tudo que vocês possam me dizer — disse Chase, afoito — a respeito do homem que se fez passar pelo criado do barão de Dornberg.

A maioria dos passageiros pareceu intrigada. O major Dalton comentou que o barão parecera um camarada decente, um pouco falastrão, mas que ninguém realmente reparara no criado.

— Ele era muito discreto — definiu Dalton.

— Ele falou em francês comigo uma vez — informou Sharpe.

Chase abruptamente girou nos calcanhares.

— Ele fez isso? — perguntou.

— Apenas uma vez — respondeu Sharpe. — Mas ele falou inglês e alemão também. Alegou ser suíço. Mas não acho que ele fosse realmente um criado.

— Como assim?

— Senhor, ele estava usando uma espada quando desceu do navio. Não são muitos os criados que usam espadas.

— Talvez os criados hanoverianos usem — ponderou Fairley. — Povo distante, modos estranhos.

— Mas o que sabemos de fato sobre o barão? — indagou Chase.

— Ele era um bufão — resmungou Fairley.

— Ele era decente — protestou Dalton. — E generoso.

Sharpe poderia ter oferecido uma resposta mais detalhada, porém ainda estava relutante em admitir que enganara o *Calliope* por tanto tempo. Desse modo, preferiu dizer a Chase:

— Há uma coisa estranha, senhor. Uma coisa na qual só pensei realmente depois que o barão desceu do navio, mas ele parecia muito com um sujeito chamado Anthony Pohlmann.

— É verdade, Sharpe? — perguntou Dalton, surpreso.

— Mesmo corpo — disse Sharpe. — Embora eu tenha visto Pohlmann apenas por uma luneta. — O que não era verdade, mas Sharpe precisava cobrir seus rastros.

— Quem é Anthony Pohlmann? — interrompeu Chase.

— Um soldado hanoveriano que comandou os exércitos mahrattas em Assaye.

— Sharpe, você tem certeza? — perguntou Chase, muito sério.

— Parecia com ele — retrucou Sharpe, ruborizando. — Muito mesmo.

— Deus me proteja — disse Chase em seu sotaque de Devonshire, testa franzida em preocupação.

Lorde William abordou-o novamente, mas Chase o dispensou com um gesto distraído e lorde William, já insultado pela desconsideração do comandante, pareceu ainda mais ofendido. Chase prosseguiu:

— Mas a questão principal — prosseguiu Chase — é que Dornberg e seu criado, se é mesmo um criado, estão agora no *Revenant*. Hopper!

— Senhor? — respondeu do tombadilho o mestre.

— Quero todos os *pucelles* de volta a bordo rapidamente, mas você esperará com meu escaler. Sr. Horrocks! Por obséquio, apresente-se!

Horrocks era o quarto tenente do *Pucelle*, e a quem caberia o comando da pequena guarnição de presa, apenas três homens, que Chase deixaria a bordo do *Calliope*. Os homens não precisariam velejar o navio, porque Tufnell e a marujada do *Calliope* podiam fazer isso, mas eles ficariam a bordo do mercante para registrar os direitos de Chase sobre a nau que agora velejaria para a Cidade do Cabo, onde os prisioneiros franceses seriam entregues aos cuidados da guarnição britânica e o navio poderia ser reabastecido para sua jornada de volta para a Grã-Bretanha, com os advogados à espera. Chase deu suas ordens a Horrocks, frisando que ele deveria obedecer ao tenente Tufnell em todas as questões que dissessem respeito à navegação do *Calliope*, mas também instruiu Horrocks a selecionar vinte dos melhores marinheiros do *Calliope* e convocá-los para o *Pucelle*.

— Não gosto de fazer isso, mas estamos com poucos homens — justificou a Sharpe. — Os pobres camaradas não ficarão felizes, mas quem sabe? Alguns podem até se apresentar voluntariamente. — Ele não pareceu otimista quanto a isso. — E quanto a você, Sharpe? Vai viajar conosco?

— Eu, senhor?

— Como passageiro — apressou-se em explicar Chase. — Por acaso estamos indo na mesma direção. E você, acredite, alcançará a Inglaterra bem mais depressa velejando comigo do que permanecendo a bordo desta banheira. Você obviamente quer vir. Clouter! — Ele chamou um dos tripulantes de sua embarcação que estava encostada à meia-nau. — Você trará a carga pessoal do Sr. Sharpe para o convés. Acelerado! Ele vai lhe mostrar onde ela está.

Sharpe protestou.

— Eu deveria ficar aqui, comandante. Não quero ser nenhum inconveniente para o senhor.

— Não temos tempo para discutir isso, Sharpe — disse Chase animadamente. — Claro que você virá comigo. — O comandante finalmente se virou para lorde William Hale, que fumegava de raiva por Chase não lhe dar qualquer atenção. Chase afastou-se com Sua Excelência enquanto Clouter, que era o homem grande e negro que lutara bravamente na noite em que Sharpe conhecera Chase, escalava até o tombadilho.

— Para onde vamos, senhor? — perguntou Clouter.

— A carga pessoal deverá esperar um pouco — respondeu Sharpe. Ele não queria deixar o *Calliope*, não enquanto lady Grace estivesse a bordo, mas primeiro teria de inventar alguma boa desculpa para recusar o convite de Chase. Ele ainda não conseguira inventar nenhuma, mas pensar em abandonar lady Grace era insuportável. Na pior das hipóteses, decidiu, teria de correr o risco de ofender Chase simplesmente recusando-se a mudar de navio.

Chase agora andava de um lado para o outro pela popa, ouvindo lorde William falar ininterruptamente. Chase estava fazendo que não com a cabeça, mas finalmente deu de ombros, resignado.

— Raios, raios e raios duplos! Está parado aqui por quê, Clouter? Vá pegar a carga pessoal do Sr. Sharpe! Nada pesado demais. Nada de pianos de cauda ou camas de quatro pilares.

— Pedi a ele que esperasse — disse Sharpe.

Chase fitou-o, intrigado.

— Não vai me contrariar, vai, Sharpe? Já tenho problemas suficientes. Aquele maldito lorde afirma que precisa chegar à Grã-Bretanha depressa, e não tive como dizer não, considerando que estamos indo para o Atlântico.

— O Atlântico? — perguntou Sharpe, estarrecido.

— Mas é claro! Eu lhe disse que ia na mesma direção que você. Ademais, é para lá que o *Revenant* está seguindo. Tenho toda a certeza do mundo. Inclusive, estou arriscando minha reputação nisso. Lorde William me disse que está portando despachos governamentais, mas será que está mesmo? Não sei. Acho que ele quer apenas viajar num navio maior e mais seguro, mas não posso recusar seu pedido. Eu gostaria, mas não posso. Maldito bastardo. Você não está ouvindo isto, está, Clouter? Essas são palavras para seus superiores. Bosta! Agora terei de aturar o maldito lorde William Hale, sua maldita esposa, seus malditos criados e seu maldito secretário. Bosta!

— Clouter! — disse energicamente Sharpe. — Coberta da terceira classe, bombordo. Acelerado! — Sharpe quase cantou enquanto descia a escadaria. Lady Grace iria com ele!

Sharpe escondeu sua euforia enquanto se despedia de seus colegas de viagem. Lamentou separar-se de Ebenezer Fairley e do major Dalton, que o convidaram a visitar suas casas. A Sra. Fairley apertou Sharpe contra seu busto considerável e insistiu para que ele levasse uma garrafa de conhaque e outra de rum.

— Para mantê-lo aquecido, querido — disse ela. — E para impedir Ebenezer de se embebedar.

Uma embarcação miúda do *Pucelle* levou os homens recrutados para o *Calliope*. Eram em sua maioria os marujos mais jovens, e iriam substituir aqueles da tripulação de Chase que tinham sucumbido a doenças durante a longa jornada do *Pucelle*. Pareciam macambúzios, afinal estavam trocando boas pagas por péssimas.

— Mas nós vamos animá-los — disse Chase. — Não há nada melhor do que uma dose de vitória para animar um lobo do mar.

Lorde William insistira que sua mobília cara fosse levada para o *Pucelle*, mas Chase explodira em fúria, dizendo que Sua Excelência deveria viajar sem mobília ou não viajar. Lorde William aquiescera friamente, embora tivesse convencido Chase de que sua coleção de documentos oficiais deveria acompanhá-lo. Depois que todos os papéis tinham sido retirados de seu camarote e levados para o *Pucelle*, lorde William e sua esposa deixaram o *Calliope* sem se despedir de ninguém. Lady Grace parecia terrivelmente melancólica. Chorara até ainda há pouco e agora fazia um esforço enorme para mostrar dignidade, mas não conseguiu conter um olhar desesperado para Sharpe enquanto era arriada até o escaler de Chase. Em seguida, Malachi Braithwaite desceu pelo costado do *Calliope* e lançou a Sharpe um peçonhento olhar de triunfo, como se sugerisse que agora iria desfrutar da companhia de lady Grace enquanto Sharpe ficaria encalhado no *Calliope*. Lady Grace apertou a amurada da embarcação miúda com os dedos esbranquiçados de uma das mãos, e então o vento pegou seu chapéu, levantando sua aba, e ao pegar o chapéu lady Grace viu Sharpe emergir do portaló e começar a descer a escada de quebra-peito do navio. Por um segundo, uma expressão de alegria pura apareceu no rosto da dama. Braithwaite, ao ver Sharpe descer a escada, pareceu disposto a protestar, mas sua boca simplesmente abriu e fechou como a de um peixe arpoado.

— Chegue para lá, Braithwaite — disse Sharpe. — Vou lhes fazer companhia.

— Adeus, Sharpe! — gritou Dalton. — Escreva para mim!

— Boa sorte, rapaz! — berrou Fairley.

Chase desceu a escada por último e ocupou seu lugar no paineiro.

— Todos juntos agora! — gritou Hopper, e os remadores enterraram seus remos vermelhos e brancos na água e o escaler deslizou para longe do *Calliope*.

O fedor do *Pucelle* alcançou-os enquanto se aproximavam. Era o fedor de uma tripulação numerosa amontoada num navio de madeira, o fedor de corpos não lavados, de dejetos corporais, de tabaco, alcatrão, sal e coisas podres, mas o navio em si avultava-se alto e poderoso, uma grande parede pontuada por portinholas de canhão e entupida com homens, pólvora e balas.

— Adeus! — gritou Dalton uma última vez.

E Sharpe juntou-se ao caçador, buscando vingança, indo para casa.

— Odeio mulheres a bordo — disse Chase com selvageria. — Sabia que trazem má sorte? Mulheres e coelhos a bordo são sinais de má sorte. — Para espantar o azar, bateu na madeira polida do camarote do comandante. — Não que já não haja mulheres a bordo — admitiu. — Há pelo menos seis prostitutas de Portsmouth cobertas abaixo sobre as quais teoricamente não sei nada, e suspeito que um dos artilheiros está com a esposa escondida em algum lugar, mas isso não é a mesma coisa que ter uma dama e sua camareira no convés aberto, alimentando as fantasias imundas da tripulação.

Sharpe não disse nada. O camarote estendia-se com elegância por toda a boca do navio e era iluminado por uma ampla janela de popa através da qual Sharpe divisava o longínquo *Calliope*, já com o casco abaixo do horizonte. As janelas eram adornadas com cortinas de chita florida que combinavam com as almofadas espalhadas pela poltrona da janela, e o convés estava atapetado com lona pintada num padrão xadrez preto e branco. Havia duas mesas, um bufê, uma poltrona de couro, um sofá e uma estante de livros giratória, embora o ar de domesticidade fosse de algum modo arruinado pela presença de dois canhões de dezoito libras que apontavam para portinholas pintadas em vermelho. A vante da câmara do comandante, e a boreste, ficava o camarote de Chase, enquanto a vante e a bombordo ficava a câmara de refeições, que tinha capacidade para receber com conforto uma dúzia de pessoas.

— E prefiro morrer a ceder minhas acomodações ao maldito lorde Hale — resmungou Chase. — Embora ele claramente esperasse que eu fizesse isso. Ele que se aloje no camarote do imediato e sua maldita esposa na cabine do segundo-tenente, que, aliás, foi onde ficaram quando vieram de Calcutá. Só Deus sabe por que eles dormem separados, mas dormem. Eu não devia ter lhe dito isso.

— Entrou por um ouvido e saiu pelo outro, senhor — garantiu Sharpe.

— E o maldito secretário que fique no camarote de Horrocks — decidiu Chase. Horrocks era o tenente que fora escolhido como mestre da presa do *Calliope*. — E o imediato pode ficar no camarote do mestre do navio. Ele morreu há três dias. Ninguém sabe por quê. Ele se cansou da vida, ou a vida se cansou dele. Só Deus sabe onde ficará o segundo-tenente. Acho que na cabine do terceiro, que será chutado para algum outro lugar, e isso vai continuar hierarquia abaixo até o gato do navio ser jogado no mar, pobrezinho. Deus, odeio ter passageiros, especialmente mulheres! Você ficará com meus aposentos.

— Seus aposentos? — perguntou Sharpe, atônito.

— No camarote de dormir — disse Chase. — É por aquela porta ali. Não se preocupe, Sharpe, ficarei com este compartimento enorme! — Gesticulou para o luxuoso aposento à sua volta, repleto de mobílias elegantes, quadros emoldurados e janelas cortinadas. — Meu despenseiro pode pendurar meu beliche aqui, e colocar o seu no camarote pequeno.

— Não posso ficar com seu camarote! — protestou Sharpe.

— Claro que pode! Na verdade, é apenas um quartinho apertado, bem na medida para um alferes insignificante. Ademais, Sharpe, sou um sujeito que gosta de um pouco de companhia e como comandante não posso ir para a praça-d'armas sem convite, e os oficiais não me convidam muito. Não posso culpá-los; eles querem relaxar. Assim, acabo vivendo em solidão. Bem, agora tenho você para me entreter. Joga xadrez? Não? Irei ensiná-lo. E você virá jantar comigo esta noite? Claro que virá. — Chase tirou seu chapéu e se aboletou numa cadeira. — Você realmente acha que o barão pode ser Pohlmann?

— É ele — disse Sharpe com segurança.

Chase soergueu uma sobrancelha.

— Tem tanta certeza assim?

— Eu o reconheci, senhor, mas não contei a nenhum dos oficiais do *Calliope* — admitiu Sharpe. — Não achei que isso fosse importante.

Chase balançou a cabeça, mas por achar aquilo engraçado e não em sinal de desaprovação.

— Não teria adiantado de nada se tivesse contado. E Peculiar provavelmente teria matado você. E quanto aos outros, como iriam saber o que fazer? Apenas rezo a Deus que eu saiba! — Ele se empertigou para encontrar uma folha de papel na mesa maior. — Nós, isto é, a Marinha de Sua Majestade britânica, estamos procurando por um cavalheiro chamado Vaillard. Michel Vaillard. Ele é um sujeito malvado, nosso Vaillard, e aparentemente estava tentando retornar para a Europa. E que forma melhor de viajar do que disfarçado como criado? Ninguém presta atenção num criado, não é?

— Por que estão procurando por ele, senhor?

— Sharpe, tudo indica que ele esteve negociando com os últimos mahrattas, que estão aterrorizados com a perspectiva de os britânicos tomarem o que sobrou de seu território. Vaillard selou um tratado com um dos líderes militares deles... Holkar? — Ele olhou o documento. — Sim, Holkar. E Vaillard está levando o tratado para Paris. Holkar concordou em negociar a paz com os britânicos, e nesse ínterim *monsieur* Vaillard, presumivelmente com a ajuda do seu amigo Pohlmann, arranjou de suprir Holkar com consultores franceses, canhões franceses e mosquetes franceses. Esta é uma cópia do tratado.

Ele passou o papel para Sharpe, que viu que o documento estava em francês, embora alguém tivesse escrito uma tradução entre as linhas. Holkar, o mais hábil dos líderes de guerra mahratta, e um homem que fugira do exército de sir Arthur Wellesley, mas que agora estava sendo perseguido por outras forças britânicas, tinham iniciado uma negociação de paz e, sob essa cobertura, criado um exército imenso que seria equipado por seus aliados, os franceses. O tratado até mesmo listava aqueles príncipes no território britânico que decerto se rebelariam se um exército como esse atacasse do norte.

— Foram muito astutos, esses Vaillard e Pohlmann — disse Chase. — Eles usaram um navio britânico para ir para casa! A forma mais rápida que existe. Subornaram seu conhecido, Cromwell, e devem ter enviado uma mensagem para a ilha Maurício providenciando um encontro no mar.

— Como conseguimos uma cópia deste tratado? — perguntou Sharpe.

— Espiões? — presumiu Chase. — Tudo se agitou depois que você partiu de Bombaim. O almirante enviou uma chalupa para o mar Vermelho para o caso de Vaillard decidir baixar terra, mandou o *Porcupine* escoltar o comboio e me instruiu a ficar de olhos bem abertos também, porque deter esse maldito Vaillard é o nosso trabalho mais importante. Agora sabemos onde ele está, ou achamos que sabemos. Isso significa que temos de voltar para casa, Sharpe, e você vai ver o quão veloz um navio de fabricação francesa pode velejar. O problema é que o *Revenant* é tão rápido quanto nós e está quase uma semana à nossa frente.

— E se o alcançarmos?

— Então vamos reduzi-lo a pedacinhos, é claro — disse Chase animadamente. — E garantir que *monsieur* Vaillard e *Herr* Pohlmann engordem os peixes.

— E o comandante Cromwell com eles — disse Sharpe, vingativo.

— Eu preferiria pegá-lo vivo — disse Chase — e enforcá-lo na lais de verga. Nada anima mais o espírito de um lobo do mar do que ver um comandante de navio balançar na ponta de um cabo de linho cânhamo.

Sharpe olhou através da janela da popa para ver que o *Calliope* era apenas uma manchinha de velas no horizonte. Sentia-se como uma garrafa atirada num rio muito veloz, sendo arrastada para destinos desconhecidos numa jornada sobre a qual não exercia qualquer controle, mas ficou feliz por isso estar acontecendo, porque ainda estava com lady Grace. Apenas pensar nela acendia um calor em seu peito. Ele sabia que isso era loucura, pura loucura, mas uma loucura da qual não queria escapar.

— Aqui está o Sr. Harold Collier — disse Chase, e atendeu a uma batida na porta que trouxe para o camarote o pequeno guarda-marinha que comandou o escaler que levara Sharpe até o *Calliope*, tanto tempo atrás, no porto de Bombaim. Agora o Sr. Collier recebeu instruções de mostrar a Sharpe o *Pucelle*.

O menino orgulhava-se de seu navio e Sharpe ficou completamente embasbacado com ele. Era um barco enorme, bem maior que o *Calliope*, e o jovem Harry Collier desfiou suas estatísticas enquanto conduzia Sharpe através da luxuosa câmara de refeições, onde havia outro canhão de dezoito libras.

— O *Pucelle* tem cinquenta e quatro metros de comprimento, senhor. Isso, é claro, sem contar com o gurupés. Quatorze metros e meio de boca, senhor, e cinquenta e três metros até o tope do mastro grande, senhor. Cuidado com a cabeça, senhor. Ele é de fabricação francesa, feito com dois mil carvalhos, e pesa quase duas mil toneladas, senhor. Cuidado com a cabeça. E tem setenta e quatro canhões, senhor, sem contar as caronadas, claro, e nós temos seis delas, todas de trinta e duas libras, e temos seiscentos e dezessete homens a bordo, senhor, sem contar os fuzileiros navais.

— Quantos deles?

— Sessenta e seis, senhor. Por aqui, senhor. Cuidado com a cabeça, senhor.

Collier conduziu Sharpe para o tombadilho, onde oito canhões compridos jaziam atrás de suas portinholas fechadas.

— Dezoito libras, senhor — explicou Collier. — Os bebezinhos do navio. Só temos seis em cada bordo, senhor, incluindo os quatro nos camarotes da popa, senhor. — Ele deslizou por uma escada de escotilha perigosamente escarpada até o convés principal. — Este é o convés desabrigado, senhor. Trinta e dois canhões, senhor, todos de vinte e quatro libras.

O centro do convés principal, ou convés desabrigado, era exposto ao tempo, mas as seções mais de vante e mais de ré do convés eram recobertas por tábuas onde o castelo de proa e o tombadilho foram construídos. Conduzindo Sharpe para vante, Collier habilmente ziguezagueou entre os canhões enormes e as mesas colocadas entre eles, abaixou-se sob macas nas quais dormiam homens que não estavam de serviço, contornou o cabrestante da âncora e desceu mais uma escada até a escuridão estígia da primeira coberta, que hospedava os maiores canhões do navio, cada um deles capaz de cuspir uma bala de trinta e duas libras.

— Trinta desses canhões grandes, senhor — disse Collier com orgulho. — Cuidado com a cabeça, senhor. Quinze de cada bordo, e temos sorte de termos tantos. As autoridades dizem que há uma falta dessas peças grandes, senhor, e alguns navios até colocam canhões de dezoito libras em suas primeiras cobertas, mas o comandante Chase não admitiria isso. Avisei para tomar cuidado com a cabeça, senhor.

Sharpe esfregou o galo na testa e tentou adivinhar o peso das balas que o *Pucelle* podia disparar, mas Collier estava à sua frente.

— Podemos disparar novecentas e setenta e duas libras de metal a cada banda de artilharia, senhor, e temos dois bordos, como o senhor deve ter notado — acrescentou prestativamente. — E ainda temos as seis caronadas, senhor, e elas podem disparar trinta e duas libras cada peça além de um tonel de balas de mosquete, o que faria um francês lastimar, senhor. Ou, pelo menos, foi o que me disseram, senhor. Cuidado com a cabeça, senhor.

O que significava, pensou Sharpe, que apenas este navio podia disparar mais balas em uma única bordada do que todas as baterias de canhões combinadas da artilharia do Exército na batalha de Assaye. Era um bastião flutuante, um genocida dos altos mares. E este não era nem mesmo o maior vaso de guerra em operação. Sharpe sabia que alguns navios carregavam mais de cem canhões. E mais uma vez Collier tinha as respostas na ponta da língua, porque, como todos os guarda-marinhas, estava se preparando para sua prova para tenente.

— A Marinha tem oito navios de primeira classe, senhor, que são aqueles barcos com cem canhões ou mais, quatorze navios de segunda classe, que carregam aproximadamente noventa canhões, e cento e trinta navios de terceira classe, como este. Cuidado com aquela viga baixa, senhor.

— Você chama isto de um navio de terceira classe? — perguntou Sharpe, abestalhado.

— Vamos descer, senhor. Cuidado com a cabeça, senhor. — Collier desapareceu através de mais uma escada de escotilha, escorregando pelo corrimão. Sharpe seguiu-o mais lentamente, usando os degraus, para se descobrir numa coberta escura, úmida, de teto baixo, que fedia terrivelmente e era escassamente iluminada por algumas lanternas com cúpulas de vidro. — Esta é a coberta do bailéu. Cuidado com a cabeça, senhor. Nesta coberta também se localiza a enfermaria, senhor. Cuidado com essa viga, senhor. Aqui estamos logo abaixo da água, senhor. O cirurgião tem suas instalações aqui, além do paiol de munição, e sempre rezamos para nunca acabarmos sob sua faca. Por aqui, senhor. Cuidado com a cabeça.

O guarda-marinha mostrou a Sharpe o paiol onde se alojava a amarra da âncora, os dois paióis de munição fechados com cortinas de couro e protegidos por fuzileiros navais de casacas vermelhas, o paiol de bebidas, a enfermaria onde as paredes eram pintadas de vermelho para o sangue não sobressair, a farmácia, e os camarotes dos guarda-marinhas, pouco mais espaçosas que casinhas de cachorro. Em seguida desceu com Sharpe uma última escada até o imenso porão de carga onde os mantimentos do navio eram armazenados em grandes pilhas de barris. Abaixo jazia agora apenas a bomba de esgoto do porão e um lamurioso som de sucção, interrompido ocasionalmente por um baque, que informou a Sharpe que havia homens bombeando a água para fora do navio.

— Raramente paramos de usar as seis bombas de esgoto — disse o guarda-marinha. — Porque, por mais bem construído que seja um barco, sempre embarcará água.

O Sr. Collier chutou um rato, errou, e escalou novamente a escada. Mostrou a Sharpe a cozinha do navio — que ficava abaixo do castelo de proa —, e o apresentou ao mestre-d'armas, ao carpinteiro, cozinheiros, mestres e artilheiros. Por último, perguntou se Sharpe queria subir o mastro grande.

— Fica para outro dia — disse Sharpe.

Collier conduziu Sharpe à praça-d'armas, onde foi apresentado a uns seis oficiais; depois retornou ao tombadilho e à ré, passou pela grande roda de leme dupla e seguiu até uma porta que conduzia diretamente à câmara de dormir do comandante Chase. Como o comandante dissera, era um cômodo pequeno, mas tinha paredes revestidas de madeira envernizada, um tapete de lona no chão e um escotilhão para deixar entrar a luz do dia. O baú de Sharpe ocupava uma das anteparas, e Collier ajudou-o a pendurar a maca.

— Se o senhor for morto, este será seu caixão — disse prestativamente o menino.

— Melhor do que aquele que o Exército me daria — disse Sharpe, jogando seus cobertores na maca. — Onde fica o camarote do imediato? — perguntou.

— A vante deste, senhor — disse Collier, apontando para a antepara de vante. — Logo do outro lado, senhor.

— E o do segundo-tenente? — perguntou Sharpe, sabendo que era lá que lady Grace estaria dormindo.

— No convés principal, senhor. À ré. Perto da praça-d'armas — disse Collier. — O senhor pode usar aquele gato ali para pendurar sua lanterna, senhor. E verá que o alforje do comandante fica à ré, depois daquela porta, senhor, e a boreste.

— Alforje? — perguntou Sharpe.

— Latrina, senhor. Cai direto no mar, senhor. Muito higiênico. O comandante Chase diz que o senhor pode usá-la também. E como é convidado do comandante, o taifeiro dele cuidará do senhor.

— Você gosta de Chase? — perguntou Sharpe, impressionado com o entusiasmo na voz do guarda-marinha.

— Todo mundo gosta do comandante, senhor, todo mundo — disse Collier. — Este é um navio feliz, que é mais do que posso dizer da maioria. Senhor, permita-me lembrá-lo de que o jantar do comandante será após a passagem de serviço. Isso é nas quatro batidas de sino, senhor, considerando que cada quarto dura apenas duas horas.

— Em que horário estamos?

— Logo depois das duas batidas de sino, senhor.

— Quanto tempo falta até as quatro batidas?

O rosto pequeno de Collier demonstrou surpresa genuína por alguém precisar fazer uma pergunta tão óbvia.

— Uma hora, senhor, é claro.

— É claro — disse Sharpe.

Chase convidara mais seis hóspedes para jantar com ele. Não podia deixar de convidar lorde William Hale e sua esposa, mas confidenciou a Sharpe que Haskell, o imediato, era um esnobe terrível que havia bajulado lorde William de Calcutá até Bombaim.

— Então ele pode muito bem fazer isso de novo agora — disse Chase, olhando para seu imediato, um homem alto e bonito, que estava perto de lorde William e evidentemente saboreando cada uma de suas palavras. — E este é Llewellyn Llewellyn — disse Chase, puxando Sharpe em direção a um homem de rosto corado usando uma casaca vermelha. — Um homem que não faz nada pela metade e que é capitão de nossos fuzileiros navais, o que significa que se os franceses nos abordarem, conto com Llewellyn Llewellyn e seus patifes para jogá-los na água. O seu nome é realmente Llewellyn Llewellyn?

— Nós descendemos da linhagem dos reis antigos — disse o comandante Llewellyn com orgulho. — Ao contrário da família Chase, que, a não ser que eu esteja muito enganado, eram nossos criados nas caçadas.

— Nós caçávamos os malditos galeses — disse Chase, sorrindo. Estava claro que os dois eram velhos amigos que se divertiam com insultos mútuos. — Llewellyn, este é meu amigo pessoal, Richard Sharpe.

O capitão dos fuzileiros navais apertou energicamente a mão de Sharpe e expressou a esperança de que o alferes se juntasse a ele e seus homens para treinarem um pouco disparos de mosquetes.

— Talvez você possa nos ensinar alguma coisa, não? — sugeriu o comandante.

— Duvido, capitão.

— Sua ajuda poderia ser útil — disse Llewellyn entusiasticamente. — Tenho um tenente, é claro, mas o garoto tem apenas dezesseis anos. Ainda nem se barbeia! Nem sei se ele já sabe limpar a bunda sozinho. É bom ter outro casaca-vermelha a bordo, Sharpe. Isso eleva a moral do navio.

Chase riu, e então Sharpe foi conhecer o último convidado, o cirurgião do navio, um gorducho chamado Pickering. Malachi Braithwaite estivera conversando com o cirurgião e pareceu constrangido quando Sharpe foi apresentado. Pickering, cujo rosto era uma massa de veias rompidas, apertou a mão de Sharpe.

— Espero que jamais nos encontremos profissionalmente, alferes, porque não há muito que eu possa fazer além de esburacar você e fazer uma prece. A última coisa sei fazer muito bem, se serve de consolo. Eu diria que ela está com uma aparência bem melhor. — O cirurgião havia se virado para lady Grace, que usava um vestido azul bem claro com colarinho e bainhas bordadas. Havia diamantes em seu pescoço e mais diamantes nos cabelos negros, empinados num penteado tão alto que roçava as vigas do camarote de Chase cada vez que ela se movia. — Quando ela viajou conosco antes eu raramente a via — disse Pickering. — Mas ela parece muito mais animada agora. Apesar de não ser nada bem-vinda.

— Não é bem-vinda? — perguntou Sharpe.

— Dá uma má sorte monstruosa ter mulheres a bordo! — Pickering levantou uma das mãos para, supersticioso, bater numa viga. — Mas devo dizer que ela é decorativa. Decerto alimentará a imaginação dos marujos. Bem, devemos sobreviver ao que o bom Deus nos envia, mesmo que seja uma mulher. Nosso comandante nos disse que você é um soldado celebrado, Sharpe!

— Ele disse? — perguntou Sharpe.

Braithwaite recuara, demonstrando que não queria tomar parte na conversa.

— O primeiro na brecha e coisa e tal — disse Pickering. — Quanto a mim, meu caro amigo, assim que os canhões começam a rugir, desço para a enfermaria onde nenhum disparo francês poderá me atingir. Sabe qual é o segredo da vida longa, Sharpe? Ficar fora de alcance. Pronto! Aí está um bom conselho médico, e de graça!

O rancho da mesa do comandante Chase era muito melhor do que aquele oferecido por Peculiar Cromwell. Eles começaram com fatias de peixe defumado, servido com limões e pão de verdade. Depois comeram uma carne assada que Sharpe suspeitou ser de cabra, mas não obstante tinha um sabor maravilhoso, e terminaram com uma compota de laranjas com conhaque. Lorde William e lady Grace se sentaram a cada lado de Chase. O imediato ficou ao lado de lady Grace e tentou persuadi-la a beber mais vinho do que ela desejava. O vinho tinto, bem vagabundo, era amargo, enquanto o branco insípido era chamado de Miss Taylor, nome que intrigou Sharpe, até que ele viu o rótulo em uma das garrafas: Mistela. Sharpe estava no lado mais distante da mesa, onde o capitão Llewellyn questionava-o sobre os acontecimentos que ele presenciara na Índia. O galês ficou intrigado ao saber que Sharpe iria juntar-se ao 95º Regimento de Fuzileiros.

— O conceito de um cano de fuzil pode funcionar em terra, mas nunca no mar — disse Llewellyn.

— Por que não?

— Precisão de nada vale num navio! As coisas estão sempre subindo e descendo para estragar a sua pontaria. Não, o segredo é disparar muitas balas no convés inimigo e rezar para que nem todas sejam desperdiçadas. O que me faz recordar que temos alguns brinquedos novos a bordo. Espingardas de salvas! Coisas monstruosas! Elas cospem sete balas de meia polegada de uma vez. Você precisa experimentar uma.

— Gostaria muito.

— Eu gostaria de ver algumas espingardas de salvas nas gáveas de combate — disse animadamente Llewellyn. — Elas podem causar danos reais, Sharpe, danos reais!

Chase ouvira por acaso o último comentário de Llewellyn, e interveio da outra extremidade da mesa.

— Nelson não permitirá espingardas nas gáveas de combate, Llewellyn. Ele acha que elas incendeiam as velas.

— O homem está errado — disse Llewellyn, ofendido. — Completamente errado.

— O senhor conhece lorde Nelson? — perguntou lady Grace ao comandante.

— Servi sob suas ordens durante pouco tempo, milady — disse Chase com entusiasmo. — Lamentavelmente, muito pouco tempo. Naquela época eu comandava uma fragata, mas nunca vi ação sob o comando de Sua Excelência.

— Rezo a Deus que não vejamos ação agora — disse lorde William piamente.

— Amém — completou Braithwaite, quebrando seu silêncio. Ele passara a maior parte do tempo olhando como bobo para lady Grace e estremecendo de medo a cada vez que Sharpe abria a boca para falar.

— Por Deus, espero que vejamos ação! — retorquiu Chase. — Nós vamos deter nosso amigo alemão e seu suposto criado!

— O senhor acha que podemos alcançar o *Revenant*? — indagou lady Grace.

— Espero que sim, milady. Montmorin é um bom marinheiro, e o *Revenant* é um navio veloz, mas o fundo do casco do *Revenant* estará bem mais sujo que o nosso.

— Ele me pareceu limpo, senhor — comentou Sharpe.

— Limpo? — Chase pareceu alarmado.

— Sem manchas verdes no cobre da linha-d'água. Tudo limpinho.

— Desgraçado — disse Chase, referindo-se a Montmorin. — Ele raspou o casco, não foi? Isso dificultará ainda mais alcançá-lo. E apostei com o Sr. Haskell que o encontraríamos no meu aniversário.

— E quando é isso? — perguntou Grace.

— Vinte e um de outubro, madame, e segundo meus cálculos, a essa altura deveríamos estar em algum lugar ao largo de Portugal.

— Ele não estará ao largo de Portugal, porque o *Calliope* não seguirá direto para a França — sugeriu o imediato. — Ele abrirá em Cádiz, senhor. E meu palpite é que iremos interceptá-lo durante a segunda semana de outubro, em algum lugar na costa da África.

— Dez guinéus nesse palpite — disse Chase. — E sei que jurei não voltar a jogar, mas se o pegarmos, pagarei com prazer a você. Depois teremos um combate raro, milady, mas deixe-me assegurá-la de que a senhora está em segurança abaixo da linha-d'água.

Lady Grace sorriu.

— E perderei toda a diversão a bordo, comandante?

Isso provocou gargalhadas. Sharpe jamais vira sua dama tão relaxada em companhia de outras pessoas. As chamas das velas reluziam em seus anéis e colar de diamante, nas joias em seus dedos e em seus olhos brilhantes. Sua vivacidade cativava a mesa inteira, exceto seu marido, cuja fronte estava levemente franzida, como se temesse que a esposa tivesse bebido demais do Porto ou da Miss Taylor. Sharpe foi acometido pelo pensamento enciumado de que ela talvez estivesse reagindo ao bem-apessoado e cordial comandante Chase, mas no instante em que sentiu esse ciúme lady Grace olhou sobre a mesa, e seu olhar cruzou rapidamente com o de Sharpe. Braithwaite viu isso e baixou os olhos para seu prato.

— Nunca entendi por que vocês comandantes insistem em se aproximar dos navios inimigos para golpear seus cascos — disse lorde William, arruinando o clima do momento. — Não seria mais sensato manter-se afastado e destruir a mastreação e o aparelho do navio inimigo ao longe?

— Esse é o método francês, milorde — explicou Chase. — Disparam balas de barra, balas de corrente e balas esféricas para o alto, tencionando derrubar nossos mastros. Mas depois que nos desmantelam, depois que ficamos boiando como uma tora na água, eles ainda precisam nos derrotar em combate.

— Mas se eles têm mastros e velas e vocês não, por que simplesmente não manobram para dar uma banda com os canhões contra a sua popa? — insistiu lorde William.

— Milorde, está considerando que enquanto nosso francês hipotético tenta nos desmastrear, nós não estamos fazendo nada. — Chase sorriu para suavizar suas palavras. — Uma nau de guerra, milorde, não é nada mais do que uma bateria de artilharia flutuante. Destrua as velas e você ainda terá uma bateria de canhões, mas desmantele os canhões, estilhace os conveses e mate os artilheiros e você terá negado ao navio o propósito de sua existência. Os franceses tentam cortar nossos cabelos a distância, enquanto nos aproximamos para mutilar seus pontos vitais. — Ele se virou para lady Grace. — Deve ser cansativo para a senhora, milady, ouvir homens falando de batalhas.

— Eu me acostumei a isso nessas últimas semanas — disse lady Grace. — Havia um major escocês no *Calliope* que estava tentando persuadir o Sr. Sharpe a nos contar casos de guerra. — Ela virou-se para

Sharpe. — Sr. Sharpe, nunca nos contou o que aconteceu quando salvou a vida de meu primo.

Lorde William interrompeu-a:

— Minha esposa tem nutrido um interesse excessivo por um de seus primos distantes desde que ele obteve uma pequena notoriedade na Índia. Não é extraordinário como um sujeito obtuso como Wellesley pode ascender no Exército?

— Sharpe, você salvou a vida de Wellesley? — perguntou Chase, ignorando o sarcasmo de Sua Excelência.

— Não sei nada sobre isso, senhor. Provavelmente apenas o impedi de ser capturado.

— Foi assim que ganhou essa cicatriz? — indagou Llewellyn.

— Isso foi em Gawilghur, senhor. — Sharpe queria que a conversa se desviasse para outro assunto e tentou desesperadamente pensar em alguma coisa que pudesse guiá-la numa nova direção, mas sua mente estava dando voltas sem chegar a lugar algum.

— E então, o que aconteceu? — inquiriu Chase.

— Seu cavalo foi abatido nas fileiras inimigas, senhor — disse Sharpe, ruborizando.

— Ele obviamente não estava sozinho? — comentou lorde William.

— Estava, senhor. Excetuando a mim, é claro.

— Muito imprudente da parte dele — sugeriu lorde William.

— E quantos inimigos? — indagou Chase.

— Alguns, senhor.

— E você os combateu?

Sharpe fez que sim.

— Na verdade, não tinha muita escolha, senhor.

— Fique fora do alcance! — ribombou o cirurgião. — Esse é meu conselho. Fique fora do alcance!

Lorde William cumprimentou o comandante Chase pela sobremesa de laranjas e Chase gabou-se de seu cozinheiro e de seu despenseiro, o que deflagrou uma discussão geral sobre o problema de conseguir criados confiáveis e só terminou quando Sharpe, na condição de oficial mais moderno presente, foi requisitado a fazer o brinde de lealdade.

— Ao rei George — disse Sharpe. — Que Deus o abençoe.

— E amaldiçoados sejam seus inimigos — acrescentou Chase, levantando seu copo. — Especialmente *monsieur* Vaillard.

Lady Grace empurrou sua cadeira para trás. O comandante Chase tentou impedi-la de se retirar, dizendo que ela era bem-vinda a respirar a fumaça de charutos que estava prestes a encher a câmara de refeições, mas ela insistiu em se retirar, e assim todos à mesa se levantaram.

— O senhor não objetará, comandante, se eu caminhar um pouco no seu convés? — pediu lady Grace.

— Será uma honra para nosso convés, milady.

Foram trazidos conhaque e charutos, mas o grupo não se manteve por muito tempo. Lorde William sugeriu um jogo de cartas, mas Chase, que perdera dinheiro demais na primeira viagem com Sua Excelência, explicou que decidira parar completamente de jogar cartas. O tenente Haskell prometeu um jogo divertido na praça-d'armas, e lorde William e os outros desceram com ele para o convés principal e de lá à ré. Chase desejou aos seus visitantes uma boa noite, e então convidou Sharpe ao seu camarote na popa.

— Uma última dose de conhaque, Sharpe.

— Não quero mantê-lo acordado, senhor.

— Dispensarei você quando estiver cansado. Tome. — Ele deu a Sharpe um copo e então caminhou em direção ao camarote do comandante, que era um cômodo bem mais confortável. — Por Deus, aquele William Hale é insuportável! — exclamou. — Embora eu confesse que tenha ficado surpreso com sua esposa. Nunca a vi tão cheia de vida! Da última vez que lady Grace esteve a bordo, pensei que ela ia murchar e morrer.

— Talvez tenha sido o vinho desta noite — sugeriu Sharpe.

— Talvez, mas ouvi histórias.

— Histórias? — perguntou Sharpe, fingindo-se desinteressado.

— De que você não apenas resgatou seu primo, mas que também a resgatou, em detrimento de um tenente francês que agora dorme com seus ancestrais.

Sharpe fez que sim com a cabeça, mas não disse nada.

Chase sorriu.

— Ela parece ter melhorado depois da experiência. E aquele secretário é taciturno como um urubu, não é? Mal disse uma palavra a noite toda, e é um homem de Oxford! — Para o alívio de Sharpe, Chase abandonou o assunto de lady Grace e em vez disso inquiriu ao alferes se ele consideraria colocar-se sob o comando do capitão Llewellyn e assim se tornar fuzileiro naval honorário. — Se alcançarmos o *Revenant*, tentaremos capturá-lo — disse Chase. — Vamos disparar contra ele até que se renda, mas mesmo assim ainda teremos de abordá-lo. — Ele baixou a mão direita até a mesa e discretamente bateu na madeira. — Se isso acontecer, precisaremos de combatentes. E então, posso contar com sua ajuda? Bom! Direi a Llewellyn que você agora é um dos homens dele. Ele é um grande sujeito, apesar de ser fuzileiro naval e galês, e duvido que irá importuná-lo muito. Agora, devo ir ao convés para me certificar de que não estamos navegando em círculos. Vem comigo?

— Irei, senhor.

E, então, Sharpe era agora fuzileiro naval honorário.

O *Pucelle* estava envergando cada vela que Chase conseguira espremer em seus mastros. Ele até instalou espias de amarração adicionais para estaiar melhor os mastros, de modo que ainda mais pano pudesse ser içado e pendurado de vergonetas que sobressaíam das vergas. Estavam sendo usadas velas auxiliares, velas de estai, cutelo de sobrejoanete, sobrejoanete, cevadeira e gáveas: uma nuvem de lona impulsionando para oeste a nau de guerra. Chase chamava aquela abundância de lona de seu varal de roupas, e Sharpe viu como a tripulação respondia ao entusiasmo do comandante. Estavam tão ávidos quanto Chase em provar que o *Pucelle* era o barco mais veloz no mar.

E assim eles singraram para oeste, até que no meio de uma noite escura o mar ficou encapelado e o navio balançou como um bêbado. Sharpe foi despertado por um tropel no convés. O beliche, no qual estava sozinho, oscilou vigorosamente e ele rolou para fora, caindo no chão duro. Sharpe não se deu ao trabalho de se vestir; simplesmente cobriu-se com a capa de chuva que Chase lhe emprestara, e saiu pela porta para o tombadilho, onde escutou ordens sendo gritadas e viu marujos subindo para o cordame acima dele. Sharpe ainda não conseguia entender como marinheiros podiam trabalhar na escuridão, trinta metros acima de um convés escuro como breu, agarrados a cabos finos e com o vento uivando em suas orelhas. Era bravura, considerou Sharpe, bravura tão grande quanto a que era necessária no campo de batalha.

— É você, Sharpe? — perguntou a voz de Chase.

— Sim, senhor.

— É a corrente Agulhas — explicou Chase alegremente. — Está nos conduzindo em torno da ponta da África! Estamos enrolando o pano. A vida vai ser bem dura durante um ou dois dias!

A luz do dia revelou um mar encrespado com ondas espumando à força do vento. O *Pucelle* caturrava nas ondas vertiginosamente altas, vez por outra dividindo-as em massas de água que se elevavam acima da vela de traquete e despencavam em jorros da lona. Ainda assim, Chase pressionava, manobrava e falava com seu navio. Ele ainda oferecia rancho em seus aposentos, porque gostava de companhia à noite, mas qualquer mudança no vento levava-o da mesa para o tombadilho. Observava animadamente cada lançamento da barquilha e anotava a velocidade do navio. Chase ficou eufórico quando a costa africana começou a curvar-se para oeste, e pôde içar de novo todo o seu varal de roupas e sentir o casco responder rapidamente à força do vento.

— Acho que vamos alcançá-lo — disse certo dia a Sharpe.

— Ele não pode estar navegando a esta velocidade — presumiu Sharpe.

— Oh, provavelmente está sim! Mas meu palpite é que Montmorin não ousará aproximar-se demais da terra. Ele será forçado a seguir para sul caso tenha sido avistado por nossos navios na Cidade do Cabo. Portanto, estamos ganhando terreno! Quem sabe já não estamos a poucas milhas atrás dele?

O *Pucelle* agora estava avistando outros navios. A maioria era de pequenos navios de comércio nativos, mas também passaram por dois navios mercantes britânicos, um baleeiro americano e uma chalupa da Marinha Real, com a qual se travou uma breve troca de sinais. Connors, o terceiro-tenente que tinha a responsabilidade de atuar como sinaleiro, ordenou a um homem que içasse uma série de bandeiras de cores berrantes para o cordame, levou uma luneta ao olho e ficou aguardando a resposta da chalupa.

— É o *Hirondelle*, senhor, provindo da Cidade do Cabo.

— Pergunte se eles viram outras naus de linha.

As bandeiras foram achadas, selecionadas e içadas, e a resposta que voltou foi não. Chase em seguida mandou uma mensagem longa dizendo ao comandante do *Hirondelle* que o *Pucelle* estava perseguindo o *Revenant* no Atlântico. Com o tempo aquela notícia chegaria ao almirante em Bombaim, que já devia estar se perguntando o que acontecera ao seu precioso navio de setenta e quatro canhões.

Avistou-se terra no dia seguinte, mas estava distante e obscurecida por uma borrasca que panejou as velas e castigou os conveses. Todas as manhãs o convés precisava ser limpo, espalhando areia que era esfregada na madeira por baixo de blocos de pedra do tamanho de bíblias. Lona e areia, era assim que os homens chamavam a lavagem do convés. Ainda assim o *Pucelle* avançava com cada último farrapo de pano içado, velejando como se o diabo estivesse em seu encalço. O vento continuou forte, mas durante dias trouxe chuva cortante que deixava tudo abaixo do convés principal úmido e ensebado. E então, em outro dia de aguaceiros e ventanias, eles passaram pela Cidade do Cabo, embora Sharpe não tivesse conseguido ver nada do lugar exceto um lampejo enevoado de uma grande montanha de topo chato meio amortalhada por nuvens.

O comandante Chase ordenou que novas cartas náuticas fossem abertas na mesa grande de sua câmara.

— Agora preciso fazer uma escolha — disse a Sharpe. — Ou tomo a rota oeste para o Atlântico, ou sigo corrente acima pela costa africana até encontrarmos os ventos alíseos de sudeste.

A escolha pareceu óbvia a Sharpe: seguir a corrente, mas ele não era marinheiro.

— Assumirei um risco se permanecer perto da costa — explicou Chase. — Receberei o vento que vem de terra e também terei a corrente, mas por outro lado corro o risco de encontrar nevoeiros e me deparar com uma ventania de oeste. Então teremos uma costa a sota-vento.

— E o que significa isso? — perguntou Sharpe.

— Estaremos mortos — disse sucintamente Chase, permitindo que o mapa se enrolasse com um estalo. — E é por esse motivo que o roteiro insiste que sigamos para oeste — acrescentou —, mas, se o fizermos, correremos o risco de ficar em calmaria.

— Onde o senhor acha que o *Revenant* está?

— A oeste de nossa posição. Está evitando terra. Pelo menos é o que espero que esteja fazendo. — Chase olhou pela janela de popa para a esteira prateada deixada na água. Parecia cansado agora, e mais velho, porque seu entusiasmo natural tinha sido sugado dele por dias e noites de sono fragmentado e preocupação integral. — Talvez tenha permanecido perto da costa — especulou. — Ele pode ter hasteado uma bandeira falsa. Mas o *Hirondelle* não o viu. Durante uma dessas borrascas uma esquadra poderia passar a algumas milhas de nós e não veríamos patavina! — Ele vestiu seu casaco encerado para voltar ao convés. — Costa acima, creio — disse aos seus botões. — Costa acima e que Deus nos ajude se dermos com uma tempestade vindo de oeste. — Pegou seu chapéu. — Deus nos ajude de qualquer jeito se não acharmos o *Revenant*. Suas senhorias do Almirantado não são misericordiosas com comandantes que abandonam seus postos de patrulha para empreender caçadas infrutíferas praticamente até o outro lado do mundo. E Deus ajude a todos nós se encontrarmos o navio e o sujeito realmente for um criado suíço e não Vaillard! E se o imediato estiver certo e ele não estiver seguindo para a França, mas para Cádiz? Está perto. Muito perto. — Deu de ombros. — Sinto muito, Sharpe. Não estou sendo uma boa companhia para você.

— Estou me divertindo muito mais do que imaginava quando embarquei no *Calliope*.

— Bom — disse Chase, caminhando até a porta. — Bom. E tempo para virar para norte.

Sharpe estava muito ocupado. De manhã formava com os fuzileiros navais, e em seguida havia a prática de tiro, a infindável prática de tiro, porque o capitão Llewellyn temia que sem treino seus homens enferrujassem. Disparavam seus mosquetes em qualquer condição climática, aprendendo como proteger seus ferrolhos da chuva. Eles disparavam dos conveses e dos mastros, e Sharpe disparava junto com eles, com um dos mosquetes de Marinha que eram similares à arma que usara quando recruta, mas com um cano ligeiramente mais curto e um antiquado ferrolho plano que parecia primitivo, mas, conforme Llewellyn explicou, era mais fácil de reparar no mar. As armas eram suscetíveis à maresia e os fuzileiros passavam horas limpando e lubrificando as armas, e mais horas praticando com baionetas e cutelos. Llewellyn também insistia para que Sharpe experimentasse seus novos brinquedos, as espingardas de salvas. Assim que se posicionou no castelo de proa e disparou para o mar, Sharpe achou que tinha quebrado o ombro, tamanha a violência do coice dos canos de meia polegada. O mosquete levava mais de dois minutos para ser recarregado, mas o capitão dos fuzileiros navais não via isso como uma desvantagem.

— Dispare um desses num convés francês, Sharpe, e causará um belo estrago! — Mais do que qualquer outra coisa, Llewellyn queria abordar o *Revenant*, e mal podia esperar para lançar seus casacas-vermelhas no convés inimigo. — É por isso que os homens precisam estar bem afiados, Sharpe — dizia ele e então ordenava a grupos que corressem do castelo de proa até o tombadilho, e de volta ao castelo de proa, depois subir o mastro do traquete pela enxárcia de bombordo e descer pela de boreste. — Se os franceses nos abordarem, teremos de conseguir encalhar o navio muito depressa — dizia ele. — Não faça corpo mole, Hawkins! Depressa, homem, depressa! Você é um fuzileiro, não uma lesma!

Sharpe equipou-se com um cutelo que lhe agradava mais do que o sabre de cavalaria que vinha usando desde a batalha de Assaye. O cutelo tinha lâmina reta, era pesado e bruto, mas parecia uma arma capaz de causar danos sérios.

— Não esgrime com eles, porque o cutelo não é uma arma para o pulso — aconselhou Llewellyn. — O cutelo é uma arma de braço inteiro. Ataque os sodomitas como se o seu cutelo fosse um machado! Mantenha os braços bem fortes, viu, Sharpe? Suba os mastros todos os dias, pratique com o cutelo, mantenha-se forte!

Sharpe escalava os mastros. Achava assustador, porque cada pequeno movimento no convés era ampliado à medida que ele ganhava altura. No começo não tentou alcançar as partes superiores do cordame, mas adquiriu o hábito de escalar até o cesto da gávea, que era uma plataforma larga montada onde o mastro real se ligava ao mastaréu. Os marinheiros alcançavam o cesto da gávea usando os ovéns das enxárcias que conduziam até a borda exterior da plataforma, mas Sharpe sempre se contorcia através de uma abertura apertada ao lado do mastro em vez de empreender a escalada assustadora pelos ovéns das enxárcias, onde um homem precisava dependurar-se de cabeça para baixo dos cabos besuntados de alcatrão. Então, uma semana depois que o navio mudara o rumo para norte, num dia em que o mar estava frustrantemente calmo e o vento espasmódico, Sharpe decidiu experimentar subir pelos ovéns das enxárcias para provar que um soldado era capaz daquilo que qualquer guarda-marinha fazia com a maior simplicidade. Subiu pelos enfrechates inferiores, que eram fáceis de galgar porque se inclinavam como uma escada contra o mastro, mas então alcançou o ponto em que os ovéns das enxárcias projetavam-se e recuavam acima de sua cabeça. Sharpe teria de escalar de ponta-cabeça, mas, determinado a cumprir seu objetivo, estendeu as mãos para trás e ergueu-se. Depois, a meio caminho da plataforma do cesto da gávea, seus pés escorregaram dos enfrechates e ele ficou dependurado quinze metros acima do convés, sentindo os dedos — enganchados como garras — escorregarem nos cabos molhados. Incapaz de mover as pernas por medo de cair, permaneceu nessa posição, paralisado pelo terror, até um gajeiro descer pela teia de cabos com a agilidade de um macaco, segurar Sharpe pela cintura e puxá-lo para o cesto da gávea.

— Meu Deus! O senhor não pode usar esse caminho. É para marujos, não para soldados. Use a clara da gávea, senhor; ela é para gente da terra.

Sharpe ainda estava assustado demais para falar. Tudo em que conseguia pensar era na sensação de seus dedos escorregando pelo cabo áspero e coberto de alcatrão, mas finalmente conseguiu arfar um muito obrigado e prometeu recompensar o homem com meio quilo de tabaco.

— Quase o perdi lá em cima, Sharpe! — disse Chase alegremente quando Sharpe retornou ao tombadilho.

— Foi aterrorizante — disse Sharpe, e olhou para suas mãos, que estavam cobertas de alcatrão.

Lady Grace também testemunhara Sharpe quase cair para a morte. Agora fazia quase uma semana que ela não ficava perto de Sharpe, e a distância o preocupava. Lady Grace trocara olhares com ele uma ou duas vezes, e esses olhares rápidos tinham parecido carregados de um apelo mudo, mas não haviam tido oportunidade de conversar, e ela não arriscaria ir até seu camarote na calada da noite. Agora lady Grace estava de pé a sota-vento do tombadilho, perto de seu marido, que conversava com Malachi Braithwaite. Pareceu hesitar antes de se aproximar de Sharpe, mas então, com um esforço visível, ela se obrigou a atravessar o convés. Malachi Braithwaite observou-a, enquanto seu marido olhava com preocupação para um maço de papéis.

— Comandante Chase, fizemos pouco progresso hoje — disse lady Grace friamente.

— Pegamos uma corrente invisível, mas que nos ajuda, milady. Mas admito que gostaria que o vento soprasse nossas velas. — Chase olhou para cima, preocupado. — Algumas pessoas dizem que assobiar encoraja o vento, mas para mim nunca funcionou. — Assobiou um trecho de "Nancy Dawson", mas o vento continuou fraco. — Está vendo?

Lady Grace fitou Chase, aparentemente sem palavras, e o comandante de súbito sentiu que ela estava com algum problema.

— Milady? — perguntou com expressão preocupada.

— O senhor poderia me mostrar numa carta onde estamos, comandante? — perguntou sem pensar.

Chase hesitou, confuso com o pedido súbito.

— Será um prazer, milady. Cartas náuticas estão em meu camarote. Sua excelência lorde William...

— Estarei absolutamente segura em seu camarote, comandante — disse lady Grace.

— O navio é seu, Sr. Peel — disse Chase ao segundo-tenente.

Chase conduziu lady Grace sob o convés do painel de popa até a porta a bombordo que conduzia à câmara de jantar do comandante. Lorde William viu os dois, pareceu intrigado, e fez Chase parar.

— Quer ver minhas cartas, milorde? — perguntou o comandante.

— Não, não — respondeu lorde William e então retornou sua atenção para os documentos.

Braithwaite observava atentamente Sharpe, que embora não achasse sensato despertar as suspeitas do secretário, não acreditava que lady Grace realmente quisesse ver as cartas. Assim, ignorando o olhar hostil de Braithwaite, seguiu até o camarote de dormir do comandante, que lhe fora cedido. O camarote ficava depois da porta a boreste, debaixo do painel de popa. Bateu na porta no fundo do camarote de dormir, que conduzia para o do comandante. Não houve resposta, e Sharpe entrou sem ser autorizado.

— Sharpe! — Chase deixou transparecer um lampejo de irritação porque, por mais amistoso que fosse, seus aposentos eram sacrossantos e ele não respondera à batida na porta.

— Comandante — disse lady Grace, pousando uma das mãos no braço de Chase. — Por favor.

Chase, que estivera desenrolando uma carta náutica, olhou dela para Sharpe, e de Sharpe novamente para lady Grace. Ele deixou a carta enrolar-se com um estalo.

— Claramente esqueci de dar corda nos cronômetros hoje de manhã — disse ele. — Podem me dar licença? — Ele passou por Sharpe e seguiu até a câmara de jantar, fechando a porta com uma batida deliberadamente alta.

— Oh, Deus, Richard. — Lady Grace correu até Sharpe e o abraçou. — Oh, Deus!

— O que aconteceu?

Durante alguns segundos ela não conseguiu falar, mas então compreendeu que tinha pouco tempo até que as más línguas começassem a falar sobre ela e o comandante.

— É o secretário do meu marido.

— Sei tudo sobre ele.

— Sabe? — Ela o fitou de olhos arregalados.

— Está chantageando você?

Ela fez que sim.

— E fica me espionando.

Sharpe beijou-a.

— Deixe-o por minha conta. Agora vá, antes de começar a boataria.

Lady Grace beijou-o fervorosamente e então retornou para o convés pouco mais de dois minutos depois de deixá-lo. Sharpe esperou até que Chase, que já dera corda em seus cronômetros ao alvorecer, como sempre fazia, voltasse para o camarote. Chase esfregou o rosto em sinal de cansaço e olhou para Sharpe.

— Bem, eu nunca ia imaginar — disse ele, sentando-se na poltrona. — Chamam isso de brincar com fogo, Sharpe.

— Eu sei, senhor. — Sharpe estava enrubescendo.

— Não que eu o culpe — disse Chase. — Bom Deus, não pense isso! Eu também era um cão vadio até conhecer Florence. Que mulher maravilhosa! Um bom casamento tende a conferir estabilidade a um homem, Sharpe.

— Está me dando um conselho, senhor?

— Não. — Chase sorriu. — Estou me gabando. — Ele fez uma pausa, preocupando-se agora mais com seu navio do que com Sharpe e lady Grace. — Este caso não vai explodir, vai?

— Não — garantiu Sharpe.

— Só que um navio é um ambiente estranhamente frágil, Sharpe. Você pode manter as pessoas satisfeitas e trabalhando duro, mas não é preciso muita coisa para deflagrar dissensão e rancor.

— Não vai explodir, senhor.

— Claro que não. Você já disse. Ora, ora, ora! Raios me partam! Você realmente me surpreendeu. Ela é linda e, além disso, muito esnobe. Eu diria que se não fosse tão bem casado quanto sou, ficaria com inveja de você. Muita inveja.

— Somos apenas conhecidos — disse Sharpe.

— É claro que são, meu caro amigo, é claro que são! — Chase sorriu. — Mas o marido dela não pode ficar ofendido com esse mero... — ele fez uma pausa — conhecimento?

— Positivamente, senhor.

— Então se assegure de que lorde William não ficará ofendido, porque ele é minha responsabilidade. — Chase proferiu essas palavras numa voz áspera, e então sorriu. — Fora isso, Richard, divirta-se. Mas discretamente, eu lhe imploro, discretamente. — Chase disse as últimas palavras num sussurro, e então se levantou e retornou para o tombadilho.

Sharpe aguardou meia hora antes de sair para a popa, esforçando-se ao máximo para não atiçar qualquer suspeita que Braithwaite inevitavelmente teria. Entretanto o secretário já havia saído do tombadilho quando Sharpe reapareceu, e isso talvez tenha sido bom, porque Sharpe estava tomado por uma fúria gélida.

E Malachi Braithwaite havia feito um inimigo.

CAPÍTULO VII

O vento ainda continuou fraco na manhã seguinte, e o *Pucelle* parecia estar se movendo num mar de graxa que deslizava em pequenos marulhos procedentes de oeste. Fazia calor novamente, de modo que os marujos estavam todos de peito nu, alguns exibindo cicatrizes em costas que haviam sido submetidas ao açoite.

— Alguns usam essas cicatrizes como um emblema de orgulho, embora eu espere que não neste navio — disse Chase a Sharpe.

— O senhor não açoita?

— Se preciso, mas é raro, muito raro. Talvez tenha ordenado açoitar duas vezes desde que assumi o comando. Foram duas vezes em três anos. A primeira foi por roubo e a segunda por agressão a um sargento que certamente fez por merecer, mas disciplina é disciplina. O tenente Haskell gostaria que eu açoitasse mais. Ele acredita que isso aumentaria a nossa eficiência, mas não acho que seja necessário. — Olhou morosamente para as velas. — Sem nenhuma porcaria de vento! O que Deus pensa que está fazendo?

Se Deus não mandava vento, Chase praticava com os canhões. Como a maioria dos comandantes de navio, ele carregava pólvora e balas extras, pagas de seu próprio bolso, para que sua tripulação pudesse praticar. Os canhões estavam disparando desde o começo da manhã, cada portinhola aberta, mesmo aqueles no camarote grande, de modo que o navio estava constantemente cercado por uma fumaça pungente e branco-acinzentada através da qual ele se movia com dolorosa lerdeza.

— Isto pode significar má sorte — disse Peel, o segundo-tenente, a Sharpe.

Ele era um homem amistoso, de rosto redondo, cintura redonda e invariavelmente animado. Também era pouco asseado, fato que irritava profundamente o imediato, e o atrito entre Peel e Haskell tornava a praça-d'armas um lugar tenso e infeliz. Sharpe sentia a infelicidade, sabia que isso incomodava Chase e estava cônscio da preferência do navio por Peel, que era bem mais tolerante que o alto e carrancudo Haskell.

— Por que má sorte?

— Canhões exaurem o vento — explicou Peel com seriedade. Usava uma casaca azul de uniforme bem mais esfarrapada que a vermelha de Sharpe, embora corressem rumores de que o segundo-tenente era rico. — É um fenômeno não explicado — prosseguiu Peel. — Tiros de canhão exaurem o vento. — Apontou para a grande bandeira vermelha na carangueja como prova e, de fato, ela pendia imóvel. A bandeira não era hasteada todos os dias, mas em momentos como este, quando o vento estava preguiçoso, Chase considerava que uma bandeira servia para demonstrar pequenas variações na brisa.

— Por que é vermelha? — perguntou Sharpe. — Aquela chalupa que vimos tinha uma bandeira azul.

— Depende de a qual almirante você está subordinado — explicou Peel. — Recebemos ordens de um contra-almirante do vermelho, mas, se ele fosse do azul, hastearíamos uma bandeira azul, se fosse do branco, uma bandeira branca, e, se fosse do amarelo, ele não comandaria nenhum navio, mesmo. É bem simples, na verdade. — Sorriu.

A bandeira vermelha, que tinha a bandeira britânica no canto superior, mexeu-se preguiçosamente quando um raro pé de vento quente perturbou suas dobras. Ao leste, de onde o pé de vento chegou, havia amontoados de nuvens que Peel disse pairarem sobre a África.

— E você vai notar que a água está descolorada — acrescentou Peel, apontando sobre a amurada para um mar amarronzado por lama, o que significava que eles estavam perto da foz de um rio.

Chase cronometrava o trabalho das guarnições de canhão, prometendo uma dose extra de rum para os homens mais rápidos. Era impressionante o som produzido pelas peças de artilharia. Martelava os tímpanos e estremecia o navio antes de se dispersar lentamente na imensidão do mar e do céu. Os artilheiros amarravam panos sobre as orelhas para reduzir o choque do ruído, mas muitos deles já estavam prematuramente surdos. Sharpe, curioso, desceu até a primeira coberta, onde eram mantidos os grandes canhões de 32 libras, e ficou boquiaberto quando os canhões dispararam. Enfiara os dedos nos ouvidos, mas mesmo assim todo o espaço escuro, pontuado por raios de sol esfumaçados entrando pelas portinholas abertas, reverberava a cada disparo. O som parecia socar a barriga de Sharpe, ecoar dentro de sua cabeça e encher o mundo. Um após outro, os canhões escoicearam. Cada cano tinha quase três metros de comprimento, cada canhão pesava quase três toneladas, e cada disparo retesava os cabos de peiação do canhão como uma barra de ferro. O cabo de peiação era comprido, com uma das extremidades fixada com parafusos de olhal nas cavernas do navio e outra amarrada num olhal na culatra do canhão. Canhoneiros seminus, pele reluzindo de suor, corriam para banhar com esponjas os canos compridos, enquanto o chefe de artilharia tampava o ouvido do canhão com um dedão embrulhado em couro. Os artilheiros enfiavam bolsas de pólvora e balas no cano, socavam-nas para baixo, e depois empurravam a boca da arma através da portinhola.

— Vocês não estão apontando em nada! — Sharpe teve de gritar para o quinto-tenente, que comandava um grupo de canhões.

— Não somos peritos em tiro — gritou em resposta o tenente, cujo nome era Holderby. — Se acontecer uma batalha, estaremos tão perto dos bastardos que não teremos como errar! No máximo vinte passos, e geralmente menos.

Holderby se pôs a caminhar de um lado para outro da coberta dos canhões, abaixando-se debaixo de vigas, tocando aleatoriamente os ombros dos artilheiros.

— Você está morto! — gritava. — Você está morto! — Os homens escolhidos sorriam e, gratos, sentavam-se nos caixotes de balas. Holderby ia reduzindo as equipes como se estivessem sendo baixas de batalha, e observando com que competência os "sobreviventes" manejavam seus canhões.

Os canhões, como aqueles no *Calliope*, eram todos acionados com fechos de pederneiras. Os canhões de campo do exército, nem de perto tão grandes quanto estes, eram acionados com bota-fogos lentos, que ardiam em vermelho enquanto queimavam, mas nenhum comandante de navio arriscaria manter pavios acesos numa coberta de canhões onde havia pólvora demais apenas esperando para explodir. Em vez disso os canhões tinham fechos de pederneira. Mas caso o dispositivo falhasse, havia nas proximidades um bota-fogo suspenso numa tina com água pela metade. O gatilho do fecho era um cordão de disparo que o canhoneiro puxava, e assim a pederneira descia, gerando uma fagulha. Então o junco recheado de pólvora no ouvido do canhão chiava e uma chama de dez ou doze centímetros saltava para o ar antes de o mundo ser engolfado por um estrondo enquanto mais uma chama — esta com o dobro do comprimento do cano do canhão — trespassava a nuvem de fumaça instantânea enquanto o canhão escoiceava para trás.

Sharpe subiu novamente para o convés, e dali para o mastaréu da gávea, porque apenas daquela altura ele podia enxergar para além da nuvem densa de fumaça e ver onde as balas caíam. Elas caíam dispersas, algumas parecendo percorrer cerca de uma milha antes de se chocar com o mar, outras roçando sua superfície para levantar uma coluna de água a meros noventa metros do navio. Chase, como o tenente dissera, não estava treinando seus homens para serem peritos, mas para que fossem rápidos. Havia a bordo do navio artilheiros que se gabavam de poder enfiar uma bala num alvo flutuante a meia milha, mas o segredo da batalha, insistia Chase, era aproximar-se do inimigo e desfechar uma saraivada de balas.

— Elas não precisam ser miradas — disse Chase a Sharpe. — Eu manobro o navio para apontar os canhões. Disponho os canhões com o través do inimigo e deixo que massacrem o bastardo. Rapidez, rapidez, rapidez, Sharpe. Rapidez vence batalhas.

Era como numa fuzilaria, compreendeu Sharpe. Em terra os exércitos opositores chegavam juntos e, quase sempre, vencia o lado que disparava seus mosquetes mais depressa. Os soldados não miravam os mosquetes, porque essas armas eram muito imprecisas. Eles apontavam os mosquetes e depois disparavam de modo que sua bala era apenas uma em meio a uma nuvem de projéteis cuspidos em direção ao inimigo. Mande balas suficientes e o inimigo ficará enfraquecido. Da mesma forma, alinhe dois navios próximos o suficiente e aquele que disparar mais depressa vencerá. E era por isso que Chase apressava seus artilheiros, recompensando os mais ágeis e reprochando os mais lerdos, e todas as manhãs o mar em torno do navio sacudia sob a vibração das peças de artilharia. Um longo rastro de pólvora trêmula em diluição jazia atrás do navio, prova de que a nau fizera algum progresso, embora fosse frustrantemente lento. Sharpe levara sua luneta até o mastro e apontou-a para leste na esperança de ver terra, mas tudo que enxergou foi uma sombra negra sob a nuvem. Encurtou o cano e apontou a lente para baixo para ver Malachi Braithwaite caminhando de um lado para o outro no tombadilho, estremecendo a cada disparo de canhão.

O que fazer a respeito de Braithwaite? Na verdade Sharpe sabia exatamente o que fazer, mas o problema era como fazê-lo num navio apinhado com mais de setecentos homens. Comprimiu a luneta e colocou-a num bolso. E pela primeira vez subiu a partir do mastaréu da gávea, passando pela gávea do grande, até chegar ao vau do joanete, uma plataforma bem menor que o mastaréu da gávea, onde se empoleirou abaixo da vela de joanete do grande. Mais outra vela elevava-se acima dessa, o sobrejoanete, bem alta em algum lugar no céu, embora não tão alta que marujos não subissem até ela, porque havia um vigia de mastro posicionado sobre a verga do sobrejoanete, mascando com prazer seu tabaco enquanto fitava o leste. Daqui o convés parecia pequeno e estreito, mas o ar era fresco porque o fedor imorredouro do navio e o cheiro de ovos podres da fumaça de pólvora não chegavam tão alto.

O mastro alto tremeu quando dois canhões atiraram juntos. Uma brisa inesperada soprou a fumaça para longe, e Sharpe viu o mar ondulando num padrão frenético de leque sob a força das descargas dos canhões. Acontecia o mesmo com a grama na frente de um canhão de campo, exceto que a grama ficava chamuscada e às vezes pegava fogo. O mar acalmou e a fumaça se espessou.

— Navio à vista! — berrou para o convés o homem acima de Sharpe, o aviso tão alto e repentino que Sharpe estremeceu de susto. — Vela no través de bombordo!

Sharpe teve de pensar qual bordo do navio era bombordo e qual era boreste, mas conseguiu lembrar e apontou sua luneta para oeste. Mas não conseguiu ver nada além de uma linha difusa onde o mar encontrava o céu.

— O que você vê? — perguntou Haskell, o imediato, através de um porta-voz.

— Sobrejoanetes e gáveas — berrou o homem. — Mesmo rumo que o nosso, senhor!

Os disparos cessaram, porque Chase agora tinha outra coisa com que se preocupar. As portinholas de canhão foram fechadas e as grandes peças de artilharia amarradas com força enquanto alguns marujos subiam o cordame para somar seus olhos aos do vigia de mastro. Sharpe ainda não conseguia ver nada no horizonte ocidental, mesmo com a ajuda da luneta. Ele se orgulhava da sua visão, mas estar no mar demandava uma espécie diferente de visão do que aquela usada para procurar por inimigos em terra. Correu a lente para a esquerda e para a direita, ainda incapaz de achar a nau desconhecida. De súbito, uma mancha branca e diminuta irrompeu no horizonte; ele a perdeu, voltou a lente nessa direção, e ali estava ela. Apenas uma mancha, nada mais que uma mancha, mas o homem acima dele, sem o apoio de qualquer lente, a tinha visto e fora capaz de distinguir uma vela de outra.

Um homem posicionou-se ao lado de Sharpe no vau do joanete.

— É francês — disse ele.

Sharpe reconheceu o homem como John Hopper, o mestre parrudo do escaler do comandante.

— Como pode ter certeza a esta distância? — perguntou Sharpe.

— O formato das velas, senhor — disse Hopper, confiante. — Não dá para confundir.

— O que é, Hopper? — Chase, sem chapéu e em mangas de camisa, içou-se para a plataforma.

— Pode ser ele, senhor, pode ser realmente — disse Hopper. — É francês, com certeza.

— Maldito vento — praguejou Chase. — Pode me emprestar, Sharpe? — perguntou, estendendo a mão para a luneta, a qual apontou para oeste. — Diabos, Hopper, você tem toda razão. Quem avistou?

— Pearson, senhor.

— Triplique a dose de rum dele — disse Chase, e fechou a luneta, devolveu-a, e deslizou de volta para o convés com uma agilidade que deixou Sharpe boquiaberto.

— Escaleres! — gritou Chase, correndo para o tombadilho. — Escaleres!

Hopper seguiu seu comandante e Sharpe observou as embarcações miúdas do navio sendo arriadas pela borda e guarnecidas com remadores. Eles iam rebocar o navio, não para oeste na direção da vela do navio desconhecido, mas para norte, numa tentativa de ficar à frente dele.

Os homens remaram durante a tarde inteira. Suaram e puxaram até seus braços ficarem tomados por uma dor excruciante. Pequenas marolas no flanco do *Pucelle* demonstravam que eles estavam progredindo, mas não o suficiente, julgou Sharpe, para obter qualquer vantagem sobre o navio distante. As leves baforadas de vento que haviam aliviado o calor mais cedo naquele dia pareciam ter morrido completamente, de modo que as velas pendiam inertes e o navio estava envolto num silêncio estranho. Os ruídos mais altos eram dos passos dos oficiais no tombadilho, os gritos dos marinheiros estimulando os remadores cansados e o rangido da roda do leme girando de um lado para o outro.

Lady Grace, na companhia de sua camareira e segurando uma sombrinha para proteger-se do sol escaldante, apareceu no tombadilho e olhou para oeste. O comandante Chase afirmou que o navio desconhecido agora era visível do convés, mas ela não conseguiu vê-lo, nem mesmo com o auxílio de uma luneta.

— Eles provavelmente não nos avistaram — sugeriu Chase.

— Por que não? — perguntou lady Grace.

— Há nuvens por trás de nossas velas — gesticulou para a grande nuvem que pairava sobre a África —, e com alguma sorte nossos panos se confundem com o céu.

— O senhor acha que é o *Revenant*?

— Não sei, milady. Pode ser um navio mercante neutro. — Chase tentou soar neutro também, mas sua empolgação contida deixava claro que ele acreditava que a nau era o *Revenant*.

Braithwaite estava parado diante da antepara frontal do painel de popa, atento para ver se Sharpe se juntaria à dama. Contudo, Sharpe não se moveu. Continuou olhando para leste e viu pequenos carneiros na água, os primeiros sinais de vento novo. As pequenas ondulações seguiram as ondas longas, obstinadamente recusando-se a aproximar-se do *Pucelle*, mas então pareceram juntar-se e deslizar sobre o mar. E, de súbito, as velas se encheram, o cordame crepitou e os cabos de reboque afundaram na água.

— Vento terral, e já era tempo! — disse Chase. Ele se dirigiu ao timoneiro, que finalmente tinha algum poder sobre o leme. — Consegue sentir?

— Sim, senhor. — O timoneiro parou para cuspir suco de tabaco numa escarradeira grande de bronze. — Não é muita coisa, senhor. É como se houvesse uma velhinha soprando o pano, senhor.

O vento soprou, fazendo tremer as velas, e então lentamente soprou de novo, e Chase voltou-se para olhar o mar.

— Recolha os barcos, senhor Haskell!

— Sim, sim, senhor!

— Um trago de rum para os remadores!

— Sim, sim, senhor — Haskell, que achava que Chase mimava seus homens, soou reprovador.

— Dobre a ração de rum dos remadores — Chase disse para aborrecer Haskell —, e vento para nós e morte aos franceses! — Sua confiança em ter encontrado sua caça aumentara. Agora precisava se aproximar dela.

— Nós vamos nos aproximar durante a noite — disse a Haskell. — Içar cada centímetro de pano! E sem luzes a bordo. E vamos molhar as velas.

Uma mangueira foi engatada a uma bomba e usada para molhar as velas com água do mar. Chase explicou a Sharpe que velas molhadas aproveitam melhor qualquer soprinho de vento que velas secas; isso significava que as velas encharcadas funcionavam melhor. O navio movia-se perceptivelmente, embora cobertas abaixo nenhum vento clareasse a fumaça dos canhões, que pairava sobre o ambiente.

No fim da tarde o vento ficou mais forte, e o *Pucelle* começou a avançar mais rápido. A noite caiu e os oficiais inspecionaram o navio para certificarem-se de que nenhuma lanterna estava acesa a bordo, exceto pela luz tênue de uma lanterna com cúpula que conferia ao timoneiro alguma visão da bitácula da agulha magnética. O rumo foi alterado alguns pontos para oeste, na esperança de aproximarem-se do navio distante. O vento ficou um pouco mais forte, de modo que agora ouvia-se o mar beijando os bordos pretos e amarelos do navio.

Sharpe dormiu, acordou, dormiu de novo. Ninguém perturbou sua noite. Ele acordou antes do amanhecer e descobriu que o resto dos oficiais do navio, mesmo aqueles que deviam ter ido dormir, se encontravam no tombadilho.

— Ele vai nos ver antes que o vejamos — disse Chase, significando que o sol nascente silhuetaria as gáveas do *Pucelle* contra o horizonte. Durante alguns minutos ele considerou reunir os marinheiros de folga para ajudar os gajeiros a recolher todo o pano acima da grande, mas calculou que a perda de velocidade seria um resultado pior, e assim manteve as velas içadas. Os marinheiros de melhor visão estavam trepados no cordame.

— Se tivermos sorte, podemos alcançá-lo ao anoitecer — confidenciou Chase a Sharpe.

— Tão cedo assim?

— Se tivermos sorte — repetiu o comandante, e deu uma batidinha na amurada de madeira.

O céu oriental agora estava cinzento, raiado com nuvens, mas logo um brilho cor-de-rosa expandia-se sobre o cinza — como a tinta da casaca de um soldado britânico escorrendo para suas calças escuras durante um aguaceiro. Veloz, a nau deixava uma esteira branca no mar. O cor-de-rosa ficou vermelho, vermelho-sangue, brilhando como uma fornalha sobre a África.

— Agora já devem ter nos visto — disse Chase, e pegou um porta-voz na balaustrada. — Fiquem de olhos bem atentos! — gritou para os vigias e então estremeceu. — Isso foi desnecessário — reprimiu a si mesmo e corrigiu o dano levando o porta-voz novamente à boca para prometer uma semana de ração de rum ao primeiro homem que avistasse o inimigo.

— Ele merece cair de bêbado — disse Chase.

O oriente inflamou e ficou brilhante demais para se olhar enquanto o sol enfim despontou no horizonte. A noite passara. O mar estendia-se nu sob o céu ardente e o *Pucelle* estava sozinho.

Porque o navio distante desaparecera.

O capitão Llewellyn estava furioso. Todos a bordo estavam irritados. A perda do outro navio fizera o moral no *Pucelle* cair por terra, de modo que erros estavam sendo cometidos constantemente. A faxina do mestre discutia entre si, os oficiais estouravam por qualquer motivo, a tripulação estava sorumbática. E de todos, o mais zangado e apreensivo talvez fosse o capitão Llewellyn Llewellyn.

Antes de o navio partir da Inglaterra, ele trouxera para bordo um caixote de granadas.

— Como são francesas, não faço a menor ideia do que há dentro delas — disse a Sharpe. — Pólvora, é claro, e algum tipo de fulminato. São feitas de vidro. Você acende, arremessa e reza para que ela mate alguém. Coisas diabólicas, realmente diabólicas.

Mas as granadas estavam perdidas. Elas deviam estar no paiol de munição a vante ou na coberta do bailéu, mas uma busca empreendida pelo tenente de Llewellyn e dois sargentos não conseguira encontrar os dispositivos. Para Sharpe, a perda das granadas foi apenas mais um golpe de azar num dia que parecia amaldiçoado para o *Pucelle*, mas Llewellyn acreditava que fosse algo bem mais grave do que isso.

— Algum idiota pode ter colocado as granadas no porão — disse Llewellyn. — Compramos essas granadas do *Viper* quando ele estava sendo reparado. Eles as conseguiram numa abordagem na costa de Antígua, e o comandante não as queria. Achava que eram perigosas. Se Chase encontrar essas granadas no porão, vai me crucificar, e não o culpo. O lugar certo para elas é um paiol de munição.

Uma dúzia de fuzileiros foram organizados num grupo de busca, e Sharpe juntou-se a eles no porão, onde os ratos reinavam e o fedor do navio era nauseantemente concentrado. Sharpe não precisava estar ali, Llewellyn não lhe pedira ajuda, mas ele preferia estar fazendo alguma coisa útil a suportar o desapontamento e o mau humor que desde o raiar do dia assombravam o convés.

Foram necessárias três horas, mas no fim das contas um sargento encontrou as granadas numa caixa com a palavra "biscoitos" gravada na tampa.

— Só Deus sabe o que está naqueles paióis de munição, então — disse Llewellyn com sarcasmo. — Provavelmente estão cheios de carne-seca. Aquele cretino do Cowper! — Cowper era o comissário de bordo, encarregado dos suprimentos do *Pucelle*. O comissário de bordo não era um oficial, mas tratado como se fosse um, e ninguém gostava dele. — É a sina dos comissários de bordo: serem odiados — disse Llewellyn a Sharpe. — Foi para isso que Deus os colocou na Terra. Eles deviam fornecer coisas, mas raramente podem fazer isso e, se fazem, tudo é geralmente do tamanho errado, da cor errada, ou do formato errado. — Como os almoxarifes do Exército, os comissários de bordo podiam negociar por conta própria, e eram famosos por sua venalidade. — Cowper provavelmente escondeu as granadas, achando que poderia vendê-las para algum bom selvagem — disse Llewellyn. — Desgraçado! — Agora, tendo xingado o comissário de bordo, o galês pegou uma das granadas na caixa e deu-a a Sharpe. — Ela é cheia de pedaços de metal, que se espalham para todos os lados quando detona!

Sharpe nunca manuseara uma granada. As velhas granadas britânicas, há muito descartadas devido à sua ineficácia, lembravam bombas em miniatura que eram lançadas de um dispositivo em forma de bacia anexado à frente do mosquete, mas esta arma francesa era feita de um vidro verde-escuro. A luz era escassa no porão, mas Sharpe segurou a granada perto de uma das lanternas do fuzileiro naval e viu que o interior do globo de vidro, que tinha aproximadamente o tamanho de um pudim de gordura de rins decente, estava cheio de fragmentos metálicos. Um pavio saía de um dos lados, selado com um anel de cera derretida.

— Você acende o estopim, arremessa a coisa, e suponho que o recipiente de vidro estilhaçará ao cair — disse Llewellyn. — O pavio aceso se comunica com a pólvora e esse é o fim de um francês. — Fez uma pausa, olhando intrigado para a bola de vidro. — Pelo menos é o que espero. — Pegou a granada de volta e a afagou como a um bebê. — Não sei se o comandante Chase vai nos deixar testar isto. E se colocarmos homens a postos com baldes de água?

— E fazer uma marca de sujeira no convés limpinho dele? — comentou Sharpe.

— Acho que ele não vai deixar — disse Llewellyn com tristeza. — Mesmo assim, se houver batalha, mandarei alguns dos rapazes subirem nos mastros e eles poderão arremessar as granadas nos conveses do inimigo. Elas devem servir para alguma coisa.

— Jogue elas na água — aconselhou Sharpe.

— Por Deus, Sharpe, não! Não quero ferir os peixes!

Llewellyn, imensamente aliviado pela descoberta, mandou que as preciosas granadas fossem levadas para o paiol de munição de vante e Sharpe seguiu os fuzileiros escada acima até a coberta do bailéu que, estando abaixo da linha-d'água, era quase tão escura quanto o porão. Os fuzileiros foram para vante, enquanto Sharpe seguiu à ré, com a intenção de subir até a câmara do comandante para o almoço, mas não pôde usar a escada de escotilha para a primeira coberta porque um homem de casaco preto desbotado descia tropegamente a escada. Sharpe instintivamente esperou, e então viu que era Malachi Braithwaite que, com extrema cautela, descia os degraus. Sharpe rapidamente recuou para a enfermaria, onde as paredes pintadas em vermelho e a mesa aguardavam pelas baixas de batalha. Dali, Sharpe observou Braithwaite pegar uma lanterna num gato ao lado da escada de escotilha. O secretário manejou desajeitadamente um isqueiro, soprou o linho carbonizado para fazer uma chama e acendeu a lanterna a óleo. Colocou a lanterna no convés, e então arfou enquanto abria a escotilha de popa do porão para libertar um fedor de água estagnada e podridão. Braithwaite estremeceu, tomou coragem, e a seguir pegou a lanterna e desceu para as entranhas do navio.

Sharpe seguiu-o, refletindo sobre os momentos na vida em que o destino caía em suas mãos. O momento em que conhecera o sargento Hakeswill e se alistara no Exército fora um desses. Outro tinha sido no campo de batalha em Assaye, quando um general perdera seu cavalo. E agora Braithwaite estava sozinho no porão de carga do navio. Sharpe parou ao lado da escotilha e observou a lanterna de Braithwaite oscilar enquanto o secretário descia sem pressa a escada e depois seguia à ré até o lugar onde ficava estocada a carga pessoal dos oficiais.

Sharpe desceu a escada e fechou com cautela a escotilha às suas costas. Seguiu furtivo, embora qualquer ruído que seus sapatos produzissem nos degraus fosse mascarado pelo rangido dos grandes mastros de pinho que desciam através de todos os conveses para se enraizarem na quilha de olmo. No porão o som da flexão dos mastros era ampliado, e ali também reverberavam o ronco das seis bombas de esgoto de olmo do navio, o marulhar das ondas e o guincho lamuriento do leme.

Sharpe estava na parte de ré do porão de carga, que era isolada da de vante por uma grande pilha de tonéis de água e barris de vinagre que se estendiam do tabuado acima do bojo até os vaus da coberta do bailéu, três metros e meio acima. Essas vigas eram sustentadas por grandes pés de carneiro de carvalho que, à iluminação tênue da lanterna, pareciam os pilares de uma igreja antiga e escurecida por fumaça. Braithwaite costurou seu caminho entre os pés de carneiro de carvalho, galgando a curvatura suave do casco do navio até uma pilha de prateleiras no extremo a ré do porão, que protegia um espaço exíguo na popa chamado "toca das damas", por ser considerado o local mais seguro a bordo durante uma batalha. Nenhum objeto de valor era mantido nas prateleiras, apenas a carga pessoal rejeitada pelos oficiais, mas lorde William trouxera tanta bagagem para o *Pucelle* que parte dela tivera de ser estocada aqui. Sharpe, acocorado à sombra de alguns barris de carne-seca, observou o secretário subir uma escada curta para encontrar uma pasta de couro que retirou da prateleira superior e carregou de volta para o convés. Tirou uma chave do bolso e destrancou a pasta, que se revelou atulhada de documentos. Nada ali que pudesse interessar a qualquer marujo de dedos leves, pensou Sharpe, embora não duvidasse que alguns deles já tivessem arrombado a fechadura da pasta na esperança de encontrar espólios valiosos. Braithwaite folheou os papéis, achou o que queria, tornou a fechar a pasta e carregou-a de volta escada acima até a estante, onde a empurrou desajeitadamente entre as barras de madeira que impediam que os conteúdos das prateleiras caíssem quando o mar estava revolto. O secretário estava falando sozinho, e pedaços de suas frases chegavam a Sharpe:

— Sou um homem de Oxford, não um escravo! Podia ter esperado até chegarmos à Inglaterra. Entra aí, porcaria de pasta!

Finalmente conseguindo armazenar a pasta em seu devido lugar, Braithwaite desceu a escada, enfiou a folha de papel no bolso, pegou a lanterna e começou a retornar para a escada maior que ficava ao lado do mastro da gata e conduzia à escotilha fechada. Não viu Sharpe. Achou que estivesse sozinho no portão até a mão subitamente segurar sua gola

— Olá, homem de Oxford — disse Sharpe.

— Meu Deus! — exclamou Braithwaite, tremendo.

Sharpe tomou a lanterna do secretário e pousou-a em cima de um barril. Depois virou Braithwaite e o empurrou com tanta força que o secretário caiu no convés.

— Outro dia tive uma conversa muito interessante com lady Grace — disse Sharpe. — Parece que você a está chantageando.

— Está sendo ridículo, Sharpe. Ridículo. — Braithwaite arrastou-se para trás até não poder mais, e então se sentou com as costas apoiadas contra os barris de água, onde limpou a sujeira de suas calças e casaco.

— Ensinam a fazer chantagens em Oxford? — perguntou Sharpe.

— Achava que ensinassem apenas coisas inúteis como latim e grego, mas eu estava errado, não estava? Dão aulas de chantagem e invasão de domicílio? Com cursos livres de furto e assalto?

— Não sei do que você está falando.

— Você sabe do que estou falando, Braithwaite — disse Sharpe. Pegou a lanterna e caminhou lentamente até o secretário aterrorizado. — Você está chantageando lady Grace. Você quer as joias dela, não é isso? Ou, quem sabe, um pouco mais? Você gostaria de tê-la em sua cama, não gostaria? Você gostaria de ir aonde eu estive, Braithwaite.

Os olhos de Braithwaite se arregalaram. Ele estava assustado, mas não a ponto de não compreender o significado das palavras de Sharpe. O alferes havia admitido o adultério, e isso significava que Braithwaite estava prestes a morrer, porque Sharpe não podia deixá-lo vivo para contar a história.

— Sharpe, vim apenas pegar um memorando — balbuciou o secretário em evidente pânico. — Apenas isso. Vim pegar este papel. Apenas um memorando, Sharpe, para o relatório de lorde William. Permita que eu mostre a você — e enfiou a mão no bolso, mas o que retirou não foi um memorando, mas uma pequena pistola. O tipo de arma projetada para ser escondida na roupa ou numa bolsa para ser usada em defesa contra assaltantes. Braithwaite, mão tremendo, engatilhou a arma. — Carrego isto desde que você me ameaçou, Sharpe. — Sua voz estava subitamente mais confiante enquanto nivelava a pistola.

Sharpe deixou cair a lanterna.

Bateu no convés. Houve um lampejo de luz, um estilhaçar de vidro e então escuridão profunda. Sharpe virou-se de lado, esperando ouvir a pistola ser disparada, mas Braithwaite mantivera seus nervos suficientemente firmes para não apertar sem querer o gatilho.

— Você tem uma bala, homem de Oxford — disse Sharpe. — Uma bala, e então é a minha vez.

Silêncio, exceto pelo ruído das bombas de esgoto, o gemido dos mastros e o roçar de patas de ratos no bojo do navio.

— Estou acostumado a isto — disse Sharpe. — Já matei na escuridão, Braithwaite. Cortei goelas. Fiz isso perto de Gawilghur numa noite escura. Cortei a garganta de dois homens, Braithwaite. Em cada um deles fiz um talho até a espinha. — Ele estava acocorado atrás de um barril, de modo que se Braithwaite disparasse, apenas conseguiria infligir um ferimento num recipiente de carne-seca. Sharpe manteve seu corpo atrás do barril e estendeu o braço esquerdo para roçar as unhas na madeira do convés. — Cortei a goela deles, homem de Oxford.

— Podemos chegar a um acordo, Sharpe — disse ele, nervoso.

Braithwaite não se movera desde que o porão ficara escuro. Sharpe sabia disso, porque do contrário teria ouvido. Calculou que Braithwaite estava esperando até ele se aproximar para disparar. Exatamente como num combate entre navios. Deixe o maldito se aproximar, e então atire.

— Que tipo de acordo, homem de Oxford? — perguntou Sharpe, e então arranhou o convés novamente, produzindo pequenos ruídos que ampliariam o medo do secretário. Encontrou um caco do vidro da lanterna e o usou para arranhar a madeira.

— Você e eu deveríamos ser amigos, Sharpe — disse Braithwaite. — Você e eu? Não somos como eles. Meu pai é um pároco. Ele ganha muito pouco. Talvez umas trezentas libras por ano. Isso pode parecer uma enormidade para você, mas não é nada, Sharpe, nada. Contudo, pessoas como William Hale nascem com fortunas. Eles abusam de nós, Sharpe. Pisam em nós. Pensam que somos lixo.

Sharpe cutucou com o caco de vidro o metal da lanterna; em seguida raspou o caco na madeira para produzir um ruído semelhante ao das garras de um rato. Esticou o máximo possível o braço, aproximando de Braithwaite o caco de vidro. Braithwaite devia estar ouvindo, tentando extrair sentido dos ruidinhos, tentando conter um terror crescente.

— Sob que justificativa o mero ato de nascer pode ofertar fortuna a um homem e pobreza a outro? — perguntou Braithwaite, sua voz um tom acima do normal. — Somos inferiores apenas porque nossos pais não tinham posses? Devemos beijar o chão que eles pisam apenas porque seus ancestrais foram brutos que usavam armaduras prateadas e roubaram fortunas? Você e eu deveríamos combinar forças. Sharpe, eu lhe imploro, pense nisso.

Agora Sharpe estava completamente deitado, esticando-se na direção de Braithwaite, arranhando a madeira áspera com o caco de vidro, aproximando o som cada vez mais do secretário, que tentava ver alguma coisa, qualquer coisa, na escuridão sepulcral.

— Eu não escrevi aquela carta para o coronel Wallace quando isso me foi ordenado — disse Braithwaite em desespero. — Aquilo foi um favor para você, Sharpe. Você não pode compreender que estamos do mesmo lado? — Fez uma pausa, esperando que uma resposta chegasse da escuridão densa, mas tudo que ouvia era o som de alguma coisa arranhando o convés à sua frente. — Fale, Sharpe! — implorou Braithwaite. — Ou mate lorde William. — O medo estava levando Braithwaite à beira das lágrimas. — Lady Grace seria grata por isso, Sharpe. Você gostaria disso, não gostaria? Sharpe, responda. Pelo amor de Deus, responda!

Sharpe cutucou o fragmento de vidro no piso. Quase podia ouvir a respiração rouca de Braithwaite. O secretário estendeu um pé, esperando encontrar Sharpe, mas seu sapato não bateu em nada.

— Eu lhe imploro, Sharpe, pense em mim como um amigo! Não lhe desejo nenhum mal. Como poderia? Como poderia, quando admiro tanto suas conquistas? Milady interpretou erroneamente minhas palavras, apenas isso. Ela é uma pessoa muito tensa, Sharpe, e sou seu amigo. Seu amigo!

Sharpe arremessou o caco de vidro, que quicou entre os barris em algum lugar a boreste do porão de carga. Braithwaite soltou um gritinho de terror, mas não disparou. E então, ao ouvir pequenos ruídos, começou a chorar.

— Fale comigo, Sharpe. Não somos brutos, você e eu. Temos coisas em comum, devíamos conversar. Fale comigo!

Sharpe colheu um punhado de vidro quebrado, parou, e então os arremessou contra o secretário que, atingido, gritou, empurrou a pistola às cegas para a frente e comprimiu o gatilho. A pistolinha relampejou no porão e a bala beijou a madeira inofensivamente. Sharpe levantou-se, caminhou para a frente, esperou que o eco do tiro calasse, e então disse:

— Uma bala, homem de Oxford, e então era a minha vez.

— Não! — gritou Braithwaite, debatendo-se loucamente na escuridão.

Mas Sharpe acertou-o com um chute violento e se jogou por cima dele. Segurando com força os braços do secretário, virou-o de bruços. Sharpe sentou-se sobre a nuca de Braithwaite.

— Agora, me diga, homem de Oxford — disse baixinho. — Exatamente o que você queria de lady Grace?

— Eu escrevi tudo, Sharpe.

— Escreveu o quê, homem de Oxford? — Sharpe estava segurando com força os braços de Braithwaite.

— Tudo! Sobre você e lady Grace. Deixei a carta entre os papéis de lorde William com instruções para que ele a abrisse caso alguma coisa me acontecesse.

— Não acredito em você, homem de Oxford.

Braithwaite levantou o corpo subitamente, numa tentativa de soltar os braços.

— Você pensa que eu sou algum idiota, Sharpe? Acha que eu não tomaria precauções? É claro que deixei uma carta. — Fez uma pausa. — Solte-me e poderemos discutir isto.

— Então, se eu deixar que vá, você pegará a carta de volta com lorde William? — perguntou Sharpe, ainda segurando os braços de Braithwaite com força.

— Claro que farei isso. Prometo!

— E pedirá desculpas a lady Grace? Dirá que estava errado em suas suspeitas?

— Claro que farei isso. Com todo o prazer!

— Mas você não estava errado, homem de Oxford — disse Sharpe, inclinando-se para mais perto da cabeça de Braithwaite. — Eu e ela somos amantes. Suados e nus no escuro, homem de Oxford. Eu não poderia permitir que você dissesse mentiras a ela, dissesse que nunca aconteceu, poderia? E agora você sabe o meu segredo e não tenho certeza se devo soltá-lo.

— Mas existe uma carta, Sharpe!

— Você é um mentiroso miserável, Braithwaite. Não há carta nenhuma.

— Há sim! — gritou Braithwaite, desesperado.

Sharpe estava segurando os braços do secretário acima das costas dele, empurrando-os dolorosamente para a frente, e agora empurrou-os com força para deslocar seus dois ombros. Braithwaite emitiu um ganido de dor, e então gritou por socorro enquanto Sharpe agarrava uma de suas orelhas e virava sua cabeça para o lado. Sharpe estava com a mão direita no rosto de Braithwaite, tentando encontrar um pouco de apoio. Braithwaite tentou mordê-lo, mas Sharpe esbofeteou sua face, e então encheu a mão com cabelos e orelha e torceu a cabeça com força.

— Só Deus sabe como aqueles malditos *jettis* faziam isso, mas vi eles fazerem, de modo que é possível.

Sharpe mais uma vez puxou a cabeça de Braithwaite com violência e o protesto frenético do secretário foi calado quando sua garganta se contraiu. Sua respiração se tornou um arfado rouco, mas ainda assim ele resistiu, tentando empurrar Sharpe das suas costas. Sharpe, impressionado com o fato de os *jettis* terem feito aquilo parecer tão fácil, pressionou as mãos na cabeça de Braithwaite e torceu-a com toda sua força. A respiração de Braithwaite deu lugar a um arquejar entrecortado, quase inaudível acima da cacofonia de crepitados e baques no porão, mas o secretário ainda estava se contorcendo. Assim, Sharpe respirou fundo, e torceu uma segunda vez, agora sendo recompensado com o som de uma maçã suculenta ao ser mordida, que ele calculou ser a espinha dorsal sendo desalinhada no pescoço de Braithwaite.

O secretário agora estava imóvel. Sharpe colocou um dedo no pescoço de Braithwaite, tentando sentir a pulsação. Não sentiu. Esperou um pouco. Ainda, nenhuma pulsação, nenhum tremor, nenhuma respiração. Assim, Sharpe tateou ao seu redor até descobrir a pistolinha de Braithwaite. Guardou a arma no bolso, levantou-se, jogou o cadáver sobre o ombro e cambaleou para vante, movendo-se para a esquerda e para a direita ao sabor do balanço do navio, até esbarrar com a escada da mezena. Largou o cadáver ali, subiu a escada e abriu a escotilha para a surpresa de um marinheiro que estava passando. Sharpe cumprimentou-o com um aceno de cabeça, fechou a escotilha, encerrando o cadáver e os ratos que corriam na escuridão, e subiu para a luz do dia. Jogou a arma pela vigia do camarote. Ninguém notou.

O jantar foi carne de porco seca, ervilhas e biscoitos. Sharpe comeu como um leão.

O comandante Chase considerou que no dia anterior o *Revenant*, se de fato fora o *Revenant* que ele vislumbrara no horizonte, avistara as gáveas do *Pucelle*, a despeito do banco de nuvens, e assim mudara o rumo para oeste durante a noite.

— Isso vai retardar sua velocidade — insistiu, recuperando parte de seu otimismo usual.

O vento estava bom, porque, embora o *Pucelle* não houvesse se afastado muito da costa para não perder a vantagem da corrente, eles estavam nas latitudes onde sopravam os ventos alíseos de sudeste.

— O vento pode apenas ficar mais forte, e o barômetro está subindo, o que é bom — disse Chase.

Peixes-voadores saltavam diante do casco do *Pucelle*. O mal-estar que impregnara o navio a manhã inteira dissipou-se ao sol quente e ao otimismo renovado do comandante.

— Sabemos que ele não é mais veloz que nós, e as correntes serão favoráveis daqui até Cádiz — disse Chase.

— Quanto tempo até Cádiz? — perguntou Sharpe, que estava tomando ar no tombadilho depois de jantar com Chase.

— Mais um mês — disse Chase. — Mas nossos problemas ainda não acabaram. Provavelmente seguiremos com rapidez até o equador, mas depois disso podemos ficar presos numa calmaria. — Tamborilou os dedos na balaustrada. — Mas, com a ajuda de Deus, vamos alcançar o navio antes.

— Por acaso você sabe do meu secretário, Chase? — Lorde William apareceu no convés para interromper a conversa.

— Nenhum sinal dele — disse Chase.

— Preciso dele — disse lorde William com petulância.

Ele persuadira Chase a permitir que usasse a câmara de jantar do comandante como escritório. Chase relutara em ceder o cômodo com sua mesa luxuosa, mas decidira que era melhor manter lorde William feliz do que aturá-lo de cara amarrada.

Chase virou-se para o quinto-tenente, Holderby.

— O secretário de Sua Excelência jantou na praça-d'armas?

— Não, senhor — respondeu Holderby. — Não o vejo desde o desjejum.

— Você o viu, Sharpe? — perguntou friamente lorde William, que não gostava de falar com Sharpe, mas abriu uma exceção para fazer essa pergunta.

— Não, milorde.

— Pedi ao idiota para pegar um memorando sobre nosso acordo original com Holkar. Preciso do documento!

— Talvez ele ainda esteja procurando — sugeriu Chase.

— Ou talvez esteja mareado — acrescentou Sharpe. — O vento está forte de novo.

— Olhei em seu camarote, e ele não está lá — queixou-se lorde William.

— Sr. Collier! — Chase chamou o guarda-marinha que estava andando de um lado para o outro do convés principal. — Temos um secretário desaparecido. O sujeito alto e emburrado que se veste de preto. Procure-o abaixo dos conveses, por favor. Diga-lhe que sua presença é requisitada na minha câmara de jantar.

— Sim, senhor — disse Collier, e desceu para iniciar sua busca.

Lady Grace, acompanhada por sua camareira, apareceu no convés e parou a uma distância segura de Sharpe. Lorde William virou-se para ela.

— Viu Braithwaite?

— Não, desde hoje de manhã — respondeu lady Grace.

— O desgraçado desapareceu.

Lady Grace deu de ombros, sugerindo que o destino de Braithwaite não era de sua conta, e então se virou para observar os peixes-voadores saltarem as ondas.

— Espero que o pobre coitado não tenha caído ao mar — disse Chase. — Se aconteceu isso, certamente morreu afogado.

— Ele não tinha negócio nenhum a tratar no convés — disse lorde William, irritado.

— Mas duvido que tenha se afogado, milorde — disse Chase, procurando confortá-lo. — Se tivesse caído, alguém o teria visto.

— Nesse caso, o que vocês teriam feito? — perguntou Sharpe.

— Teríamos parado o navio e feito um resgate — respondeu Chase. — Se fosse possível. Já lhe contei sobre Nelson no *Minerva*?

— Mesmo se tivesse contado, contaria de novo — disse Sharpe.

Chase riu.

— Sharpe, em 97 Nelson comandava o *Minerva*. Bela fragata! Estava sendo perseguido por dois navios espanhóis de linha e uma fragata quando algum retardado caiu ao mar. Tom Hardy estava a bordo. Homem notável, esse Tom Hardy; hoje ele é comandante do *Victory*. Hardy pegou um bote para salvar o camarada. Está vendo o quadro, Sharpe? O *Minerva* fugindo para se salvar, com três vasos de guerra espanhóis em seu encalço, e Hardy e a tripulação de seu bote, com o camarada encharcado dos pés à cabeça a bordo, incapazes de remar com força suficiente para alcançar seu navio. E, então, o que Nelson faz? Ele aquartelou suas gáveas! Consegue acreditar nisso? Aquartelar as gáveas. Por Deus, não posso perder Hardy, disse ele. E os espanhóis não entendem patavina do que está acontecendo. Por que o comandante inglês está parando? Os espanhóis deduzem que há reforços chegando e param também. Hardy alcança o navio, embarca, e o *Minerva* escapa como um gato escaldado! Sujeito incrível, o Nelson!

Lorde William fechou uma carranca e se voltou para oeste. Sharpe levantou os olhos para a vela grande, tentando acompanhar a trajetória de um cabo desde sua origem, descendo por aparelhos de laborar até as malaguetas ao lado da amurada. As macas estavam sendo arejadas sobre suas trincheiras que seriam acolchoadas para deter balas de mosquetes. Um pássaro marinho solitário, branco e de asas longas, mergulhou em direção ao navio para no último instante decolar para o azul infinito. O Sr. Cowper, o comissário de bordo, estava contando as lanças de abordagem instaladas em torno do tronco do mastro grande. Lambeu um lápis, fez uma anotação num livro, lançou um olhar assustado para Chase e se afastou. Holderby, que estava de serviço, ordenou a um marujo da faxina do mestre que tocasse o sino do navio. Chase, ainda pensando em Nelson, sorriu.

— Comandante! Senhor! Comandante! — Era Harry Collier, emergindo do tombadilho para o convés principal.

— Acalme-se, Sr. Collier — disse Chase. — O navio não está pegando fogo, está?

— Não, comandante. É o Sr. Braithwaite, senhor. Ele está morto, senhor! — Todos no tombadilho baixaram os olhos para ver o garotinho.

— Prossiga, Sr. Collier — disse Chase. — Ele não pode ter simplesmente morrido. Homens não morrem sem motivo. Bem, o mestre arrais do navio morreu, mas ele era velho. Braithwaite era jovem. Caiu? Foi estrangulado? Se matou? Esclareça.

— Ele caiu no porão, senhor. Parece ter quebrado o pescoço. Caiu da escada, senhor.

— Descuidado — disse Chase, dando as costas para o guarda-marinha.

Lorde William fechou a carranca, e sem saber o que dizer, limitou-se a girar nos calcanhares e caminhar à câmara de jantar do comandante, mas então mudou de ideia e retornou para a balaustrada.

— Guarda-marinha?

— Senhor? — Collier retirou o chapéu de três pontas. — Milorde?

— Havia algum papel na mão dele?

— Eu não vi, senhor.

— Então, por favor, procure, Sr. Collier. Procure — disse lorde William. — E se encontrar, leve-o até meu camarote. — Ele novamente se afastou. Lady Grace olhou para Sharpe, que a fitou em resposta, mantendo sua expressão neutra, e então levantou os olhos para o mastro grande.

O corpo foi trazido para o convés. Estava evidente que o pobre Braithwaite escorregara da escada e caíra, quebrando o pescoço. Contudo, o cirurgião, intrigado, comentou que era estranho que ele tivesse deslocado ambos os braços.

— Será que eles ficaram presos nos degraus da escada? — sugeriu Sharpe.

— Poderia ser, poderia ser — concedeu Pickering. Ele não pareceu convencido, mas não se importou em sondar o mistério. — Mas pelo menos foi um fim rápido.

— Espero que tenha sido — disse Sharpe, em tom piedoso.

— Provavelmente bateu com a cabeça num barril. — Pickering virou a cabeça do cadáver, em busca de uma marca, mas não achou nenhuma. Levantou-se, batendo o pó das mãos. — Acontece uma vez em cada viagem — disse com bom humor. — Às vezes mais. Sr. Sharpe, temos alguns engraçadinhos a bordo que gostam de passar sabão nos degraus, geralmente quando acreditam que o comissário de bordo vai usar a escada. Isso costuma terminar com uma perna quebrada e muitas gargalhadas, mas o nosso Sr. Braithwaite foi menos afortunado. — Puxou os braços deslocados de volta para o lugar. — Ele era um sujeitinho feio, não era?

O corpo de Braithwaite foi despido e colocado em seu beliche. O veleiro costurou um pedaço de vela velha e esgarçada como tampa para o caixão improvisado. A costura final, como era de costume, foi feita através do nariz do cadáver para garantir que ele estava realmente morto. Três balas de canhão de dezoito libras tinham sido colocadas no caixão, que foi deitado sobre uma tábua ao lado do portaló de bombordo.

Chase leu a oração pelo falecido. Os oficiais do *Pucelle*, tendo tirado os chapéus, puseram-se respeitosamente de pé diante do caixão improvisado, que foi coberto por uma bandeira britânica. Lorde William e lady Grace ficaram de pé ao lado do portaló. Chase disse solenemente:

— "Assim entregamos este corpo às profundezas para que se deteriore enquanto aguarda pela ressurreição da carne, quando o mar devolverá seus mortos, por intermédio de nosso Senhor Jesus Cristo; que em sua vinda mudará nossos corpos vis, atribuindo-lhes semelhança ao seu próprio corpo glorioso, porque ele tudo pode e todas as coisas são sujeitas à sua vontade."

Chase fechou o livro de orações e olhou para lorde William. O lorde meneou a cabeça em agradecimento e pronunciou algumas palavras bem escolhidas que descreviam o excelente caráter moral de Braithwaite, e sua assiduidade e competência em seu cargo de secretário particular. Lorde William também expressou suas esperanças fervorosas de que o Todo-Poderoso recebesse a alma do secretário para uma vida de alegria eterna.

— Sua perda é um golpe muito, muito triste — encerrou lorde William.

— Assim seja — disse Chase, e acenou com a cabeça para os dois marinheiros que estavam acocorados ao lado da tábua.

Obedientemente, os marinheiros levantaram a tábua para que o caixão escorregasse por baixo da bandeira. Sharpe escutou a borda do beliche bater no batente do portaló, e em seguida o som de um objeto pesado caindo na água.

Sharpe olhou para lady Grace, que o olhou de volta, inexpressiva.

— Colocar chapéus — ordenou Chase.

Os oficiais retornaram para seus deveres enquanto os marujos retiravam-se com a bandeira e a tábua. Lady Grace virou-se para os degraus do tombadilho e Sharpe, deixado sozinho, seguiu até a balaustrada e olhou para o mar.

— O Senhor dá a vida e o Senhor a tira. — Lorde William Hale estava subitamente ao lado de Sharpe. — Abençoado seja o nome do Senhor.

Sharpe, estarrecido em ver que lorde William estava se rebaixando para falar com ele, ficou silencioso durante alguns segundos.

— Sinto muito por seu secretário, milorde.

Lorde William olhou para Sharpe, que mais uma vez ficou impressionado com a semelhança de Sua Excelência com sir Arthur Wellesley. Os mesmos olhos frios, o mesmo nariz adunco que parecia o bico de um gavião, mas alguma coisa no rosto de lorde William agora sugeria divertimento, como se Sua Excelência detivesse alguma informação que Sharpe não possuía.

— Sente realmente, Sharpe? — perguntou lorde William. — Isso é gentil da sua parte. Falei bem dele agora, mas o que mais poderia dizer? Na verdade, foi um homem limitado, invejoso, incompetente e impreciso em seus deveres, e duvido que o mundo sentirá sua falta. — Lorde William colocou seu chapéu como se estivesse preparando-se para sair, mas então se virou para Sharpe. — Sharpe, acaba de me ocorrer que nunca lhe agradeci pelo serviço que prestou à minha esposa no *Calliope*. Foi negligência minha, e lhe peço desculpas. Sou-lhe grato por esse serviço, e serei ainda mais grato se não falarmos sobre isso novamente.

— É claro, milorde.

Lorde William se afastou. Sharpe observou-o, perguntando-se se estaria acontecendo alguma coisa da qual ele não tinha ciência. Lembrou-se da alegação de Braithwaite de ter deixado uma carta entre os papéis de lorde William, e então decidiu que isso tinha sido uma mentira. Sharpe deu de ombros, concluindo que estava vendo perigos onde eles não existiam, e subiu, primeiro para o tombadilho e depois para o painel de popa, onde ficou de pé diante da grinalda, observando a esteira do navio dissipar-se no mar.

Ouviu passos às suas costas e soube a quem pertenciam antes mesmo que Lady Grace chegasse à balaustrada, onde, como ele, olhou para o mar.

— Tenho sentido falta de você — disse ela, baixinho.

— E eu de você — replicou Sharpe e, olhando para a esteira do navio, onde um corpo amortalhado afundava em direção à escuridão infinita.

— Ele caiu? — perguntou lady Grace.

— Assim parece — disse Sharpe. — Mas deve ter sido uma morte muito rápida, o que é uma bênção.

— Realmente — disse ela, e então deu as costas para Sharpe. — O sol tem estado terrivelmente quente.

— Talvez a senhora devesse descer. Meu camarote é mais arejado, creio.

Ela assentiu positivamente, fitou seus olhos durante alguns segundos, e então se virou abruptamente e se afastou.

Sharpe aguardou cinco minutos, e então a seguiu.

O *Pucelle*, se alguém o tivesse visto de onde os peixes mergulhavam nas ondas, estava belíssimo naquela tarde. Naus de guerra não eram elegantes. Seus cascos eram imensos, o que conferia aos seus mastros uma aparência desproporcionalmente curta, mas o comandante Chase içara cada vela possível ao vento e aqueles sobrejoanetes, varredouras e cutelos de sobrejoanete somavam corpo suficiente acima para equilibrar o enorme casco preto e amarelo. O dourado da popa e o prateado da figura de proa refletiam o sol, o amarelo nos traveses era berrante, o convés limpo, e um bigode branco de espuma era formado na proa enquanto cortava a água. Seus setenta e quatro canhões poderosos estavam escondidos.

A podridão, umidade, ferrugem e fedor não poderiam ser detectados de fora, mas dentro do navio o cheiro não era mais notado. No castelo de proa as últimas três cabras foram ordenhadas para o jantar do comandante. No bojo do navio corria água. Ratos nasciam, lutavam e morriam nas profundezas escuras do navio. No paiol de munição um canhoneiro costurava bolsas de pólvora para os canhões, alheio a uma prostituta que praticava seu ofício entre as duas telas de couro que protegiam a porta do paiol de uma fagulha errante. Na cozinha, o cozinheiro caolho e sifilítico estremeceu ao sentir o cheiro de alguma carne que não fora ressecada adequadamente, mas mesmo assim a colocou no caldeirão, enquanto em seu camarote a ré do convés principal o capitão Llewellyn sonhava em liderar seus fuzileiros num ataque glorioso que capturaria o *Revenant*. Quatro batidas de sino da tarde foram soados. No tombadilho um marinheiro lançou a barquilha (o toco de madeira usado para medição de velocidade) e deixou a linha desenrolar do carretel. Contou os nós na linha à medida que ela desaparecia pela balaustrada, recitando em voz alta os números enquanto um oficial olhava seu relógio de bolso. O comandante Chase foi para o camarote e cutucou o barômetro. Ainda subindo. O vigia de folga dormia em sua maca, balançando junto com tantos outros casulos idênticos. O carpinteiro consertava uma carreta de canhão enquanto no camarote de dormir do comandante um alferes e uma dama jaziam nos braços um do outro.

— Você o matou? — sussurrou lady Grace a Sharpe.

— Fará diferença se eu tiver matado?

Ela correu um dedo pela cicatriz no rosto de Sharpe.

— Eu o odiava — sussurrou lady Grace. — Ele não tirava os olhos de mim desde o primeiro dia em que começou a trabalhar para William. Ficava babando. — Ela estremeceu de repente. — Ele me disse que não diria nada sobre nós se eu fosse até o camarote dele. Eu quis esbofeteá-lo. Quase fiz isso, mas achei que ele contaria tudo a William se eu fizesse, assim simplesmente lhe dei as costas. Eu o odiava.

— E eu o matei — disse baixinho Sharpe.

Lady Grace não disse nada durante algum tempo, e então beijou a ponta do nariz de Sharpe.

— Eu sabia que você tinha feito. Desde o momento em que William me perguntou onde ele estava, eu soube que você o tinha matado. Foi realmente rápido?

— Não muito — admitiu Sharpe. — Quis que ele soubesse por que estava morrendo.

Ela pensou nisso durante algum tempo, e então decidiu que não valia a pena saber se o final de Braithwaite fora lento e doloroso.

— Ninguém nunca matou por mim antes.

— Eu lutaria contra um Exército por você, minha dama — disse Sharpe, e então mais uma vez se lembrou da alegação de Braithwaite de que deixara uma carta para lorde William. E mais uma vez disse a si mesmo para esquecer seus temores, porque decerto essa alegação não fora nada mais do que o esforço desesperado de um homem condenado para manter-se vivo. Não valia a pena mencionar isso a lady Grace.

BERNARD CORNWELL

Com o entardecer, o sol deitou no mar verde uma intrincada sombra de enxárcias, adriças, velas e mastros. O sino do navio bateu as meias horas. Três marinheiros foram levados ao comandante Chase, acusados de vários delitos, e todos os três tiveram suas rações de rum suspensas por uma semana. Um tamborileiro cortou a mão enquanto brincava com um cutelo, e o cirurgião fez-lhe um curativo e então puxou a orelha dele por ter sido tão displicente. Os gatos do navio dormiam no forno da cozinha. O comissário de bordo cheirou um barril de água, estremeceu ao sentir seu fedor, mas mesmo assim fez uma marcação a giz na madeira, indicando que a água era potável.

E logo depois do pôr do sol, quando o oeste ardia em vermelho, um último vestígio de luz refletiu numa vela distante.

— Vela pela alheta de bombordo! — gritou o vigia. — Vela pela alheta de bombordo!

Sharpe não ouviu o grito. Naquele momento não teria ouvido nem a trombeta do Apocalipse, mas o resto do navio escutou a notícia e pareceu estremecer de empolgação. Porque a caçada não estava perdida. Ela prosseguia, e mais uma vez a presa fora avistada.

CAPÍTULO VIII

Os dias seguintes foram felizes.
O navio distante era realmente o *Revenant*. Chase nunca vira o vaso de guerra francês de perto e, por mais que tentasse, não conseguia aproximar o *Pucelle* o bastante para ler o nome do outro navio, mas alguns dos marujos do *Calliope* reconheceram o formato da vela a ré. Sharpe olhava por sua luneta e não conseguia ver nada anormal na vela vasta na popa do navio inimigo, mas os marinheiros tinham certeza de que ela fora mal consertada e, consequentemente, pendia desalinhada. Agora o navio francês competia com o *Pucelle* numa corrida para casa. As naus eram praticamente gêmeas e nenhuma obteria vantagem sobre a outra sem o auxílio do tempo, e o deus dos ventos brindava-as com porções iguais.

O *Revenant* estava a oeste, e os dois navios velejavam para noroeste para afastarem-se da grande silhueta da África. Chase calculava que o *Pucelle* ganharia uma vantagem depois que estivessem ao norte do equador, porque então o navio francês precisaria seguir para leste para aterrar. À noite Chase ficava preocupado com a possibilidade de perder sua presa, mas todas as manhãs o *Revenant* continuava lá, sempre na mesma marcação, às vezes com o casco alagado, às vezes mais próximo, e por mais que o comandante britânico tentasse, sua habilidade como navegador não conseguia reduzir a distância entre os navios mais do que as habilidades de Montmorin conseguiam aumentá-la. Se Chase guinava para oeste a fim de tentar estreitar a lacuna entre eles, o navio francês avançava em relação ao *Pucelle*, e Chase voltava ao rumo anterior e se xingava pela perda de terreno. Chase rezava constantemente para que Montmorin mudasse de rumo para leste para oferecer batalha, mas Montmorin resistia à tentação. Ele queria levar seu navio para a França, ou pelo menos a um porto pertencente ao seu aliado, Espanha, e os homens que estava transportando iriam incitar a França a mais uma tentativa de transformar a Índia num cemitério britânico.

— Ele ainda terá de atravessar o nosso bloqueio — disse Chase alto depois do jantar certa noite, e então deu de ombros e temperou seu otimismo. — Embora isso não seja muito difícil.

— Por que não? — perguntou Sharpe.

— O bloqueio na costa de Cádiz não é muito cerrado — explicou Chase. — Os navios grandes ficam muito afastados no mar, além do horizonte. Haverá apenas algumas fragatas próximas à costa e Montmorin vai afugentá-las. Não, precisamos capturar o *Revenant*. — O comandante franziu o cenho. — Você não pode mover um peão para o lado, Sharpe!

— Não posso?

Eles estavam conversando durante o primeiro quarto de serviço que, perversamente, estendia-se das oito da noite até a meia-noite, hora em que Chase ansiava por companhia, e Sharpe acostumara-se a tomar conhaque com o comandante que estava ensinando-o a jogar xadrez. Lorde William e lady Grace eram convidados frequentes. Lady Grace gostava de xadrez, e evidentemente jogava bem, porque sempre fazia Chase olhar preocupado para o tabuleiro. Lorde William preferia ler depois do jantar, embora uma vez tenha se dignado a jogar contra Chase, dando-lhe um xeque-mate em questão de quinze minutos. Holderby, o quinto-tenente, era um excelente jogador, e, quando era convidado para jantar, gostava de ajudar Sharpe contra Chase. Durante essas reuniões, Sharpe e lady Grace ignoravam escrupulosamente um ao outro.

Os ventos alíseos sopraram-nos para norte, o sol brilhava, e Sharpe sempre se lembraria daquelas semanas como uma bênção. Com Braithwaite morto, e com lorde William absorto no relatório que estava escrevendo para o governo britânico, Sharpe e lady Grace estavam livres. Agiam da forma mais discreta possível, porque não tinham escolha, mas ainda assim Sharpe suspeitava que a tripulação do navio sabia de seus encontros. Sharpe não ousava usar o camarote de lady Grace por temer que lorde William exigisse entrar, mas ela ia para o dele, deslizando pelo tombadilho escurecido num manto negro e geralmente esperando o término da breve comoção da passagem de serviço para atravessar pela porta destrancada de Sharpe, que ficava suficientemente perto dos cômodos do imediato, onde lorde William dormia, para que as pessoas considerassem que era para lá que ela se dirigia. Mesmo assim era difícil não ser vista pelos timoneiros. Johnny Hopper, o mestre da tripulação de Chase, certa vez sorriu para Sharpe com cara de quem descobrira um segredo, e Sharpe fingira não notar. Contudo, considerava que seu segredo estava seguro porque a tripulação gostava dele, e o arrogante lorde William era universalmente detestado. Sharpe e lady Grace diziam um ao outro que estavam sendo cautelosos, mas, noite após noite, e às vezes até durante o dia, eles corriam o risco de serem descobertos. Era imprudente, mas nenhum dos dois conseguia resistir. Sharpe estava perdidamente apaixonado, e amava lady Grace ainda mais porque ela ridicularizava o abismo que os separava. Certa tarde, deitada com ele, olhando um raio de luz que passava por uma brecha na parede e projetava uma forma oval na antepara oposta, lady Grace somou de cabeça os cômodos de sua casa em Lincolnshire.

— Trinta e seis — decidiu. — Embora isso não inclua o salão da frente ou os aposentos dos criados.

— Lá em casa também nunca contei os cômodos. Não precisava, porque só tinha um — disse Sharpe, e resmungou quando ela afundou um cotovelo em sua costela. Estavam deitados sobre cobertores espalhados no chão, porque a maca pendurada na parede era estreita demais para os dois. — Quantos criados vocês têm? — perguntou Sharpe.

— No campo? Vinte e três, acho, mas isso apenas na casa. E em Londres? Quatorze, além dos cocheiros e cavalariços. Não faço ideia de quantos sejam. Uns seis ou sete?

— Também nunca precisei contar meus criados — disse Sharpe, e então estremeceu. — Ei, isso dói!

— Silêncio — sussurrou ela. — Ou Chase vai ouvir. Você já teve um criado?

— Um menininho árabe que queria vir para a Inglaterra comigo — disse Sharpe. — Mas ele morreu. — Sharpe se calou, maravilhado com a maciez da pele de lady Grace. — O que sua camareira pensa que você está fazendo?

— Deitada no escuro com ordens para não ser perturbada. Digo que o sol me deixa com dor de cabeça.

Ele sorriu.

— E o que vai dizer quando chover?

— Que a chuva me deixa com dor de cabeça, é claro. Não que Mary se importe. Ela está apaixonada pelo taifeiro de Chase, de modo que fica feliz da vida quando não preciso de seus serviços. Ela não sai da despensa do taifeiro. — Grace correu um dedo de cima a baixo pela barriga de Sharpe. — Quem sabe eles não fogem juntos para o mar?

Às vezes Sharpe tinha a impressão de que ele e Grace tinham fugido para o mar, e eles faziam de conta que o *Pucelle* era seu navio privativo e a tripulação, seus criados, e que passariam a eternidade velejando sob céus ensolarados. Jamais falavam sobre o que os esperava no fim da jornada, porque então lady Grace teria de voltar para seu mundo luxuoso e Sharpe para seu lugar, e ele não sabia se iria revê-la algum dia.

— Somos como crianças, você e eu — disse lady Grace mais de uma vez, um tom sonhador na voz. — Crianças irresponsáveis e descuidadas.

Sharpe praticava com os fuzileiros de manhã, dormia de tarde, e à noite jantava com Chase. Depois, esperava impacientemente até lorde William afundar em seu sono induzido pelo láudano e Grace chegar até sua porta. Eles conversavam, dormiam, faziam amor, conversavam novamente.

— Não tomo um banho desde que saí de Bombaim.

— Nem eu.

— Mas estou acostumada a me banhar.

— Para mim você está cheirando muito bem.

— Estou fedendo. O navio inteiro fede. E sinto falta de caminhar. Adoro caminhar no campo. Se eu pudesse, jamais veria Londres novamente.

— Você gostaria do Exército — disse Sharpe. — Nós sempre saíamos para longas caminhadas.

Ela ficou deitada durante algum tempo, e então cofiou o cabelo dele.

— Às vezes sonho com a morte de William — disse baixinho. — Não dormindo, mas acordada. Isso é vergonhoso.

— É humano — disse Sharpe. — Também penso nisso.

— Gostaria que ele caísse do navio — disse ela. — Ou escorregasse numa escada. Mas ele não vai fazer isso.

Não sem ajuda, pensou Sharpe e afastou a ideia de seus pensamentos. Matar Braithwaite era uma coisa — o secretário particular tinha sido um chantagista —, mas lorde William não fizera nada de ruim além de ser arrogante e ter se casado com uma mulher que Sharpe amava. Ainda assim, Sharpe costumava pensar em matá-lo, embora não soubesse exatamente como fazer isso. Era altamente improvável que lorde William descesse para o porão de carga, e ele jamais andava no tombadilho à noite, quando um homem poderia ser empurrado pela amurada.

— Se ele morresse, eu seria rica — disse lady Grace baixinho. — Eu venderia a casa de Londres e iria morar no campo. Faria uma grande biblioteca e uma lareira, levaria os cães para passear e você poderia morar comigo. Eu seria então a Sra. Richard Sharpe.

Por um segundo Sharpe achou que tinha ouvido mal, depois sorriu.

— Você sentiria falta da sociedade — disse ele.

— Odeio a sociedade — disse com veemência. — Conversas fúteis, pessoas estúpidas, rivalidades infindáveis. Eu serei uma reclusa, Richard, com livros de contabilidade do teto ao chão.

— E o que eu faria?

— Amor comigo, e caretas para os vizinhos.

— Acho que eu poderia viver assim — disse Sharpe, sabendo que aquilo era um sonho, exceto que tudo que era necessário para concretizar esse sonho era a morte de um homem. — Há uma portinhola de canhão na cabine de seu marido? — perguntou ele, sabendo que não deveria ter feito essa pergunta.

— Sim, por quê?

— Por nada — disse ele, mas estivera pensando se não poderia entrar no camarote à noite, sobrepujar lorde William e empurrá-lo pela portinhola de canhão, mas então decidiu que isso não era uma boa ideia.

O camarote de lorde William, como o de Sharpe, ficava abaixo do painel de popa e perto da casa do leme do navio, e Sharpe duvidava que pudesse cometer assassinato e livrar-se do cadáver sem alertar o oficial de serviço. Até o rangido que a portinhola faria ao abrir seria alto demais.

— Ele jamais adoece — disse lady Grace em outra tarde, quando se arriscou ir até o camarote de Sharpe. — Jamais adoece.

Sharpe soube no que ela estava pensando. Ele próprio estava pensando nisso, mas duvidava que lorde William teria a decência de morrer de alguma doença convencional.

— Talvez ele morra durante o combate contra o *Revenant* — disse Sharpe.

Grace sorriu.

— Ele estará em segurança lá embaixo, meu amor. Em segurança abaixo da linha-d'água.

— Ele é um homem! — exclamou Sharpe, surpreso. — Ele terá de lutar!

— Ele é um político, meu querido, e ele assassina, ele não luta. Ele me dirá que sua vida é preciosa demais para ser arriscada, e realmente vai acreditar nisso! Porém, quando chegarmos à Inglaterra, ele afirmará modestamente ter desempenhado um papel importante na derrota do *Revenant*, e eu, como esposa fiel, terei de ficar ao seu lado e sorrir enquanto nossos acompanhantes o admiram. Ele é um político.

Passos soaram fora do camarote, no espaço atrás da casa do leme e debaixo do convés do painel de popa. Sharpe prestou atenção aos sons, esperando que os passos se afastassem como costumavam fazer, mas desta vez eles vieram direto até sua porta. Grace apertou a mão de Sharpe e estremeceu quando uma batida soou na porta. Sharpe não respondeu, e então a porta trancada balançou como se alguém tentasse abri-la.

— Quem é? — perguntou Sharpe, fingindo ter sido acordado.

— Guarda-marinha Collier, senhor.

— O que você quer?

— Sua presença é requisitada nos aposentos do comandante, senhor.

— Diga a ele que estarei lá em um minuto, Harry — disse Sharpe. Seu coração batia acelerado.

— Você deve ir — sussurrou Grace.

Sharpe vestiu-se, afivelou o cinto da espada, inclinou-se para beijá-la, e então saiu para o corredor. Chase estava parado de pé a bombordo, olhando para o ponto no horizonte que era o *Revenant*.

— O senhor me chamou? — perguntou Sharpe.

— Não eu, Sharpe, não eu — disse Chase. — Quem o chamou foi lorde William.

— Lorde William? — Sharpe não conseguiu esconder sua surpresa.

Chase levantou uma sobrancelha como se para sugerir que Sharpe tinha feito por merecer este problema, a seguir balançou a cabeça em direção à sua câmara de jantar. Sharpe sentiu um pânico crescente, mas controlou-se, dizendo a si mesmo que Braithwaite não deixara nenhuma carta. Então ajeitou sua casaca vermelha e seguiu para a porta da câmara de jantar abaixo do painel de popa.

A voz de lorde William convidou-o a entrar. Sharpe obedeceu e Sua Excelência gesticulou negligentemente em direção à cadeira. Lorde William estava sozinho, sentado à mesa comprida coberta com livros e papéis. Ele escrevia, e o som de sua pena arranhando o papel parecia ameaçador. Escreveu durante um longo tempo, ignorando Sharpe. A gaiuta sobre a mesa estava aberta e o vento farfalhava os papéis na mesa. Sharpe olhou para os cabelos cinzentos de Sua Excelência, nenhum fora do lugar.

— Estou escrevendo um relatório sobre a situação política na Índia. — Lorde William quebrou o silêncio, fazendo Sharpe pular de surpresa.

Lorde William mergulhou a ponta da pena num tinteiro, deixou que ela sugasse a tinta cuidadosamente e então escreveu outra frase antes de colocar a pena num pequeno suporte de prata. Seus olhos frios estavam vítreos e marcados por olheiras, provavelmente devido ao láudano que tomava todas as noites, mas estavam ainda cheios com seu dissabor usual por Sharpe.

— Geralmente eu não recorreria ao auxílio de um oficial subalterno, mas, sob as presentes circunstâncias, tenho pouca escolha. Gostaria da sua opinião sobre as habilidades de combate dos mahrattas.

Sharpe sentiu uma pontada de alívio. Os mahrattas! Desde que entrara na cabine estivera pensando em Braithwaite e em sua alegação de que escrevera uma carta, mas tudo que lorde William queria era uma opinião sobre os mahrattas!

— Homens corajosos, milorde.

Lorde William deu de ombros.

— Suponho que mereço uma opinião vulgar, considerando que a pedi a você — disse acidamente e então dobrou os dedos e olhou sobre suas unhas bem-feitas. — Sharpe, é evidente para mim que um dia teremos de assumir a administração de todo o continente indiano. Com o tempo isso também ficará evidente para o governo. Os maiores obstáculos a essa ambição são os estados mahrattas remanescentes, particularmente aquele governado por Holkar. Deixe-me ser específico. Esses estados podem nos impedir de anexar seu território?

— Não, milorde.

— Por favor, seja específico. — Lorde William puxara para si uma folha de papel em branco e agora estava com a pena posicionada.

Sharpe respirou fundo.

— Eles são homens corajosos, milorde — disse ele, arriscando um olhar irritado. — Mas não é apenas isso. Eles não compreendem como combater ao nosso estilo. Acreditam que o segredo reside na artilharia, de modo que o que fazem é alinhar todos os seus canhões numa grande linha e colocar a infantaria atrás deles.

— Nós não fazemos isso? — perguntou lorde William, parecendo surpreso.

— Nós colocamos os canhões nas laterais da infantaria, senhor. Dessa forma, se a outra infantaria atacar, podemos varrê-la com fogo cruzado. Assim é possível matar mais homens, milorde.

— E você é um especialista em matar — disse lorde William acidamente enquanto sua pena corria sobre o papel. — Prossiga, Sharpe.

— Colocando os canhões na frente, senhor, eles asseguram à sua própria infantaria que ela está protegida. E quando os canhões caem, senhor, o que sempre acontece, a infantaria perde a coragem. Além disso, nossos rapazes disparam mosquetes bem mais rápido que eles, de modo que depois que passamos pelos canhões é apenas uma questão de matá-los. — Sharpe observou a pena arranhar o papel, esperou até sua excelência mergulhá-la novamente no tinteiro. — Nós gostamos de nos aproximar, milorde. Eles disparam salvas a distância, e isso não é bom. É preciso marchar até muito perto, até poder sentir o cheiro deles, e então começar a disparar.

— Está dizendo que a infantaria deles carece da disciplina da nossa?

— Eles carecem do treinamento, senhor. — Ele pensou no assunto. — E não, eles não são tão disciplinados quanto nós.

— E decerto não usam o chicote — acrescentou lorde William. — Mas e se a infantaria deles for liderada adequadamente? Por europeus?

— Então ela pode ser boa. Nossos sipaios são igualmente bons, mas os mahrattas não reagem bem à disciplina. Eles são mercenários. Piratas. Eles contratam infantarias de outros estados, e um homem nunca luta muito bem quando não está lutando por conta própria. E isso exige tempo, milorde. Se o senhor me desse uma companhia de mahrattas, eu iria querer um ano inteiro para prepará-la. Eu poderia fazê-lo, mas eles não iriam gostar. São melhores como cavaleiros. Como membros de uma cavalaria pouco organizada.

— Então acredita que devemos encarar com seriedade a missão de *monsieur* Vaillard a Paris?

— Não sei, milorde.

— Não, você não teria como saber. Reconheceu Pohlmann, Sharpe?

A pergunta pegou Sharpe completamente de surpresa.

— Não — respondeu com indignação excessiva.

— Mesmo assim deve tê-lo visto — lorde William fez uma pausa para vasculhar os papéis — em Assaye. — Encontrou o nome que, Sharpe suspeitou, ele não havia esquecido.

— Apenas através de uma luneta, milorde.

— Apenas através de uma luneta — lorde William repetiu lentamente as palavras. — Não obstante, Chase me assegurou de que você tem confiança absoluta em sua identificação dele. Por que mais este guerreiro estaria navegando pelo Atlântico?

— Isso apenas pareceu óbvio, milorde.

— O mecanismo da sua mente é um mistério completo para mim, Sharpe — disse lorde William, escrevendo enquanto falava. — Obviamente, devo moderar suas opiniões conversando com militares de postos mais elevados quando chegar a Londres, mas as suas considerações insípidas irão me ajudar a fazer um primeiro rascunho. Talvez eu deva conversar com o primo distante de minha esposa, sir Arthur. — A pena continuou a arranhar o papel. — Por acaso sabe onde minha esposa se encontra esta tarde, Sr. Sharpe?

— Não, milorde — disse Sharpe, e estava prestes a perguntar como poderia saber, mas se conteve.

— Ela tem o hábito de desaparecer — disse lorde William, os olhos cinzentos agora fixos em Sharpe.

Sharpe não disse nada. Sentia-se como um ratinho sob o olhar fixo de um gato.

Lorde William virou-se para olhar para a antepara que dividia a câmara de jantar do camarote de Sharpe. Ele podia estar olhando para a pintura da velha fragata de Chase, a *Spritely*, que estava pendurada ali.

— Obrigado, Sharpe — disse finalmente olhando para trás. — Feche a porta com firmeza, por favor. O fecho é alinhado imperfeitamente com seu soquete.

Sharpe se retirou. Estava suando. Será que lorde William sabia? Será que Braithwaite escrevera realmente uma carta? Meu Deus, pensou, meu Deus. Ele estava brincando com fogo.

— E então? — O comandante Chase parara ao seu lado, uma expressão divertida no rosto.

— Ele queria saber sobre os mahrattas, senhor.

— E não queremos todos? — perguntou Chase com doçura. Ele levantou os olhos para as velas, inclinou-se para ver a agulha, sorriu. — A orquestra do navio dará um concerto esta noite no castelo de proa — informou. — E estamos todos convidados a comparecer depois do jantar. Você canta, Sharpe?

— Não realmente, senhor.

— O tenente Peel canta. É um prazer ouvi-lo. O capitão Llewellyn, sendo galês, deveria cantar, mas não canta, e as guarnições dos canhões de bombordo da primeira coberta formam um coro esplêndido, embora eu precise ordenar a eles que não cantem a cantiga sobre a esposa do almirante para que não ofendam lady Grace. Mesmo assim, deve ser uma noite maravilhosa.

Grace tinha saído do camarote de Sharpe. Ele fechou a porta, cerrou os olhos e sentiu o suor escorrer por baixo de sua camisa. Brincando com fogo.

Duas manhãs depois, havia uma ilha visível bem longe ao sul e oeste. O *Revenant* devia ter passado bem perto dela à noite, mas ao meio-dia ele já estava bem ao norte da ilha. Uma nuvem pairava sobre a pequena silhueta cinzenta que era tudo que Sharpe podia ver do cume da ilha através de sua luneta.

— É chamada de Santa Helena — disse-lhe Chase. — Ela pertence à Companhia das Índias Orientais. Se não estivéssemos engajados nesta perseguição, pararíamos lá para nos abastecer com água e vegetais.

Sharpe olhou para a massa irregular de terra isolada numa imensidão de oceano.

— Quem vive lá?

— Alguns oficiais da Companhia insatisfeitos, um punhado de famílias insociáveis e alguns infelizes escravos negros. Clouter já foi escravo lá. Por que não pergunta a ele sobre a ilha?

— Você o libertou?

— Ele libertou a si mesmo. Certa noite ele nadou até nós, escalou a amarra da âncora e se escondeu até estarmos no mar. Não tenho dúvida de que a Companhia das Índias Orientais gostaria de tê-lo de volta, mas podem pedir por ele até ficarem roucos. Ele é um marinheiro bom demais.

Havia a bordo vários negros como Clouter, mais um grupo de lascares, e alguns americanos, holandeses, suecos, dinamarqueses e até quatro franceses.

— Por que um homem seria chamado de Clouter? — perguntou Sharpe.

— Porque ele esmurrou alguém com tanta força que o sujeito não levantou por uma semana — disse Chase, achando graça da brincadeira com a palavra *clout*, e então pegou o porta-voz na balaustrada e falou a Clouter, que estava entre os homens parados no castelo de proa. — Quer que eu o deixe em Santa Helena, Clouter? Você poderia visitar seus velhos amigos.

Clouter fingiu cortar a garganta e Chase riu. Eram pequenos gestos como aquele, considerou Sharpe, que faziam do *Pucelle* um navio feliz. Chase comandava com tranquilidade, e essa tranquilidade não diminuía sua autoridade, mas simplesmente fazia seus homens trabalharem mais duro. Eles sentiam orgulho de seu navio, orgulho de seu comandante, e Sharpe não tinha dúvida de que lutariam por ele como amigos, mas o *capitaine* Louis Montmorin gozava da mesma reputação, e quando os dois navios se encontrassem o resultado certamente seria sangrento. Sharpe observava Chase com atenção porque achava que ainda tinha muito a aprender da arte sutil de liderar homens. Ele via que o comandante não assegurava sua autoridade recorrendo a punições, mas esperando padrões elevados e oferecendo recompensas quando esses padrões eram alcançados. Ele também escondia suas dúvidas. Chase não podia ter certeza de que o criado de

Pohlmann realmente era Michel Vaillard, e ele não sabia com certeza que ele poderia pegar o *Revenant*, mesmo se o francês estivesse a bordo. Se ele falhasse, os lordes do Almirantado teriam uma péssima opinião de sua iniciativa em conduzir o *Pucelle* para tão longe de seu posto de patrulha. Sharpe sabia que Chase se preocupava com essas coisas, mas a tripulação jamais percebia qualquer indício das dúvidas do comandante. Para eles o comandante era um homem decidido e confiante, portanto confiavam nele. Sharpe notou essas características e decidiu imitá-las, e em seguida se perguntou se realmente permaneceria no Exército. Talvez lorde William morresse. E se lorde William tivesse insônia numa noite dessas e saísse para caminhar no painel de popa durante a escuridão?

E então, Sharpe perguntou-se, como seria a sua vida? Uma biblioteca e uma lareira? Lady Grace ficaria feliz com os livros, e ele com o quê? E, enquanto fazia a si próprio essas perguntas, Sharpe esquivava-se das respostas, porque elas envolviam um assassinato que Sharpe temia. Um homem podia matar um secretário e fazer isso passar por um tropeço numa escada, mas não seria tão fácil destruir um lorde inglês. Sharpe provavelmente faria isso, caso a oportunidade aparecesse, mas ele sabia que era errado e tinha uma noção difusa de que tal ato poderia deixar uma cicatriz em seu futuro. Sharpe muitas vezes se surpreendia ao perceber que tinha uma consciência. Ele conhecia muitos homens, dezenas, que eram capazes de matar pelo preço de uma garrafa de aguardente, mas não era um deles. Para fazer esse tipo de coisa, Sharpe precisava de um motivo. Egoísmo não era suficiente. Nem amor era suficiente.

Desafiar lorde William para um duelo? Considerou isso, mas suspeitava de que lorde William jamais se rebaixaria a lutar contra um mero alferes. As armas de lorde William seriam mais sutis; memorandos para os Horse Guards, cartas para autoridades, palavras à socapa nos ouvidos certos e, depois do último golpe, Sharpe seria nada. Portanto esqueça, disse Sharpe a si mesmo, deixe o sonho ir embora. Assim, tentou entreter-se com o trabalho do navio. Ele e Llewellyn estavam promovendo uma competição entre os fuzileiros para ver quem disparava o maior número de balas de mosquete em três minutos. Os homens estavam melhorando, embora nenhum deles ainda conseguisse equiparar-se a Sharpe. Sharpe os treinava, encorajava e xingava, e uma manhã após outra eles encheram o castelo de proa do navio com fumaça de pólvora até Sharpe decidir que os fuzileiros eram tão competentes quanto qualquer companhia de casacas-vermelhas. Sharpe praticava com o cutelo, lutando e fatiando até suar todo o rosto e peito. Alguns dos fuzileiros praticavam com lanças de abordagem, que mediam dois metros e meio e cujas pontas eram munidas com estacas de metal mais finas, que Llewellyn afirmava serem maravilhosamente eficazes para atacar corredores estreitos em navios inimigos. O galês também encorajava o uso de machados de abordagem, cujos cabos compridos eram dotados de lâminas afiadíssimas.

— Eles são desajeitados — admitiu Llewellyn —, mas fazem os franceses se borrarem de medo! Confie em mim, Sharpe, um homem não luta por muito tempo com uma dessas coisas enterradas no crânio. Esfria seu ardor.

Eles atravessaram o equador e, como todo mundo a bordo já fizera isso antes, os homens não precisaram passar pelo tormento de vestir roupas de mulher, barbearem-se com cutelos e banharem-se em água salgada. Não obstante, um dos marinheiros fantasiou-se de Netuno e pavoneou pelo navio com um tridente improvisado exigindo tributos de homens e oficiais. Chase ordenou uma dose dupla de ração, içou uma varredoura maior que fora costurada pelo veleiro, e observou o *Revenant* no horizonte noroeste.

A calmaria chegou. Durante uma semana, os dois navios avançaram meras quarenta milhas, ficando quase parados num mar vítreo que os refletia quase que com a perfeição de um espelho. As velas pendiam flácidas e a fumaça de pólvora arrotada pelos treinamentos dos canhões levantava em torno de cada navio nuvens que não se dispersavam, de modo que, a distância, o *Revenant* parecia uma neblinazinha na qual tinham sido espetados mastros com velas. O tenente Haskell tentou cronometrar as salvas do navio francês observando a nuvem contorcer-se em sua luneta.

— Apenas um disparo a cada três minutos e vinte segundos — concluiu finalmente.

— Eles não estão se esforçando — disse Chase. — Montmorin não vai permitir que eu conheça o nível de treinamento de seus artilheiros. Você pode considerar que são muito mais rápidos do que isso.

— E nós, qual é a nossa velocidade? — perguntou Sharpe a Llewellyn.

O galês deu de ombros.

— Num dia bom, Sharpe? Três bordadas de artilharia em cinco minutos. Porém, nunca disparamos uma bordada inteira. Dispare todos os canhões ao mesmo tempo, e a porcaria do navio desmorona todo! Nós disparamos em sequência, entende? Um canhão depois do outro. É bonito de ver, e depois disso os canhões disparam à medida que são carregados. As equipes mais rápidas facilmente disparam três tiros em cinco minutos, porém os canhões maiores são mais lerdos. Mas nossos rapazes são bons. Não há muitos franceses que consigam disparar três salvas em cinco minutos.

De vez em quando Chase tentava rebocar o navio até o *Revenant*, mas o comandante francês também estava usando suas embarcações miúdas para rebocar, e assim os inimigos mantinham suas posições. Certo dia, uma brisa caprichosa carregou o *Revenant* quase para além do horizonte, deixando o *Pucelle* parado, mas no dia seguinte foi a vez de o navio britânico derivar para norte enquanto o *Revenant* jazia numa calmaria. O *Pucelle* avançou lentamente, avizinhando-se mais e mais do inimigo, as ondas causadas por sua passagem praticamente não perturbando o mar vítreo. Jarda a jarda, metro a metro, o *Pucelle* ganhou terreno, a despeito dos esforços dos remadores franceses que rebocavam o *Revenant*. O *Pucelle* continuou se aproximando do inimigo, até que finalmente o comandante Chase mandou retirar a taipa do cano do canhão de vinte e quatro libras que ficava na amura de bombordo. O canhão já estava carregado, porque todos os canhões eram mantidos assim. O artilheiro retirou a cobertura do ouvido principal e enfiou nele um fecho de pederneira. O comandante estava na extremidade da vante do convés principal, onde as cabras do *Pucelle* eram mantidas, e se acocorou ao lado da portinhola aberta.

— Vamos carregar com correntes depois do primeiro disparo — decidiu Chase.

À primeira vista balas de correntes pareciam balas, esféricas comuns, mas eram divididas em duas metades; quando a bala saía do canhão, as metades se separavam. Eram presas uma à outra por uma corrente curta, e os dois hemisférios rodopiavam através do ar, a corrente entre eles, para cortar e rasgar o cordame do navio inimigo.

— Senhor, o alcance é longo demais para balas de correntes — explicou o canhoneiro a Chase.

— Vamos nos aproximar — disse Chase. Ele estava torcendo para desabilitar as velas do *Revenant*, e em seguida aproximar-se e liquidá-lo com balas sólidas. — Vamos nos aproximar — repetiu, inclinando-se para o canhão e olhando para o inimigo, que agora estava praticamente dentro do alcance.

A popa dourada e arredondada se refletia ao sol, a bandeira da França pendia flácida da carangueja de ré e sua balaustrada estava apinhada com homens que deviam estar se perguntando se o vento instável favoreceria os britânicos. Sharpe olhava através de uma luneta, torcendo por um lampejo dos cabelos compridos e da casaca azul de Peculiar Cromwell, ou de Pohlmann e seu criado, mas não conseguia identificar os indivíduos que observavam a aproximação do *Pucelle*. Sharpe conseguiu ver o nome do navio na popa, a água sendo bombeada para fora do porão, e o cobre da linha-d'água antes reluzente mas agora verde-claro.

E então os escaleres que rebocavam o *Revenant* subitamente foram chamados de volta. Chase grunhiu.

— Provavelmente planejam virar o navio para voltar sua bordada de artilharia para nós — sugeriu. — Tamborileiro!

Um rapaz dos fuzileiros deu um passo à frente.

— Senhor?

— Toque postos de com... — começou a dizer Chase, mas então levantou uma das mãos. — Não, espere!

Afinal de contas, o vento não estava tão inconstante, e as embarcações do *Revenant* não tinham sido ordenadas para virar o navio, e sim porque Montmorin vira leves ondulações na água diante de sua popa. Agora com velas levemente enfumadas, o navio francês estava subitamente deslizando para vante, para fora do alcance do canhão.

— Maldição — praguejou Chase, tentando se manter calmo. — Maldita seja a sorte francesa! — O fecho de pederneira foi desmontado, a taipa recolocada na boca do canhão, a portinhola fechada e a peça de artilharia de vinte e quatro libras peiada.

No dia seguinte o *Revenant* avançou novamente, beneficiando-se de uma brisa injusta, e no final da semana de calmaria os dois navios estavam de novo quase separados pelo horizonte, embora agora a nau francesa estivesse diretamente a vante do *Pucelle*.

— Longe o bastante para que possa atracar em segurança — disse Chase, melancólico.

Os dias que se seguiram viram correntes contrárias e ventos fortes vindos do nordeste, de modo que ambos os navios bordejavam para ganhar barlavento como possível. Chase chamava aquilo de navegar à bolina, e o *Pucelle* se revelou o mais hábil dos dois, recuperando pouco a pouco o terreno perdido. O navio afundava furiosamente sua proa nas ondas, martelando o mar com seus conveses e velas. Borrascas ocasionalmente apagavam o *Revenant* da vista do *Pucelle*, mas o navio sempre reaparecia e, através de sua luneta, Sharpe podia vê-lo arfando como o *Pucelle*. Certa vez, olhando para o navio negro e amarelo, Sharpe viu faixas de lona adejarem em sua proa arredondada, e durante alguns segundos o navio pareceu girar na direção dele, mas em poucos instantes a nau francesa içara novamente uma nova vela para substituir a que fora destruída.

— Lona gasta — comentou o imediato. — Acho que é por isso que somos mais velozes ao vento. As velas de traquete deles estão esfarrapadas.

— Ou seus estais não estão suficientemente ajustados — murmurou Chase, observando o *Revenant* retomar o rumo anterior. — Mas ele fez aquela troca de vela bem depressa — reconheceu amargamente.

— Ele devia estar com a vela nova preparada para ser içada, senhor — sugeriu Haskell.

— Pode ser — concordou Chase. — Esse nosso Louis é muito bom, não é mesmo?

— Deve ter sangue inglês — disse Haskell, absolutamente sério.

Eles passaram pelas ilhas de Cabo Verde, que eram meros borrões num horizonte manchado pela chuva e, uma semana depois, em outra tempestade, vislumbraram as Canárias. Havia um tráfego intenso de embarcações nativas nas proximidades, mas todas se afastavam ao avistar os dois vasos de guerra.

Faltava apenas mais uma semana, talvez menos um dia, até Cádiz.

— Ele vai atracar no meu aniversário — disse Chase, olhando por sua luneta, mas então baixou o instrumento e se virou para ocultar sua tristeza, porque, a não ser que ocorresse um milagre, ele sabia que estava destinado ao fracasso. Chase tinha uma semana para capturar o navio francês, mas o vento rondara e durante os dias seguintes o *Revenant* manteve sua vantagem, e agora a popa com sua bandeira francesa, suas três cores esmaecidas pelo sol, era uma provocação constante para seus perseguidores.

— O que Chase fará se não alcançarmos o *Revenant*? — perguntou Grace a Sharpe naquela noite.

— Navegará para a Inglaterra — disse ele.

Provavelmente para Plymouth, pensou Sharpe, e se imaginou atracando numa tarde de outono num cais pedregoso, onde seria forçado a ver lady Grace afastar-se numa carruagem alugada.

— Escreverei para você — disse ela, lendo os pensamentos de Sharpe. — Se eu souber para onde.

— Shorncliffe, em Kent. O quartel. — Ele não podia esconder sua dor. Os sonhos estúpidos de um amor ridículo estavam esmaecendo para uma realidade sombria, exatamente como esmaeciam as esperanças de Chase de capturar o *Revenant*.

Grace estava deitada ao lado dele, olhando para o convés, ouvindo o chiado da chuva caindo na vigia do camarote. Estava vestida, porque era quase hora de escapulir pela porta e descer para seu próprio camarote, mas mesmo assim mantinha-se abraçada a Sharpe, que viu a velha tristeza de volta aos seus olhos.

— Há uma coisa que eu não ia lhe contar — disse ela, baixinho.

— Não ia me contar? — perguntou Sharpe. — Isso significa que vai me contar.

— Eu não ia contar porque não há nada que possa ser feito a respeito.

Ele adivinhou o que ela ia dizer, mas deixou-a contar.

— Estou grávida — disse ela, melancólica.

Ele apertou-lhe a mão, mas não disse nada. Mesmo tendo adivinhado, Sharpe estava surpreso.

— Você está zangado? — perguntou ela, nervosa.

— Estou feliz — disse ele e pousou uma das mãos sobre a barriga lisa de Grace. Era verdade. Ele estava com o coração cheio de alegria, mesmo sabendo que essa alegria não tinha futuro.

— A criança é sua.

— Você sabe disso?

— Sei disso. Talvez seja o láudano, mas... — Ela parou e deu de ombros. — É sua. Mas William pensará que é dele.

— Não se ele não puder...

— Ele irá pensar o que eu disser a ele! — interrompeu ferozmente lady Grace, e então começou a chorar e encostou a cabeça no ombro de Sharpe. — É sua, Richard, e eu pagaria qualquer preço para que a criança conhecesse você.

Mas eles em breve iriam para casa, ela partiria e Sharpe jamais veria a criança, porque ele e Grace eram amantes ilícitos e não havia futuro para eles. Nenhum. Eles estavam amaldiçoados.

E na manhã seguinte tudo mudou.

Era um dia frio e úmido. O vento estava a norte-noroeste, de modo que o *Pucelle* navegava furiosamente à bolina. Borrascas varriam o mar, lavando o convés e as velas. A água estava verde e cinzenta, raiada com espuma e agitada pelo vento. Os oficiais no tombadilho pareciam diferentes porque estavam todos vestidos com casacas enceradas, e Sharpe, sentindo frio pela primeira vez desde que partira para a Índia, estremeceu. O navio saltitava e tremia, lutando contra mar e vento, e às vezes adernava perigosamente quando uma ventania golpeava as velas. Sete homens manejavam a roda de leme dupla e era necessário todas as forças combinadas para manter o pesadíssimo navio chegado ao vento.

— Um toque de outono no ar — disse o comandante Chase à guisa de saudação para Sharpe. O chapéu tricorne de Chase estava coberto com lona e amarrado debaixo do queixo. — Já fez o desjejum?

— Já, senhor. — Não tinha sido grande coisa como desjejum porque os suprimentos estavam acabando no *Pucelle*, e os oficiais, como os marujos, subsistiam com rações pequenas de carne, biscoito e café escocês, que era uma mistura malcheirosa de pão queimado dissolvido em água quente e adocicado com açúcar.

— Estamos ganhando terreno — disse Chase, apontando com a cabeça para o longínquo *Revenant*, que claramente passava por momentos tão penosos quanto o *Pucelle*, porque dilacerava o mar com sua proa arredondada e afogava o casco em borrifos d'água enquanto seu timoneiro esforçava-se para manter o rumo tanto ao norte quanto possível.

O *Pucelle* reduzia a distância incessantemente, como sempre fazia quando os navios lutavam com o vento, mas logo depois da segunda batida de sino do quarto de serviço da manhã o vento rondou para sul-sudeste, e o *Revenant* não estava mais combatendo o vento, mas navegando com suas velas infladas, conservando assim sua vantagem. E então, apenas meia hora depois, o *Revenant* inesperadamente mudou de rumo para leste, o que significava que estava seguindo para o estreito de Gibraltar, em vez de Cádiz.

— Boreste, boreste! — gritou Chase para o timoneiro.

Haskell subiu correndo até o tombadilho enquanto os sete homens giravam a roda do leme do *Pucelle*. Os marujos correram pelos conveses folgando as escotas. As velas panejavam, cuspindo água de chuva no convés.

— As velas de proa dele rasgaram novamente? — gritou Haskell por sobre o barulho da lona.

— Não — disse Chase. O navio francês estava viajando com mais rapidez e facilidade agora, deslizando pelas ondas para deixar uma esteira de água branca e espumosa em sua popa. — Ele está indo para Toulon!

— decidiu Chase, mas ele mal havia acabado de falar quando o *Revenant* retomou seu antigo rumo e o quarto de serviço do *Pucelle*, que acabara de folgar suas escotas, teve de puxá-las e tesá-las novamente.

— Siga ele! — gritou Chase para o contramestre e sacou novamente seu binóculo, descobriu a lente e focou no navio francês. — O que diabos ele está fazendo? Provocando a gente? Sabe que está seguro e quer zombar de nós? Maldito seja!

A resposta veio dez minutos depois, quando um vigia de mastro informou que havia uma vela à vista. Mais vinte minutos e havia duas velas no horizonte ao norte, e a mais próxima das duas tinha sido identificada como uma fragata britânica.

— Não pode ser o esquadrão de bloqueio, porque estamos muito ao sul — disse Chase, intrigado.

Um momento depois, o segundo navio ficou aparente, e também era uma fragata da Marinha Real.

Estava claro que o *Revenant* mudara de rumo para evitar os dois navios, temendo ao primeiro lampejo de suas gáveas que fossem navios britânicos de linha, mas então, percebendo que estava diante de duas meras fragatas, decidira abrir caminho lutando para Cádiz.

— O *Revenant* não terá nenhuma dificuldade para escorraçar aquelas duas fragatas — disse Chase, melancólico. — A única chance que elas teriam de deter o *Revenant* seria se colocando como obstáculos em seu rumo.

Sinais por bandeiras subitamente estavam adejando ao vento. Sharpe não podia nem mesmo ver as fragatas distantes, mas Hopper, o mestre da tripulação de Chase, não apenas podia vê-las, como identificar o navio mais próximo.

— É o *Euryalus*, senhor!

— Por Deus, Henry Blackwood — disse Chase. — Ele é um bom homem.

Tom Connors, o tenente sinaleiro, parou no meio de sua subida pelos enfrechates do mastro da gata e olhou por uma luneta para o *Euryalus*, que estava hasteando uma série de bandeiras coloridas de sua verga da gata.

— A esquadra se fez ao mar, senhor! — gritou Connors, empolgado, e então acrescentou ao seu relato: — O *Euryalus* quer que nos identifiquemos, senhor. Mas também disse que as esquadras francesas e espanholas suspenderam.

— Meu Deus! Valha-me, Senhor! — Chase, seu rosto subitamente desnudo de todo cansaço e decepção, virou-se para Sharpe. — A esquadra se fez ao mar! — Ele soava a um só tempo descrente e exultante. — Você tem certeza, Tom? — perguntou a Connors, que agora estava içando as bandeiras na popa. — Claro que você tem certeza. Eles se fizeram ao mar! — Chase não conseguiu resistir a comemorar com dois ou três passos de dança, muito desajeitados devido à casaca pesada e encerada que estava usando. — Os franceses e os espanhóis suspenderam! Por Deus, eles suspenderam!

Haskell, normalmente tão austero, parecia deliciado. A notícia corria pelo navio, atraindo homens de folga para o convés. Até Cowper, o comissário de bordo, que geralmente permanecia nas profundezas da embarcação, como uma toupeira, aflorou ao tombadilho, saudou apressadamente Chase e então olhou para norte como se esperasse ver a frota inimiga no horizonte. Pickering, o cirurgião, que em geral não levantava de sua maca antes do meio-dia, cambaleou até o convés, olhou para as fragatas longínquas e murmurou que ele iria se colocar fora do alcance e bem lá embaixo. Sharpe não compreendeu completamente a empolgação e a surpresa que haviam agitado a tripulação, mas para ele as notícias pareciam funestas. O tenente Peel deu um tapinha alegre nas costas de Sharpe e então viu a confusão no rosto do soldado.

— Não compartilha da nossa felicidade, Sharpe?

— Mas não é má notícia, senhor, se a esquadra inteira está no mar?

— Má notícia? Deus do céu, claro que não! A esquadra inimiga não teria suspendido sem a nossa permissão. Nós a mantivemos engarrafada com um bloqueio cerrado, portanto, se a frota se fez ao mar, foi porque a deixamos sair, o que significa que nossa própria esquadra está próxima. Os franceses e os espanhóis agora estão dançando ao nosso ritmo, Sharpe. Nosso ritmo! E vai ser uma música bem animada.

Aparentemente Peel estava certo, porque quando o *Pucelle* içou uma série de bandeiras que o identificavam e descreviam sua missão, houve uma longa espera enquanto as fragatas britânicas passavam a mensagem adiante para outros navios que evidentemente jaziam além do horizonte, e se havia outros navios do outro lado daquele horizonte cinzento, então isso só podia significar que a esquadra britânica também suspendera. Todas as esquadras estavam no mar. Os navios de guerra da Europa no mar, e o tombadilho de Chase estava em festa. O *Revenant* prosseguiu, ignorado pelas duas fragatas que tinham peixes maiores para fritar do que um solitário navio francês de setenta e quatro canhões. O *Pucelle* ainda perseguia o *Revenant*, mas então outro turbilhão de cores irrompeu entre as velas do *Euryalus*, e todos no tombadilho olharam para o tenente sinaleiro, que por sua vez olhou através de uma luneta para a fragata.

— Depressa! — disse Chase, baixinho.

— Os cumprimentos do vice-almirante Nelson, senhor — disse o tenente Connors, quase incapaz de ocultar sua empolgação. — E devemos mudar de rumo para norte por noroeste para nos juntarmos à esquadra dele.

— Nelson! — Chase pronunciou o nome com admiração. — Nelson! Por Deus, Nelson!

Os oficiais aplaudiram, eufóricos. Sharpe olhou para eles, atônito. Durante mais de dois meses eles haviam perseguido o *Revenant*, usando cada grama de habilidade naval para aproximar-se dele, mas mesmo assim, ao receber a ordem de abandonar a caçada, eles comemoravam? Iam simplesmente deixar que o navio inimigo se evadisse?

— Recebemos uma dádiva dos céus, Sharpe — explicou Chase. — Uma nau de linha? Claro que Nelson nos quer. Nós somos canhões! Vamos para uma batalha, por Deus! Nelson contra os franceses e os espanhóis! Isto é o paraíso!

— E o *Revenant*? — perguntou Sharpe.

— Se não o pegarmos, o que importa? — perguntou Chase, distraído.

— Pode importar na Índia.

— Isso será problema do Exército — disse Chase. — Você não compreende, Sharpe? A esquadra inimiga está no mar! Nós vamos reduzi-la a farpas! Ninguém pode nos culpar por abandonar uma caçada para nos juntarmos a uma batalha. Ademais, a decisão é de Nelson, e não minha. Nelson, por Deus! Agora estamos em boa companhia! — Ele deu mais alguns passos de dança desajeitados antes de pegar o porta-voz para emitir as ordens de que o *Pucelle* deveria alterar o rumo em direção à esquadra britânica que jazia além do horizonte, mas antes que pudesse até mesmo respirar fundo para gritar, um aviso desceu do vau do joanete do grande: outra esquadra estava visível no horizonte norte.

— Governe assim — ordenou Chase ao contramestre que estava na roda de leme e então correu para as enxárcias do grande, seguido por meia dúzia de oficiais. Sharpe seguiu mais lentamente. Galgou os enfrechates encharcados de chuva, passou pela clara da gávea e apontou sua luneta para o norte, mas não conseguiu ver nada exceto um mar encrespado e uma massa de nuvens no horizonte.

— O inimigo — disse o capitão Llewellyn dos fuzileiros navais, que agora estava ao lado de Sharpe na plataforma do mastaréu da gávea. — Meu Deus, é o inimigo.

— E o *Revenant* vai se juntar a eles! — disse Chase. — Esse é o meu palpite. Eles vão gostar tanto de ter a companhia de Montmorin quanto Nelson gostou da nossa. — Virou-se e sorriu para Sharpe. — Está vendo? No fim das contas, talvez não tenhamos perdido o *Revenant*.

O inimigo? Sharpe ainda não conseguia ver nada além de nuvens e mar, mas então compreendeu que o que tomara por uma nuvenzinha branca no horizonte era na verdade uma massa de velas de gávea. Uma esquadra estava naquele horizonte e navegando direto para sua lente, de modo que as velas coalesciam num borrão. Só Deus sabia quantos navios havia ali, mas Chase dissera que uma força conjunta da França e da Espanha tinha suspendido.

— Vejo trinta — disse, incerto, o tenente Haskell. — Talvez mais.

— E eles estão indo para o sul — comentou Chase, intrigado. — Pensei que os malditos iriam para o norte para cobrir a invasão.

— São os navegadores franceses — disse o tenente Peel, o homem rotundo que cantara belissimamente no concerto. — Eles pensam que a Grã-Bretanha fica na costa da África.

— Por mim, podem navegar até a China, contanto que os peguemos — disse Chase e então abaixou sua luneta e desceu pelos ovéns das enxárcias. Sharpe permaneceu no mastaréu da gávea até uma borrasca apagar a esquadra longínqua.

O *Pucelle* virou para oeste, mas o vento caprichoso virou com ele, de modo que o navio precisou bordejar para ganhar barlavento Atlântico afora, arremetendo contra ondas frias que jorravam água nos conveses. Logo se perdeu de vista a esquadra inimiga, mas o rumo de Chase fez o *Pucelle* passar por mais duas fragatas que formavam a corrente frágil que conectava a esquadra de Nelson com o inimigo. As fragatas eram os piquetes, a cavalaria, e, tendo encontrado o inimigo, permaneceram com ele e enviaram mensagens de volta pelos elos de sua longa corrente. Connors observava atentamente as bandeiras de cores berrantes e transmitia suas mensagens. O inimigo, reportou Connors, ainda estava velejando para o sul, e o *Euryalus* contara trinta e três naus de linha e cinco fragatas, mas duas horas depois o total foi aumentado por uma nau de linha porque o *Revenant*, conforme a previsão de Chase, recebera ordens de se juntar à esquadra inimiga.

— Trinta e quatro presas! — exultou Chase. — Meu Deus, vamos aniquilar todos eles!

O último elo da corrente não era uma fragata de convés único, mas uma nau de linha que, para pasmo de Sharpe, foi identificada antes mesmo de seu casco aparecer acima do horizonte.

— É o *Mars* — informou o tenente Haskell, olhando por sua luneta. — Eu reconheceria aquela vela da gata em qualquer lugar!

— O *Mars*? — O moral de Chase estava elevado como uma montanha. — Georgie Duff, hein? Ele e eu fomos guarda-marinhas juntos, Sharpe. É um escocês — acrescentou como se isso fosse relevante. — Um homenzarrão, e um grande caçador de presas, também. Lembro do seu apetite! Pobre coitado, nunca conseguia se satisfazer com seu rancho.

Uma série de bandeiras apareceu no mastro da gata do *Mars*.

— Nosso número, senhor — reportou Connors, e então aguardou alguns segundos. — O que o trouxe com tanta pressa de volta para casa?

— Mande meus cumprimentos ao comandante Duff — disse Chase alegremente. — E lhe diga que sei que ele vai precisar de alguma ajuda. — Bandeiras foram retiradas de seus armários pelo tenente sinaleiro, amarradas na adriça por um guarda-marinha e içadas por um marujo. Depois de um momento, Connors reportou:

— Senhor, o comandante Duff assegura que irá nos proteger contra qualquer mal.

— Que grande sujeito! — exclamou Chase, deliciado com o insulto. — Que grande sujeito!

Uma hora depois, mais uma nuvem de velas apareceu, só que estava no horizonte ocidental e crescia de uma silhueta manchada para a coalescência de velas da esquadra. Vinte e seis naus de linha, sem contar o *Mars* ou o *Pucelle*, singravam para norte, e Chase conduziu seu navio rumo à testa da linha enquanto seus oficiais acotovelavam-se na balaustrada de sota-vento e escrutinavam os navios distantes. Lorde William e lady Grace, fortemente agasalhados, tinham saído para o convés para ver a esquadra britânica.

— Lá está o *Tonnant*! — exultou Chase. — Está vendo? Um navio lindo, absolutamente lindo! Oitenta e quatro canhões. Foi capturado no Nilo. Deus, lembro de tê-lo visto passar por Gibraltar depois disso; perdera todos os mastaréus da gávea e tinha sangue escorrendo pelos embornais. Mas agora está ou não está magnífico? Quem é o comandante?

— Charles Tyler — disse Haskell.

— Com toda certeza, um grande camarada! E aquele ali é o *Swiftsure*?

— É sim, senhor.

— Por Deus, ele também estava no Nilo. Mas naquela época seu comandante era Ben Hallowell. Nosso querido Ben. Agora está sob o comando de Willy Rutherford — disse a Sharpe, como se Sharpe conhecesse esse nome. — E ele é um grande sujeito também! Olhe só o revestimento de cobre do *Royal Sovereign*! Novo em folha, hein? Ele vai navegar rápido como o vento! — Ele estava apontando para um dos maiores vasos de guerra, um brutamontes com três cobertas de canhão. Sharpe, espiando por sua luneta, viu o brilho do casco recém-cobreado enquanto o navio caía para sota-vento. Os outros navios, quando adernados pela brisa, revelavam um revestimento de cobre esverdeado pelo mar, mas o bojo inferior do *Royal Sovereign* reluzia como ouro. — É a nau capitânia do almirante Collingwood — disse Chase a Sharpe. — Um bom sujeito o almirante. Não tão simpático quanto seu cachorro, mas um bom sujeito.

Para Chase todos eles eram bons sujeitos. Ali estavam Billy Hargood, que comandava o *Belleisle*, um navio de setenta e quatro canhões que fora capturado dos franceses, Jimmy Morris do *Colossus* e Bob Moorsom do *Revenge*.

— E aí está um sujeito que sabe adestrar um navio — disse calorosamente Chase. — Espere só até ver o *Revenge* em batalha, Sharpe! Ele faz sua bordada de artilharia disparar mais rápido que qualquer outra.

— A do *Dreadnought* é mais rápida — sugeriu Peel.

— A do *Revenge* é muito mais rápida! — disse Haskell, irritado com o comentário do segundo-tenente.

— O *Dreadnought* é rápido, sem dúvida nenhuma, é rápido sim — disse Chase, agindo como mediador entre seus tenentes. Ele apontou o *Dreadnought* para Sharpe, que viu outro navio de convés triplo. — Os canhões dele são bem rápidos, mas ele é dolorosamente lento no vento. O comandante é John Conn, não é?

— É sim, senhor.

— Que grande sujeito, ele! Eu não gostaria de apostar um centavo em qual deles dispara seus canhões mais depressa. Conn ou Moorsom. Coitados dos navios inimigos que escolherem os dois como parceiros de dança, hein? Olhe! O *Orion*, ele esteve no Nilo. Edward Codrington é o comandante agora. Que grande sujeito, ele! E a esposa dele, Jane, que mulher adorável! Veja! Aquele ali não é o *Prince*? É sim. Ele navega como uma tartaruga. — Ele estava apontando para outro navio de convés triplo que rumava penosamente para norte. — Dick Grindall. Que camarada de primeira classe, ele!

À ré do *Prince* estava outro setenta e quatro, que, mesmo aos olhos leigos de Sharpe, parecia muito com o *Revenant* ou o *Pucelle*.

— Aquele ali é francês? — perguntou Sharpe, apontando.

— É sim, é sim — confirmou Chase. — O *Spartiate*, e ele é enfeitiçado.

— Enfeitiçado?

— Veleja mais rápido à noite que de dia.

— Isso porque é construído com madeiras roubadas — opinou o tenente Holderby.

— Sir Francis Laforey é o comandante — disse Chase. — Sujeito magnífico. Olhe um peixinho ali! Qual é ele?

— O *Africa* — respondeu Peel.

— Apenas sessenta e quatro canhões — disse Chase —, mas está sob o comando de Harry Digby, e não há sujeito mais decente em toda a esquadra!

— Ou mais rico — acrescentou secamente Haskell, e então explicou a Sharpe que o comandante Henry Digby tinha sido monstruosamente afortunado na questão de dinheiro de presas.

— Um exemplo para todos nós — disse Chase com admiração. — Aquele ali é o *Defiance*? Por Deus, é sim! Ele foi bem maltratado em Copenhague, não foi? Quem é o comandante dele agora?

— Philip Durham — respondeu Peel, e então articulou, mas sem som, as três palavras seguintes de Chase.

— Que grande sujeito! — explicou Chase. — E olhe, o *Atrevido*!

— O *Atrevido*? — perguntou Sharpe.

— O *Temeraire* — Chase referiu-se ao navio de convés triplo com seu nome certo. — Noventa e oito canhões. Quem é o comandante agora?

— Eliab Harvey — respondeu Haskell.

— Ah, é mesmo. Nome estranho, não é? Eliab? Nunca o conheci, mas tenho certeza de que é um graaaaande sujeito! E olhe! O *Achille*! Está sob o comando de Dick King, e que sujeito esplêndido ele é. E olhe, Sharpe, o *Billy Ruffian*! Tudo está bem se o *Billy Ruffian* está aqui!

— O *Billy Ruffian?* — perguntou Sharpe, intrigado com o nome conferido ao navio de setenta e quatro canhões e dois conveses que, fora isso, não tinha nada de interessante.

— O *Bellerophon*, Sharpe. Por Deus, era a nau capitânia no Glorioso Primeiro de Junho e estava no Nilo! O pobre Henry Darby foi morto lá, que Deus acalente sua alma. Era irlandês e uma alma da mais fina estirpe, um grande sujeito! Agora o comandante é John Cooke, e é um dos camaradas mais determinados que já vieram de Essex.

— Ele ganhou muito dinheiro e se mudou para Wiltshire — disse Haskell.

— É mesmo? Que bom para ele! — disse Chase, e apontou novamente sua luneta para o *Bellerophon*. — Navio veloz — disse com inveja, embora seu *Pucelle* fosse igualmente rápido. — Lindo navio. Construído em Medway. Quando foi lançado ao mar?

— Em 86 — respondeu Haskell.

— E custou trinta mil, duzentas e trinta e duas libras e três centavos — gritou Collier, e então pareceu envergonhado por ter interrompido.

— Desculpe, senhor — disse a Chase.

— Não se desculpe, garoto. Você tem certeza? Claro que tem, o seu pai é conferente alfandegário na doca Sheerness, não é? E então, no que foram gastos os três centavos?

— Não sei, senhor.

— Provavelmente em um prego por centavo — disse lorde William, ácido. — O superfaturamento nas docas de Sua Majestade é escandaloso.

— O que é escandaloso é que o governo permita que navios mal construídos sejam entregues a bons homens! — Cenho franzido, Chase afastou-se de lorde William, mas recuperou o bom humor ao ver os cascos pretos e amarelos da frota britânica.

Sharpe olhou boquiaberto para a esquadra, e duvidou que algum dia teria uma visão como aquela de novo. Este era o orgulho da Grã-Bretanha, sua esquadra oceânica, uma procissão majestosa de baterias de canhão maciças, poderosas, assassinas. Moviam-se com a lentidão de carroças de colheita completamente carregadas, suas proas arredondadas subjugando os mares, e a beleza de seus traveses pretos e amarelos ocultando canhões em seus ventres escuros. Suas popas eram douradas, e as figuras de proa eram uma profusão de escudos, tridentes, seios nus e petulância. As velas, amarelas, creme e brancas, compunham uma massa enevoada, e os nomes eram uma lista de chamada de triunfos: *Conqueror* e *Agamemnon, Dreadnought* e *Revenge, Leviathan* e *Thunderer, Mars, Ajax* e *Colossus.* Esses eram os navios que tinham acovardado os dinamarqueses, dilacerado os holandeses, dizimado os franceses e escorraçado dos mares os espanhóis. Esses navios reinavam sobre as ondas, mas agora uma última esquadra inimiga desafiava-os, e haviam zarpado para combatê-la.

Sharpe observou lady Grace altiva ao lado das enxárcias da gata. Transparecia brilho nos olhos, cor nas faces e assombro na expressão enquanto fitava a linha majestosa de navios. Parecia feliz, considerou Sharpe, feliz e bonita. Ele notou que lorde William também a observava, expressão sardônica no rosto, e de repente se virou para fitar Sharpe, que imediatamente voltou os olhos para a esquadra britânica.

A maioria dos navios era de convés duplo. Dezesseis desses, como o *Pucelle*, portavam canhões de setenta e quatro libras, enquanto três, como o *Africa*, tinham apenas sessenta e quatro peças cada um. Um convés duplo capturado dos franceses — o *Tornant* — carregava oitenta e quatro canhões, enquanto os outros sete navios da esquadra eram os altíssimos conveses triplos com noventa e oito ou cem canhões. Esses navios eram os assassinos mais violentos das águas azuis, cujas bordadas de artilharia podiam expelir um peso extraordinário em metal, mas Chase, sem demonstrar nenhum alarme com a perspectiva, informou a Sharpe que havia um famoso convés quádruplo espanhol, o maior navio do mundo, que carregava mais de cento e trinta canhões.

— Vamos torcer que esteja na esquadra inimiga, e que fiquemos próximos dele — disse Chase. — Imagine o prêmio em dinheiro!

— Imagine a carnificina — disse lady Grace, baixinho.

— Não vale a pena pensar em tal coisa, milady — disse Chase. — Mas lhe garanto que cumpriremos nosso dever. — Levou a luneta ao olho. — Ah! — exclamou, fitando o navio britânico que liderava o comboio, um convés triplo com uma imensa popa dourada e ornamentada. — E ali está o maior camarada de todos! Sr. Haskell! Uma salva de dezessete tiros, por favor.

Era o *Victory*, um dos navios de trezentos canhões na esquadra britânica e também a nau capitânia de Nelson. E Chase, fitando o *Victory*, tinha lágrimas nos olhos.

— O que não faria por esse homem! — exclamou. — Nunca lutei por ele pessoalmente, e achava que jamais teria a oportunidade. — Chase pôs as mãos em concha para proteger os olhos quando o primeiro dos canhões do *Pucelle* disparou do convés superior em saudação a lorde Horatio Nelson, visconde e barão Nelson do Nilo e de Burnham Thorpe, barão Nelson do Nilo e de Hilborough, cavaleiro da mais Honorável Ordem do Banho e vice-almirante do White. — Acredite, Sharpe — disse Chase, ainda com lágrimas nas faces —, eu velejaria pela garganta do Inferno por aquele homem.

O *Victory* estivera se comunicando com o *Mars*, que por sua vez passara as mensagens pela cadeia de fragatas até o *Euryalus*, que se encontrava mais perto do inimigo, mas agora a nau capitânia sinalizou para o *Pucelle* com uma série de bandeiras brilhantes içadas no mastro da gata. Os canhões do *Pucelle* ainda disparavam a saudação, as balas uivando pelo ar até caírem no oceano vazio a boreste.

— Nosso numeral, senhor! — gritou o tenente Connors para o comandante Chase. — Ele nos recebe de braços abertos, senhor, e diz que devemos pintar de amarelo as nossas urracas. Amarelo? — Ele pareceu duvidar. — Amarelo, senhor, ele diz amarelo, e devemos assumir posição à ré do *Conqueror*.

— Reconheça o sinal — disse Chase, e se virou para olhar para o *Conqueror*, um navio de setenta e quatro canhões que navegava alguma distância à vante de um convés triplo, o *Britannia*.

— O *Britannia* é um navio lento — murmurou Chase, e então esperou que o último dos dezessete canhões ribombasse antes de pegar o porta-voz. — Preparar para virar de bordo!

Chase tinha algumas manobras bem complicadas a executar, e teria de fazê-las sob os olhos de uma esquadra que prezava a habilidade marinheira quase tanto quanto valorizava a vitória. O *Pucelle* estava com amuras a boreste e precisava virar por d'avante, para juntar-se à coluna de navios que navegava para o norte com amuras a bombordo, e, se voltasse a proa para o vento, inevitavelmente perderia velocidade e, caso Chase calculasse mal, acabaria sem governo e envergonhado na sombra do vento do *Conqueror*. Chase precisava virar o navio, ganhar velocidade e fazê-lo deslizar com suavidade para a posição. Rápido demais poderia chocar-se com o *Conqueror*; lento demais poderia ficar chafurdando na água, imóvel e sob o olhar de desprezo do *Britannia*.

— Agora, contramestre, agora — disse ele, e os sete homens moveram a grande roda do leme enquanto os tenentes ordenavam aos berros que os gajeiros soltassem as escotas. — O comandante do *Conqueror* é Israel Pellew — comentou Chase a Sharpe. — Ele é um bom sujeito e um marinheiro soberbo. Soberbo! Ele é da Cornualha, entende? Os homens de lá parecem nascer com sal nas veias. Vamos, meu querido, vamos! — Agora estava falando com o *Pucelle*, que guinara sua proa arredondada para barlavento e por um segundo pareceu ficar imóvel e indefeso, mas enfim Sharpe viu o gurupés mover-se em direção à coluna de naus britânicas enquanto homens corriam pelo convés, guarnecendo mais escotas e saltando-as até suas posições. As velas farfalhavam como criaturas dementes, mas então se retesaram ao vento e o navio adernou, ganhou velocidade e deslizou dócil para o espaço aberto atrás do *Conqueror*. Fora uma manobra belíssima.

— Bom trabalho, contramestre — disse Chase, fingindo que não sentira nenhuma tensão durante a manobra. — Bom trabalho, *pucelles*! Sr. Holderby! Reúna uma equipe de trabalho e consiga um pouco de tinta amarela!

— Por que amarela? — indagou Sharpe.

— Todos os outros navios têm urracas amarelas — disse Chase, gesticulando para a linha longa —, enquanto o nosso tem urracas parecidas com as dos franceses: pretas. — Apenas os mastaréus eram feitos de troncos de pinheiro, enquanto os mastros reais eram formados por ajuntamentos de madeiras compridas presas pelas urracas de ferro. — Durante a batalha, talvez isso seja tudo que alguém notará de nós — disse Chase. — E se virem urracas pretas e pensarem que somos um navio francês, vão despejar balas britânicas em nossos conveses. Não podemos permitir isso, Sharpe! Não por falta de algumas pinceladas! — Virou-se como um dançarino, incapaz de conter sua empolgação, porque seu navio estava na linha de batalha, o inimigo estava no mar e Horatio Nelson era seu líder.

CAPÍTULO IX

Depois do anoitecer a esquadra britânica virou de bordo. A ordem foi passada de navio em navio por lanternas penduradas no cordame. Agora, em vez de navegar para norte, a frota seguia para sul, mantendo-se paralela aos navios inimigos, mas fora do alcance visual deles. O vento diminuíra, mas um marulho comprido chegou da escuridão ocidental para levantar e abaixar os cascos pesadíssimos. Foi uma noite longa. Sharpe saiu para o convés uma vez e viu a luz de alcançado do *Conqueror* refletir no mar a vante, e então correu os olhos para leste quando um clarão relampejou no horizonte. O tenente Peel, abraçado a si mesmo para proteger-se do frio, calculou que era uma das fragatas disparando fogos para confundir o inimigo.

— Para mantê-los acordados, preocupados — disse Peel, esfregando as mãos enluvadas e batendo os pés no convés.

— Por que estão navegando para o sul? — perguntou Sharpe. Ele estava tremendo. Esquecera o quanto o frio poderia ser torturante.

— Só o bom Deus sabe — disse Peel, animado. — E ele não vai me dizer. Eles não vão proteger nenhuma força invasora no Canal, isso é certo. Provavelmente estão seguindo para o Mediterrâneo, o que significa que se manterão ao sul até se afastarem das águas rasas ao largo do cabo Trafalgar. Depois seguirão para leste rumo ao estreito. Você melhorou no xadrez?

— Não — disse Sharpe. — Regras demais. — Ele se perguntou se lady Grace estava disposta a correr o risco de ir até seu camarote, mas duvidava disso, porque o navio amortalhado pela noite estava anormalmente agitado e homens atarefados corriam de um lado para o outro, preparando-se para a manhã do dia seguinte. Um marinheiro trouxe-lhe uma xícara de café escocês e ele bebeu o líquido amargo, e então mastigou os pedacinhos de pão açucarado que conferiam ao café seu sabor.

— Esta vai ser a minha primeira batalha — admitiu subitamente Peel.

— Minha primeira no mar — disse Sharpe.

— Faz a gente pensar — disse Peel, melancólico.

— Melhora depois que começa — sugeriu Sharpe. — O que é difícil é a espera.

Peel riu baixo.

— Algum sujeito esperto já disse que não há melhor estímulo para o pensamento do que a perspectiva de ser enforcado pela manhã.

— Duvido que ele soubesse — replicou Sharpe. — Além disso, amanhã seremos os carrascos.

— Vamos sim — disse Peel, embora não conseguisse esconder os temores que o corroíam. — Claro que pode não acontecer nada — disse ele. — Aqueles malditos podem escapar da gente. — Ele foi examinar a agulha e deixou Sharpe fitando a escuridão. Sharpe permaneceu no convés até não conseguir suportar mais o frio e então voltou para seu beliche, que lamentavelmente lembrava tanto um caixão.

Acordou um pouco antes do amanhecer, ouvindo as velas panejarem. Colocou a cabeça para fora da porta da cabine e perguntou ao taifeiro de Chase o que estava acontecendo.

— Estamos virando em roda, senhor. Indo novamente para norte, senhor. Tem café chegando, café de verdade. Guardei um punhado de grãos porque o comandante gosta de café. Vou lhe trazer água para se barbear, senhor.

Depois que tinha feito a barba, Sharpe vestiu as roupas, jogou seu casaco emprestado sobre os ombros e foi ao convés descobrir que a esquadra realmente guinara para o norte. O tenente Haskell, que estava de serviço, teorizou que Nelson estivera seguindo para sul para se manter fora da visão do inimigo, para que este não usasse a desculpa de sua presença para retornar a Cádiz, mas, quando o dia começou a raiar, o almirante mudou o curso de sua esquadra numa tentativa de ficar entre o inimigo e o porto espanhol.

O vento ainda estava fraco, de modo que a linha de grandes navios avançava penosamente para norte a uma velocidade menor que a das passadas de um homem. O céu clareou, deitando nos marulhos reflexos prateados e rubros. O *Euryalus*, a fragata que sombreava a esquadra inimiga desde que ela deixara o porto, estava agora reintegrada à sua esquadra, enquanto a leste, quase em linha com o céu ardente onde o sol se levantava, havia uma neblina escura delineada contra o horizonte. Essa neblina era composta pelas gáveas dos navios inimigos, borradas pela distância.

— Bom Deus. — O comandante Chase emergira para o tombadilho e avistara as velas distantes. Parecia cansado, como se tivesse dormido mal, mas estava vestido para a batalha, prestando honra ao inimigo usando sua melhor farda, que normalmente deixava guardada no fundo de seu baú. O ouro das dragonas gêmeas reluzia; o chapéu franjado fora escovado até ficar brilhando; as meias brancas eram de seda; a casaca não estava nem esmaecida pelo sol nem esbranquiçada pelo sal, enquanto a bainha da espada fora polida, assim como as fivelas de prata dos sapatos engraxados.

— Bom Deus — repetiu. — Aqueles pobres homens.

Os conveses dos navios britânicos estavam apinhados de homens, todos olhando para leste. O *Pucelle* avistara as esquadras francesa e espanhola no dia anterior, mas esta era a primeira vez que as outras tripulações dos navios de Nelson vislumbravam o inimigo. Os marujos haviam cruzado o Atlântico à procura deste inimigo e depois velejado de volta das Índias Ocidentais e, nos últimos dias, tinham virado por d'avante e virado em roda, velejado para leste e oeste, norte e sul, e alguns tinham duvidado que o inimigo estivesse realmente no mar. Mas agora, como se conjurados por um demônio do mar, trinta e quatro navios de linha inimigos despontaram no horizonte.

— Você jamais verá nada parecido novamente — disse Chase a Sharpe, apontando com a cabeça para a esquadra inimiga. Seu despenseiro trouxera para o tombadilho uma bandeja com canecas de café legítimo, e Chase indicou com um gesto que seus oficiais deveriam ser servidos primeiro, e então pegou a última xícara. Levantou os olhos para as velas que alternadamente enchiam e panejavam, segundo o capricho do vento.

— Levaremos horas para alcançá-los — disse, lamuriento.

— Talvez eles venham até nós — disse Sharpe, tentando levantar o moral de Chase, que parecia ter sido abatido pela visão ao alvorecer e pelo vento insignificante.

— Contra esta brisa que nem merece o nome? Duvido muito. — Chase sorriu. — Ademais, eles não vão querer uma batalha. Estiveram presos no porto, Sharpe. Seus gajeiros estão destreinados, seus canhoneiros enferrujados, seu moral baixo. É mais provável que fujam.

— Por que não fariam isso?

— Porque se fugirem para leste daqui acabarão nos bancos de areia do cabo Trafalgar, e se fugirem para norte ou sul saberão que iremos interceptá-los e reduzi-los a destroços. Portanto, Sharpe, eles não têm para onde ir. Nós temos a vantagem do vento favorável, e isso é como estar posicionado em terreno mais alto. Rezo apenas para que consigamos pegá-los antes que escureça; Nelson lutou no Nilo na escuridão e triunfou, mas eu preferiria lutar à luz do dia. — Tomou seu café até o fim. — Acabaram mesmo os grãos? — perguntou ao taifeiro.

— Sim, senhor, exceto por aqueles que molharam em Calcutá, e eles estão criando pelos.

— Não dá para moê-los? — sugeriu Chase.

— Eu não os daria de comer a um porco, senhor.

O *Victory* estivera transmitindo um sinal por bandeiras que ordenava à coluna britânica que assumisse sua sequência correta, que era pouco mais que um encorajamento aos navios mais lentos para forçar mais as velas e reduzir os intervalos na coluna, mas agora esse sinal fora arriado e outro hasteado em seu lugar.

— Preparar para a batalha, senhor — reportou o tenente Connors, embora isso não fosse necessário, porque todos os homens a bordo, exceto os ratos de terra como Sharpe, haviam reconhecido o sinal. E o *Pucelle*, como os outros vasos de guerra, já estava se preparando; a bem da verdade, os homens tinham passado a noite inteira se preparando.

Areia foi espalhada nos conveses para conferir mais aderência aos artilheiros descalços. Conforme acontecia todas as manhãs, as macas de dormir dos marujos foram enroladas e levadas para o convés, onde foram ferradas nas trincheiras que se elevavam por sobre a amurada. As macas em conjunto, ferradas nas trincheiras e cobertas por uma capa de chuva de lona, serviriam como antepara contra tiros de mosquete inimigos. Lá no alto, um mestre liderava uma dúzia de marujos que estavam peiando com correntes as vergas grandes do navio, de onde pendiam as amplas velas. Outros homens estavam laborando adriças e escotas sobressalentes para que sempre houvesse aduchas pesadas de cabos disponíveis pendendo dos mastros do convés principal.

— Eles vão disparar contra nosso cordame — explicou o capitão Llewellyn a Sharpe. — Tanto os franceses quanto os espanhóis gostam de disparar nos mastros. Assim, as correntes impedirão que as vergas caiam e as escotas sobressalentes estarão disponíveis para substituir as que forem levadas por balas de canhão. Sharpe, pode apostar que perderemos um ou dois mastaréus antes do fim do dia. Durante uma batalha chovem poleame e vergas quebradas! — Llewellyn antecipou com deleite essa chuva perigosa. — O seu cutelo está afiado?

— Ele podia estar com um fio melhor — admitiu Sharpe.

— Avante do convés principal há um homem com uma roda de amolar. Ele vai afiar seu cutelo.

Sharpe entrou numa fila de homens. Alguns tinham cutelos, outros tinham machados de abordagem, enquanto muitos haviam desalojado as lanças de abordagem, de seus suportes nos mastros dos conveses superiores. As cabras, pressentindo que sua rotina mudara, baliam deploravelmente. Tinham sido ordenhadas pela última vez e agora um marujo enrolou as mangas antes de abatê-las com uma faca comprida. A manjedoura, com sua palha perigosamente combustível, estava sendo desmontada, e as carcaças das cabras seriam salgadas para consumo em refeições futuras. Os primeiros animais debateram-se um pouco, mas então o cheiro de sangue fresco misturou-se ao fedor ao qual todos no navio já estavam acostumados.

Alguns dos homens convidaram Sharpe a passar à sua frente na fila, mas o alferes aguardou sua vez enquanto ouvia as brincadeiras dos artilheiros mais próximos.

— Veio ver uma batalha de verdade, senhor?

— Rapazes, vocês jamais venceriam uma briga sem um soldado de verdade — retrucou Sharpe.

— Estas coisas vão ganhar a batalha para nós, senhor — disse um homem, dando uma palmada na culatra de seu canhão de vinte e quatro libras, no qual alguém escrevera a giz a mensagem "uma pílula para Pierre".

As mesas do rancho, nas quais os artilheiros comiam, estavam sendo levadas para o porão de carga. O máximo possível de mobília de madeira era removida dos conveses acima da água para que não fossem reduzidos a farpas que rodopiavam mortalmente a partir de cada impacto de bala inimiga. A maca e o baú de Sharpe já tinham sido levados, bem como toda a mobília elegante dos aposentos de Chase. Os preciosos cronômetros e o barômetro tinham sido embrulhados em palha e levados para o porão. Alguns navios içavam seus móveis mais valiosos para o alto do cordame, na esperança de que ficassem a salvo, enquanto outros os entravam nas embarcações miúdas dos navios que seriam rebocadas na popa para longe da canteira dos canhões inimigos.

Um artilheiro afiou o cutelo de Sharpe na roda, testou seu gume contra o dedão e brindou Sharpe com um sorriso banguela.

— Alguns sodomitas vão se barbear de uma forma pela qual não se esquecerão nunca, senhor.

Sharpe deu ao homem uma gorjeta de seis *pence* e caminhou para ré bem a tempo de ver as anteparas revestidas em madeira dos aposentos de Chase sendo manobradas pela escada do tombadilho a caminho do porão de carga. As anteparas de madeira, bem mais simples, dos camarotes dos oficiais e da praça-d'armas a ré do convés principal já tinham sido desmontadas, de modo que agora, pela primeira vez, Sharpe podia ver todo o comprimento do navio, das amplas janelas de popa até os restos de palha que marcavam onde ficara a manjedoura na proa. O *Pucelle* estava sendo despido de seus adornos e transformado numa máquina de lutar. Sharpe subiu para o tombadilho e notou que estava similarmente vazio. O espaço amplo abaixo da popa extensa, em vez de compreender camarotes, agora era uma vastidão aberta de convés que seguia da roda do leme até as janelas da câmara do comandante. A câmara de jantar do comandante desaparecera, os aposentos de Sharpe também. Os quadros tinham sido descidos para o porão e o único luxo remanescente era o tapete de lona com desenho xadrez no qual ficavam os dois canhões de dezoito libras.

Connors, posicionado no painel de popa para observar os sinais da nau capitânia que seriam repetidos pela fragata *Euryalus*, chamou por Chase.

— Devemos arribar em sequência, seguindo o rumo da nau capitânia, senhor.

Chase simplesmente fez que sim e observou o *Victory*, guia da coluna, virar para boreste de modo que agora aproava diretamente para o inimigo. O *Victory* estava com o vento em popa, e o comandante Hardy, decerto sob ordens de Nelson, já tinha homens posicionados em suas vergas para estender vergônteas delgadas das quais largaria suas velas auxiliares.

Nove navios atrás do *Pucelle*, outro convés triplo virava para boreste. Este era o *Royal Sovereign*, a nau capitânia do almirante Collingwood, substituto eventual de Nelson. Seu revestimento de cobre reluzia à luz matutina, enquanto os navios à ré seguiam-no para leste. Chase correu os olhos do *Victory* para o *Royal Sovereign*, e então de volta para o *Victory*.

— Duas colunas, é o que ele está formando — disse em voz alta. — Está formando em duas colunas.

Até Sharpe podia entender isso. A esquadra inimiga formava uma linha irregular que se estendia por quatro milhas ao longo do horizonte ocidental e agora a frota britânica virava para confrontar essa linha. Os navios guinaram sucessivamente, aqueles à vante da esquadra contorcendo-se para se alinharem atrás do *Victory* e aqueles à ré seguindo na esteira do

Royal Sovereign, de modo que as duas linhas curtas velejavam direto para o inimigo como um par de chifres arremetendo contra um escudo.

— Depois que tivermos virado, içaremos as velas auxiliares, Sr. Haskell — instruiu Chase.

— Sim, senhor.

O *Conqueror*, o quinto navio na coluna de Nelson e aquele imediatamente a vante do *Pucelle*, virou para o inimigo, mostrando a Sharpe seu través comprido que estava pintado em listras pretas e amarelas. As portinholas de canhão do *Conqueror*, todas nas faixas amarelas, estavam pintadas em preto para conferir ao navio uma aparência meio axadrezada.

— Siga-o, contramestre — ordenou Chase, e caminhou até a mesa atrás da roda do leme onde o livro de quarto estava aberto. Ele afundou a pena num tinteiro e fez uma nova anotação. "6:49; viramos para leste em direção ao inimigo." Chase abaixou a pena e tirou do bolso um caderninho e um toco de lápis. — Sr. Collier!

— Senhor? — O guarda-marinha parecia pálido.

— Faça o favor, Sr. Collier, de pegar este caderninho e este lápis e anotar todos os sinais que vir hoje.

— Às suas ordens, senhor! — disse Collier, pegando o caderno e o lápis.

Connors, o tenente sinaleiro, ouviu a ordem do comandante de sua posição no painel de popa. Ele pareceu ofendido. Era um jovem inteligente, calado, ruivo e muito responsável. Chase, percebendo o descontentamento do jovem, subiu até onde ele estava.

— Tom, sei que registrar os sinais é tarefa sua, mas não quero deixar o jovem Collier sem fazer nada. Quero mantê-lo ocupado. Se não estiver fazendo alguma coisa útil, vai passar o tempo todo preocupado com a possibilidade de ser morto.

— É claro, senhor — disse Connors. — Desculpe, senhor.

— Bom garoto — replicou Chase, batendo nas costas de Connors. Em seguida, desceu para o tombadilho e olhou para o *Conqueror*, que acabara de executar sua guinada.

— E lá vai Pellew agora! — gritou ele. — Veja só a competência com que ele abre as asas! — As velas auxiliares do *Conqueror*, projetando-se para fora de suas velas redondas imensas, foram largadas para tocar em vento e caçadas a beijar.

— Agora é uma corrida — decretou Chase. — Acelerado, rapazes! Acelerado!

Chase estava gritando para os marujos na verga principal que tinham sido lerdos ao liberar as vergas das varredouras, e certamente Chase estava pensando que Israel Pellew, o homem da Cornualha que comandava o *Conqueror*, iria observá-lo com olhos críticos, mas as vergas foram estendidas com destreza e, tendo a guinada para leste sido completada, as velas foram largadas com um estalo alto antes que fossem retesadas pelos marujos no convés. Os cascos dos navios oponentes ainda estavam abaixo do horizonte, e o vento era escasso.

— Vai ser uma pernada bem demorada — comentou Chase de mau humor. — Muito demorada mesmo. Tem certeza de que não temos mais grãos de café? — perguntou ao seu camaroteiro.

— Só os peludos, senhor.

— Vamos experimentá-los.

Bandeiras tremulavam nas popas dos navios britânicos. Hoje, atendendo à vontade de Nelson, cada navio içou a bandeira branca. Chase estivera preparado para içar a vermelha na gata, porque o comandante da estação das Índias Orientais fora um contra-almirante do vermelho, mas quando viu a bandeira branca aparecer na popa do *Conqueror*, ordenou que a bandeira branca fosse trazida do paiol. Até Collingwood, contra-almirante do azul, içara a amada bandeira branca de Nelson no mastro da gata do imenso convés triplo do *Royal Sovereign*. Bandeiras britânicas tinham sido içadas no mastro do joanete do traquete e no estai da gávea do grande, de modo que agora cada navio ostentava três bandeiras. Mesmo que dois mastros fossem derrubados por balas de canhão, a bandeira britânica continuaria tremulando ao vento.

Os fuzileiros estavam colhendo as retinidas dos arpéus que haviam sido pendurados nas trincheiras das macas. Os arpéus eram ganchos de três pontas que poderiam ser arremessados contra o cordame de um navio inimigo a fim de puxá-lo para ser abordado. A selhas de madeira no convés, nas quais as escotas das velas costumavam ser colhidas, foram descidas para o porão. Alguns navios tinham lançado essas selhas ao mar, mas Chase considerava isso um desperdício de dinheiro.

— Ainda que, se Deus quiser, antes do pôr do sol seremos os proprietários de candelabros franceses e espanhóis, suficientes para adornar vários navios de guerra — observou Chase.

Ele se virou e tirou o chapéu para cumprimentar lady Grace, que chegara ao convés em companhia de seu marido.

— Milady, peço seu perdão por ter desmantelado seu camarote.

— Parece que a Grã-Bretanha fará melhor uso desse espaço hoje — disse ela, achando graça.

— Restauraremos a sua privacidade assim que tivermos lidado com esses camaradas — prometeu Chase, apontando com a cabeça para a esquadra inimiga. — Mas assim que estivermos ao alcance dos canhões inimigos, milady, terei de insistir para que desça abaixo da linha-d'água.

— Prefiro oferecer meus serviços aos cirurgiões — disse lady Grace.

— A enfermaria pode receber impactos de bala, madame, principalmente se o inimigo abaixar seus canhões — disse Chase. — Seria displicente da minha parte não insistir que a senhora se abrigue no porão de carga. Mandarei preparar um lugar para a senhora.

— Você irá para o porão, Grace, conforme as ordens do comandante — asseverou lorde William.

— Tal como o senhor, milorde — disse Chase.

Lorde William deu de ombros.

— Sei disparar um mosquete, Chase.

— Claro que sabe, milorde, mas precisamos avaliar se o senhor é mais valioso para a Grã-Bretanha vivo ou morto.

Lorde William fez que sim.

— Bem, Chase, se insiste...

Sharpe não conseguiu adivinhar se lorde William estava se sentindo aliviado, mas certamente não tinha se esforçado para persuadir Chase a mantê-lo no convés.

— Quanto tempo levará até nos aproximarmos deles? — perguntou lorde William.

— Cinco horas, no mínimo — avaliou Chase. — Talvez seis.

Um marujo estava lançando a barquilha, e o instrumento de medição de velocidade dava más notícias a cada arremesso. Dois nós escorregavam pelos dedos do marujo, às vezes três, mas o avanço era lento embora Chase estivesse largando todas as velas auxiliares. Sharpe manteve-se a dez passos de lady Grace, sem ousar olhar para ela, mas fortemente cônscio de sua presença. Grávida! Sentiu o coração pular com uma felicidade estranha e estremeceu ao lembrar que eles iriam separar-se em breve. Então o que seria da criança? Baixou os olhos para fixar o olhar no convés principal, onde dois artilheiros anexavam fechos de pederneira às peças de artilharia. Outro artilheiro recebeu permissão de entrar no tombadilho para armar os doze canhões de dezoito libras e as quatro caronadas de trinta e duas libras. Mais daquelas enormes caronadas posavam acocoradas no castelo de proa. Dotadas de canos de pequeno comprimento e bocas largas, as caronadas eram capazes de arrotar uma quantidade terrível de balas de mosquete e canhão contra o convés de um navio inimigo.

Uma dúzia de artilheiros estava agora nos aposentos de Chase, maravilhados com as vigas douradas e as janelas com adornos delicados. Pequenas banheiras de água para resfriar os canhões ou saciar a sede dos homens foram pousadas ao lado de cada peça de artilharia, enquanto outros homens jogavam água nos conveses e nos bordos do navio para que a madeira umedecida demorasse a inflamar. Banheiras idênticas foram preparadas, enchidas até a metade com água e cobertas com uma tampa perfurada através da qual passava um pavio de ignição lenta; caso o fecho de pederneira do canhão quebrasse, esse dispositivo atuaria como substituto. Na coberta do bailéu, homens aduchavam uma amarra de âncora para formar uma cama gigante na qual os feridos ficariam deitados enquanto aguardassem ser atendidos por Pickering, o cirurgião, que cantarolava arrumando suas facas, serras, sondas e pinças. O carpinteiro estava espalhando bujões por toda a coberta do bailéu. Os bujões eram grandes cones de madeira, cobertos por parafina, que poderiam ser enfiados em qualquer buraco aberto por uma bala de canhão perto da linha-d'água. Cabos auxiliares estavam conectados ao leme para serem usados caso uma bala de canhão dilacerasse a roda ou partisse os gualdropes da cana do leme. Assim, o leme podia ser manobrado do convés principal. Sacos de couro, em sua maioria preenchidos com areia, estavam enfileirados no convés. Os "macacos de pólvora", menininhos de dez ou onze anos, chegavam dos paióis de munição trazendo as primeiras cargas. Chase requisitara sacos azuis, que eram as cargas de tamanho médio. As cargas de pólvora maiores, em sacos pretos, eram usadas para disparos a longa distância, as cargas em sacos azuis eram mais adequadas para disparos a curta distância, e as cargas em sacos vermelhos, que eram as menores e costumavam ser empregadas para sinalização, podiam arremeter uma bala através do bordo do navio inimigo à queima-roupa.

— Provavelmente no fim do dia usaremos cargas duplas de sacos vermelhos — disse Chase, esperançoso. De repente ele abriu um sorriso. — Por Deus, é o meu aniversário! Sr. Haskell! Você me deve dez guinéus! Lembra de nossa aposta? Eu disse que alcançaríamos o *Revenant* no meu aniversário!

— Pagarei com prazer, senhor.

— Não pagará nada, Sr. Haskell, nada. Se Nelson não estivesse aqui, o *Revenant* teria escapado de nós. Não é justo que um comandante ganhe uma aposta com a ajuda de um almirante. Este café está delicioso! O pelo acrescenta um leve sabor picante, não acha?

A cozinha do navio preparou uma última papa, bem generosa, com pedaços grandes de carne de porco e boi boiando no mingau de aveia gorduroso. Aquela seria a última refeição quente que os homens desfrutariam antes da batalha, porque não se acenderia mais fogo na cozinha para que uma bala inimiga não atingisse o forno e espalhasse chamas pela coberta de canhões, onde os sacos de pólvora aguardavam para ser carregados. Os homens rancharam sentados no convés, enquanto os marujos da faxina do mestre ajuntaram-se em torno de uma ração dupla de rum. Uma banda começou a tocar no *Conqueror*.

— Onde está a nossa banda? — inquiriu Chase. — Mande os músicos tocarem! Mande tocarem! Quero ouvir um pouco de música.

Contudo, antes que a banda pudesse se reunir, o *Victory* sinalizou para o *Pucelle*, um sinal que foi repetido pelo *Euryalus*.

— Nosso número, senhor! — berrou o tenente Connors, e então observou a fragata que velejava a uma boa distância a bombordo da coluna de Nelson. — O senhor está convidado a ranchar com o almirante, senhor.

— Estou? — perguntou Chase, deliciado. — Informe a Sua Excelência que estou a caminho.

A tripulação do escaler foi convocada, enquanto a embarcação em si, que já estava sendo rebocada na esteira do navio, foi levada para boreste. Lorde William deu um passo adiante, flagrantemente esperando acompanhar Chase ao *Victory*, mas o comandante virou-se para Sharpe e disse:

— Você virá comigo, Sharpe? Claro que virá!

— Eu? — Sharpe piscou, atônito. — Não estou vestido para encontrar-me com um almirante, senhor!

— Você está ótimo, Sharpe. Um pouco esfarrapado, mas ótimo. — Chase, ignorando a indignação mal disfarçada de lorde William, disse à socapa: — Além disso, ele espera que eu leve um tenente, mas se eu levar Haskell, Peel jamais me perdoará, e se levar Peel, Haskell irá se sentir insultado, de modo que levarei você. Chase sorriu, deliciado com a ideia de apresentar Sharpe a seu estimado Nelson.

— Ele é um homem obstinado que se sente bem na presença de soldados. — Chase puxou Sharpe para a frente enquanto a tripulação do barco, liderada pelo imenso Hopper, descia os degraus da escada de quebra-peito do *Pucelle*. — Você primeiro, Sharpe — disse Chase. — Fique tranquilo, os rapazes vão ajudá-lo a não tomar um banho.

O costado de uma nau de guerra inclinava acentuadamente para dentro, porque os navios eram construídos para terem seu bojo perto da linha-d'água. Essa inclinação facilitou os primeiros degraus, mas quanto mais Sharpe aproximava-se da linha-d'água, mais inclinados ficavam os degraus estreitos, e embora quase não houvesse vento soprando, o *Pucelle* subia e descia ao sabor das ondas altas, e para piorar a situação, a embarcação miúda evidentemente também subia e descia. Sharpe sentiu suas botas escorregarem nos degraus inferiores que estavam viscosos com o limo.

— Aguente firme, senhor — disse Hopper a Sharpe, e gritou: — Agora! — E então, agarrando Sharpe sem a menor cerimônia pelas calças e casaca, dois pares de mãos transportaram-no em segurança para o barco. Clouter, o escravo fugido, foi um dos ajudantes de Sharpe, e sorriu enquanto o alferes recobrava o equilíbrio.

Chase desceu os degraus com uma agilidade impressionante, olhou uma vez para a embarcação arfante, e deu um passo gracioso para a bancada de ré.

— Será uma remada bastante puxada, Hopper.

— Não tanto, senhor.

O próprio Chase assumiu a cana do leme enquanto Hopper se sentava a um dos remos. Realmente foi um percurso difícil e longo, mas o escaler passou pelos navios intervenientes e Sharpe precisou levantar os olhos para observar seus costados imensos e listrados. Do escaler branco e vermelho, baixo entre as ondas, os navios pareciam vastos, desajeitados, indestrutíveis.

Sorrindo para Sharpe, Chase esclareceu:

— Outro motivo pelo qual trouxe você foi porque sua inclusão vai irritar lorde William. Ele acha que deveria ter sido convidado, mas, Deus me perdoe, ele ia entediar Nelson! — Chase acenou para um oficial na popa elevada do navio de setenta e quatro canhões. — Aquele é o *Leviathan* — contou a Sharpe. — Está sob o comando de Harry Bayntun. Ele é um grande sujeito! Servi com ele no velho *Bellona*. Eu era só um molecote, mas foram dias muito felizes. — Uma ondulação levantou a popa do *Leviathan*, revelando cobre esverdeado e algas marinhas. — Ademais, Nelson pode lhe ser útil.

— Útil?

— Lorde William não gosta de você, o que significa que vai obstruir a sua carreira — disse Chase, sem se importar em ser ouvido por Hopper ou por Clouter, que manejavam os dois remos mais próximos da popa. — Nelson é amigo do coronel Stewart, e Stewart é um dos seus estranhos fuzileiros. Quem sabe Sua Excelência não diz uma palavra abonadora a seu respeito? Ora, claro que ele fará isso; Nelson é a alma mais generosa que conheço.

Levou meia hora para que alcançassem a nau capitânia, mas finalmente Chase conduziu o escaler para o través de boreste do *Victory* e um de seus homens recebeu as espias do navio e encostou a pequena embarcação logo abaixo de outra escada tão íngreme e perigosa quanto a que Sharpe descera no *Pucelle*. Na metade da escada havia uma entrada pintada com tinta dourada, mas a porta estava fechada, implicando que Sharpe teria de escalar até o topo.

— Você primeiro, Sharpe — disse Chase. — Suba e se segure com bastante força!

— Que Deus me ajude — murmurou Sharpe.

Sharpe de pé numa bancada, posicionou o cutelo de forma que não o ferisse, e, quando o barco foi erguido por uma onda, saltou para a escada. Agarrou-se desesperadamente a ela e subiu seus degraus, passando pelo umbral dourado da porta. Alguém no convés principal estendeu a mão e puxou Sharpe através do portaló, onde uma fileira de homens da faxina do mestre aguardava para receber Chase com seus apitos.

Chase estava sorrindo quando escalou a borda falsa. Um tenente, imaculadamente uniformizado, saudou-o, e então inclinou a cabeça quando Sharpe foi apresentado.

— É muito bem-vindo, senhor — disse o tenente a Chase. — Mais um navio de setenta e quatro neste dia é uma bênção dos céus.

— Foi muita gentileza de vocês permitir que eu me juntasse às celebrações — disse Chase, removendo o chapéu para saudar a todos no tombadilho.

Sharpe apressou-se em imitá-lo enquanto os trinados dos apitos do mestre produziam um estranho som gorjeador. Os conveses superiores do *Victory* estavam apinhados com canhoneiros, gajeiros e fuzileiros que ignoravam os visitantes, embora um homem mais velho (um veleiro, a julgar pelas agulhas grandes que trespassavam os cabelos grisalhos embolados no topo da cabeça) tenha descido da mastreação enquanto Chase era conduzido ao tombadilho.

Chase parou e estalou os dedos.

— Prout, não é mesmo? Você esteve no *Bellona* comigo.

— Lembro do senhor — disse Prout, afastando o cabelo da testa. — O senhor era apenas um menino.

— Nós envelhecemos, Prout — disse Chase. — Envelhecemos mesmo! Mas não tanto que não possamos dar uma boa surra nos franceses e nos espanhóis!

— Nós vamos derrotá-los, senhor — concordou Prout.

Chase sorriu para seu antigo colega de navio e seguiu até o tombadilho, onde ele e Sharpe foram cercados por oficiais que polidamente removeram seus chapéus. Em seguida os dois foram levados num passeio diante da grande roda do leme e sob a popa até os aposentos do almirante, que eram guardados por um único fuzileiro numa jaqueta vermelha curta cruzada por uma bandoleira. O tenente abriu a porta sem bater e conduziu Chase e Sharpe através de uma pequena câmara de dormir que fora despojada de sua mobília, e, então, mais uma vez sem bater, para uma câmara imensa que se estendia por toda a boca do navio e era alumiada por uma sucessão de janelas de popa. Esta câmara também fora praticamente esvaziada, restando agora apenas uma mesa sobre o soalho de lona axadrezada. Dois canhões enormes, já equipados com seus fechos de pederneira, repousavam a cada lado da mesa.

Sharpe estava cônscio dos dois homens silhuetados contra a janela da popa, mas não conseguiu distinguir qual era o almirante até que Chase colocou o chapéu debaixo do braço e ofereceu uma mesura para o homem mais baixo que estava sentado à mesa. A luz estava forte atrás do almirante, e Sharpe ainda não podia vê-lo claramente. Sharpe manteve-se recuado, não querendo intrometer-se, mas Chase virou-se e fez um gesto para que ele desse um passo à frente.

— Milorde, permita-me apresentar um amigo íntimo. Sr. Richard Sharpe. Ele está indo juntar-se aos Fuzileiros, mas fez uma pausa para me salvar de uma encrenca enorme em Bombaim, e lhe sou monstruosamente grato por isso.

— Você, Chase? Numa encrenca? Não acredito! — Nelson riu e dirigiu um sorriso a Sharpe. — Eu lhe sou muito grato, Sharpe. Não gosto de ver meus amigos com problemas. Quanto tempo faz, Chase?

— Quatro anos, milorde.

Nelson virou-se para o homem que o acompanhava, um capitão de mar e guerra, e explicou:

— Chase foi um de meus comandantes de fragatas subordinados. Ele comandou a *Spritely* e assumiu a *Bouvines* uma semana depois de deixar meu comando. Chase, nunca tive a oportunidade de congratulá-lo, mas o faço agora. Foi uma ação notável. Conhece Blackwood?

— Estou honrado em conhecê-lo — disse Chase, curvando-se ao Honorável Henry Blackwood, que comandava a fragata *Euryalus*.

— O comandante Blackwood esteve grudado no inimigo desde que eles suspenderam de Cádiz — disse Nelson calorosamente. — E você nos juntou agora, Blackwood, de modo que sua missão está cumprida.

— Espero ter a honra de prestar mais serviços, milorde.

— Certamente terá, Blackwood — disse Nelson, e apontou com um gesto para as cadeiras. — Sente-se, Chase, sente-se. E você, Sr. Sharpe. Café morno, pão duro, carne fria e laranjas frescas. Não é um grande rancho, temo dizer, mas me disseram que a cozinha foi fechada. — A mesa estava posta com pratos e facas, entre as quais a espada do almirante jazia em sua bainha cravejada de joias. — Como estão seus suprimentos, Chase?

— Parcos, milorde. Água e carne para, talvez, duas semanas.

— Isso será suficiente. Tripulação?

— Recrutei um punhado de bons homens de um navio mercante, milorde. Tenho tripulantes suficientes.

— Bom, bom — disse o almirante e então, depois que seu taifeiro trouxera café e comida para a mesa, questionou Chase sobre sua viagem e a perseguição ao *Revenant*.

Sharpe, sentado à esquerda do almirante, observava-o com atenção. Ele sabia que o almirante perdera a visão de um olho, mas era difícil saber de qual, embora depois de algum tempo Sharpe tivesse visto que o olho direito possuía uma pupila anormalmente grande e preta. Seus cabelos eram brancos e desgrenhados, enquadrando um rosto fino e extraordinariamente móvel que reagia à história de Chase com alarme, prazer, diversão e surpresa. Ele raramente interrompia Chase, embora tivesse pausado a narrativa uma vez para pedir a Sharpe que cortasse a carne.

— E talvez possa fazer a gentileza de cortar um pouco de pão para mim, Sr. Sharpe? Minha barbatana, entende? — E tocou sua manga direita vazia que estava presa a uma casaca que reluzia com estrelas cravejadas com joias. — É muito gentil, Sr. Sharpe — disse depois que Sharpe obedecera. — Chase, por favor, prossiga.

Sharpe esperara ficar pasmo com o almirante, ficar boquiaberto que nem um bobo diante dele, mas em vez disso se flagrou nutrindo um sentimento protetor para com o homenzinho que emanava um ar de vulnerabilidade. Embora ele estivesse sentado, era evidente que era um homem pequeno e muito magro, e seu rosto pálido e marcado por linhas sugeria que era propenso a doenças. Parecia tão frágil que Sharpe precisou lembrar a si mesmo que este homem liderara suas esquadras a vitórias e mais vitórias, e que em cada luta estivera no âmago da batalha, mas ainda assim passava a impressão de ser capaz de adoecer diante da mais leve brisa.

A fragilidade aparente do almirante tinha sido a coisa que Sharpe notara primeiro, mas o aspecto que exerceu o efeito mais poderoso sobre ele foram os olhos do almirante; sempre que olhava para Sharpe, mesmo se fosse meramente para pedir-lhe um pequeno serviço como outra fatia de pão com manteiga, ele tinha a impressão de que naquele momento se tornava a pessoa mais importante no mundo para Nelson. O olhar parecia excluir tudo e todos mais, como se Sharpe e o almirante estivessem em conluio. Nelson não detinha nem um pouco da frieza de sir Arthur Wellesley, nenhuma condescendência, e não passava a impressão de se ver como um indivíduo superior. Inclusive, Sharpe achava que naquele momento, enquanto a esquadra arrastava-se para o inimigo, Horatio Nelson não queria nada da vida exceto estar sentado com seus bons amigos, Chase, Blackwood e Richard Sharpe. Certa ocasião chegou a tocar o cotovelo de Sharpe.

— Esta conversa deve ser muito tediosa para um soldado, não é verdade, Sharpe?

— Não, milorde — respondeu Sharpe. A discussão passara para as táticas do almirante neste dia e grande parte dela estava além da compreensão de Sharpe, mas ele não se importava. Bastava estar na presença de Nelson, e Sharpe se viu fisgado pelo entusiasmo do homenzinho. Por Deus, pensou Sharpe, eles não iriam apenas derrotar a esquadra inimiga hoje; eles iriam reduzi-la a farpas, golpeando-a com tanta ferocidade que nenhuma nau francesa ou espanhola jamais ousaria singrar os mares do mundo novamente. Chase, ele percebeu, estava reagindo da mesma forma, quase como se temesse que Nelson fosse chorar se ele não lutasse com mais empenho do que lutara em toda sua vida.

— Você coloca seus homens nas gáveas? — perguntou Nelson enquanto tentava desajeitadamente remover a casca de uma laranja com sua única mão.

— Coloco, milorde.

— Temo que os mosqueteiros dispararão contra as velas — disse com gentileza o almirante. — Portanto, se fosse você não poria homens nelas.

— É claro, milorde, o senhor tem toda razão — disse Chase, cedendo imediatamente à modesta sugestão.

— Afinal de contas, velas são feitas de linho — disse Nelson, evidentemente querendo explicar-se mais para o caso de Chase ter ficado ofendido com a ordem. — E o que colocamos dentro de isqueiros? Linho! É terrivelmente inflamável.

— Respeito sua vontade de bom grado, milorde.

— E compreende meu propósito maior? — perguntou o almirante, referindo-se à sua discussão de táticas anterior.

— Entendo, milorde, e aplaudo.

— Não ficarei satisfeito com menos de vinte presas, Chase — disse Nelson com severidade.

— Tão poucos, milorde?

O almirante riu e então, quando outro oficial entrou na câmara, se levantou. Nelson era pelo menos quinze centímetros mais baixo que Sharpe, que, de pé como os outros, precisava abaixar a cabeça para não bater nas vigas. Mas este recém-chegado, que foi apresentado como Thomas Hardy, o comandante do *Victory*, era por sua vez quinze centímetros mais alto que Sharpe e, quando se dirigiu a Nelson, teve de se abaixar para o pequeno almirante como um gigante protetor.

— Mas é claro, Hardy. É claro — disse o almirante, e sorriu para seus convidados. — Hardy me disse que é hora de retirarmos essas anteparas. Estamos sendo despejados, cavalheiros! Devemos recuar para o tombadilho? — Ele conduziu seus convidados para vante, e então, vendo Sharpe manter-se atrás deles, virou-se e tomou-o pelo cotovelo. — Você serviu na Índia sob as ordens de sir Arthur Wellesley, Sharpe?

— Servi, milorde.

— Eu o conheci depois de sua volta. Tivemos uma conversa muito interessante, embora tenha de confessar que achei o homem assustador! — O tom do almirante fez Sharpe rir, o que agradou a Nelson. — Então vai se juntar ao 95º Regimento de Fuzileiros?

— Vou sim, milorde.

— Isso é esplêndido! — O almirante, por algum motivo, pareceu particularmente feliz com a notícia. Ele conduziu Sharpe pela porta, e então o acompanhou até as trincheiras de macas a bombordo do tombadilho. — Você é um felizardo, Sr. Sharpe. Conheço William Stewart e o tenho entre meus amigos mais queridos e íntimos. Sabe por que o regimento de fuzileiros dele é tão bom?

— Não, milorde — respondeu Sharpe.

Ele sempre achara que esse recém-criado 95º Regimento de Fuzileiros era composto por sobras do Exército e vestido de verde porque ninguém queria desperdiçar pano vermelho e decente com seus soldados.

— Porque eles são inteligentes — disse o almirante com entusiasmo. — Inteligentes! Essa é uma qualidade lamentavelmente desprezada pelos militares, mas a inteligência tem seus usos. — Ele olhou para o rosto de Sharpe, fitando as marquinhas azuladas na face do alferes. — Cicatrizes de pólvora, Sr. Sharpe, e notei que ainda é um alferes. Eu o ofenderia se suspeitasse de que o senhor já serviu nas fileiras?

— De fato servi, senhor.

— Então tem a minha mais calorosa admiração, realmente tem — disse Nelson energicamente, e sua admiração pareceu genuína. — O senhor deve ser um homem notável — acrescentou o almirante.

— Não, milorde — replicou Sharpe, querendo acentuar que Nelson era o homem a ser admirado, mas não soube como colocar em palavras o elogio.

— É modesto, Sr. Sharpe, e isso não é bom — censurou Nelson.

Para a surpresa de Sharpe, ele notou que estava sozinho com o almirante. Chase, Blackwood e os outros oficiais estavam a boreste, enquanto Nelson e Sharpe passavam de um lado para outro a bombordo, sob as trincheiras de macas. Uma dúzia de marujos, sorrindo para seu almirante, tinham começado a desmontar as anteparas para impedir que alguma bala inimiga pudesse transformá-los em farpas letais que varreriam o tombadilho.

— Não sou um entusiasta da modéstia — disse Nelson, e mais uma vez o almirante surpreendeu Sharpe com um tom íntimo. — E o senhor certamente acha isso surpreendente? Todos nos dizem que a modéstia figura entre as virtudes, mas a modéstia não é uma virtude de guerreiro. O senhor e eu, Sharpe, fomos forçados a ascender de uma posição humilde e não conquistamos isso escondendo os nossos talentos. Nasci filho de um clérigo do interior, e o que sou agora? — Ele gesticulou com sua única mão para a longínqua frota inimiga, e então inconscientemente tocou as quatro estrelas brilhantes, as condecorações de suas ordens de cavaleiro do reino, que reluziam no peito esquerdo da casaca. — Sinta orgulho do que fez, e então prossiga e faça melhor — aconselhou a Sharpe.

— Como o senhor fará, milorde.

— Não — disse abruptamente Nelson, e por um momento ele pareceu desesperadamente frágil de novo. — Não — repetiu. — Porque ao reunir essas duas esquadras, Sharpe, terei cumprido a obra de minha vida. — Ele pareceu tão desconsolado que Sharpe sentiu um ímpeto ridículo de confortar o almirante. Nelson prosseguiu, gesticulando para a esquadra inimiga enchendo o horizonte oriental. — Mate aqueles navios e Bonaparte e seus aliados jamais invadirão a Inglaterra. Nós teremos engaiolado a besta na Europa e, depois disso, o que mais um pobre marinheiro poderá fazer? — Ele sorriu. — Mas haverá trabalho para soldados, e o senhor, tenho certeza, é um bom soldado. Apenas lembre: deve odiar um francês como se ele fosse o próprio demônio! — disse o almirante como um animal peçonhento que mostra as presas pela primeira vez. — Jamais perca esse sentimento, Sr. Sharpe. Jamais! — acrescentou, e se virou novamente para os oficiais que o aguardavam. — Estou mantendo o comandante Chase afastado de seu navio. E logo também será sua hora de partir, Blackwood.

— Se for possível, permanecerei mais um pouco, milorde — disse Blackwood.

— É claro. Obrigado por ter vindo, Chase. Tenho certeza de que tem assuntos mais importantes a cuidar. Mas foi muito gentil. Aceitaria algumas laranjas como presente? Acabam de chegar de Gibraltar.

— Ficarei honrado, milorde, honrado.

— Você que me honrou se juntando a nós, Chase. Portanto, posicione-se de través para o inimigo e descarregue seus canhões. Vá! Faremos com que eles jamais quisessem ter visto nossos navios!

Chase desceu para seu escaler numa espécie de transe. Uma rede de laranjas, o suficiente para alimentar meio regimento, repousava sobre a bancada de ré do barco. Durante algum tempo, enquanto Hopper remava de volta pela linha de naus de guerra, Chase ficou sentado em silêncio, mas então não conseguiu mais se conter.

— Que homem admirável! — exclamou. — Que homem admirável! Meu Deus, precisamos cometer uma carnificina hoje. Temos de assassinar todos eles, todos eles!

— Amém — disse Hopper.

— Louvado seja o Senhor — acrescentou Clouter.

— O que achou dele, Sharpe? — perguntou Chase.

Sharpe balançou a cabeça, quase sem palavras.

— Como foi que o senhor disse, comandante? Que poderia segui-lo pela garganta do Inferno? Por Deus, senhor, eu seguiria esse homem até a barriga do Inferno e continuaria descendo por suas tripas.

— E se ele estivesse nos liderando, seríamos vitoriosos lá, assim como seremos vitoriosos hoje — disse reverentemente Chase.

Isso se eles entrassem em batalha. Porque o vento ainda estava fraco, desesperadamente fraco, e a esquadra avançava muito devagar. Sharpe teve a impressão de que talvez eles jamais alcançassem o inimigo, e logo adquiriu certeza absoluta, porque, uma hora depois de ele e Chase terem retornado ao convés do *Pucelle*, a esquadra conjunta do inimigo virou desajeitadamente para retornar ao norte. Estavam seguindo para Cádiz numa última tentativa de escapar de Nelson, cujas naus, asas brancas bem abertas, pairavam como fantasmas a um vento tão fraco que parecia que os céus estavam prendendo a respiração.

Os componentes da banda do *Pucelle*, em sua maioria mais entusiasmados do que talentosos, tocavam "Hearts of Oak", "Nancy Dawson", "Hail Britannia", "Drops of Brandy" e uma dezena de outras melodias, quase todas desconhecidas por Sharpe. Ele não conhecia também a maior parte das palavras, mas a marujada as berrava, não se importando em disfarçar os versos mais rudes, embora lady Grace estivesse no tombadilho. Lorde William, quando uma canção particularmente obscena ecoou do convés principal, apresentou queixa ao comandante Chase. Mas Chase argumentou que alguns de seus homens estavam prestes a ser silenciados para sempre, e ele não estava com a menor vontade de puxar suas rédeas agora.

— Por que Vossa Excelência não desce para o porão agora? — sugeriu a lady Grace.

— Não estou ofendida, comandante — disse lady Grace. — Sei quando devo ser surda.

Lorde William — que optara por usar uma espada fina e tinha uma pistola de cano longo num coldre em sua cintura — caminhou até a balaustrada de boreste e olhou para a coluna do almirante Collingwood, que se estendia a um pouco mais de uma milha ao sul. O grande convés triplo de Collingwood, o *Royal Sovereign*, que acabara de chegar da Inglaterra com seu fundo recém-cobreado, velejava mais depressa que os outros navios, de modo que uma lacuna se abrira entre ele e o restante do esquadrão de Collingwood.

Os franceses e espanhóis não pareciam mais próximos, embora, ao estender sua luneta para escrutinar a esquadra inimiga, Sharpe tenha visto que agora seus cascos estavam acima do horizonte. Ainda não tremulavam bandeiras e suas portinholas de canhões estavam fechadas, porque a batalha, se porventura viesse a acontecer, ainda estava a duas ou três horas. Alguns dos navios estavam pintados em preto e amarelo, como a esquadra britânica, outros eram pretos e brancos, dois estavam completamente negros, enquanto alguns tinham faixas vermelhas. O tenente Haskell comentara que estavam tentando formar uma linha de batalha, mas suas tentativas eram desajeitadas, porque Sharpe podia ver grandes lacunas na esquadra. Um navio se destacava; talvez a um terço de distância da testa da coluna havia uma embarcação muito alta, com quatro conveses de canhões.

— O *Santissima Trinidad*, com pelo menos cento e trinta canhões — disse Haskell a Sharpe. — É o maior navio do mundo.

Mesmo àquela distância, o casco do navio espanhol parecia um penhasco, mas um penhasco perfurado com portinholas de canhão. Sharpe correu sua lente pela linha francesa, em busca do *Revenant*, mas havia tantos conveses duplos pretos e amarelos que ele não conseguiu distingui-lo.

Alguns dos marujos estavam escrevendo cartas, usando seus canhões como mesas. Outros redigiam testamentos. Poucos sabiam escrever, mas aqueles que sabiam escreviam ditados por outros e as cartas eram levadas para baixo, para serem armazenadas na segurança da coberta do bailéu. O vento permanecia escasso, e Sharpe tinha a impressão de que os grandes marulhos que vinham do oriente surtiam mais efeito nos navios do que o vento. Aquelas ondas eram monstruosamente longas, parecendo grandes colinas lisas que corriam verdes e silentes em direção ao inimigo.

— Temo que uma tempestade se avizinhe — disse Chase, parando ao lado de Sharpe.

— Como consegue adivinhar?

— Não gosto daqueles marulhos vítreos, e o céu está escurecendo — disse Chase. Ele olhou para trás do navio onde nuvens se aglomeravam, enquanto acima de suas cabeças o azul era trespassado por faixas de cirros brancos e finos. — Mesmo assim, deve demorar o suficiente para podermos concluir os negócios de hoje.

A banda no castelo de proa terminou uma de suas interpretações mais patéticas, e Chase seguiu até a balaustrada do tombadilho e levantou a mão para silenciá-los. O comandante ainda não ordenara ao tamborileiro que tocasse postos de combate, de modo que os marujos da coberta de canhões estavam no convés principal. A multidão levantou as cabeças para olhar Chase com expectativa, e quando o comandante retirou seu chapéu, os marujos respeitosamente assumiram posição de sentido. Os oficiais também retiraram seus chapéus.

— Homens, hoje nós vamos dar uma bela sova nos franceses e nos espanhóis, e sei que vocês vão me deixar orgulhosos! — disse Chase. Os homens murmuraram em anuência. — Mas antes de iniciarmos nossos negócios, eu gostaria de entregar todas as nossas almas à guarda do Senhor.

Chase tirou um livro de orações do bolso e folheou-o, procurando pela *Oração a ser proferida às vésperas de uma batalha no mar contra qualquer inimigo*. O comandante não era um homem profundamente religioso, mas tinha uma fé cega em Deus que era quase tão grande quanto sua confiança em Nelson. Ele leu a prece numa voz forte, seus cabelos claros adejando à brisa suave.

— "Senhor, despertai Vosso poder e vinde salvar-nos. Não deixeis nossos pecados clamarem vingança contra nós, mas escutai Vossos humildes servos suplicando por misericórdia e amparo; escutai esta prece para que Vós sejais nossa defesa contra o inimigo. Deus dos Exércitos, lutai por nós. Não nos deixeis, Senhor, afundar sob o peso de nossos pecados ou a violência de nosso inimigo. Todo-poderoso, levantai-vos, vinde em nosso auxílio, e livrai-nos do mal por amor de Teu nome."

Os homens gritaram amém e alguns se benzeram. Chase colocou seu chapéu.

— Teremos uma vitória gloriosa! Ouçam seus oficiais, não desperdicem balas! Eu lhes garanto que vamos nos posicionar de través para um navio inimigo e então o resto caberá a vocês, e eu sei que os malditos lamentarão o dia em que seus destinos se cruzaram com o do *Pucelle*! — Ele sorriu, e então meneou a cabeça para a banda. — Que tal maltratarmos um pouco mais "Hearts of Oak"?

Os homens aplaudiram Chase, e a banda voltou a tocar. Alguns dos artilheiros estavam dançando. Uma mulher apareceu no convés principal carregando uma lata de água para uma das equipes de canhão. Era uma jovem atarracada, pálida por ter ficado escondida cobertas abaixo por tanto tempo, e usava uma saia esfarrapada e um xale desfiado. Tinha cabelos ruivos que pendiam sujos e sem vida. E os homens, satisfeitos por vê-la, soltaram piadinhas enquanto ela caminhava pelo convés apinhado. Os oficiais fingiram não a notar.

— Quantas mulheres a bordo? — Lady Grace parara ao lado de Sharpe. Estava com vestido azul, chapéu de abas largas e um casaco preto e comprido.

Sharpe olhou com culpa para lorde William, mas Sua Excelência estava entretido numa conversa com o tenente Haskell.

— Chase me disse que há pelo menos meia dúzia de mulheres no navio. Elas se escondem.

— E ficarão abrigadas durante a batalha?

— Não com você.

— Não parece justo.

— A vida não é justa — sentenciou Sharpe. — Como está se sentindo?

— Saudável — disse ela. E de fato estava deslumbrante. Seus olhos eram brilhantes e suas faces, tão pálidas quando Sharpe a conhecera em Bombaim, estavam cheias de cor. Ela tocou fugazmente o braço dele. — Vai se cuidar, Richard?

— Eu sempre me cuido — prometeu, embora duvidasse que hoje a vida ou a morte estariam em suas mãos.

— Se o navio for tomado... — disse lady Grace, hesitante.

— Não será — interrompeu-a Sharpe.

— Se for, não quero encontrar outro homem como aquele tenente no *Calliope*. Sei usar uma pistola.

— Mas você não tem nenhuma, certo? — disse Sharpe.

Ela fez que não com a cabeça, e Sharpe sacou sua própria pistola e estendeu-a para ela. Os dois estavam de pé juntos à balaustrada do tombadilho e ninguém atrás deles poderia ver o presente que lady Grace recebeu e logo enfiou num bolso do casaco pesado. Sharpe alertou-a:

— Está carregada.

— Tomarei cuidado — prometeu a ele. — Duvido que vá precisar desta arma, mas com ela me sentirei reconfortada. É uma coisa sua, Richard.

— Você já tem uma coisa minha.

— Que protegerei. Deus o abençoe, Richard.

— E a você, minha dama.

Ela se afastou dele, observada por seu marido. Sharpe manteve-se olhando para a frente. Ele pegaria outra pistola emprestada com o capitão Llewellyn, cujos fuzileiros estavam enfileirados na amurada do castelo de proa e ocasionalmente debruçavam-se para ver o inimigo distante.

Chase reunira seus oficiais, e Sharpe, curioso, foi escutar o comandante repassar o que Nelson dissera-lhe a bordo do *Victory*. A esquadra britânica, disse Chase, não iria formar uma linha paralela ao inimigo, que era o método tradicional de travar uma batalha naval, mas pretendia navegar suas duas colunas diretamente perpendicular à linha inimiga.

— Vamos fatiar a linha deles em três pedaços e depois comer pedaço por pedaço — disse Chase. — Ela vai cair, cavalheiros. Portanto, seu único dever é resistir, passar através da linha deles, e então posicionar o navio paralelo a um navio inimigo.

O capitão Llewellyn estremeceu e então chamou Sharpe a um canto.

— Não estou gostando — disse o galês. — Isso não é da minha conta, é claro, sou apenas um fuzileiro naval, mas você deve ter notado, Sharpe, que não temos canhões na proa do navio?

— Notei — disse Sharpe.

— Os canhões que ficam mais perto da proa podem disparar um pouco para vante, mas não diretamente para vante, e o que o almirante está propondo, Sharpe, é que naveguemos direto para o inimigo, que terá suas bandas de artilharia apontadas para nós! — Llewellyn meneou a cabeça com tristeza. — Não preciso explicar mais, preciso?

— Claro que não.

Mesmo assim, Llewellyn explicou.

— Eles poderão disparar contra nós e não poderemos responder ao fogo! Eles vão nos varrer, Sharpe. Você sabe o que significa "varrer"? Você varre um inimigo quando a sua bordada de artilharia está voltada para uma proa ou uma popa indefesas, e essa é a forma mais rápida de reduzir um navio a uma fogueira. E por quanto tempo permaneceremos indefesos sob seus canhões? A esta velocidade, Sharpe, pelo menos por vinte minutos. Vinte minutos! Eles poderão despejar balas de canhão na gente, poderão reduzir nosso cordame a pedacinhos com balas de correntes e balas de barras, poderão nos desarvorar. E o que poderemos fazer em resposta?

— Nada, senhor.

— Você entendeu a questão — disse Llewellyn. — Mas, como eu disse, isso não é da minha conta. Mas o combate nos mastros, Sharpe, isso é da minha conta. Sabe o que o comandante ordenou?

— Nenhum homem nas gáveas — disse Sharpe.

— Como ele pode ordenar uma coisa dessas? — inquiriu Llewellyn, indignado. — Os franceses terão homens nos cordames como aranhas numa teia, e eles vão despejar balas de mosquete em nós. E nós, o que devemos fazer? Nos abrigar cobertas abaixo? Isso não é certo, Sharpe, não é certo mesmo. E se eu não puder posicionar homens nos mastros, como usarei minhas granadas? — Ele estava desconsolado. — Como são perigosas demais para serem mantidas no convés, eu as deixei no paiol de munição de vante. — Ele olhou para a esquadra inimiga que agora estava a menos de duas milhas de distância. — Ainda assim, devemos derrotá-los.

O *Britannia*, que seguia o *Pucelle*, era um navio lento, portanto uma lacuna comprida se abrira entre os dois. Havia lacunas similares em ambas as colunas, mas nenhuma tão larga quanto o espaço entre o *Royal Sovereign* de Collingwood e o resto de seu esquadrão.

— Ele vai lutar sozinho durante algum tempo — disse Llewellyn, e então se virou, porque Connors, o tenente sinaleiro, gritara para avisar que a nau capitânia estava enviando uma mensagem.

Foi um sinal imensamente longo, tão longo que quando o *Euryalus* repetiu a mensagem, as bandeiras tiveram de ser içadas de todos os três mastros da fragata, suas cores berrantes contrastando contra as velas brancas.

— E então? — inquiriu Chase a Connors.

O tenente sinaleiro esperou que o vento fraco espalhasse algumas das bandeiras, e fez uma pausa enquanto tentava lembrar o código delas. Era um código recente, e muito simples, visto que cada bandeira correspondia a uma letra, mas algumas das combinações de bandeiras eram usadas para transmitir palavras inteiras ou ocasionalmente frases, e havia mais de três mil combinações desse tipo a serem memorizadas, e era evidente que este sinal longo, que requereu não menos que trinta e duas bandeiras, estava usando algumas das palavras mais obscuras no sistema. Connors franziu a testa, e de súbito compreendeu a mensagem.

— É do almirante, senhor. A Inglaterra espera que cada homem cumpra seu dever.

— Mas isso é óbvio — disse Chase, indignado.

— E quanto aos galeses? — indagou Llewellyn com indignação equivalente, e então sorriu. — Ah, mas os galeses não precisam de encorajamento para cumprir seu dever. São vocês ingleses que precisam de puxões de orelha.

— Passe a mensagem adiante para os homens — ordenou Chase aos seus oficiais e, em contraste com a recepção ressentida que a mensagem recebera no tombadilho, ela provocou aplausos na tripulação.

— Ele deve estar entediado para ficar mandando mensagens como essa — disse Chase. — Está no seu caderno, Sr. Collier?

O guarda-marinha assentiu animadamente.

— Está escrita, senhor.

— Anotou a hora?

Collier enrubesceu.

— Anotarei, senhor.

— Onze horas e trinta e seis minutos, Sr. Collier — disse Chase, inspecionando seu relógio de bolso. — E se você não tiver certeza sobre o horário de alguma mensagem, verá que o relógio da praça-d'armas fica convenientemente debaixo do convés de popa a bombordo. E ao consultar esse relógio, Sr. Collier, estará escondido do inimigo, e dessa forma poderá impedi-los de remover sua cabeça com uma bala de canhão bem mirada.

— Não é uma cabeça muito importante, senhor — disse Collier com bravura. — E meu lugar é perto do senhor.

— O seu lugar, Sr. Collier, é onde possa ver tanto os sinais quanto o relógio, e sugiro que se posicione abaixo do convés do painel de popa.

— Sim, senhor — disse Collier, perguntando-se como conseguiria ver algum sinal ficando sob o painel de popa.

Chase estava fitando o inimigo, tamborilando os dedos na amurada. Estava nervoso, mas não mais do que qualquer outro homem no *Pucelle*.

— Veja só o *Saucy*! — disse Chase, apontando para vante, onde o *Temeraire* tentava ultrapassar o *Victory*, mas o *Victory* desfraldara seus cutelos do joanete e graças a eles manteve sua liderança. — Ele realmente não devia ser o primeiro a passar através da linha deles — disse Chase, cenho franzido. Então se virou. — Capitão Llewellyn!

— Senhor?

— O seu tamborileiro pode tocar postos de combate, creio eu.

— Sim, senhor! — retrucou Llewellyn, e então meneou a cabeça para seu tamborileiro. O garoto empinou o instrumento, levantou as baquetas, e então bateu o ritmo da canção "Hearts of Oak".

— E Deus proteja a todos nós — disse Chase enquanto os homens que se acotovelavam no convés principal começaram a desaparecer pelas escotilhas para guarnecer os conveses das baterias.

O tamborileiro continuou tocando enquanto descia os degraus do tombadilho. O menino tocaria o chamado às armas por todo o navio, embora nenhum marinheiro a bordo precisasse da convocação. Todos estavam preparados há muito tempo.

— Abrir portinholas de canhões, senhor? — perguntou Haskell.

— Não, vamos esperar, vamos esperar — disse Chase. — Mas mande os artilheiros carregarem outra bala por cima da primeira, e depois colocar uma carga de metralha.

— Sim, senhor.

Os canhões do *Pucelle* agora estavam com carga dupla, mais uma penca de balas menores adiante da bala de canhão maior. Chase explicara a Sharpe que esse tipo de carga era mortal a curta distância.

— E não dispararemos até estarmos bem perto do navio inimigo; assim causaremos grandes danos com nossa bordada de artilharia inicial. — O comandante virou-se para lorde William. — Milorde, creio que deve descer.

— Ainda não é cedo? — Quem respondeu foi lady Grace. — Ninguém disparou ainda.

— Mas vão disparar em breve — disse Chase. — Em breve.

Lorde William fechou a carranca, como se desaprovasse o questionamento das ordens do comandante por parte de sua esposa, mas lady Grace manteve-se olhando para o inimigo como se estivesse memorizando a visão extraordinária de um horizonte cheio de naus de linha. O tenente Peel estava sub-repticiamente desenhando-a em seu caderno de anotações, procurando capturar a inclinação de seu rosto perfilado e sua expressão de fascínio intenso.

— Qual é o navio do almirante inimigo? — perguntou lady Grace a Chase.

— Não temos como saber, minha dama. Eles não içaram suas bandeiras.

— Quem é o almirante inimigo? — perguntou lorde William.

— Villeneuve, milorde — respondeu Chase. — Ou pelo menos é o que lorde Nelson acredita.

— Ele é um homem capaz? — perguntou lorde William.

— Comparado a Nelson, nenhum homem é capaz, mas me foi dito que Villeneuve não é nenhum idiota.

A banda tinha se dispersado e seus componentes seguido para seus postos, de modo que o navio estava estranhamente silencioso enquanto avançava ao sabor de marulhos grandes. O vento apenas enchia as velas, embora em cada calmaria, ou quando as ondas impeliam mais rápido o navio, a lona afrouxasse antes de retesar de novo. Chase olhou para sul, para o *Royal Sovereign*, que agora, muito a vante dos outros navios de

Collingwood, seguia com cada vela possível rumo a uma batalha solitária no âmago da frota inimiga.

— A que distância o *Royal Sovereign* está do inimigo? — perguntou.

— Umas mil jardas? — deduziu Haskell.

— Eu diria que sim — confirmou Chase. — O inimigo abrirá fogo contra ele a qualquer momento.

— Bounce não gostará disso — disse com um sorriso o tenente Peel.

— Bounce? — perguntou Chase. — Ah! O cachorro de Collington. — Ele sorriu. — O bicho odeia tiros. Pobre cachorro. — Ele se virou para olhar para além de sua própria proa. Agora era possível estimar onde o *Pucelle* encontraria a linha inimiga, e Chase estava calculando quantos navios seriam capazes de disparar contra seu navio enquanto estivesse apontando sua proa indefesa contra eles. — Sr. Haskell, quando estivermos sob fogo, vamos ordenar à tripulação que se deite no convés.

— Sim, senhor.

— Isso não acontecerá ainda por três quartos de hora — disse Chase. — Odeio esperar! Mande-me vento! Mande-me vento! Que horas são, Sr. Collier?

— Meio-dia e dez, senhor — gritou Collier debaixo do painel da popa.

— Então devemos encontrar o fogo deles ao meio-dia e meia — disse Chase. — E a uma da tarde estaremos entre eles.

— Eles abriram! — Foi Connors quem gritou as palavras, apontando para a parte sul da linha inimiga, onde um navio estava envolto numa fumaça cinza e branca que florescia para ocultar seu casco inteiramente.

— Faça uma anotação no livro! — ordenou Chase, e nesse instante o som da bordada de artilharia chegou como uma trovejada através do mar.

Erupções de espuma branca pontuaram as ondas a vante da proa do *Royal Sovereign*, mostrando que a salva de abertura do inimigo caíra bem perto, porém, um momento depois, mais meia dúzia de navios abriram fogo.

— Soa precisamente como trovão — disse lady Grace, pasma.

Como o *Victory* ainda estava longe demais da porção norte da esquadra inimiga para valer a pena como alvo, a vasta maioria dos navios franceses e espanhóis permaneceu silenciosa. Apenas os seis navios continuaram atirando, suas balas chicoteando o mar à vante da nau capitânia de Collingwood. Talvez tenha sido o som desses canhões que instigou o inimigo a finalmente revelar suas cores, porque, um a um, suas bandeiras apareceram, possibilitando aos britânicos distinguir entre seus inimigos. A bandeira tricolor da França aparecia mais brilhante que a bandeira real espanhola, de cores vermelho-escura e branca.

— Ali, minha dama — disse Chase, apontando para a frente. — Consegue ver a bandeira do almirante francês? No tope do mastro do navio imediatamente à ré do *Santissima Trinidad*.

O *Royal Sovereign* devia estar recebendo tiros, porque repentinamente dois de seus canhões de vante dispararam, encobrindo o casco com uma fumaça que o vento fraco não dispersou. Sharpe sacou sua luneta, apontou-a para a nau capitânia de Collingwood e viu uma vela contorcer-se enquanto uma bala redonda atravessava a lona. Em seguida, viu outros buracos nas velas e compreendeu que o inimigo estava disparando contra a mastreação da nau capitânia numa tentativa de deter seu avanço audacioso. Mesmo assim, a nau continuou avançando, velas auxiliares içadas, ampliando a lacuna entre ela e o *Belleisle*, o *Mars* e o *Tonnant*, que eram os três navios que se seguiam a ré. As balas inimigas começaram a atingir a água próxima a esses navios. Nenhum podia disparar em resposta, e nenhum poderia abrir fogo pelo menos nos próximos vinte minutos. Deviam simplesmente resistir e torcer para responder ao ataque depois que alcançassem a linha.

Chase girou nos calcanhares.

— Sr. Collier?

— Senhor?

— Escolte lorde William e lady Grace até a "toca das damas". Use a escotilha de ré do alojamento dos oficiais subalternos. Sua camareira irá acompanhá-la, milady.

— Não estamos sob fogo, comandante — objetou lady Grace.

— Por favor, obedeça ao meu pedido, milady — insistiu Chase.

— Vamos, Grace — disse lorde William. Ele ainda estava usando espada e pistola, mas não fez qualquer tentativa de permanecer no convés.

— Desejo-lhe sorte, comandante.

— Seus sentimentos são muito apreciados, milorde. Obrigado.

Lady Grace lançou um último olhar a Sharpe, que ele não ousou responder com um sorriso porque lorde William iria ver; mas Sharpe permitiu que seus olhares se cruzassem e manteve os olhos nos dela até a dama se virar. Quando ela desceu pelos degraus do tombadilho, Sharpe sentiu uma pontada horrível de perda.

O *Pucelle* agora estava alcançando o *Conqueror*. Chase manobrou-o a boreste do outro navio. O comandante fitou o inimigo através de sua luneta e subitamente chamou por Sharpe.

— Sharpe, o nosso velho amigo!

— Senhor?

— Ali, veja. — Ele apontou. — Está vendo o *Santissima Trinidad*? O navio grande?

— Sim, senhor.

— Seis navios a ré. É o *Revenant*.

Sharpe apontou sua luneta e contou os navios para trás do vasto vaso de guerra espanhol de convés quádruplo e ali, subitamente, estava o casco preto e amarelo que lhe era tão familiar. Enquanto olhava pela lente, Sharpe presenciou as portinholas sendo abertas, revelando os canhões. E, de súbito, o *Revenant* sumiu em fumaça.

O *Victory* estava sob fogo, e o inimigo não podia mais sonhar em fugir para Cádiz, porque, a despeito do vento fraco, haveria uma batalha. Trinta e quatro navios inimigos enfrentariam vinte e oito navios britânicos. Dois mil quinhentos e sessenta e oito canhões inimigos, guarnecidos por trinta mil marinheiros franceses e espanhóis, enfrentariam 2.148 canhões controlados por dezessete mil marujos britânicos.

— Aos seus postos, cavalheiros — disse Chase aos oficiais em seu tombadilho. — Aos seus postos, por favor. — Ele tocou o livro de orações em seu bolso. — E que Deus nos proteja, cavalheiros. Que Deus proteja cada um de nós.

Porque a batalha havia começado.

CAPÍTULO X

A posição de Sharpe era no castelo de proa. O capitão Llewellyn e seu jovem tenente comandavam quarenta dos fuzileiros do navio postados no painel de popa e no tombadilho, enquanto Sharpe tinha autoridade sobre vinte homens, embora na verdade os homens no castelo de proa fossem liderados pelo sargento Armstrong, homem atarracado como um barril e teimoso como uma mula. O sargento era nativo de Seahouses, na Nortúmbria, onde fora imbuído de uma profunda desconfiança pelos escoceses.

— São ladrões, senhor, cada um deles — assegurou confidencialmente a Sharpe. Contudo, Armstrong providenciava para que cada escocês entre os fuzileiros de Llewellyn servisse em seu pelotão. — Porque assim posso ficar de olho nesses bastardos ladrões, senhor.

Curiosamente, os escoceses gostavam de servir sob as ordens de Armstrong. Embora não confiasse nos escoceses, o sargento odiava qualquer pessoa que tivesse vindo do sul do rio Tyne. No que dizia respeito a Armstrong, apenas homens de sua Nortúmbria — criados para lembrar dos ladrões de gado que vinham da fronteira norte — eram guerreiros autênticos, enquanto o resto da humanidade abarcava ladrões, estrangeiros covardes e oficiais. A França, ele parecia acreditar, era um município populoso tão ao sul de Londres que só podia ser desprezível, enquanto a Espanha era provavelmente o próprio inferno. O sargento tinha uma das preciosas espingardas de sete canos do comandante Llewellyn, que ele encostara no mastro do traquete.

— Pode tirar os olhos, senhor — disse Armstrong quando viu o interesse de Sharpe pela arma. — Estou guardando essa belezinha para quando abordarmos um navio inimigo. Não há nada como uma salva de tiros de mosquete para desobstruir um convés inimigo. — Armstrong instintivamente não confiava em Sharpe porque o alferes não era fuzileiro naval, não era nativo da Nortúmbria e não nascera na classe dos oficiais. Em suma: Armstrong era feio, ignorante, preconceituoso e um dos melhores soldados que Sharpe já conhecera.

O castelo de proa era guarnecido pelos fuzileiros e por duas das caronadas de trinta e duas libras do navio. A caronada de bombordo estava sob a responsabilidade de Clouter, o escravo fugido que agora estava na tripulação do escaler de Chase. O homem preto e imenso, como seus artilheiros, estava despido da cintura para cima e tinha uma faixa de pano amarrada em torno da cabeça, cobrindo as orelhas.

— Vai ser uma festa bem animada, senhor! — disse em saudação a Sharpe e apontou com a cabeça a linha inimiga que agora estava a menos de uma milha de distância.

Seis navios disparavam contra o *Victory*, ao mesmo tempo que outros seis castigavam o *Royal Sovereign* pouco mais de uma milha ao sul. Esse navio, que se encontrava bem mais perto da linha francesa e espanhola que todos os outros britânicos, parecia desmantelado, porque suas vergas das velas auxiliares tinham sido abatidas por balas de canhão e agora as velas pendiam como asas quebradas ao lado de sua mastreação. O navio ainda não podia responder ao fogo inimigo, mas dentro de poucos minutos estaria entre eles e seus três conveses de canhões poderiam começar a retribuir na mesma moeda o espancamento sofrido.

A vante do *Pucelle* balas de canhão perfuravam o mar ou saltitavam pelas ondas, embora até agora nenhum bólido tivesse se aproximado do *Pucelle* propriamente dito. O *Temeraire*, que não conseguira ultrapassar o *Victory* e agora velejava pela alheta de boreste desse navio, recebia disparos através de suas velas. Sharpe podia ver os buracos aparecendo como mágica, estremecendo todo o velame do navio. Um cabo partido chicoteava e pendia descontrolado. Para Sharpe, parecia que o *Victory* e o *Temeraire* velejavam direto rumo ao *Santíssima Trinidad* com seus quatro conveses mortais agasalhados em fumaça. Agora os disparos dos canhões inimigos estavam muito altos, rugindo sobre a água, às vezes em grupos, mais frequentemente em trovejadas individuais.

— Ainda faltam dez ou quinze minutos para ficarmos ao alcance do fogo inimigo, senhor — previu Clouter em resposta à pergunta que Sharpe não formulou.

— Boa sorte, Clouter.

O homem alto sorriu.

— Não há homem branco vivo que possa me matar, senhor. Não, senhor. Eles já fizeram de tudo para me machucar. Agora é a minha vez, e vou triturar todos eles.

Clouter acariciou a caronada, seu "triturador", que era das armas mais horrendas que Sharpe já vira. Lembrava um morteiro do Exército, embora fosse um pouco mais comprido no cano, e ficasse acocorado na carreta curta como uma panela deformada. A carreta não tinha rodas, mas sua madeira era engraxada, permitindo ao cano deslizar para trás. A boca do canhão arreganhava-se imensa, e sua barriga era entupida com uma bala de trinta e duas libras e um barril de madeira de balas de mosquete. Não era uma arma bonita de se ver, nem era preciso, mas, levada até alguns metros de distância de um navio inimigo, vomitaria um jorro de metal capaz de rasgar as tripas de um batalhão inteiro.

— Esse canhão foi inventado por um escocês. — O sargento Armstrong apareceu ao lado de Sharpe. O sargento fungou enquanto olhava para a coisa enorme parecida com uma panela. — Arma de pagãos, sim senhor. E artilheiro pagão, também — acrescentou, olhando para Clouter. — Se abordarmos um inimigo, Clouter, você permanecerá perto de mim — asseverou.

— Sim, sargento.

— Por que perto de você? — perguntou Sharpe a Armstrong enquanto eles se afastavam da caronada.

— Porque quando aquele pagão preto começa a lutar, não há homem na face da Terra que ouse ficar em seu caminho. Ele é um demônio. — Armstrong soava desaprovador, mas afinal Clouter, definitivamente, não era nativo da Nortúmbria. — E o senhor? — perguntou Armstrong, desconfiado. — Abordará conosco? — O que o sargento realmente queria saber era se Sharpe planejava usurpar sua autoridade.

Sharpe poderia ter insistido em comandar os fuzileiros, mas suspeitava de que eles lutariam melhor se Armstrong desse as ordens. O que significava que Sharpe tinha pouco a fazer no castelo de proa além de dar o exemplo, coisa que os oficiais mais modernos costumavam fazer quando eram mortos em batalha. Armstrong sabia o que precisava ser feito, os fuzileiros tinham sido treinados soberbamente por Llewellyn, e Sharpe não tinha a menor intenção de ficar passeando no castelo de proa demonstrando um desdém de cavalheiro pelo fogo inimigo. Ele preferia lutar.

— Vou descer para pegar um mosquete no depósito — disse a Armstrong.

As balas de canhão inimigas ainda estavam caindo perto do *Pucelle* enquanto Sharpe descia a escada de escotilha e seguia para vante até a porção coberta do convés principal, onde encontrou a cozinha — geralmente um lugar onde os marujos se reuniam — vazia, fria e deserta. O fogo no grande forno de ferro tinha sido apagado e dois dos gatos do navio estavam se esfregando contra o metal enegrecido como se curiosos por sua fonte de calor ter sumido. Os canhoneiros estavam sentados ao lado de suas peças de artilharia. De vez em quando um homem levantava uma portinhola, deixando entrar um facho de luz brilhante, e se inclinava para fora para espiar o inimigo.

Sharpe desceu até a primeira coberta, que estava escura como um porão, embora alguma luz entrasse pelas janelas largas da praça--d'armas que ficava na popa. Os maiores canhões do navio estavam acocorados aqui como feras acorrentadas atrás de suas portinholas fechadas. Os canhões costumavam ficar armazenados com seus canos com elevação máxima e peiados com firmeza nos bordos do navio, mas agora os canos tinham sido abaixados para as posições de combate e as carretas também estavam afastadas das portinholas. O som dos disparos inimigos agora estava abafado. Sharpe desceu mais uma escada de escotilha até o bailéu, que era iluminado por lanternas tampadas. Ele estava abaixo da linha-d'água, e era aqui que ficavam os paióis de munição do navio, sob a guarda de fuzileiros munidos de mosquetes, baionetas e ordens de impedir que qualquer pessoa não autorizada passasse pelas cortinas de couro duplas que estavam encharcadas de água salgada. Macacos de pólvora, alguns com chinelos de feltro, mas a maioria descalços, esperavam diante da cortina externa com seus canastréis de estanho compridos. Sharpe pediu a um dos meninos que pegasse para ele uma bolsa de munição de mosquete e outra de pistola e seguiu para vante até a pequena escoteria, onde pegou um mosquete e uma pistola no cabide de armas. O peso da pistola fez Sharpe pensar em Grace, segura agora nas profundezas do porão de ré. Ele testou ambas as pederneiras, considerou-as perfeitas.

Pegou as duas bolsas, agradeceu ao menino e subiu de volta para a primeira coberta, onde fez uma pausa para pendurar as bolsas de cartucho em seu cinto. O navio subiu numa ondulação longa, fazendo Sharpe cambalear um pouco, e então desceu abruptamente no cavado. Súbito, um estrondo terrível ecoou através do madeirame, fazendo a coberta abaixo dos pés de Sharpe tremer, e ele compreendeu que uma bala atingira a mastreação.

— Os franceses nos têm em seu alcance de fogo — disse um homem na penumbra.

— Pelo que estamos para receber damos graças... — começou outro homem, mas foi interrompido em sua prece pela voz do tenente Holderby, que estava em seu posto perto da escada de escotilha de ré.

— Abrir portinholas! — berrou o quinto-tenente. E sargentos repetiram a ordem para a seção de vante do convés.

Todas as trinta portinholas de canhão da primeira coberta foram levantadas, deixando o sol entrar para revelar os mastros do navio como três pilares gigantes em torno dos quais se reunia uma massa coleante de homens seminus. Os canhões de cano longo estavam todos em suas posições de recuo, presos às peias de amarrações de segurança.

— Empurrar canhões para fora! — ordenou Holderby. — Empurrar canhões!

Os marujos deitaram todo seu peso contra os canhões e o convés estremeceu enquanto as pesadíssimas peças de artilharia eram movidas para vante até seus canos se projetarem dos bordos do navio. Holderby, elegante com gargalheira de seda e casaca dourada, abaixou-se para passar debaixo de uma viga do convés.

— Ficarão deitados entre os canhões. Entre os canhões! Deitados! Descansem um pouco, cavaleiros, antes que os procedimentos comecem. Deitem!

Chase ordenara que sua tripulação ficasse deitada porque as balas inimigas, vindo diretamente de vante, poderiam atravessar uivando os conveses e cada uma abater com facilidade um punhado de homens. Contudo, se os marujos ficassem deitados nos espaços entre os canhões pesados, estariam bem protegidos.

Lá em cima no tombadilho, Chase estremeceu, e quando Haskell levantou uma sobrancelha, o comandante sorriu.

— Ele vai ser reduzido a pedaços, não vai?

Haskell bateu o nó de um dedo na madeira da amurada.

— Fabricação francesa, senhor. Bem construído.

— Sim, eles constroem bons navios. — Chase ficou na ponta dos pés para espiar sobre a trincheira de macas e ver que o *Royal Sovereign* estava quase na linha inimiga. — Ele sobreviveu — disse com admiração. — E esteve sob fogo durante vinte e três minutos! Uma artilharia assustadora, não acha?

A ponta do chifre direito dos britânicos estava prestes a espetar o inimigo, mas o *Pucelle* estava no chifre esquerdo e ainda a uma pequena distância da linha, e o inimigo ainda podia disparar sem temer resposta. Chase estremeceu quando uma bala de canhão varou suas velas para deixar uma sucessão de buracos. A provação do *Pucelle* havia começado, e tudo que ele podia fazer agora era velejar lentamente para o interior de uma tempestade de balas. A boreste, uma fonte irrompeu entre as ondas e banhou uma das guarnições de caronadas.

— A água está fria, hein, rapazes? — comentou Chase aos artilheiros de peitos nus.

— Não vamos nadar nela, senhor.

Uma gávea tremeu quando um disparo alto passou através dela. Os navios adiante do *Pucelle* estavam recebendo uma esfrega bem mais violenta, mas, propelido por marulhos altos e soprado por um vento subitamente mais forte, o *Pucelle* aproximava-se mais e mais da linha inimiga, a cada segundo mais próximo dos canhões. Chase sabia que logo estaria sob uma canhonada bem mais pesada, e no exato instante em que pensou nisso, uma bala de canhão atingiu a turco do lambareiro a boreste e despejou uma chuva de farpas de carvalho através do castelo de proa. Percebendo que tamborilava nervosamente os dedos na coxa direita, Chase forçou sua mão a ficar imóvel. Seu pai, que lutara contra os franceses trinta anos antes, teria ficado chocado com esta tática. Nos tempos do pai de Chase, as colunas de navios oponentes avançavam juntas, lado a lado, com um cuidado enorme para não expor suas proas e popas vulneráveis, mas esta frota britânica estava investindo de cabeça contra o inimigo. Chase lembrou que não sabia se os pedreiros haviam entregue a placa memorial de seu pai e se ela fora colocada no coro da igreja. Tocou o livro de orações em seu bolso.

— Escutai-nos e salvai-nos, para que não pereçamos — sussurrou.

— Amém — disse Haskell ao ouvi-lo. — Amém.

Sharpe subiu de volta para o castelo de proa, onde encontrou os fuzileiros acocorados diante da trincheira de macas e os membros das guarnições de caronadas acocorados atrás dos canos. O sargento Armstrong estava de pé ao lado do mastro do traquete, olhando enfurecido para a linha inimiga, que subitamente parecia bem mais próxima. Sharpe virou-se para sua direita e viu que o *Royal Sovereign* alcançara a linha inimiga. A tripulação puxara as velas auxiliares caídas para bordo e os canhões finalmente disparavam enquanto a vasta nau penetrava a formação inimiga. Uma nuvem de fumaça negra propagava-se da proa até a popa do *Royal Sovereign* à medida que o vaso de guerra esvaziava sua bordada de artilharia de bombordo na popa de um navio espanhol e seus canhões de boreste na proa de um navio francês. Um dos mastaréus do *Royal Sovereign* caíra, mas o navio rompera a linha inimiga e agora estava sendo engolido por sua esquadra. O navio seguinte na coluna de Collingwood, o convés duplo *Belleisle*, ainda estava muito atrás, o que significava que o *Royal Sovereign* precisaria lutar sozinho contra o inimigo até que a ajuda chegasse.

Um som de bofetada acima de sua cabeça fez Sharpe olhar para cima e ver que um buraco fora aberto no papafigo do *Pucelle*. A bala perfurara todas as velas mais baixas, uma atrás da outra, antes de desaparecer pela popa. Outro estrondo, perto dos pés de Sharpe, fê-lo girar nos calcanhares.

— Essa nos acertou baixo na proa, senhor — explicou Armstrong. — Já tinham atingido o turco do lambareiro. Sharpe considerou que esse devia ter sido o primeiro estrondo que ouvira, e então viu que o turco do lambareiro de boreste, uma viga muito firme que se projetava da proa e da qual a âncora era arriada e içada, estava partida praticamente ao meio.

O coração de Sharpe batia forte, sua boca estava ressequida e um músculo tremia em sua face esquerda. Tentou cerrar os dentes para imobilizar o músculo, mas não conseguiu. Uma bala atingiu o mar perto da proa do *Pucelle* e jorrou água sobre o bico e o castelo de proa. A verga da cevadeira debaixo do gurupés fez um movimento brusco e uma das extremidades voou pelos ares e quebrou, ficando dependurada perto do mar. Sharpe julgou que aquilo era pior que Assaye, porque em terra um soldado ao menos tinha a ilusão de que podia caminhar para a esquerda ou para a direita para tentar se esquivar das balas, mas aqui um homem podia apenas ficar parado enquanto o navio engatinhava rumo à linha inimiga que era uma massa de baterias de canhões, cada navio carregando mais peças de artilharia do que o exército de sir Arthur Wellesley. Sharpe via traços no céu que pareciam riscados por um lápis, e sabia que na ponta de cada traço havia uma bala que estava vindo mais ou menos na direção do *Pucelle*. Uma dúzia de oponentes agora disparavam contra os navios de Nelson. Outro buraco apareceu na vela do traquete do *Pucelle*, um pau de cutelo foi derrubado, houve um estrondo perto da linha-d'água de bombordo e outra bala inimiga quicou nas ondas para deixar um rastro de espuma perto do costado de boreste. Um assobio estranho, quase um gemido, mas estranhamente ululante, aproximou-se do navio e calou de repente.

— Balas de corrente, senhor — esclareceu o sargento Armstrong.
— É como se o diabo estivesse batendo suas asas.

O *Royal Sovereign* desaparecera, sua posição marcada apenas por uma vasta nuvem de fumaça da qual emergiam cordames e velames de meia dúzia de navios apontando para o céu. O ruído da batalha era um trovejar contínuo, enquanto o som que chegava dos navios a vante do *Pucelle* era de um canhão disparando após o outro numa sucessão interminável, enquanto as artilharias francesas e espanholas aproveitavam a oportunidade de atirar num inimigo que ainda não podia responder ao fogo. Duas balas atingiram o *Pucelle* perto da linha-d'água; outra ricocheteou de seu costado a bombordo, lascando uma farpa comprida como uma lança de abordagem; uma quarta acertou o mastro grande, dilacerando uma das urracas recém-pintadas de amarelo; uma quinta passou uivando pela caronada de vante de boreste, decapitou um fuzileiro, arremessou mais dois para trás num borrifo de sangue, e saiu pela borda deitando uma chuva de gotas vermelhas no ar subitamente cálido.

— Joguem ele no mar! — gritou Armstrong para seus fuzileiros, que pareciam paralisados com a morte súbita do companheiro.

Dois fuzileiros seguraram o corpo decapitado e o carregaram até a amurada ao lado da caronada, mas, antes que pudessem arremessá-lo para a água, Armstrong mandou-os pegar a munição do homem.

— E vejam o que ele tem nos bolsos, rapazes! Suas mães não ensinaram a vocês que desperdício é pecado? — O sargento atravessou o convés, segurou a cabeça cortada pelos cabelos ensanguentados, estendeu-a sobre a balaustrada e largou-a na água. — Estão se mexendo? — perguntou, olhando para os dois homens que jaziam como bonecos de trapo no lençol de sangue que cobria um quarto do convés.

— Mackay está morto, sargento.
— Então se livre dele!

O terceiro fuzileiro perdera um braço e a bala também abrira seu peito, de modo que suas costelas apareciam numa massa gelatinosa de músculos rasgados e sangue.

— Ele não vai sobreviver — disse Armstrong, curvando-se sobre o homem, que piscava por trás de uma máscara de sangue e respirava em arfados.

Uma bala de canhão trespassara a trincheira de macas, reduzira a balaustrada do tombadilho a farpas e se despedira do navio pela popa sem causar danos à tripulação. Outra arrebentou uma verga da gávea no exato momento em que duas balas arremetiam pelo convés principal para deixar a meia-nau do *Pucelle* salpicada com estilhas de madeira. Uma bala colidiu com um dos canhões da primeira coberta, empurrando o cano de três toneladas inteiro para fora da carreta, no processo esmagando dois artilheiros e ecoando pelo navio o som de um martelo imenso golpeando uma bigorna gigantesca.

Os navios inimigos a vante estavam amortalhados em fumaça. O vento parco que soprava do oeste fatiava a fumaça contra os cordames e velames dos navios, mas a neblina era alimentada continuamente e Sharpe podia ver novas erupções de fumaça cinza, branca e negra, bem como o fulgor de chamas de canhão trespassando a névoa. As chamas apunhalavam a fumaça, iluminando momentaneamente seu interior, e então desapareciam. A neblina fluía sobre os conveses inimigos, e tiros eram disparados contra os costados do *Victory, Temeraire, Neptune, Leviathan, Conqueror* e *Pucelle*. Depois desses navios havia uma brecha diante do imenso convés triplo do *Britannia*, que ainda não estava sob fogo.

— Jogue no mar! — comandou Armstrong a dois de seus homens, gesticulando para o terceiro fuzileiro que acabara de morrer.

O braço do homem, tendões, pele e músculos rasgados escorrendo da manga vermelha como miúdos de carne, jazia esquecido debaixo da pequena estrutura que sustentava o sino do navio; Sharpe pegou o membro, carregou-o até a balaustrada de bombordo e largou-o no oceano. Ouviu homens cantando no convés da bateria abaixo. Um dos fuzileiros estava ajoelhado, orando. "Maria, mãe de Deus", repetia ininterruptamente o homem enquanto se benzia. Clouter cuspiu um naco de tabaco mastigado por sobre a amurada e meteu outro na boca. As balas de trinta e duas libras da caronada, cada uma do tamanho da cabeça de um homem, estavam aglomeradas numa plataforma gradeada.

Sharpe retornou até sua posição ao lado do mastro do traquete e subitamente percebeu que esquecera de carregar suas duas armas. Ficou grato pelo lapso, porque isso agora lhe daria algo com que se ocupar. Mordeu o cartucho, viu um corpo ser jogado do tombadilho do *Conqueror*, escorvou o mosquete enquanto uma bala de canhão passava tão perto de sua cabeça que lhe eriçou os cabelos do escalpo. A bala não atingiu nada, passando entre os cabos do cordame do *Pucelle* para mergulhar no oceano. Três pancadas sucessivas estremeceram a estrutura do navio quando balas cavaram as camadas duplas de madeira de carvalho que constituíam seu casco. Marinheiros escalaram os enfrechates para emendar cabos partidos. Havia agora seis buracos grandes na vela grande, que sacudiu quando surgiu um sétimo. Chase estava de pé diante da balaustrada estilhaçada do tombadilho, parecendo calmo como se conduzisse o *Pucelle* num cruzeiro a uma ilha paradisíaca. Sharpe socou a munição com a vareta de carregamento e, entre seus pés, passou um fio de sangue derivado da poça liberada pela bala que matara os três fuzileiros. O fio parecia muito vermelho em contraste com o convés pintado de branco. Quando o navio inclinou levemente para bombordo, o fio desviou para a esquerda; quando uma onda alta ergueu a popa, o fio arrojou para vante; quando a proa empinou, o riozinho vermelho fez uma pausa antes de deslizar para a direita, enquanto a nau adernava para boreste. Sharpe apagou o fio, esfregando-o com a sola do sapato, enquanto encaixava a vareta de carregamento de volta nos aros do cano do mosquete. Carregou a pistola. Uma bala atingiu o mastro do traquete, fazendo o cordame chocalhar. Uma lasca de madeira pintada de prateado mergulhou ao mar quando Joana D'Arc foi atingida na barriga. Os canhões ribombavam alto o bastante para machucar os tímpanos experientes de Sharpe. Havia sangue no convés principal, onde uma bala ricocheteara acertando toda uma guarnição de canhão, e o ar estava infundido com o lamento agudo e ululante de balas de corrente e balas de barra chicoteando através dos mastros para cortar cabos e rasgar velas. Uma bala pesada lacerou o convés da popa; virando-se na direção do estrondo, Sharpe viu o comandante Llewellyn arrastar um corpo até a amurada da popa. Outro estrondo chegou de baixo, e um segundo, e um terceiro; então gritos quebraram a monotonia dos estampidos dos canhões inimigos. Os navios inimigos a vante ainda estavam próximos uns aos outros, formando imensas ilhas de canhões. Ou ilhas de fumaça trespassadas por chamas. Outro som agudo e ululante veio de boreste; Sharpe inclinou-se na balaustrada para ver fragmentos de madeira pintada num preto brilhoso serem expelidos do casco. Um corpo despontou numa portinhola de canhão e foi empurrado ao mar. A ele seguiu-se um segundo. As faces internas das portinholas de canhão eram pintadas em vermelho e uma delas ficou dependurada por uma única dobradiça até um homem desprendê-la para que caísse no mar.

Uma bala rolou pela poça de sangue no castelo de proa, quicou para cima para abrir uma fenda na balaustrada de ré e trespassou a extremidade inferior da vela grande. Três das velas auxiliares agora estavam pendurados das vergas e os marujos de Chase tentavam trazê-las para bordo. Uma bala de barra, dois blocos de ferro anexados por um travessão curto de metal, arremeteu contra o mastro do traquete num ponto perto do convés e ficou preso ali, cravada fundo na madeira pela força do impacto. O *Victory* agora estava perto da nuvem, mas Sharpe tinha a impressão de que ele estava velejando direto para uma parede sólida de fumaça, fogo e ruído. O *Royal Sovereign* estava perdido na nuvem, cercado pelo inimigo, lutando desesperadamente enquanto o vento fraco ajudava-o muito pouco. Uma porção da amurada de vante do castelo de proa subitamente desapareceu em farpas e poeira. Um fuzileiro caiu para trás, pulmões transfixados por um dos estilhaços de madeira.

— Hodkinson! — berrou Armstrong. — Leve ele para baixo!

Outro fuzileiro naval estava com um braço aberto por um estilhaço de madeira, mas, embora sua manga estivesse encharcada com sangue e mais sangue gotejasse de seu punho, ele se recusou a ir.

— É só um arranhãozinho, sargento.

— Mova os dedos, rapaz. — O marinheiro obedientemente meneou os dedos. — Você pode apertar um gatilho — concedeu Armstrong. — Mas amarre bem isso! Não terá nada a fazer nos próximos minutos, então amarre isso. Não quero sangue pingando num convés bem limpo.

Uma bala de canhão atingiu a coluna que prendia as escotas do estai do traquete. Outra acertou em cheio o bico de proa do navio, jorrando estilhas de madeira no ar. Então surgiu um ruído vindo do alto de algo ranchando e rasgando. Sharpe olhou para cima e viu o mastaréu do joanete do grande, a porção mais fina e alta do mastro grande, caindo e trazendo consigo um emaranhado de cabos e a própria vela do joanete. Moitões de madeira pesadíssimos caíram com grande estrondo no convés. Alguns navios haviam amarrado uma rede sobre o tombadilho para poupar cabeças de serem esmagadas por esses projéteis acidentais, mas Chase não gostava de "*sauve-têtes*", alegando que protegiam os oficiais no tombadilho mas deixavam desprotegidos os homens de vante.

— Todos devemos correr os mesmos riscos — dissera Chase a Haskell quando o imediato sugerira estender a rede, embora Sharpe tivesse a impressão de que os oficiais no tombadilho corriam mais risco que a maioria dos homens a bordo porque eram mais evidentes devido à sua posição desprotegida e ao brilho de suas fardas ornadas com ouro.

Ainda assim, supunha Sharpe, eles ganhavam melhor, de modo que deviam arriscar-se mais. A adriça de uma vela de estai partiu; a vela flutuou para baixo e um punhado de marinheiros correu para vante ao longo do gurupés para alá-la e amarrar uma nova adriça. Mais um, dois, três golpes no casco, cada um deles abalando o *Pucelle* inteiro. Sharpe não fazia a menor ideia de como o inimigo mirava seus canhões com toda aquela fumaça de pólvora pairando densa em torno de seus cascos. A marujada cantou enquanto içava novamente a vela de estai.

Mais gajeiros subiram o mastro grande para tentar reparar o mastaréu do joanete destroçado. A vela grande agora estava perfurada por pelo menos uma dúzia de buracos. Os navios a vante do *Pucelle* tinham praticamente as mesmas feridas — mastros estilhaçados, vergas quebradas, velas dependuradas em dobras —, mas pano suficiente para continuarem avançando lentamente. Três corpos flutuavam ao lado do *Pucelle*, jogados pela borda do *Temeraire* ou do *Conqueror*. Colunas de água pontuavam o mar em torno dos navios mais de vante da formatura.

— Lá vai Sua Majestade! — gritou Armstrong.

O sargento evidentemente estava confuso quanto à patente de Nelson e referiu-se ao almirante com carinho, tratando-o como um nativo honorário de Nortúmbria.

O almirante estava manobrando sua nau capitânia para o interior da linha inimiga, e Sharpe ouviu os estampidos das bordadas de artilharia do *Victory* e viu seu través de boreste vomitar chamas ao disparar três conveses de canhões com cargas duplas contra a proa de um dos navios franceses que o atormentara por tanto tempo. No navio francês, o mastro do traquete, todo ele, cambaleou para a esquerda e para a direita, e tombou devagar. Todos os canhões do *Victory* deviam ter recuado para bordo e agora as guarnições estavam resfriando, recarregando e socando, aspirando fumaça e poeira, e escorregando em sangue fresco enquanto projetavam os canos das peças para fora das portinholas.

A vela do joanete do traquete dianteiro do *Pucelle* desabou enquanto as bocas aguentavam a verga destroçada pela bala. O *Conqueror* também estava sofrendo. Suas velas auxiliares se arrastavam na água, e os homens de Pellew penavam para trazê-las de volta para bordo. O mastaréu do velacho do *Conqueror* estava inclinado num ângulo insólito e havia cicatrizes na pintura do costado. Os navios britânicos, agora com suas portinholas de canhão abertas, estavam ornamentados com quadradinhos vermelhos que quebravam a monotonia das faixas pretas e amarelas. O ar se agitava a cada detonação e silvava com a passagem das balas, e o longo marulho atlântico erguia e impelia os navios lentos em direção ao fogo inimigo.

Sharpe viu um navio direto pela proa. Era espanhol e sua bandeira vermelha e branca era tão imensa que quase arrastava na água. Um pé de vento clareou um pouco a fumaça que o envolvia, permitindo que Sharpe enxergasse através de suas portinholas de canhão, mas a fumaça logo voltou, quando meia dúzia dessas aberturas mostraram suas línguas de fogo. Balas uivantes atravessaram o cordame do *Pucelle*, tremulando velas e partindo cabos. O casco preto e vermelho do navio espanhol estava oculto pela fumaça que se espessava à medida que mais canhões abriam fogo. Uma bala perfurou o castelo de proa; outra atingiu a parte superior do mastro do traquete; uma terceira colidiu com a linha-d'água a bombordo. Sharpe contava, observando atentamente a popa do navio espanhol, onde os primeiros canhões haviam disparado. Um minuto se passou e a fumaça ali estava desvanecendo. Dois minutos, e os canhões ainda não haviam disparado novamente. Lerdos, avaliou Sharpe. Contudo, um canhão lerdo ainda podia ser um canhão letal. Sharpe avistou homens com mosquetes na mastreação inimiga. Uma bala passou zunindo acima de Sharpe e desapareceu à ré. A proa arredondada do *Britannia* — ornada com a figura da deusa Britânia empunhando escudo e tridente — foi lavada pelo jorro provocado por um tiro que caiu curto no mar. O fuzileiro naval ainda rezava, pedindo a intercessão da mãe de Jesus Cristo, fazendo ininterruptamente o sinal da cruz.

O *Victory* praticamente desaparecera na fumaça. Agora atravessava a linha inimiga e a fumaça dos canhões pareceu encasulá-lo, embora Sharpe ainda enxergasse a popa alta e dourada da nau capitânia refletindo a parca luz diurna que atravessava a neblina forjada pelo homem. Sharpe teve a impressão de que os navios inimigos estavam se reunindo em torno de Nelson, e os estampidos de seus canhões agitavam o mar, ensurdecendo Sharpe e chocalhando seus dentes. O *Temeraire*, segundo na coluna de Nelson, forçou sua passagem através da brecha na linha inimiga e, com sua bordada de artilharia apontada para a popa de um navio francês, abriu fogo. Sharpe olhou para a direita e viu que os primeiros navios à ré do *Royal Sovereign* de Collingwood tinham finalmente alcançado o inimigo. O mar ali parecia fumegar com vapor. Um mastro tombou para vante no meio da fumaça. Uma brecha imensa abria-se na linha inimiga ao norte de onde Collingwood atacara, demonstrando que os navios britânicos estavam atacando furiosamente os inimigos a sul do *Royal Sovereign*, mas os navios franceses e espanhóis ao norte da nau capitânia de Collingwood simplesmente continuaram navegando para vante, rumo ao ponto onde o *Victory* de Nelson estava desfechando um segundo ataque.

Tudo acontecia devagar demais. Para Sharpe isso era insuportável. Não era como uma batalha terrestre, onde a cavalaria corria pelo campo deixando uma nuvem de poeira para trás. Esta batalha estava acontecendo com uma letargia inominável. Havia um contraste estranho entre a lentidão garbosa dos navios com todo seu velame içado e o estrondo de seus canhões. Eles avançavam graciosos para a morte, em toda a beleza de vergas estendidas, velas desfraldadas e cascos pintados. Rastejavam em direção à morte. O *Leviathan* e o *Neptune* estavam agora engajados em batalha, perfurando a linha inimiga para o sul do *Victory*. Uma bala de canhão cavou um túnel no castelo de proa do *Pucelle*; outra golpeou o mastro da gata, estremecendo-o; uma terceira martelou todo o convés principal, varando-o de proa a popa, mas milagrosamente não atingindo nada durante o percurso. Os marujos ainda estavam acocorados entre os canhões. Chase estava de pé ao lado do mastro da gata, mãos fechadas às costas. O *Pucelle* estava a uma distância de três navios da linha inimiga e Chase escolhia o local pelo qual navegaria.

— Um ponto a boreste! — gritou, e a roda do leme crepitou enquanto o contramestre girava as malaguetas. Gritos soaram na primeira coberta quando uma bala inimiga trespassou o carvalho e ricocheteou do mastro grande para atingir os integrantes acocorados de uma guarnição de canhão. — Governe assim! — ordenou Chase ao contramestre. — Governe assim!

Alguma coisa passou zumbindo perto da orelha de Sharpe; a princípio achou que fosse um inseto, mas então viu uma pequena farpa saltar do convés e compreendeu que marujos inimigos estavam disparando mosquetes da mastreação dos navios a vante. Sharpe ordenou a si mesmo que se mantivesse absolutamente imóvel. O navio espanhol que estivera diretamente à frente fora engolfado pela fumaça e no lugar dele posava um francês, e logo atrás outro navio, embora Sharpe não conseguisse dizer exatamente de qual das duas nacionalidades, estando sua bandeira escondida por uma massa de velas não danificadas. As velas pareciam sujas. Era um convés duplo, menor que o *Pucelle*, e sua figura de proa mostrava um monge segurando uma cruz no alto, portanto um navio espanhol. Sharpe procurou pelo *Revenant*, mas não conseguiu achá-lo. Chase parecia estar navegando em direção à proa do navio espanhol menor, conduzindo o *Pucelle* através da brecha progressivamente mais estreita entre o espanhol e o francês à sua frente. Por sua vez, o espanhol queria obstruir a trajetória do *Pucelle*, tentando posicionar seu casco menor transversalmente à proa do navio britânico, e agora estava tão perto do navio francês que seu pau da giba, a parte externa do gurupés, quase espetou a mezena francesa. Canhões franceses expeliam balas no casco do *Pucelle*. Balins de mosquete salpicavam as velas. Fumaça de pólvora sarapintava a mastreação do navio francês e agasalhava seu casco.

Chase avaliou a brecha. Poderia virar o *Pucelle* e engajar o navio francês través com través, mas suas ordens eram de atravessar a linha, embora a brecha estivesse estreitando perigosamente. Caso errasse o cálculo, e caso o espanhol conseguisse posicionar seu casco de través para a proa do *Pucelle*, os espanhóis puxariam seu gurupés, amarrariam-no contra o seu próprio navio, e iriam prendê-lo enquanto varreriam de proa a popa, reduzindo o britânico a farpas ensanguentadas. Haskell reconheceu o perigo e virou-se para Chase com uma sobrancelha erguida. Um balim de mosquete acertou o piso entre eles; em seguida, uma bala de canhão estilhaçou a quina do convés de popa imediatamente acima de Chase antes de explodir a bolsa de sinais situada na grinalda de popa, de forma que o *Pucelle* subitamente arrastava um véu de bandeiras de cores berrantes. Uma bala de mosquete entocou-se na roda do leme, outra estilhaçou a luz da bitácula. Chase olhou para a brecha cada vez menor e sentiu a tentação de abalroar a popa do espanhol, mas ele preferia morrer a deixar o comandante espanhol ditar sua batalha.

— Governe assim — ordenou ao seu contramestre. Ele iria arrancar o gurupés do casco do espanhol antes de abrir passagem. — As equipes de canhão devem se levantar, Sr. Haskell! — instruiu Chase.

Haskell gritou a ordem para o convés principal.

— Levantar! Levantar! Guarnecer os canhões!

Guarda-marinhas e tenentes repetiram a ordem para a primeira coberta.

— Levantar! Levantar! — Homens reuniram-se em torno de seus canhões, espreitaram pelas portinholas abertas, viram os buracos que já infestavam as madeiras de carvalho duplas do casco. Os fechos de pederneira dos canhões foram engatilhados e os artilheiros acocoraram-se ao lado de suas peças de artilharia, cordões de disparo prontos.

Um fuzileiro praguejou e cambaleou no castelo de proa enquanto um balim de mosquete vindo de cima atravessava seu ombro e se instalava em sua barriga.

— Vá sozinho até o cirurgião — instruiu-lhe Armstrong. — E nada de choramingar. — Ele olhou para o mastro da gata do navio francês, onde um aglomerado de homens apontava para baixo, em direção ao *Pucelle*. — É hora de ensinarmos umas boas maneiras a esses bastardos — grunhiu o sargento.

O gurupés do *Pucelle*, esfarrapado com sua verga quebrada, foi impelido para a brecha entre os dois navios. Os artilheiros posicionados cobertas abaixo ainda não podiam ver o inimigo, mas sabiam que estavam próximos porque a fumaça dos canhões inimigos deitava-se no mar como névoa, e espessava à medida que o inimigo tornava a disparar, embora agora o *Pucelle* estivesse tão próximo que estavam disparando nos navios atrás dele.

— Passe pela brecha! — gritou Chase para seu navio. — Passe pela brecha!

Porque este era o glorioso momento da vingança. Este era o momento em que, se conseguisse forçar sua passagem, o *Pucelle* conduziria suas bordadas de artilharia até uma popa e uma proa inimigas desprotegidas. E então, após ter recebido um castigo tão longo, o *Pucelle* poderia atacar dois navios ao mesmo tempo, rasgando madeira e carne com seus próprios bólidos de metal.

— Atenção na pontaria! — gritou Chase. — Acertem seus disparos!

Sangrem, seus bastardos, pensou vingativo, desejando que seus inimigos se arrependessem de ter nascido e que fossem condenados às entranhas do Inferno pelos danos causados ao seu navio. Houve um som de dilaceramento quando o gurupés do *Pucelle* se emaranhou com o gurupés do navio espanhol. Súbito, o pau da giba do espanhol quebrou completamente e a proa maltratada por tiros de canhão do *Pucelle* estava na brecha, sua verga da cevadeira quebrada rasgando a bandeira francesa, e agora o primeiro dos seus canhões tinha posição de tiro.

— Agora matem-nos! — berrou Chase, alívio derramando-se por seu corpo porque agora podia contra-atacar. — Matem todos eles!

Lorde William Hale recusara-se a permitir que a camareira de sua esposa se refugiasse na "toca das damas", dizendo peremptoriamente à garota que encontrasse um lugar a vante no porão de carga do *Pucelle*.

— Já é muito ruim sermos forçados a um lugar como este para ainda por cima ter de dividi-lo com criados — disse à esposa.

A "toca das damas" era o canto mais à ré do porão de carga do *Pucelle*, um espaço triangular feito onde o casco sustentava o leme. Sua antepara de vante era formada pelas prateleiras onde a bagagem vazia dos oficiais era armazenada e onde Malachi Braithwaite procurara o memorando no dia de sua morte, e o piso do compartimento era composto pelo taboado encurvado do navio, e embora o comandante Chase tivesse ordenado que um pedaço de vela velha fosse colocado no local para prover conforto rudimentar, lorde William e lady Grace ainda eram forçados a se empoleirar desconfortavelmente contra as tábuas encurvadas debaixo da pequena escotilha que conduzia ao alojamento dos oficiais subalternos. Era neste alojamento que os fechos de pederneira eram guardados e onde as armas portáteis podiam ser reparadas. Agora o alojamento estava vazio, embora o cirurgião pudesse vir a usá-lo para acomodar os moribundos.

Lorde William insistira em trazer duas lanternas, as quais pendurou em gatos enferrujados no teto da "toca das damas". Sacou sua pistola e deitou-a no colo, usando-a como apoio para a lombada de um livro que retirou do bolso de sua casaca.

— Estou lendo *A Odisseia* — disse ele à esposa. — Achei que a esta altura já teria terminado, mas o tempo voou nesta viagem. Você não teve a mesma impressão?

— Sim — disse ela, entediada.

O som dos canhões inimigos era bem abafado aqui, abaixo da linha-d'água.

— Mas fiquei satisfeito em descobrir, nos poucos momentos que pude dedicar a Homero, que meu grego está melhor que nunca — prosseguiu. —

Algumas palavras me escaparam, mas o jovem Braithwaite lembrou-as para mim. Ele não era muito útil, Braithwaite, mas seu grego era excelente.

— Ele era um homem odioso — disse lady Grace.

— Nunca percebi que ele fizesse qualquer diferença para você — disse lorde William, e então moveu o livro para que a luz da lanterna caísse sobre a página. Ele traçou as linhas com o dedo, silenciosamente desenhando com a boca a pronúncia das palavras.

Lady Grace ouviu os disparos e tomou um susto quando a primeira bala atingiu o *Pucelle* e estremeceu todo o madeirame do navio. Lorde William meramente soergueu uma sobrancelha e prosseguiu sua leitura. Mais tiros acertaram seus alvos, sons abafados pelos conveses acima de suas cabeças. De frente para lady Grace, onde o madeirame interno do casco ligava-se a uma caverna, uma trinca vazava água. Cada vez que uma onda passava sob o casco, a água pressionava a fissura e escorria para desaparecer no porão do outro lado da prateleira de bagagens. Lady Grace conteve um impulso de pressionar um dedo contra a trinca que estava preenchida por uma tira de estopa calafetada e lembrou-se de Sharpe contando-lhe como, em seus tempos de menininho de orfanato, fora obrigado a desfiar grandes quantidades de cabo alcatroado que tinham sido usadas como defensas nas docas de Londres. O trabalho dele era extrair os cordões de linho cânhamo para serem vendidos a estaleiros para uso como vedação de tábuas. As unhas de Sharpe ainda estavam quebradas e enegrecidas, embora isso, garantira, fosse efeito da deflagração dos mosquetes. Grace pensou nas mãos de Sharpe, fechou os olhos e divagou sobre a loucura que a tomara. Ainda estava enfeitiçada. O navio estremeceu de novo, e ela sentiu um terror súbito de estar aprisionada neste espaço apertado caso o *Pucelle* afundasse.

— Estou lendo sobre Penélope — comentou lorde William, ignorando os impactos frequentes enquanto balas inimigas golpeavam o *Pucelle*. — Ela é uma mulher notável, não acha?

— Sempre achei isso — disse lady Grace, abrindo os olhos.

— A quintessência da fidelidade, não concorda? — perguntou lorde William.

Grace fitou o rosto do marido. Estava sentado à sua esquerda, empoleirado no lado oposto do espaço estreito. Parecia divertir-se.

— A fidelidade de Penélope é sempre louvada — retrucou ela.

— Minha querida, já se perguntou por que a levei para a Índia? — indagou lorde William, fechando o livro depois de marcar cuidadosamente o ponto em que parara com o que parecia ser uma carta dobrada.

— Esperava que fosse devido ao quanto eu poderia lhe ser útil — respondeu lady Grace.

— E você foi — disse lorde William. — Nossos visitantes foram muito bem recebidos e não tenho uma única queixa sobre a forma como você organizou nossa morada.

Grace não disse nada. O leme, tão próximo dela, rangeu em sua governadura. Os disparos inimigos eram uma sucessão constante de impactos surdos, ocasionalmente subindo para um crescendo trovejante, e em seguida arrefecendo para batidas estáveis.

Lorde William prosseguiu:

— Mas evidentemente um bom criado pode gerir uma morada com a mesma competência que uma esposa, se não mais. Não, minha querida, confesso que não foi por esse motivo que a trouxe. Queira perdoar-me, mas fiz isso porque temia que fosse difícil para você imitar Penélope caso eu a deixasse em casa por um período tão longo.

Grace, que estivera observando a água escorrer da trinca, olhou para o marido.

— Você está sendo ofensivo — disse friamente.

Ele ignorou as palavras da esposa.

— Afinal, Penélope permaneceu fiel ao seu esposo durante todos os longos anos de seu exílio, mas será que uma mulher moderna demonstraria a mesma virtude? — Lorde William pausou, fingindo contemplar a questão. — O que acha, querida?

Grace respondeu, ácida:

— Acho que precisaria estar casada com Ulisses para responder a uma pergunta como esta.

Lorde William riu.

— Gostaria disso, minha querida? Gostaria de estar casada com um guerreiro? Aliás, será Ulisses mesmo um grande guerreiro? Ele sempre me pareceu mais um trapaceiro que um soldado.

— Ele é um herói — insistiu Grace.

— Como, tenho por certo, todos os maridos são para suas esposas — disse lorde William, placidamente.

Lorde William levantou os olhos para as vigas do convés acima quando um choque duplo abalou o navio. Uma onda levantou a popa, obrigando-o a estender uma das mãos para se equilibrar. Pés roçaram no convés acima, onde os primeiros feridos do navio eram submetidos à faca do cirurgião. Um impacto particularmente ruidoso, soando muito perto deles, fez lady Grace soltar um grito. Seguiu-se o som ameaçador de água jorrando que parou de repente quando o carpinteiro, tendo achado o buraco na linha-d'água, martelou um bujão nele. Lady Grace tentou adivinhar o quanto abaixo da linha d'água estavam. Um metro e meio? Dois? O comandante Chase garantira que nenhuma bala de canhão poderia penetrar a "toca das damas", explicando que a água do mar reduzia instantaneamente a velocidade dos bólidos. Contudo, os sons terríveis sugeriam que cada parte do *Pucelle* podia ser ferida. As bombas do navio estrepitavam, embora, depois que o *Pucelle* abrisse fogo, os homens estariam ocupados demais com seus canhões para se dedicar às bombas. O navio estava repleto de ruídos: o crepitar das fundações dos mastros no porão, o gorgolejar da água, os arfados da bomba, o gemido das madeiras pressionadas, o uivo do leme em suas dobradiças metálicas, o martelar dos canhões inimigos e os choques das balas que atingiam seus alvos. Lady Grace, assaltada pela cacofonia, estava com uma das mãos na boca e a outra apertada contra a barriga, na qual carregava o filho de Sharpe.

— Estamos completamente seguros aqui — disse lorde William para acalmar a esposa. — O comandante Chase me assegurou que ninguém morre abaixo da linha-d'água. Já que estamos falando nisso, minha querida, lembrei que o pobre Braithwaite morreu precisamente assim. — Lorde William juntou as mãos, fingindo devoção. — Ele foi morto debaixo da linha-d'água.

— Ele caiu — corrigiu lady Grace.

— Caiu mesmo? — perguntou lorde William, seu tom sugerindo o quanto estava gostando daquela conversa. Um golpe estrepitoso abalou o navio, e então alguma coisa raspou o casco com rapidez e força. Lorde William sentou-se de modo mais confortável. — Devo confessar que tenho dúvidas se ele realmente caiu.

— Como mais poderia ter morrido? — perguntou Grace.

— E quão convincente é essa pergunta, minha querida! — Lorde William fingiu pensar no assunto durante algum tempo. — É claro, uma interpretação completamente diferente pode ser extraída da morte desse homem quando constatamos que praticamente todos a bordo deste navio nutriam antipatia por ele. Como você? Você acaba de me dizer que o considerava odioso.

— Ele era — disse, amarga.

— Mas não creio que você poderia tê-lo matado — disse com um sorriso lorde William. — Talvez ele tivesse outros inimigos? Inimigos que poderiam fazer sua morte parecer um acidente? Ulisses, na improvável possibilidade de encontrar o jovem Braithwaite, decerto não teria qualquer problema em disfarçar esse tipo de assassinato.

— Ele caiu — insistiu lady Grace, cansada.

— Mas ainda assim... ainda assim.. — disse lorde William, franzindo a testa ao pensar. — Confesso que não gostava muito de Braithwaite. Sua ambição patética era exposta demais para meu gosto. Carecia de sutileza e era incapaz de disfarçar o quanto invejava o privilégio alheio. Depois que chegássemos à Inglaterra eu seria forçado a abrir mão de seus serviços. Contudo, Braithwaite devia ter-me em mais conta, porque ele confiava em mim.

Lady Grace fitou seu esposo. A oscilação das lanternas projetava sombras ameaçadoras a cada lado do corpo de lorde William. Uma bala de canhão chocou-se com a coberta acima deles, e o cavername do navio transmitiu o som lancinante para baixo até onde estavam, mas desta vez lady Grace não estremeceu com o ruído. Estava arranhando um pedaço de estopa com a mão direita, tentando imaginar como seria a sensação de fazer aquilo para um menininho num orfanato frio.

— Talvez ele não confiasse exatamente em mim, porque eu, claro, não estimulava a intimidade — disse lorde William, pedante. — O pobre homem teve uma premonição de sua morte. Você acha que ele, talvez, possuísse alguns poderes proféticos?

— Não sei nada a respeito dele — disse Grace, distante.

— Quase sinto pena de Braithwaite, porque ele vivia com medo — disse lorde William.

— Uma travessia marítima pode alimentar o nervosismo — teorizou lady Grace.

— Tanto medo — prosseguiu lorde William, ignorando patentemente as palavras da esposa — que, antes de morrer, deixou uma carta lacrada entre meus papéis. "Para ser aberta no evento de minha morte", dizia a carta. — Lorde William fez uma careta. — Uma descrição muito dramática, não acha? Tão dramática que hesitei em obedecer, porque esperava que a carta não contivesse nada mais do que ressentimentos e justificativas patéticas. Inclusive, fiquei tão repugnado com a perspectiva de ouvir as palavras de Braithwaite do além-túmulo, que quase atirei a carta no mar, mas um senso cristão de dever me fez atender ao desejo dele. Devo, inclusive, confessar que ele escrevia com certo estilo. — Lorde William sorriu para sua esposa e então, delicadamente, retirou o papel dobrado das páginas de seu exemplar de *A Odisseia*. — Este, minha querida, é o legado do jovem Braithwaite à nossa felicidade conjugal. Por favor, leia, porque estou ansioso por sua interpretação do conteúdo.

Lorde William estendeu a carta e, embora lady Grace tivesse hesitado, coração afundando no peito, ela soube que devia obedecer. Era isso ou ouvir seu marido ler a carta em voz alta. Assim, sem dizer uma palavra, pegou o papel.

Seu marido fechou a mão em torno do cabo da pistola.

O gurupés do *Pucelle* arrancou o pau da bujarrona do navio espanhol.

E lady Grace leu sua condenação.

A popa do navio francês estava tão próxima que Sharpe tinha a impressão de que, se esticasse o braço, poderia tocá-la. O nome do navio estava escrito em letras de ouro sobre uma faixa preta entre os dois pares de janelas pintadas em dourado na popa. *Neptune*. Os britânicos tinham um *Neptune* na esquadra, um navio de convés triplo com noventa e oito canhões, enquanto este *Neptune* era um convés duplo, embora Sharpe tivesse a impressão de que era maior que o *Pucelle*. Sua popa era aproximadamente um metro e meio mais alta que o castelo de proa do *Pucelle* e estava apinhada de marinheiros franceses armados com mosquetes. Suas balas atingiam o convés ou se alojavam nas trincheiras de macas. Logo abaixo da fumaça dos canhões inimigos aparecia um escudo esculpido na grinalda. O escudo era encimado por uma águia, por sua vez ladeada por altos-relevos de bandeiras, todas elas, como o próprio escudo, pintadas com o tricolor francês; contudo a tinta emaciara e Sharpe podia ver resíduos dourados da velha flor-de-lis da realeza por baixo do vermelho, branco e azul pós-revolucionário. Sharpe disparou seu mosquete, obliterando a visão com fumaça, e então Clouter, que aguardara deliberadamente até sua caronada poder disparar diretamente pela linha central do *Neptune* francês, puxou o cordão de disparo.

Foi o primeiro canhão do *Pucelle* a atirar, e recuou em sua carreta com um grito estridente e uma nuvem de fumaça preta. Os fuzileiros franceses desapareceram, retalhados numa névoa ensanguentada pelo barril de balas de mosquete que fora carregado por cima da imensa bala esférica. A bala, por sua vez, estilhaçara o escudo pintado e em seguida atingira o mastro da gata do *Neptune* com um estrondo abafado pelos primeiros disparos de canhões nos conveses da bateria do *Pucelle*.

Esses canhões estavam carregados com carga dupla, cada um deles tivera um pacote de metralha metido por cima de suas duas balas de canhão gêmeas, e estavam sendo disparados diretamente contra as janelas de popa do navio francês. As vidraças e suas molduras desapareceram enquanto projéteis pesados varavam toda a extensão das duas cobertas de canhão do *Neptune*. Canos de canhão foram empurrados de suas carretas, franceses eviscerados, e as balas continuavam vindo, disparo após disparo, à medida que o *Pucelle* lenta, muito lentamente, viajando na passada de um homem velho, avançava centímetro a centímetro ao longo da popa inimiga para colocar sucessivamente suas portinholas de canhão de bombordo em posição de tiro. Os canhões de boreste estavam disparando contra a proa do navio espanhol, dilacerando a madeira pesada para cuspir suas balas assassinas pelas cobertas de canhão. O *Pucelle* estava distribuindo carnificina e fumaça erguia-se de seus bordos, começando na proa e seguindo até a popa.

O mastro da gata do *Neptune* caiu no mar. Sharpe ouviu os gritos dos atiradores em seu cordame, testemunhou sua queda na água, e então introduziu uma nova bala no mosquete. A caronada de boreste, carregada como a de Clouter com balas de mosquete e uma vasta bala esférica, varrera todos os homens do castelo de proa do navio espanhol. Sangue gotejava dos embornais no castelo de proa enquanto a figura do monge segurando uma cruz fora reduzida a lenha de fogueira. Havia um crucifixo grande amarrado ao mastro da gata do navio espanhol, mas quando as caronadas de popa de Chase dispararam ao longo do navio menor, o braço esquerdo do Cristo foi atirado longe e suas pernas penderam quebradas.

O *Pucelle* rasgara uma parte da bandeira do navio francês, enquanto o resto estava na água com o mastro da gata caído. Chase queria virar seu navio para bombordo e posicioná-lo lado a lado com o *Neptune* e destruí-lo com seus canhões, mas o navio espanhol colidiu de proa com o *Pucelle* e, inadvertidamente, virou-o para boreste. Houve um som de coisas sendo rasgadas, quebradas e moídas enquanto os dois cascos se esfregavam um no outro, e então o comandante espanhol, temendo ser abordado, aquartelou suas gáveas e o navio menor caiu para ré. Suas portinholas de canhão de boreste tinham sido fechadas, mas agora algumas se abriram enquanto os canhoneiros sobreviventes cruzaram o convés vindo de bombordo. Os canhões dispararam contra o *Pucelle*. Os fuzileiros navais do capitão Llewellyn estavam disparando no cordame espanhol. Fumaça obscurecia o navio menor. Chase pensou em virar todo o leme e abordar o navio espanhol, mas ele já tinha passado, e então ordenou ao contramestre virar o navio para norte em direção ao caldeirão de fogo e fumaça que envolvia o *Victory*. O casco da nau capitânia não podia ser visto em meio à neblina fedorenta, mas, a julgar pelos mastros, Chase calculou que havia um navio francês em cada bordo dele.

— Arriar velas auxiliares — ordenou.

Essas velas, que se projetavam a cada bordo do navio, eram úteis apenas com ventos favoráveis, e agora o *Pucelle* virava-se para posicionar o vento pequeno em seu través de bombordo. Os gajeiros posicionaram-se ao longo das vergas. Um, atingido por uma bala de mosquete, caiu sobre a verga do grande e em seguida tombou para deixar um longo rastro de sangue na vela grande.

O *Neptune* francês foi retardado pelo mastro da gata que se arrastava na água. Sua tripulação desfechava machadadas no cordame caído, na tentativa de soltar o mastro quebrado. O *Pucelle* estava em sua alheta e os canhoneiros de bombordo de Chase haviam recarregado e despejado bala após bala no navio francês, disparando através da fumaça perene de sua primeira bordada de artilharia. O ruído dos canhões enchia o céu, estremecia o mar, abalava o navio. Clouter recarregara a caronada de bombordo, um trabalho lento, mas não havia alvo próximo e ele não iria desperdiçar a bala gigante no *Neptune*, que finalmente se libertara dos destroços de seu mastro e se afastava. Clouter enfiou outro barril de balins de mosquete no cano curto e se pôs a aguardar que outro alvo ficasse dentro do alcance curto do seu canhão.

Mas o *Pucelle* estava subitamente numa porção de mar aberto sem nenhum inimigo próximo. Ele cortara a linha, mas o *Neptune* rumara para norte enquanto o navio espanhol desaparecera em fumaça à ré, e não havia qualquer navio a vante, exceto uma fragata inimiga, que estava a um quarto de milha de distância, e naus de linha não se rebaixavam a combater fragatas quando havia grandes vasos de guerra por perto para engajar. Uma longa linha de vasos de guerra franceses e espanhóis procedia do sul, mas nenhum estava a curta distância, portanto Chase continuou avançando rumo à fumaça turbulenta, iluminada por deflagrações, que marcava o ponto onde jazia a sitiada nau capitânia de Nelson. Havia honra a obter com a derrota de uma nau capitânia, e o *Victory*, como o *Royal Sovereign*, estavam atraindo navios como moscas. Quatro outros navios britânicos estavam em ação perto do *Victory*, mas o inimigo tinha sete ou oito, e mais nenhuma ajuda chegaria durante algum tempo porque o *Britannia* era uma nau muito lenta. O *Neptune* francês parecia estar indo juntar-se àquela balbúrdia, e Chase o seguiu. Os gajeiros, em pequeno número porque muitos deles estavam nos canhões, caçaram as escotas das velas enquanto o *Pucelle* girava. O mar estava coberto de destroços flutuantes. Dois corpos passaram boiando. Uma gaivota estava empoleirada num deles, ocasionalmente bicando o rosto do homem, que fora destroçado por uma bala de canhão e descolorado pelo mar.

Os feridos do *Pucelle* foram carregados para baixo, e os mortos jogados ao mar. O cano do canhão que fora retirado de sua carreta foi peiado para que, com o balanço do navio, não se deslocasse e esmagasse um homem. Os tenentes redistribuíram os artilheiros entre as guarnições, equilibrando o efetivo onde muitos tinham sido mortos ou feridos. Chase olhou para o navio espanhol à ré.

— Eu devia ter me posicionado pelo través dele — disse a Haskell, arrependido.

— Haverá outros, senhor.

— Por Deus, eu quero uma presa hoje! — exclamou Chase.

— Há muitos outros peixes no mar, senhor.

O navio inimigo mais próximo agora era um convés duplo que estava lado a lado com o *Victory*, que era maior que ele. Chase podia ver a fumaça dos canhões do *Victory* cuspirem de um espaço estreito entre os dois navios e imaginou o horror nas cobertas do navio francês enquanto as três fileiras de canhões britânicos destroçavam homens e madeiras, mas também viu que os conveses superiores do navio francês estavam apinhados de gente. O comandante francês pareceu ter abandonado por completo suas cobertas de canhão e reunido toda a tripulação no castelo de proa, no convés principal e no tombadilho, onde estavam armados com mosquetes, lanças, machados e cutelos.

— Eles querem abordar o *Victory*! — exclamou Chase, apontando.

— Por Deus, senhor, eles querem sim.

Chase não conseguia enxergar o nome do navio francês, porque a fumaça de pólvora coleava em torno de sua popa, mas seu comandante era claramente um homem ousado, porque estava disposto a perder seu próprio navio se com isso pudesse capturar a nau capitânia de Nelson. Seus marinheiros tinham enganchado o inimigo maior e o puxado para perto, seus artilheiros haviam fechado as portinholas e pego seus cutelos, e agora os franceses procuravam um caminho para o convés de Nelson. O *Victory* era mais alto que o navio francês e, devido a essa diferença, mesmo depois que os cascos dos navios estivessem se tocando, as amuradas ainda estariam afastadas uma da outra por dez metros ou mais. Os canhões do *Victory* golpeavam o casco do navio francês, enquanto o navio francês tinha multidões de marinheiros no cordame despejando fogo letal de mosquete nos conveses desabrigados da nau capitânia. Eles quase esvaziaram esses conveses, de modo que agora os britânicos lutavam de seus conveses inferiores enquanto os franceses tentavam encontrar uma forma de cruzar para os conveses superiores, virtualmente desguarnecidos, da nau capitânia. O comandante francês planejava despejar centenas de homens no *Victory*. Ele faria seu nome, seria almirante antes do pôr do sol e levaria Nelson prisioneiro para Cádiz.

Chase escalara alguns metros até as enxárcias da gata para ver o que estava acontecendo, e o que viu deixou-o embasbacado. Ele não podia ver o almirante, ou o comandante Hardy. Alguns fuzileiros navais de casacas vermelhas estavam acocorados debaixo da cobertura das caronadas e despejavam um fogo fraco em contra-ataque às violentas salvas de mosquete que desciam dos mastros franceses, enquanto no bordo mais distante do *Victory* outro navio inimigo disparava contra seu casco.

Chase desceu do cordame.

— Um ponto a boreste! — ordenou ao timoneiro, e então pegou um porta-voz na balaustrada. — Clouter! Está carregado com seus balins de mosquete?

— Estou cheio deles, senhor!

O navio inimigo estava a cem jardas. O *Victory* agora estava varando os conveses do francês com disparos, porque os canhoneiros de Hardy tinham elevado seus canos o máximo possível. Buracos estavam sendo abertos no costado superior a boreste do navio francês de convés duplo enquanto balas, disparadas contra o costado de bombordo do navio, passavam direto através dele. E ainda assim os canhoneiros britânicos estavam atirando às cegas e o grupo de abordagem se posicionava no trecho mais próximo ao *Victory* que os canhões não podiam alcançar. O comandante francês gritou para seus homens baixarem a verga mestra, porque ela serviria como sua ponte para a glória. Seu cordame se havia emaranhado com o cordame do *Victory*, mas o seu estava cheio de homens, enquanto o do *Victory* se achava vazio. Os mosquetes estalavam alto e rápido. Os canhões do *Victory* produziam estrondos graves. Madeira estilhaçava do convés e do bordo do navio francês a cada disparo.

Faltando cinquenta jardas. O vento estava excruciantemente fraco. O mar estava coberto por aglomerados de fumaça como neblina em dissolução. Os marulhos empurravam o *Pucelle* para leste.

— Um ponto a bombordo, John — disse Chase ao contramestre.
— Bombordo. Vamos nos aproximar dele pela alheta.

A fumaça na popa do navio francês havia afinado e Chase viu o nome do convés duplo que ameaçava abordar o *Victory*. O *Redoutable*. Morte ao *Redoutable*, pensou ele, e, nesse instante, os marinheiros franceses liberaram as adriças da verga do grande do *Redoutable* e a barra de madeira grande caiu para se chocar com a trincheira de macas do *Victory*. A verga estava caída como uma tora envolta em lona sobre a meia-nau do *Redoutable*, mas sua extremidade de bombordo projetava-se sobre o convés principal do *Victory*. Era uma ponte estreita, mas seria suficiente para os franceses.

— *A l'abordage!* — gritou o comandante francês. Era um homem baixo de voz forte. Estava com a espada desembainhada. — *A l'abordage!*

Seus homens bradaram jubilosos, enquanto enchiam a verga como uma horda de formigas. O *Pucelle* se levantou numa onda.

— Agora! — gritou Chase para o castelo de proa. — Agora, Clouter, agora!

E Clouter hesitou.

CAPÍTULO XI

Vossa Excelência deve ser informado que sua esposa esteve conduzindo um caso adúltero com o alferes Richard Sharpe, escrevera Malachi Braithwaite numa caligrafia cuidadosamente desenhada. Braithwaite ouvira os dois nos aposentos de Sharpe a bordo do *Calliope* e, por mais doloroso que fosse relatar, os sons emanados — essa foi a palavra que ele usou, emanados — do camarote sugeriam que Sua Excelência lady Grace esquecera sua posição social. Braithwaite escrevera numa tinta barata, num marrom-claro que manchara no papel úmido e que dificultava a leitura no interior da obscura "toca das damas". A princípio, relatou o secretário particular, ele não acreditara na evidência de seus próprios ouvidos, e também depositara pouco crédito em seus olhos ao ver lady Grace retirar-se do camarote da coberta de terceira classe na escuridão que precede a alvorada, de modo que considerou seu dever confrontar Sharpe com suas suspeitas. "Mas quando apresentei minhas acusações ao alferes Sharpe e o censurei por tomar vantagem de Sua Excelência, ele não negou as circunstâncias, e em vez disso ameaçou-me com assassinato." Braithwaite sublinhara a palavra "assassinato". "Foi essa circunstância, milorde, que conteve minha língua covarde de cumprir seu dever." A carta terminava com Braithwaite dizendo que não lhe concedia prazer algum informar sobre esses eventos vergonhosos, especialmente porque Sua Senhoria jamais lhe prestara gentileza excessiva.

Lady Grace deixou a carta cair em seu colo.

— Ele mente — disse ela. — Ele mente. — Havia lágrimas em seus olhos.

A "toca das damas" subitamente se encheu com barulho. Os canhões do próprio *Pucelle* começaram a atirar, e o choque dos disparos reverberou pelo navio, balançando as lanternas gêmeas. O ruído prosseguiu sem sinal de que pararia, e ficou mais alto à medida que eram acionados os canhões mais próximos da popa do navio. Então houve um estrondo horrível quando a proa do navio espanhol colidiu com o bordo do *Pucelle*, seguido por um gemido alto quando toneladas de madeira roçaram o casco. Um homem gritou, um canhão foi disparado, e então mais três. Os sons dos canhões sendo puxados para vante soavam como trovoadas repentinas.

Então se seguiu um silêncio estranho.

— Ele mentiu — disse placidamente lorde William no silêncio e estendeu a mão para pegar a carta no colo da esposa. Lady Grace fez um esforço de tomar o papel de volta, mas lorde William foi mais rápido. — É claro que Braithwaite mentiu — prosseguiu o lorde. — Ele extraiu um prazer raro ao me contar sobre seu comportamento repugnante. É possível perceber que ele se diverte em cada linha, não concorda? E eu decerto não lhe prestei gentileza excessiva! A mera noção é tão ridícula quanto ofensiva.

— Ele mente! — disse lady Grace com mais convicção. Uma lágrima tremeu em seu olho e então desceu por sua face.

— Prestar-lhe gentileza excessiva! — disse lorde William com desprezo. — Por que eu haveria de fazer semelhante coisa? Eu lhe pagava um pequeno salário à altura de seus serviços, e isso era tudo. — Lorde William guardou cuidadosamente a carta no bolso. — Porém, uma circunstância me intriga. Por que ele confrontaria Sharpe? Por que não veio direto falar comigo? Já pensei muito na questão, e ela continua me intrigando. Qual foi o sentido em procurar Sharpe? O que Braithwaite esperava dele?

Lady Grace não disse nada. O leme guinchou e uma bala inimiga acertou o *Pucelle* com um som ribombante. E então, mais silêncio.

— Então me lembrei que Sharpe depositou alguns bens com aquele maldito Cromwell — prosseguiu lorde William. — Considerei isso uma circunstância estranha, porque o homem é claramente pobre, mas suponho que ele possa ter saqueado alguma riqueza na Índia. Poderia Braithwaite ter tentado chantagear Sharpe? O que você acha?

Lady Grace balançou a cabeça, não em resposta às perguntas do esposo, mas para desconsiderar a questão como um todo.

— Ou talvez Braithwaite tenha chantageado você? — sugeriu lorde William, sorrindo para a esposa. — Ele costumava observá-la com uma expressão pateticamente sonhadora. Isso me divertia, porque era patente o que ele estava pensando.

— Eu o odiava! — desabafou a dama.

— Que demonstração de emoção extravagante, minha querida — reprochou lorde William. — Ele era uma criatura insignificante, que não era merecedora de qualquer emoção, ainda que negativa. Mas, e se neste ponto de nossa conversa ele estivesse contando a verdade?

— Não! — protestou lady Grace.

Lorde William levantou a pistola e examinou sua trava à luz da lanterna.

— Notei o quanto seu humor melhorou depois que embarcamos no *Calliope* — prosseguiu lorde William. — Isso naturalmente me agradou, porque você esteve muito nervosa nos últimos meses, mas desde que passamos para o navio de Chase você tem parecido positivamente feliz. De fato, nos últimos dias tenho percebido em você uma vivacidade que não é natural. Está grávida?

— Não — mentiu Grace.

— Sua camareira me disse que você tem vomitado quase todas as manhãs.

Lady Grace balançou a cabeça novamente. Lágrimas escorriam por suas faces. Em parte, chorava de vergonha. Quando estava com Sharpe o relacionamento deles parecia muito natural, confortador e empolgante, mas ela não podia alegar isso em sua defesa. Sharpe era um soldado ordinário, um órfão das ruas de Londres, e lady Grace sabia que seria motivo de risos se a sociedade um dia viesse a descobrir sobre seu caso com ele. Parte dela não se importava que escarnecessem dela, mas outra parte estremecia sob a chibata do escárnio de lorde William. Grace estava perdida nas profundezas de um navio, rodeada por ratos.

Lorde William viu as lágrimas e pensou nelas como a primeira recompensa de sua vingança, e então olhou para cima, para o entabuamento da coberta do bailéu.

— Que silêncio estranho — disse ele, tentando manter Grace desequilibrada mudando momentaneamente o foco da conversa antes de voltar a torturá-la com sua língua afiada. — Talvez tenhamos fugido da batalha. — Ele podia ouvir um ronco de disparos de canhão distantes, mas nenhum estava sendo disparado perto do *Pucelle*. Deitando a pistola em seus joelhos, prosseguiu: — Lembro de quando nos conhecemos. Meu tio sugeriu que eu a pedisse em casamento e tive dúvidas, claro. O seu pai é um perdulário e a sua mãe uma tagarela, mas você, Grace, possui uma beleza clássica e confesso que me senti atraído por isso. Preocupava-me que você ostentasse sua educação, mas felizmente ela é mais rala do que pensei. Também temi que possuísse opiniões, que eu suspeitava que seriam ridículas, mas estava preparado para suportar essas aflições. Acreditava que meu fascínio por sua beleza suplantaria meu desgosto por suas pretensões intelectuais. Em troca, pedi muito pouco a você, apenas que me desse um herdeiro e que mantivesse a dignidade de meu nome. Você falhou em ambas as coisas.

— Eu lhe dei um herdeiro — ela protestou entre as lágrimas.

— Aquele cãozinho adoentado? — Lorde William cuspiu e então estremeceu. — No momento o que me preocupa é o seu outro fracasso, minha querida. Seu fracasso de gosto, comportamento, decência, fidelidade... — Fez uma pausa, buscando o insulto certo. — E de boas maneiras!

— Braithwaite mentiu! — gritou Grace. — Ele mentiu.

— Ele não mentiu — disse lorde William, zangado. — Você, minha dama, fez a besta de duas costas com aquele soldado ordinário, aquela pedra de ignorância, aquele bruto. — Sua voz agora estava fria, porque ele não mais conseguia esconder sua raiva. — Você fornicou com um plebeu, e não teria afundado mais se tivesse saído para a rua e levantado suas saias.

    Lady Grace repousou a cabeça na parede de madeira. Estava de boca aberta, arfando por ar, e lágrimas gotejavam em seu manto. Seus olhos estavam vermelhos e cegos enquanto choravam.

    — E agora você está tão feia que fará desta uma tarefa muito mais fácil — disse lorde William. Ele levantou a pistola.

    E mais uma vez um som de tiro ecoou pelo navio.

Clouter não puxou o cordão de disparo do fecho de pederneira quando Chase ordenou que disparasse. Ele esperou. Aos olhos de Sharpe, e a todos que observavam, parecia que Clouter estava esperando tempo demais e que os franceses iriam alcançar o convés principal do *Victory*, mas o *Pucelle* fora levantado por uma onda e Clouter estava aguardando que o navio deslizasse para bombordo no cavado da onda. O navio fez isso, e foi dessa posição mais baixa que Clouter puxou o cordão. O disparo foi efetuado no momento perfeito; o barril de balins de mosquete e as balas de canhão caíram sobre os franceses escalando a verga que os teria conduzido ao convés desprotegido do *Victory*. Num momento havia um grupo de abordagem, no seguinte havia uma carnificina. A verga caída e a vela estavam ensopadas em sangue, mas os franceses tinham desaparecido, soprados para o limbo pela tempestade de metal.

    O *Pucelle* agora estava passando pela alheta do *Redoutable*. O navio francês estava a um tiro de pistola de distância e os canhões grandes da bordada de artilharia de bombordo de Chase começaram a trabalhar no inimigo devastado. Chase ordenara aos artilheiros que levantassem seus canhões para que as balas atravessassem o través do navio francês e subissem para o convés apinhado de homens. Uma bala após outra foi disparada do *Pucelle* num fogo calculado, lento, mortal. Homens voaram do convés inimigo, jogados para o alto pelas balas. Algumas passaram através do *Redoutable* para acertar a balaustrada do convés principal do *Victory*. Levou mais de um minuto para que o *Pucelle* passasse pelo navio francês condenado; durante todo esse minuto os canhões do *Pucelle* martelaram o *Redoutable*, e então foi a vez das caronadas do tombadilho serem apontadas para a carnificina no convés inimigo e os dois esmagadores terminarem o trabalho, esvaziando seus canos atarracados na massa humana.

    O *Redoutable* não tinha homens guarnecendo seus canhões. O comandante francês apostara todas as suas fichas na abordagem do *Victory*, e seus abordadores agora estavam mortos, feridos ou atordoados, mas o cordame do navio ainda estava cheio com os atiradores que tinham esvaziado o convés principal da nau capitânia de Nelson, e esses homens agora viravam seus mosquetes para o *Pucelle*. As balas caíram no convés como uma chuva de metal. Granadas foram arremessadas, explodindo em jorros de fumaça e fragmentos sibilantes de vidro e ferro.

    Os fuzileiros do *Pucelle* deram o máximo de si, mas estavam em menor número. Sharpe apontou para cima e atirou na luz cegante, e então recarregou depressa. O convés ao redor de seus pés estava sendo todo esburacado. Com um tinido, uma bala ricocheteou da caronada vazia de Clouter e atingiu um homem na coxa. Um fuzileiro que estava na balaustrada cambaleou para trás, a boca se abrindo e fechando. Outro, perfurado através da garganta, ajoelhou-se ao lado do mastro do traquete e fitou Sharpe de olhos arregalados.

    — Cuspa, rapaz! — gritou Sharpe para ele. — Cuspa!

    O homem fitou Sharpe intrigado, e então, obedientemente, cuspiu. Não havia sangue no cuspe.

    — Você vai sobreviver — disse-lhe Sharpe. — Desça agora.

    Uma bala atingiu uma urraca, lascando tinta amarela fresca. O sargento Armstrong disparou seu mosquete, praguejou quando uma bala perfurou seu pé esquerdo, pulou num pé só até a amurada, pegou outro mosquete e atirou de novo. Sharpe introduziu uma bala e escorvou o mosquete. Levantou a arma ao ombro e tomou por alvo o nó de homens no cesto da gávea do navio francês. Premiu o gatilho. Viu mosquetes flamejarem lá em cima. Uma granada pousou no castelo de proa e explodiu num lençol de fogo. Armstrong, ferido por lascas de vidro, usou um balde de areia para abafar as chamas, e então começou a recarregar. Os embornais do convés principal do *Redoutable* vertiam sangue que babava por baixo da balaustrada dilacerada e pintava de vermelho as portinholas de canhão fechadas. Os canhões mais de vante do *Pucelle*, recarregados, dispararam na proa do navio francês e dela chegou um estouro que pareceu anunciar que os portões do Inferno estavam fechando: uma bala de canhão acertara a enorme âncora do navio. Balas de canhão do *Victory* chegavam pelo lado do inimigo e algumas acertaram o *Pucelle*. Mais uma dúzia de mosquetes foram disparados do mastaréu da gávea, e o sargento Armstrong estava de joelhos, praguejando, mas ainda recarregando. No mastro inimigo, mais mosquetes flamejaram; Sharpe largou seu mosquete e pegou a espingarda de salvas do sargento Armstrong. Olhou para o mastaréu da gávea inimigo e calculou que estava longe demais e que as sete balas iriam se dissipar muito antes de atingir a plataforma construída na intercessão do mastro real com o mastaréu.

Sharpe correu até a balaustrada de boreste, pendurou a espingarda grande no ombro e escalou as enxárcias do mastro grande. Viu um fuzileiro deitado no tombadilho do *Pucelle* com um fio de sangue saindo de seu corpo e correndo pelas frestas nas tábuas. Outro fuzileiro estava sendo carregado para a amurada. Não conseguiu ver Chase, mas então uma bala acertou a enxárcia acima, fazendo o cabo besuntado com alcatrão tremer como uma corda de harpa; Sharpe escalou desesperadamente, tímpanos martelados pelos estampidos dos canhões. Outra bala passou zumbindo bem perto, uma segunda acertou o mastro e, privada de força, quicou contra a coronha da espingarda de salvas. Sharpe alcançou o ovém das enxárcias e, sem pensar, içou-se para cima e para fora, que era a forma mais rápida de alcançar o mastaréu da gávea. Não havia tempo de sentir medo; escalou os enfrechates com tanta agilidade quanto qualquer marinheiro e rolou para a plataforma gradeada para descobrir que agora estava nivelado com os franceses em seu mastaréu da gávea. Havia uma dúzia de homens ali, em sua maioria recarregando, mas um deles disparou e Sharpe sentiu o vento da bala roçar sua bochecha. Tirou a correia do ombro, engatilhou e mirou a espingarda de salvas.

— Bastardos — disse ele, apertando o gatilho.

O coice da espingarda empurrou-o contra as enxárcias do mastaréu. A fumaça da salva encheu o céu, mas não houve disparos de resposta do mastaréu da gávea do navio francês. Sharpe colocou a arma vazia no ombro e desceu da plataforma. Seus pés debateram-se por um segundo, mas então acharam o ovém das enxárcias voltado para dentro. Sharpe desceu de volta para o convés do *Pucelle*. Apenas quando estava novamente de pé pôde olhar para cima; tudo que viu no mastaréu da gávea inimiga foi um corpo dependurado de sua borda. Largou a espingarda, pegou um mosquete, caminhou até a balaustrada de bombordo.

Restava uma dúzia de fuzileiros. Os outros estavam mortos ou feridos. O sargento Armstrong, rosto ensanguentado devido aos três cortes e calças manchadas de vermelho devido a um ferimento a bala, estava sentado com as costas apoiadas no mastro do traquete. Tinha um mosquete a tiracolo e, embora seu olho estivesse fechado pelo sangue, esforçou-se para mirar o mosquete e disparou.

— Você deveria descer, sargento! — gritou Sharpe.

Armstrong emitiu uma opinião monossilábica sobre esse conselho e tirou um cartucho da algibeira. Uma bala arranhara as costas de Clouter, deixando uma marca vermelha como um golpe de chibata, mas o homenzarrão não estava se importando com isso. Estava enfiando outro barril de balas de mosquete na caronada, embora a esta altura o *Pucelle* tivesse passado do *Redoutable* e o navio francês estivesse fora do alcance de Clouter.

O comandante Chase ainda estava vivo. Connors, o tenente sinaleiro, perdera o braço direito na altura do cotovelo para uma bala de canhão e estava na enfermaria, enquanto Pearson, um guarda-marinha que fora reprovado duas vezes na prova para tenente, fora morto por tiros de mosquete. O tenente fuzileiro estava ferido na barriga e fora levado para baixo para morrer. Uma dúzia de canhoneiros estavam mortos e dois fuzileiros tinham sido empurrados para o mar. Contudo, Chase avaliou que ainda assim o *Pucelle* tivera sorte. Ele destruíra o *Redoutable* quando esse navio estava na iminência de abordar o *Victory*, e Chase sentiu uma exultação enquanto olhava para trás para ver o dano terrível que seus canhões tinham causado.

Eles tinham retalhado o navio francês! Chase chegara a pensar em encostar a contrabordo do *Redoutable* e abordá-lo, mas ele já estava amarrado ao *Victory* e indubitavelmente a tripulação da nau capitânia aceitaria sua rendição. Em seguida Chase viu o *Neptune* francês a vante e gritou para o timoneiro seguir até ele.

— O *Neptune* é nosso! — disse Chase a Haskell.

O imediato estava sangrando devido a um ferimento a bala no braço esquerdo, embora se recusasse a tratá-lo. O braço pendia inútil, mas Haskell alegou que não doía e, além disso, ele era destro. Sangue gotejava de seus dedos.

— Pelo menos ponha uma atadura nesse braço — sugeriu Chase, olhando para o *Neptune*, que estava desenvolvendo uma velocidade surpreendente a despeito da perda de seu mastro da gata. Ele devia ter velejado safo a oeste do confronto, enquanto o *Pucelle* passava a leste, e agora o navio francês estava aterrando como se tentasse escapar da batalha.

— Tenho certeza de que Pickering já está muito ocupado sem ser incomodado por tenentes arranhados — respondeu Haskell, impaciente.

Chase tirou sua gargalheira de seda e chamou o guarda-marinha Collier.

— Amarre isto em torno do braço do tenente Haskell — ordenou ao guarda-marinha, e então se virou para o contramestre. — Boreste, John — disse ele, gesticulando. — Boreste.

O *Neptune* estava ameaçando cruzar a proa do *Pucelle* e Chase precisava evitar isso, mas ele calculava ter velocidade suficiente para alcançar o navio francês, posicionar-se bordo a bordo com ele e enfrentá-lo canhão a canhão. E o fato do *Neptune* carregar oitenta e quatro canhões e ele apenas setenta e quatro só tornaria sua vitória ainda mais notável.

Súbito, desastre.

O *Pucelle* afastara-se do *Victory* e o *Redoutable* e deixava uma espessa nuvem de fumaça pairando à sua ré. E dessa nuvem emergiu a proa de um navio não danificado. Sua figura de proa exibia um esqueleto fantasmagórico — ceifa numa das mãos e bandeira francesa na outra — e estava cruzando atrás do *Pucelle*, a uma distância menor que o alcance de uma pistola, e com toda sua bordada de bombordo voltada para a popa decorada do *Pucelle*.

— Todo leme a boreste! — gritou Chase para o contramestre que já iniciara a manobra que levaria a bordada de bombordo para confrontar o *Neptune*, mas então o novo inimigo disparou, e o primeiríssimo tiro partiu o gualdrope da cana do leme, de modo que agora a roda do leme girava inútil nas mãos do contramestre. O leme, livre da tensão do cabo, permaneceu posicionado a meio e o *Pucelle* guinou de volta para bombordo, deixando sua popa indefesa aos canhões inimigos. Ele ia ser varrido de popa a proa.

Uma bala desceu uivando para o convés superior, matando oito marinheiros e ferindo mais uma dúzia. O disparo deixou um rastro de sangue por toda a extensão do convés, e o disparo seguinte partiu Haskell ao meio, deixando seu torso na balaustrada de boreste e suas pernas dependuradas na amurada de vante do tombadilho. Collier, ainda segurando a gargalheira de seda, estava banhado no sangue de Haskell. O quarto disparo estilhaçou a roda do leme do *Pucelle* e empalou o contramestre em suas malaguetas estilhaçadas. Chase debruçou-se na amurada quebrada do tombadilho.

— Guarnecer cabos auxiliares do leme! — gritou. — Sr. Peel! Cabos auxiliares do leme! E todo leme a boreste!

— Sim, senhor! Totalmente a boreste, senhor.

Mais disparos vararam a popa. O *Pucelle* estava tremendo com o impacto. Balas de mosquete crepitavam na popa.

— Caminhe comigo, Sr. Collier — disse Chase, vendo que o menino parecia perto das lágrimas. — Apenas caminhe comigo. — Chase pôs-se a caminhar de lado a lado do tombadilho, uma das mãos no ombro de Collier. — Estamos sendo varridos, Sr. Collier. É uma pena. — Ele levou o menino até debaixo do convés do painel de popa. — Você ficará aqui, Harold Collier, e anotará os sinais. Fique de olho no relógio! E fique de olho em mim. Se eu cair você procurará o Sr. Peel e lhe dirá que o navio é dele. Entendeu?

— Sim, senhor. — Collier tentou parecer confiante, mas sua voz tremia.

— E um conselho, Sr. Collier. Quando comandar seu próprio navio, tome muito cuidado para nunca ser varrido de proa a popa.

Chase deu um tapa carinhoso no ombro do guarda-marinha e caminhou de volta para o fogo de mosquete que esburacava o tombadilho. Os canhões inimigos ainda atacavam o *Pucelle*, tiro depois de tiro demolindo as janelas altas, derrubando canhões e jorrando sangue nas vigas dos conveses. Coberturas abaixo, os restos de madeira que sustentavam o mastro da gata foram cortados; Chase testemunhou horrorizado o mastro inteiro ruir lentamente, soltando-se do painel de popa e caindo para boreste. Foi um processo lento, as enxárcias partindo-se com sons que imitavam tiros de pistola, e o mastro principal se inclinando enquanto o estai que o conectava ao da gata retesava; então o cabo partiu e o mastro da gata crepitou, estilhaçou e afinal tombou. O inimigo entoou gritos de júbilo. Chase debruçou-se sobre a balaustrada quebrada do tombadilho para ver uma dúzia de homens alando um dos cabos auxiliares que tinham sido conectados à cana do leme antes da batalha.

— Puxem com força, rapazes! — gritou, esgoelando-se para ser ouvido acima dos estampidos dos canhões inimigos que ainda martelavam o *Pucelle*.

Um canhão de vinte e quatro libras jazia de lado, aprisionando um homem que gritava. Uma das caronadas de boreste do tombadilho fora empurrada para fora de sua carreta. A bandeira branca e grande se arrastava na água. Nenhum dos canhões do *Pucelle* podia responder, nem isso seria possível até que o navio virasse.

— Puxem com força! — gritou Chase, e viu o tenente Peel, sem chapéu e suando, somar seu peso ao cabo da cana do leme. O navio começou a virar, mas foi o mastro da gata, com sua vela e cordame que jazia na água a boreste do *Pucelle*, que mais contribuiu para virar o navio. O *Pucelle* manobrou devagar, ainda sendo punido pelo navio francês que emergira da fumaça do conflito com o *Redoutable*.

E o navio francês era o *Revenant*. Chase reconheceu-o, viu Montmorin parado de pé friamente no tombadilho, viu a fumaça dos canhões do navio subindo para seu cordame imaculado e ouviu os sons terríveis de seu navio sendo demolido debaixo de seus pés, mas finalmente o *Pucelle* respondeu à força de arraste exercida pela gata, e a banda de artilharia de boreste de Chase podia começar a responder, embora alguns dos canhões tivessem sido desmontados e outros tivessem guarnições mortas. Portanto, os disparos foram fracos. Não mais do que sete canhões dispararam.

— Fechem as portinholas de bombordo — gritou Chase para o convés principal. — Todas as guarnições para boreste! Acelerado!

O *Pucelle* ressuscitou lentamente. O ataque súbito deixara o navio aparvalhado, mas Chase conduziu um grupo de marinheiros até o painel de popa para cortar os cabos do mastro da gata destroçado, enquanto cobertas abaixo os sobreviventes das guarnições de canhão de bombordo substituíam os mortos da bordada de artilharia de boreste. O *Revenant* virou para bombordo, claramente tencionando posicionar-se lado a lado com o *Pucelle*. O castelo de proa do *Revenant* estava apinhado com homens armados com cutelos e lanças de abordagem, mas a caronada de boreste remanescente no tombadilho de Chase varreu todos eles de lá. John Hooper, o mestre da guarnição de escaler de Chase, comandava esse canhão. Com um machado de abordagem, Chase cortou uma última enxárcia, deixou um sargento limpando a lambança no painel de popa e voltou para seu tombadilho enquanto o *Revenant* aproximava-se muito devagar. Os canhões de boreste do *Pucelle* agora atiravam corretamente, suas guarnições finalmente reforçadas. As balas abriram buracos no costado do *Revenant*, mas então os primeiros canhões do navio francês foram recarregados e Chase viu suas bocas enegrecidas despontarem nas portinholas. Uma nuvem de fumaça se levantou do *Revenant*. Chase viu as velas do *Revenant* estremecerem ao choque das deflagrações de seus canhões, sentiu seu próprio navio tremer quando as balas atingiram o alvo, e viu o jovem Collier parado na balaustrada de boreste, olhando para o inimigo que se aproximava.

— O que está fazendo aqui, Sr. Collier? — perguntou Chase.

— Meu dever, senhor.

— Mandei você vigiar o relógio na popa, não mandei?

— Não há relógio nenhum, senhor. Ele se foi. — O menino, apresentou como prova o adorno contorcido do mostrador do relógio.

— Então desça para a enfermaria, Sr. Collier. Na despensa do cirurgião há uma rede de laranjas que nos foi presenteada pelo almirante Nelson. Sem perturbar o doutor, traga as laranjas e as distribua entre os membros das guarnições de canhão.

— Sim, senhor.

Chase virou-se para trás e viu o *Victory*. Um sinal adejava de sua adriça, e Chase não precisou de um tenente sinaleiro para traduzir as bandeiras. "Engajar o inimigo mais de perto." Bem, ele estava prestes a fazer isso, e estava enfrentando um navio inimigo praticamente não danificado, enquanto o seu próprio fora ferido gravemente. Mas por Deus, pensou Chase, ele haveria de orgulhar Nelson! Chase não se culpou por ter sido varrido de proa a popa. Neste tipo de batalha, um engajamento com navios arrastando-se em meio à fumaça, seria um milagre se nenhum comandante fosse surpreendido indefeso, e ele estava orgulhoso por seus homens terem conseguido manobrar o navio antes do *Revenant* esvaziar toda sua bordada de artilharia na popa do *Pucelle*. Seu navio ainda podia lutar. Para além do *Victory*, da fumaça que jazia em torno dele e dos navios em batalha, alguns desmastreados, Chase conseguiu ver os cordames não danificados dos navios britânicos que formavam a parte de ré de cada esquadrão, e esses navios, ainda não comprometidos, apenas agora entravam na batalha. O *Santíssima Trinidad*, avultando-se sobre ambas as esquadras como um gigante, estava sendo varrido de proa a popa pelos canhões de navios menores que pareciam *terriers* latindo para um touro. O *Neptune* francês desaparecera, e o *Pucelle* estava ameaçado apenas pelo *Revenant*, mas o *Revenant* conseguira de algum modo escapar do pior da luta e Montmorin, que era um dos melhores comandantes franceses, estava determinado a salvar alguma honra naquele dia.

Dois marinheiros puxaram a bandeira branca encharcada do *Pucelle* para o tombadilho, e usaram-na para limpar o sangue de Haskell.

— Ice-a na verga da gávea do joanete do grande, a bombordo — ordenou Chase. A bandeira pareceria estranha ali, mas Chase queria içá-la para mostrar que o *Pucelle* não estava derrotado.

O convés começou a ser polvilhado com balins de mosquete. Montmorin tinha cinquenta ou sessenta homens em sua mastreação, e eles agora tentariam fazer o que o *Redoutable* fizera ao *Victory*. Montmorin esvaziaria os conveses do *Pucelle* e Chase quis desesperadamente recuar para o abrigo do painel de popa danificado, mas seu lugar era aqui, em plena vista, e assim pôs as mãos atrás das costas e tentou parecer calmo enquanto passeava de um lado para o outro do convés. Cada vez que chegava ao painel de popa, resistia à tentação de permanecer sob sua proteção, e se forçou a dar meia-volta, embora tivesse parado uma vez para fitar, com fascínio mórbido, os restos dilacerados da bitácula da agulha. Uma bala de mosquete atingiu o convés aos seus pés e ele se virou e caminhou de volta. Poderia convocar um dos tenentes que estavam cobertas abaixo para substituir Haskell, mas decidiu contra isso. Se ele caísse, seus homens saberiam o que fazer. Apenas lutar, disse aos seus botões. Isso era tudo que ele podia fazer agora. Apenas lutar. A vida ou a morte de Chase surtiriam pouco efeito no resultado da batalha, enquanto os tenentes — que estavam fazendo algo útil, comandando os canhões — eram no momento muito mais valiosos.

As guarnições das duas caronadas de bombordo, que não tinham alvos, estavam retirando a caronada de boreste caída para poderem substituí-la por uma de suas duas peças. Chase saiu do caminho deles, para não os atrapalhar, e então viu o guarda-marinha Collier no convés principal, distribuindo laranjas de uma rede enorme.

— Jogue uma para mim, rapaz! — gritou para o menino.

Collier pareceu alarmado com a ordem, como se temesse arremessar qualquer coisa contra seu comandante, mas jogou a laranja por baixo, como se fosse uma bola de críquete, e Chase precisou mergulhar para um lado para pegá-la com apenas uma das mãos. Alguns artilheiros aplaudiram a pegada e Chase levantou a laranja no alto como um troféu, e então a jogou para Hopper.

Os fuzileiros navais do comandante Llewellyn estavam disparando contra os franceses em suas gáveas de combate, mas os franceses eram mais numerosos e seu fogo insistente estava diminuindo as fileiras de Llewellyn.

— Abrigue seus homens da melhor forma possível, Llewellyn — ordenou Chase.

— Que tal levar alguns deles para o mastaréu da gávea, senhor? — sugeriu o galês,

— Não, não. Dei minha palavra a Nelson. Abrigue-os. A sua hora virá logo. Fique debaixo do convés da popa, Llewellyn. Você poderá disparar de lá.

— O senhor devia vir conosco.

— Estou com vontade de tomar ar, Llewellyn — disse Chase com um sorriso.

A bem da verdade, Chase estava aterrorizado. Pensava o tempo inteiro em sua esposa, sua casa, seus filhos. Em sua última carta Florence dissera que um dos pôneis estava doente, mas qual? O castanho? Teria melhorado? Ele tentou pensar em coisas assim, domésticas: perguntou-se se a colheita de maçãs fora boa, se o piso do estábulo fora repavimentado e por que a chaminé da sala de visitas cheirava tão mal quando o vento estava no leste. Mas, na verdade, tudo que queria era correr para o abrigo do painel de popa e assim ficar protegido dos tiros de mosquete pelas tábuas do convés acima. Queria ficar encolhido, mas tinha por dever permanecer no seu tombadilho. Era para isso que ganhava 418 libras e vinte xelins por ano. E, assim, continuou a caminhar de um lado para outro, com seu chapéu tricorne e dragonas douradas tornando-o um alvo perfeito, tentando dividir 418 libras e vinte xelins por 365 dias. Os franceses estavam mirando seus mosquetes em Chase, de modo que o comandante caminhava numa faixa de convés que se tornava cada vez mais esburacada. Ele viu o barbeiro do navio, um irlandês caolho, puxando um canhão no convés principal. Neste momento, considerou Chase, aquele homem era mais valioso para o navio do que seu comandante. Chase continuou andando, sabendo que seria atingido logo, torcendo para não ser ferido muito gravemente, lamentando morrer tão jovem e não poder ver seus filhos mais uma vez. Ele estava aterrorizado, mas era impensável fazer qualquer coisa além de demonstrar um desprezo frio pelo perigo.

Virou-se e olhou para oeste. O conflito em torno do *Victory* crescera, mas ele podia ver claramente uma bandeira britânica tremulando acima de uma bandeira francesa, demonstrando que pelo menos um navio inimigo havia se rendido. Mais ao sul ocorria um segundo conflito onde o esquadrão de Collingwood cortara a retaguarda das esquadras francesa e espanhola. Mais longe ao leste, além do *Revenant*, um punhado de navios inimigos fugia vergonhosamente, enquanto ao norte a vanguarda inimiga finalmente guinara e seguia para sul com o intuito de ajudar seus camaradas sitiados. A batalha, calculou Chase, só podia piorar, porque uma dúzia de navios a cada lado ainda precisava entrar em combate, mas sua luta agora era com Montmorin.

O *Pucelle* se sacudiu quando o *Revenant* colidiu com seu través. A força do choque, bordada com bordada, duas mil toneladas contra duas mil toneladas, tornou a afastar os dois navios, mas Chase ordenou aos poucos homens que restavam nos conveses superiores que lançassem arpéus para atracar o *Revenant*. Os ganchos voaram para o cordame do navio francês, mas o inimigo teve a mesma ideia: sua tripulação também arremessava ganchos, enquanto marinheiros na mastreação do navio francês amarravam as vergas inferiores do *Pucelle* às suas próprias. Portanto, agora a luta era até a morte. Nenhum dos navios podia escapar, apenas matar um ao outro. As amuradas dos dois navios estavam nove metros afastadas uma da outra porque seus cascos inferiores eram muito proeminentes, mas Chase estava suficientemente perto para discernir a expressão de Montmorin; o francês, ao ver Chase, tirou o chapéu e fez uma mesura. Chase imitou o gesto. Chase conteve uma gargalhada e Montmorin estava sorrindo, ambos se apercebendo da excentricidade dessas cortesias num momento em que davam o máximo de si para matar um ao outro. Os grandes canhões deflagravam e recuavam. Chase quis arremessar uma laranja para Montmorin, que, tinha certeza, apreciaria o gesto, mas não conseguiu ver Collier.

Chase não sabia, mas sua presença no convés estava sendo diretamente útil: os atiradores franceses nas gáveas de combate estavam tão obcecados com sua morte que ignoraram as equipes das caronadas que, vendo os marinheiros franceses reunirem-se na meia-nau do *Revenant*, dispararam para a massa lá embaixo. Os franceses tinham pegado lanças de abordagem de seus suportes no mastro grande, enquanto outros empunhavam machados ou cutelos, mas uma caronada de vante e uma de ré proveram um fogo cruzado cerrado que destruiu a equipe de abordagem. Os franceses não tinham caronadas, e precisavam confiar que os homens em suas gáveas de combate varreriam o convés inimigo com fogo de mosquete.

Restavam dez fuzileiros navais no castelo de proa do *Pucelle*. O sargento Armstrong, sangrando para a morte, ainda estava sentado com as costas no mastro de vante, disparando desajeitadamente contra o cordame inimigo. Clouter, peito salpicado com o sangue de outros homens, assumira o comando da caronada de boreste depois que metade de sua equipe fora morta por uma granada arremessada do mastro do traquete do *Revenant*. Sharpe estava disparando para o mastaréu da gávea, torcendo para que as balas atravessassem suas tábuas e matassem os atiradores franceses empoleirados na plataforma. O vento parecia ter morrido completamente, de modo que as velas e bandeiras pendiam flácidas. O ar entre os navios estava cheio com fumaça de pólvora, subindo para esconder e proteger o convés fustigado por balas do *Pucelle*. Sharpe agora estava surdo, audição abafada pelos canhões grandes, e seu mundo encolhido a este pequeno trecho de convés ensanguentado e ao cordame envolto em fumaça do navio inimigo pairando acima dele. Seu ombro estava ferido pelo mosquete, de modo que estremecia de dor cada vez que atirava. Uma laranja rolou pelo convés até seus pés, a casca cavando uma trilha no sangue sobre as tábuas. Sharpe desfechou a coronha revestida em bronze do mosquete contra a laranja, esmagando e explodindo a fruta. Agachou-se e colheu parte da polpa. Comeu um pouco, grato pelo suco em sua boca seca, e em seguida colheu mais um pouco, que ele pôs na boca de Armstrong. O olho do sargento que não estava coberto de sangue estava vidrado. Ele estava quase inconsciente, mas ainda tentava recarregar seu mosquete, misturando saliva ensanguentada com o suco de laranja que escorria por seu queixo.

— Estamos vencendo, não estamos? — perguntou francamente Armstrong a Sharpe.

— Estamos massacrando os bastardos, sargento.

Agora os mortos jaziam onde haviam caído, porque não havia mais homens suficientes para jogá-los na água, ou os que restavam estavam ocupados demais lutando. O pior da luta estava acontecendo na primeira coberta de canhões, onde os dois navios, equilibrados canhão a canhão, mutilavam-se mutuamente. A primeira coberta agora estava escura, porque as portinholas de canhão de bombordo estavam fechadas, e a boreste o *Revenant* obliterava a luz do dia. A coberta de canhões estava envolta em fumaça que coleava sob as vigas salpicadas de sangue resultante da primeira banda de artilharia do *Revenant*. As salvas francesas atravessaram o casco do *Pucelle*, uivaram através do convés e saíram por bombordo, abrindo novos buracos pelos quais entrava a luz do dia. Poeira e fumaça densa flutuavam nos fachos de luz. Os canhões do *Pucelle* respondiam ao fogo, rugindo e recuando sob suas peias para encher o convés com trovão. Os navios tocaram-se aqui, suas portinholas de canhão quase coincidindo, de modo que quando um canhoneiro britânico tentou resfriar seu canhão, um cutelo francês quase decepou seu braço, e então o lambaz com acolchoamento de pele de cordeiro foi tomado e puxado para bordo do navio francês. As balas inimigas eram mais pesadas — o navio francês carregava canhões maiores —, mas canhões maiores levavam mais tempo para ser recarregados e o fogo britânico era visivelmente mais rápido. As equipes de Montmorin provavelmente eram as mais bem treinadas em toda a esquadra inimiga, mas ainda assim os homens de Chase eram mais rápidos. Porém, agora o inimigo arremessava granadas pelas portinholas abertas e disparava mosquetes para retardar os canhões britânicos.

— Traga os fuzileiros! — gritou o tenente Holderby para um guarda-marinha, e então precisou ir direto até ele e colocar as mãos em concha no ouvido do menino. — Traga os fuzileiros!

Uma bala de canhão matou o tenente, espalhando seus intestinos sobre o gradeado onde ficavam estocadas as balas de trinta e duas libras. O guarda-marinha ficou imóvel por um segundo, desorientado. Chamas subiam à sua esquerda, mas então um artilheiro jogou areia sobre os restos da granada e outro derramou um barril d'água para apagar o fogo. Outro artilheiro estava engatinhando no convés, vomitando sangue. Uma mulher estava puxando a talha de um canhão, cuspindo maldições para os artilheiros franceses que já se encontravam à distância de uma cutelada. Um canhão recuou, enchendo o convés com ruído e rompendo seus cabos de amarração; o canhão foi projetado para o lado e esmagou dois homens cujos gritos perderam-se no estrondo. Os homens faziam um esforço físico imenso, torsos nus reluzindo com suor que escorria através de resíduos de pólvora. Todos estavam pretos agora, com exceção daqueles que estavam salpicados, manchados ou lavados com sangue. A fumaça de pólvora do *Revenant* arrotava para dentro do *Pucelle*, sufocando homens que tentavam a todo custo retribuir o favor.

O guarda-marinha escalou a escada de escotilha até o convés principal, que estremecia com o recuo de seus canhões de vinte e quatro libras. Destroços da mastreação jaziam na seção central do convés, que estava tão cheio de fumaça que o guarda-marinha escalou até o castelo de proa em vez de até o tombadilho. Seus ouvidos zumbiam com o som dos canhões e sua garganta estava seca com cinza. Ele viu um oficial de casaca vermelha.

— O senhor está sendo requisitado abaixo.

— O quê?

— Fuzileiros, senhor, requisitados abaixo. — A voz do menino estava rouca. — Eles estão atacando pelas portinholas de canhão, senhor. Primeira coberta de canhões. — Uma bala furou o convés ao lado de seus pés, outra ricocheteou no sino do navio.

— Fuzileiros! — berrou Sharpe. — Lanças! Mosquetes!

Liderando seus dez homens, Sharpe desceu pela escada de escotilha, passou por cima de um macaco de pólvora que jazia morto, embora não houvesse em seu corpo jovem nenhuma marca que pudesse ser vista, e então desceu até a escuridão sinistra da primeira coberta de canhões inferior. Apenas metade dos canhões de boreste disparava agora, e eles estavam sendo impedidos pelos franceses que atravessavam as portinholas armados com cutelos e lanças. Sharpe disparou seu mosquete através de uma portinhola, viu de relance o rosto de um francês se dissolver em sangue, correu até a seguinte e usou a coronha do mosquete vazio para martelar o braço de um inimigo.

— Simmons! — gritou para um fuzileiro. — Simmons!

Simmons virou-se para Sharpe, olhos arregalados.

— Vá até o paiol de munição de vante! — berrou Sharpe. — Traga as granadas!

Simmons correu, grato pela oportunidade de ficar abaixo da linha-d'água, ainda que fosse por um instante. Três dos canhões pesados do *Pucelle* dispararam juntos, seu som quase atordoando Sharpe, que estava indo de uma portinhola para outra e golpeando os franceses com seu cutelo. Um estrondo enorme, terrível em sua intensidade e tão prolongado que pareceu estender-se para sempre, atravessou os ouvidos ensurdecidos de Sharpe e ele calculou que um mastro caíra pela borda, embora não tivesse certeza se era outro do *Pucelle* ou um dos do *Revenant*. Viu um francês escorvando um canhão, meio debruçado da portinhola de canhão inimiga, e desfechou uma cutelada no antebraço do homem. O francês pulou para trás e Sharpe se moveu para o lado, de modo a poder ver o canhoneiro que segurava um bota-fogo perto do ouvido da arma. Sharpe registrou que os franceses não usavam fechos de pederneira, ficou surpreso consigo mesmo por notar esse tipo de detalhe numa batalha, e então o canhão disparou e a escorva, deixada no cano, desintegrou-se enquanto era impelida através do convés do *Pucelle*. Um guarda-marinha disparou uma pistola contra uma portinhola inimiga. Um fecho de pederneira fagulhou e o som do canhão pesado socou os ouvidos de Sharpe. Alguns dos homens tinham perdido as faixas de pano que haviam amarrado em torno da cabeça para cobrir as orelhas, e seus ouvidos pingavam sangue. Outros estavam com sangramentos nasais causados por nada mais que o som produzido pelos canhões.

Simmons reapareceu com as granadas. Sharpe estendeu o braço até um dos barris de água remanescentes e pegou um bota-fogo. Acendeu seu estopim e se pôs a esperar que o capricho das ondas do oceano trouxesse uma portinhola para sua linha de visão. O estopim cuspia faíscas. Sharpe observava atentamente o costado amarelo do *Revenant*. Quando o navio inimigo bateu contra o casco do *Pucelle*, uma portinhola entrou na linha de visão de Sharpe, que prontamente arremessou a bola de vidro para dentro do *Revenant*. Ensurdecido, quase não escutou a explosão, mas viu chamas iluminarem a fumaça negra que enchia o tombadilho do inimigo. Então deixou Simmons arremessar as outras granadas enquanto corria de volta pelo convés, pisando em cadáveres, desviando-se dos canhoneiros, checando cada portinhola de canhão para certificar-se de que não havia mais franceses tentando estender cutelos ou lanças através deles. O enorme cabrestante no meio do convés, usado para içar as amarras da âncora do navio, tinha uma bala de canhão inimiga enterrada em seu coração de madeira. Sangue escorria do convés acima. Um canhão, entupido com metralhas, recuou através do caminho de Sharpe, e franceses gritaram.

Então outro berro conseguiu vencer o zumbido nos ouvidos de Sharpe. Vinha de cima, do convés principal onde tanto sangue fora derramado que o piso estava escorregadio, de modo que nenhuma quantidade de areia reduziria o risco de caminhar por ele.

— Repelir abordagem! Repelir abordagem!

— Fuzileiros! — gritou Sharpe para seus homens, embora nenhum o tenha ouvido em meio ao barulho, mas ele calculou que alguns iriam segui-lo se o vissem escalar a escada de escotilha. Ele ouviu aço golpear aço. Não havia tempo de pensar, apenas de lutar.

Subiu.

Lorde William franziu a testa ao som da caronada, e então estremeceu quando a bordada de artilharia de bombordo do *Pucelle* começou a disparar, o som descendo pelo navio para encher a "toca das damas" com trovão.

— Presumo que ainda estamos em ação — disse, abaixando a pistola. Ele começou a rir. — Valeu a pena apontar a pistola para sua cabeça, minha querida, apenas para ver sua expressão. Mas ela foi de remorso ou de medo? — Fez uma pausa. — Responda! Quero uma resposta.

— Medo — respondeu, arfante, lady Grace.

— Eu gostaria que tivesse respondido remorso, porque isso seria uma evidência de que possui alguns sentimentos mais refinados. Você possui? — Ele esperou. Os canhões dispararam, o som aumentando ao passo que os canhões mais próximos recuavam dois conveses acima de seu refúgio.

Lady Grace disse:

— Se você tivesse qualquer espécie de sentimento, qualquer coragem, estaria no convés compartilhando do perigo.

Lorde William achou aquilo muito divertido.

— Que ideia estranha você tem das minhas capacidades! O que eu poderia fazer que seria útil para Chase? Meus talentos, minha adorada, residem no planejamento da política e, arrisco dizer, sua administração. O relatório que estou escrevendo exercerá uma influência profunda no futuro da Índia e, portanto, nas perspectivas da Grã-Bretanha. Confidencialmente, espero juntar-me ao governo dentro de um ano. Em cinco anos poderei ser primeiro-ministro. Vou arriscar esse futuro só para me pavonear pelo convés junto com um bando de brutos que acreditam que uma peleja no mar mudará o mundo? — Deu de ombros e olhou para o teto da "toca das damas" do leme. — Perto do fim da batalha deverei me apresentar, minha querida, mas não tenho qualquer intento de correr riscos desnecessários ou extraordinários. Que Nelson tenha sua glória hoje, mas dentro de cinco anos ele estará em minhas mãos. E, pode crer, nenhum adúltero obterá qualquer honra de minha parte. Sabia que ele é um adúltero?

— A Inglaterra toda sabe.

— A Europa toda — corrigiu lorde William. — O homem é indiscreto, assim como você, minha querida, tem sido.

A bordada de artilharia do *Pucelle* parara e o navio pareceu silencioso. Lorde William olhou para cima como se esperasse que o ruído recomeçasse, mas os canhões estavam silenciosos. Água gorgolejou na popa. As bombas do navio recomeçaram a funcionar. Lorde William prosseguiu:

— Eu não teria me importado se você tivesse sido discreta. Ninguém quer ser traído, mas uma coisa é uma esposa tomar um cavalheiro como amante, e outra bem diferente é deitar com um membro da classe servil. Você estava louca? Isso seria uma boa desculpa, mas o mundo não a vê como louca, de modo que sua ação refletirá em mim. Você escolheu copular com um animal, e suspeito que ele emprenhou você. Você me repugna. — Ele estremeceu. — Cada homem no navio deve saber que vocês estavam copulando. Pensando que não sei, eles riem pelas minhas costas e a olham como se fosse uma meretriz barata.

Lady Grace não disse nada. Ela fitou uma das lanternas. Sua vela estava pingando, cuspindo um fio de fumaça que escapava através dos seus orifícios de ventilação. Lady Grace estava com os olhos vermelhos, exausta de chorar, incapaz de discutir.

— Eu devia ter adivinhado quando me casei com você — disse lorde William. — Um homem espera que sua esposa se revele uma mulher fiel, prudente e sensata, mas por que eu teria esperado? Mulheres sempre foram escravas de seus apetites vulgares. Frivolidade, teu nome é mulher!

Depois de uma pausa, lorde William prosseguiu.

— O sexo frágil, e Deus sabe quanta verdade há nessa alcunha! A princípio achei difícil acreditar na carta de Braithwaite, mas quanto mais pensava nela, mais me parecia verdadeira. Assim, observei você e descobri, para minha decepção, que ele não mentiu. Você andou copulando com Sharpe, chafurdando no suor dele.

— Cale-se! — rogou ela.

— Por que eu haveria de me calar? — perguntou ele num tom racional. — Minha querida, eu sou a parte ofendida. Se você teve seu momento de prazer imundo com um animal, por que eu não teria meu momento de prazer agora? Eu o mereço, concorda?

Lorde William levantou novamente a pistola, no exato instante em que o navio inteiro sacudiu com um golpe violento, e depois outro: choques tão poderosos que lorde William instintivamente abaixou a cabeça. Os golpes continuaram, propagando-se por todo o navio, fazendo todo seu madeirame tremer. Lorde William, sua raiva momentaneamente substituída por medo, olhou para cima como se esperasse que o navio se partisse em dois. As lanternas tremeram, ruído encheu o universo, e os canhões continuaram atirando.

O estrondo que Sharpe ouvira quando estava na primeira coberta de canhões fora o do mastro grande do *Revenant* caindo através de ambos os navios e, quando ele alcançou o convés principal, viu franceses correndo através do mastro que, junto com a verga caída do *Revenant*, servia como ponte entre os conveses dos dois navios. Os artilheiros do *Pucelle* tinham abandonado seus canhões para enfrentar os invasores com cutelos, facões, pés de cabras e lanças. O capitão Llewellyn estava trazendo fuzileiros do painel de popa, mas conduzindo-os ao longo do talabardão de boreste que corria por cima do convés principal, ao lado da amurada do navio. Uma dúzia de franceses se encontravam nesse talabardão, tentando alcançar a popa do *Pucelle*. Mais franceses estavam na meia-nau, entoando seu grito de guerra e desfechando cuteladas. Seu ataque, tão repentino quanto inesperado, conseguira limpar a seção central do convés principal, onde os invasores agora estocavam os artilheiros caídos, enquanto um oficial francês de óculos jogava no mar as varetas de carregamento e os lambazes. Ainda mais franceses corriam ao longo do mastro grande e da verga caída para prestar reforço aos seus camaradas.

A tripulação do *Pucelle* começou a contra-atacar. Um marinheiro brandia um dos pés de cabra usados para mover o canhão, um enorme tacape de madeira que esmagou um crânio francês. Outros pegaram lanças e espetaram os franceses. Sharpe empunhou o cutelo longo e encontrou os invasores debaixo do castelo de proa. Ele investiu contra um, aparou o golpe de outro, e se arrojou contra o primeiro para espetá-lo com a lâmina de seu cutelo. Com um chute, desprendeu o francês moribundo da lâmina e girou o cutelo ensanguentado para empurrar para trás mais dois abordadores. Um deles era um homem grande, com uma barba grossa, carregando um machado; o homem desfechou uma machadada contra Sharpe, que recuou no último instante, surpreso com o alcance longo do barbudo, e seu pé direito escorregou numa poça de sangue. Sharpe caiu para trás e se contorceu para o lado enquanto o machado rachava o piso ao lado de sua cabeça. Ele se levantou, tentando e fracassando em atingir o braço do francês com a ponta do cutelo. Rolou para a esquerda para se esquivar quando o machado desceu para mais uma vez cravar-se no piso. O francês chutou violentamente a coxa de Sharpe, desprendeu o machado e levantou-o uma terceira vez, mas antes de poder desferir o golpe fatal, soltou um grito quando uma lança trespassou sua barriga. Sharpe ouviu um grito selvagem acima de sua cabeça e olhou para cima a tempo de ver Clouter largar a lança, tomar o machado da mão do francês e investir para a frente em frenesi. Sharpe se levantou e seguiu Clouter, deixando o francês barbudo contorcendo-se, com a lança ainda enterrada em suas tripas.

Trinta ou quarenta franceses estavam agora na meia-nau, e mais fluindo pelo mastro, porém de súbito uma caronada detonou do tombadilho e esvaziou a ponte improvisada. Um homem, deixado ileso no mastro, saltou para o convés do *Pucelle* e Clouter, quase por baixo dele, levantou o machado para posicionar a lâmina entre as pernas do homem. O grito pareceu o ruído mais alto que Sharpe ouviu em todo aquele dia furioso. Um oficial francês alto, sem chapéu e com o rosto manchado de pólvora, conduziu um ataque até a proa do *Pucelle*. Clouter empurrou a espada do homem para o lado e esmurrou-o no rosto com tanta força que o oficial foi impulsionado contra seus próprios homens. Em seguida, um enxame de artilheiros britânicos, gritando e esfaqueando, passou pelo negro para atacar os invasores.

Abaixo, os canhões disparavam, moendo e mutilando os dois navios. O comandante Chase estava combatendo no convés principal, liderando um grupo de homens que arremetiam contra os franceses vindos da popa. Os fuzileiros navais do comandante Llewellyn haviam recapturado o talabardão e agora escoltavam o mastro caído, atirando em qualquer francês que tentasse atravessar, enquanto os invasores remanescentes eram envolvidos entre os atacantes que vinham da popa e o assalto da proa. Clouter estava de volta à linha de frente, brandindo o machado em golpes curtos e violentos que derrubavam um homem por vez. Sharpe encurralou um francês contra o bordo do navio, abaixo do talabardão. O homem estocou seu cutelo contra Sharpe, teve o golpe aparado sem esforço da parte do inglês, viu a morte no rosto do casaca-vermelha e assim, em desespero, enfiou-se por uma portinhola de canhão e mergulhou entre os navios. Ele gritou quando as ondas empurraram os dois cascos um contra o outro. Sharpe saltou o canhão, procurando por um inimigo. A meia-nau do *Pucelle* estava cheia com marinheiros que laceravam, esfaqueavam e gritavam, ignorando os apelos desesperados por clemência dos franceses, cuja tentativa impetuosa de capturar o *Pucelle* fora frustrada pela caronada. O oficial inimigo de óculos ainda tentava inutilizar os canhões do *Pucelle* jogando ao mar suas varetas de carregamento, mas Clouter arremessou o machado e sua lâmina se cravou no crânio do homem como uma crista de galo e sua morte pareceu interromper o frenesi do negro, ou talvez tenha sido a voz insistente do comandante Chase gritando para os *pucelles* pararem de lutar porque os franceses remanescentes estavam tentando se render.

— Peguem suas armas! — berrou Chase. — Peguem suas armas!

Apenas alguns franceses ainda estavam de pé e, desarmados, foram conduzidos até a popa.

— Não quero os prisioneiros lá embaixo — disse Chase. — Eles podem fazer alguma travessura. Em vez disso, os sodomitas devem ser postos de pé no convés de popa e executados. — Ele sorriu para Sharpe. — Feliz por ter vindo navegar comigo?

— Trabalho quente, senhor. — Sharpe olhou para Clouter e o saudou. — Você salvou a minha vida — disse ao homem alto. — Obrigado.

Clouter pareceu atônito.

— Nem vi o senhor!

— Você salvou a minha vida — insistiu Sharpe.

Clouter soltou uma risada estranha, aguda.

— Mas só matamos alguns deles, não foi isso? Só matamos alguns?

— Ainda restam muitos para matar — disse Chase, e pôs as mãos em concha. — De volta aos canhões! De volta aos canhões! — Ele viu o comissário de bordo olhando nervoso da escada de escotilha de vante. — Sr. Cowper! Vou lhe pedir que encontre varetas de carregamento e lambazes para este convés. Acelerado! De volta aos canhões!

Tal como dois pugilistas sem luvas, imersos em seu trigésimo ou quadragésimo *round*, ensanguentados e tontos, mas ambos se recusando a beijar a lona, os dois navios socaram um ao outro. Sharpe subiu ao tombadilho com Chase. A oeste, onde os marulhos eram enormes, o mar era todo batalha. Quase uma dúzia de navios lutava lá. Ao sul, mais outro punhado de naus se enfrentavam. O oceano estava cheio de destroços. Um casco desmastreado, seus canhões silenciosos, vagava para longe do conflito. Cinco ou seis pares de navios — como o *Pucelle* e o *Revenant* — estavam engalfinhados, trocando fogo em batalhas privadas que ocorriam para além do conflito maior. O altíssimo *Santissima Trinidad* perdera seu mastro do traquete e a maior parte de seu mastro da gata, e ainda estava sendo golpeado por navios britânicos menores. O pó de pólvora agora espalhava-se por duas milhas de oceano, uma neblina de fabricação humana. O céu enegrecia ao norte e oeste. Alguns navios inimigos, não ousando se aproximar do combate e procurando escapar, bombardearam as frotas combatentes a distância, mas suas balas representavam para seu próprio lado o mesmo nível de risco que para os britânicos. O último dos navios britânicos, o mais lerdo da frota, estava apenas agora entrando na peleja e abrindo novas portinholas de canhão para somar seu metal à carnificina.

O comandante Montmorin olhou para Chase e deu de ombros, como se para sugerir que o fracasso de seus abordadores era lamentável mas não grave. Os canhões do navio francês ainda disparavam, e Sharpe viu mais abordadores reunindo-se no convés principal do *Revenant*. Também descortinou o comandante Cromwell, observando do abrigo do painel de popa. Prontamente Sharpe pegou um mosquete emprestado com um fuzileiro próximo e mirou no inglês que, vendo a ameaça, abaixou-se para fora de vista. Sharpe devolveu o mosquete. Chase encontrou um porta-voz em meio aos destroços no convés.

— Comandante Montmorin? O senhor deve se render antes que matemos mais de seus homens.

Montmorin pôs as mãos em concha e gritou:

— Eu ia lhe oferecer a mesma oportunidade, comandante Chase!

— Olhe ali! — gritou Chase, apontando para sua própria popa, e Montmorin subiu nos enfrechates de seu mastro da gata para ver por cima da popa do *Pucelle*. E ali, avançando sobre as ondas, intocado, estava o *Spartiate*, um navio britânico de setenta e quatro canhões, o navio de construção francesa que, diziam os rumores, era enfeitiçado porque viajava mais depressa à noite que de dia e agora, chegando tarde para a batalha, abriu suas portinholas de canhão de bombordo.

Montmorin sabia o que estava para acontecer e não podia fazer nada a respeito. Ele ia ser varrido de proa a popa. Assim, gritou para seus homens deitarem entre os canhões, embora isso não fosse salvá-los do fogo de artilharia do *Pucelle*, e em seguida pôs-se de pé no centro de seu tombadilho e esperou.

O *Spartiate* deu ao navio de Montmorin uma bordada de artilharia completa. Um após o outro, os canhões recuavam violentamente e suas balas atingiam as janelas da galeria alta da popa do *Revenant* e desciam uivando pelos seus conveses, exatamente como o *Revenant* canhoneara o *Pucelle* antes. O *Spartiate* era dolorosamente lento, mas isso apenas conferia aos seus artilheiros mais tempo para apontar adequadamente, e a bordada abriu feridas profundas no *Revenant*. As enxárcias do mastro da gata partiram-se com um som que pareceu como o toque da harpa de Satã, e então o mastro inteiro tombou para o mar, levando consigo vergas, velas e a bandeira francesa. Sharpe ouviu os mosqueteiros franceses gritarem enquanto caíam junto com o mastro. Canhões foram empurrados de suas carretas, homens foram mutilados por balas e metralhas de canhão, e Montmorin permanecia imóvel, mantendo-se assim até quando a roda do leme foi estilhaçada às suas costas. Foi só quando o último dos canhões do *Spartiate* soou que Montmorin virou-se e olhou para o navio que o varrera. Ele devia ter temido que ele se posicionasse paralelamente ao seu través de boreste, mas o *Spartiate* seguiu em frente, procurando por sua própria vítima.

— Renda-se, *capitaine*! — gritou Chase através de seu porta-voz.

Montmorin deu sua resposta pondo as mãos em concha e gritando para seu convés superior:

— *Tirez! Tirez!*

Ele se virou e fez uma mesura para Chase.

Chase olhou para o tombadilho ao seu redor.

— Onde está o capitão Llewellyn? — perguntou a um fuzileiro.

— Perna quebrada, senhor. Desceu.

— Tenente Swallow? — Swallow era o jovem tenente fuzileiro.

— Acho que está morto, senhor. Pelo menos muito ferido.

Chase olhou para Sharpe enquanto os canhões do *Revenant* tornavam a abrir fogo.

— Reúna um grupo de abordagem, Sr. Sharpe — disse Chase formalmente.

Sempre fora uma luta a ser terminada, desde o momento em que o *Pucelle* vira pela primeira vez o *Revenant* na costa africana. E agora Sharpe iria terminá-la.

CAPÍTULO XII

Lorde William ouvia os canhões, mas apenas pelos sons era impossível deduzir os rumos da batalha, embora fosse evidente que a luta havia alcançado um novo nível de fúria.

— *Si fractus inlabatur orbis* — disse ele, levantando os olhos para o convés acima.

Grace não disse nada.

Lorde William soltou uma risadinha.

— Ora, minha querida, não me diga que esqueceu seu Horácio? É uma das coisas que mais me irrita em você: nunca resiste a traduzir minhas citações.

— "Se o céu deve quebrar" — disse lady Grace num tom entediado.

— Ora, vamos! Isso não é nada adequado, é? — disse severamente lorde William. — Concordo com você em céu por *orbis*, embora eu preferisse universo, mas o verbo demanda queda, não concorda? Você nunca foi a latinista que pensa que é. — Ele olhou para cima novamente quando um baque doloroso ecoou pelo madeirame da embarcação. — E realmente parece que o céu quebrado está caindo. Você está com medo? Ou se sente inteiramente segura aqui?

Lady Grace não disse nada. Estava despojada de lágrimas, perdida numa região de dor e sofrimento, sitiada por armas, horror, desprezo, ódio.

— Estou seguro aqui — prosseguiu lorde William. — Mas você, minha querida, está tão acossada por temores que num momento tomará minha pistola e porá fim à própria vida. Eu direi que você temia uma repetição daquele episódio divertido no *Calliope* quando seu amante a resgatou tão bravamente. Alegarei que foi impossível impedir que destruísse a si mesma. Evidentemente, demonstrarei uma tristeza abjeta, ainda que dignificada, por sua partida. Insistirei para que seu precioso corpo seja levado para casa para que eu possa sepultá-la em Lincolnshire. Plumas negras irão decorar seus cavalos funerários, o bispo pronunciará as exéquias e minhas lágrimas molharão sua cripta. Tudo será feito adequadamente, e sua lápide, cortada do mármore mais delicado, registrará suas virtudes. Não direi que você foi uma fornicadora sórdida que abriu as pernas para um soldado ordinário, mas que combinava sabedoria com compreensão, graça com caridade, e possuía uma abstenção cristã que era um exemplo reluzente de feminilidade. Quer que a inscrição seja em latim?

Lady Grace fitou-o, mas não disse nada.

— E quando estiver morta, minha querida, e sepultada em segurança debaixo de uma laje que testemunhe suas virtudes, destruirei seu amante. Farei isso com discrição, Grace, sutileza, para que ele jamais conheça a fonte de seus infortúnios. Removê-lo do Exército será simples, mas o que farei depois? Devo pensar em alguma coisa, algo que me proporcione prazer em contemplar seu destino. Um enforcamento, não acha? Duvido que seja capaz de condená-lo pela morte do pobre Braithwaite, a qual ele indubitavelmente causou, mas pensarei em alguma coisa, e quando ele estiver pendurado na ponta da corda, contorcendo-se e mijando nas calças, eu assistirei, sorrirei e lembrarei de você.

Ela ainda o fitava, rosto inexpressivo.

— Lembrarei de você — repetiu lorde William, incapaz de ocultar o ódio que sentia por ela. — Lembrarei que você foi uma meretriz ordinária, escrava de seus desejos imundos, uma prostituta que permitiu que um plebeu a cobrisse. — Ele levantou a pistola.

Os canhões, dois conveses acima, voltaram a atirar, seus recuos sacudindo o madeirame até a "toca das damas".

Mas o tiro de pistola pareceu muito mais alto que os dos canhões grandes. Seu som ecoou no claustro do compartimento, enchendo-o com fumaça densa e espirrando sangue reluzente no tabuado. *Si fractus inlabatur orbis.*

As ondas estavam mais altas, o céu mais escuro. O vento soprava um pouco mais forte, fazendo a fumaça fluir para leste, cobrindo navios desmastreados que arrastavam seus cordames pela água. O ar ainda era perfurado por disparos de canhões, embora esses fossem menos frequentes agora, porque mais navios inimigos estavam se rendendo. Escaleres, barcaças e botes, alguns seriamente danificados por balas, remavam entre os combatentes, transportando oficiais britânicos que iam aceitar a rendição de um inimigo. Alguns navios franceses e espanhóis haviam baixado suas bandeiras, mas então, nos caprichos da batalha, seus oponentes tinham seguido adiante e esses navios haviam hasteado novamente suas cores, içado aos mastros fraturados todo pano possível e fugido para leste. Muitos outros permaneciam como presas capturadas, seus conveses em ruínas, cascos esburacados como peneiras, tripulações chocadas com a ferocidade da artilharia britânica. Os britânicos dispararam mais depressa; eram mais bem adestrados.

O *Redoutable*, ainda a contrabordo do *Victory*, não era mais francês. Na verdade, mal era um navio: perdera todos os mastros e estava com o casco mutilado por balas de canhão. Uma seção do tombadilho ruíra e agora uma bandeira pendia sobre o painel de popa. O *Victory* perdera o mastro da gata. Os mastros do traquete e o mastro grande eram meros tocos, mas seus canhões ainda estavam tripulados e eram mortais. O imenso *Santissima Trinidad* estava silencioso, bandeira arriada. A batalha mais feroz agora ocorria ao seu norte, onde parte da vanguarda inimiga arriscara-se a voltar para socorrer seus camaradas e abria fogo contra navios britânicos já bastante cansados pela batalha. Mas os britânicos simplesmente recarregaram os canhões, escovaram e tornaram a atirar. Ao sul — onde o *Royal Sovereign* de Collingwood inaugurara a batalha — um navio pegava fogo. As chamas saltavam até o dobro da altura de seus mastros, e os outros navios, temendo as labaredas que seriam cuspidas quando os paióis de munição explodissem, fizeram vela para se afastar, embora algumas naus britânicas, cientes dos horrores sofridos pela tripulação do navio em chamas, enviassem embarcações miúdas para resgatar os marujos. O navio incendiado era francês, o *Achille*, e o som de sua explosão foi um estrondo surdo que viajou pelo mar repleto de destroços como se anunciasse o fim do mundo. Uma coluna de fumaça, escura como breu, levantou-se de onde o navio em chamas flutuara, e uma língua de fogo beijou as nuvens, caiu ao mar, sibilou no oceano, morreu.

Nelson morreu.

Até agora quatorze navios inimigos haviam sido derrotados. Mais uma dúzia continuava lutando. Um foi incendiado e afundou, o resto estava em fuga.

O comandante Montmorin, ciente de que Chase tencionava abordá-lo, enviara homens com machados para cortar o mastro grande tombado. Outros homens cortaram as retinidas dos arpéus que atavam o *Revenant* ao *Pucelle*. Montmorin estava tentando se libertar, na esperança de conseguir fugir para Cádiz e viver para lutar outro dia.

— Quero ver essas caronadas ocupadas! — gritou Chase e os canhoneiros que tinham ajudado a repelir os abordadores correram até as armas atarracadas e as nivelaram para disparar nos homens que tentavam libertar o *Revenant*, que agora estava com mais problemas, porque sua vela do traquete incendiara-se. As chamas alastraram-se com agilidade extraordinária, engolfando toda a lona perfurada por balas, mas os homens de Montmorin foram igualmente ágeis, cortando as adriças que prendiam ao mastro da vela e derrubando-a para o convés, onde precisaram correr o risco de ser alvejados por balins de mosquete ingleses enquanto jogavam na água a vela em chamas. — Deixem-nos em paz! — gritou Chase para aqueles de seus homens que estavam mirando seus mosquetes nos marujos franceses que tentavam apagar o fogo. Chase sabia que as chamas podiam se espalhar para o *Pucelle* e então os navios queimariam juntos e explodiriam em horror. — Muito bem! Excelente serviço! — gritou Chase, congratulando a tripulação de seu oponente quando atiraram no mar os últimos farrapos queimados.

BERNARD CORNWELL

Em seguida as caronadas recuaram em suas carretas e cuspiram barris de balins de mosquete que perfuraram os machadeiros que ainda tentavam soltar os dois navios de seu abraço mútuo. Um canhão explodiu no *Revenant*, o som ecoando enquanto fragmentos da contratalha chicoteavam, lacerando os artilheiros na coberta da bateria de Montmorin. Agora havia mais canhões britânicos atirando, pois o *Revenant* perdera uma dúzia quando fora varrido de proa a popa, e o *Pucelle* feria incansavelmente o navio francês. Um guarda-marinha, comandando os canhões da primeira coberta do *Pucelle*, viu que os dois cascos estavam tão próximos um do outro que as chamas das bocas de seus canhões de trinta e duas libras estavam ateando fogo na madeira estilhaçada do bojo do *Revenant*; assim, ordenou a meia dúzia de homens que jogassem baldes de água nos incendiozinhos para que as chamas não crescessem e se espalhassem para o *Pucelle*.

— Fuzileiros! — gritava Sharpe. — Fuzileiros! — Ele reunira trinta e dois fuzileiros e supunha que os outros estavam mortos, feridos ou guardando os paióis de munição ou os prisioneiros franceses que se achavam no painel de popa. Esses trinta e dois teriam de bastar. — Nós vamos abordar o navio inimigo! — gritou Sharpe para ser ouvido acima dos estampidos dos canhões. — Peguem lanças, machados, cutelos. Não deixem de conferir se seus mosquetes estão carregados! Depressa! — Sharpe virou-se ao ouvir o som de uma espada roçando ao sair de uma bainha e viu o guarda-marinha Collier, olhos vidrados e ainda lavado no sangue do tenente Haskell, debaixo do mastro grande francês que tombara e agora serviria de ponte de abordagem. — Que diabos está fazendo aqui, Harry? — perguntou Sharpe.

— Indo com o senhor.

— Raios me partam, se está! Vá vigiar o maldito relógio!

— Não tem relógio nenhum.

— Então vá vigiar alguma outra coisa! — vociferou Sharpe.

Os canhoneiros do convés principal, todos de peito nu e sujos de sangue e pólvora, estavam se reunindo com lanças e cutelos. Os canhões da primeira coberta inferior ainda atiravam, estremecendo ambos os navios com cada tiro. Alguns canhões franceses responderam, e uma bala passou através da reunião de abordadores, pintando um rastro vermelho de sangue no piso do *Pucelle*.

— Quem tem uma espingarda de salvas? — gritou Sharpe. Um sargento dos fuzileiros levantou uma das armas curtas e grossas. — Está carregada?

— Está sim, senhor.

— Então passe para mim. — Sharpe pegou a arma, trocando-a por um mosquete. Em seguida, verificou que seu cutelo não estava grudado por sangue na bainha. — Sigam-me até o tombadilho! — gritou.

O mastro caído projetava-se através do convés principal, mas era alto demais para ser alcançado se um homem primeiro não trepasse num cano quente de canhão e se içasse para cima. Sharpe calculou que seria mais fácil ir até o tombadilho e depois retornar ao longo do talabardão de boreste do *Pucelle*. De lá um homem podia dar um passo para o mastro. Em seguida o homem teria de correr, equilibrando-se no mastro de pinho, antes de saltar para o convés do *Revenant*, e como os dois navios estavam se movendo desigualmente nas ondas longas e altas, o mastro balançaria muito. Meu Deus, que lugar horrível para se estar, pensou Sharpe. Era como atravessar a brecha de uma fortaleza inimiga. Sharpe galgou os degraus do tombadilho, virou para o talabardão e tentou não pensar no que estava para fazer. Havia fuzileiros franceses no talabardão oposto, e uma horda de defensores armados aguardava na meia-nau ensanguentada do *Revenant*. Montmorin sabia que estava para ser abordado, mas então uma caronada de vante arremessou um barril de balins de mosquete na barriga do *Revenant* e arrotou uma mortalha de fumaça por cima do navio.

— Agora — disse Sharpe, e subiu para o mastro, mas a mão de alguém o segurou. Sharpe virou-se, praguejando, para ver que era Chase.

— Eu primeiro, Sharpe — ralhou Chase.

— Senhor! — protestou Sharpe.

— Agora, meninos! — Chase desembainhara sua espada e estava correndo pela ponte improvisada.

— Avançar! — berrou Sharpe.

Ele correu atrás de Chase, a pesadíssima espingarda de salvas nas mãos. Era como andar na corda bamba. Olhou para baixo e viu o mar desnatando em espuma branca entre os dois cascos. Sentindo uma tontura, imaginou-se caindo para morrer esmagado quando os dois cascos batessem um contra o outro, mas então uma bala passou zunindo por ele. Viu que Chase pulara do toco dilacerado para o mastro. Sharpe seguiu o comandante, gritando enquanto saltava através da fumaça.

Chase virara para a esquerda, pulando para um espaço aberto pela caronada, embora seu convés ainda estivesse coberto de corpos se contorcendo, e escorregadio com sangue recente. Ele tropeçou num cadáver e foi visto pelos franceses, suas fitas douradas reluzindo em meio à fumaça. Os franceses gritaram enquanto investiam contra o comandante, mas então Sharpe, que estava no mastro, disparou a espingarda de salvas e as balas empurraram os inimigos para trás numa nuvem de fumaça. Sharpe saltou para baixo, jogou fora a espingarda de salvas e sacou seu cutelo. Sharpe saltara para a loucura fumarenta da batalha, não para a calma deliberada de combate disciplinado quando batalhões disparavam salvas ou quando navios majestosos trocavam tiros de canhão, mas o horror visceral da luta corpo a corpo. Chase caíra entre dois dos canhões de boreste do navio francês, e eles o protegeram, mas Sharpe estava exposto e gritou para o inimigo, aparou um golpe de lança com o cutelo, desfechou a arma contra os olhos de um homem e errou, mas então um fuzileiro saltou sobre as costas do homem, empurrando-o para a frente. Sharpe pisou na cabeça do homem enquanto o fuzileiro era atingido nas costas por uma lança. Sharpe brandiu o cutelo para a direita, inadvertidamente aparando outra investida da lança; esticou o braço e segurou o marinheiro francês pela camisa, puxando-o à frente, direto para a lâmina do cutelo. Sharpe torceu o aço dentro da barriga do homem e soltou-o com um repelão. Sharpe estava gritando como um demônio. Usou ambas as mãos para brandir o cutelo de volta para a esquerda, rechaçando um oficial francês que tropeçou no fuzileiro britânico moribundo e caiu fora de alcance. Os mortos estavam compondo uma barricada para proteger Sharpe e Chase, mas um fuzileiro francês estava subindo num dos canhões. Chase levantou-se, arrojou sua espada delgada contra seu atacante, e em seguida disparou uma pistola por cima do outro canhão. Sharpe brandiu o cutelo novamente, e gritou de júbilo quando um punhado de fuzileiros e marinheiros britânicos pousou no convés.

— Por aqui! — Sharpe saltou sobre os mortos, conduzindo a luta para a proa do *Revenant*.

Os defensores franceses eram numerosos, mas o caminho à ré estava bloqueado por um número grande demais de homens. Mosquetes estalaram no tombadilho, outros mais foram disparados no castelo de proa e, em meio ao tiroteio, pelo menos um defensor foi morto por fogo. Os marujos do *Revenant* estavam em vasta superioridade numérica em relação aos abordadores, mas novos atacantes britânicos chegavam a cada segundo e os tripulantes do *Pucelle* queriam vingança pela varrida de proa a popa que lhes fora desferida pelo *Revenant*. Eles continuaram investindo, desfechando golpes, gritando e abatendo inimigos. Brandindo uma barra de cabrestante, um canhoneiro aparou uma espada, esmagou o crânio de um francês, empurrado depois pelos homens às suas costas. Chase estava gritando aos homens para que o seguissem para ré em direção ao tombadilho, enquanto Sharpe liderava para vante um enxame de marujos ensandecidos.

— Matem eles! — gritou Sharpe. — Matem todos eles!

No futuro Sharpe lembraria muito pouco dessa luta, porque raramente lembrava o que acontecia em pelejas. Eram confusas, barulhentas, impregnadas de horror; de fato, tão impregnadas de horror que ele sentia vergonha quando recordava do prazer que elas proporcionavam. E esta luta estava lhe trazendo muito prazer. Prazer de ter sido liberado para a chacina, de se desnudar de cada elo com a civilização. Ademais, era nisto que Richard Sharpe era bom. Era por causa deste tipo de luta que Richard Sharpe usava uma faixa de oficial em vez do cinto de recruta, porque em quase toda batalha chegava o momento em que as fileiras disciplinadas se dissolviam e um homem precisava arranhar e matar como um animal. Neste tipo de combate você não matava homens a longa distância; você se aproximava deles tão perto quanto um amante, e então os chacinava.

Para entrar neste tipo de luta, necessitava-se de uma fúria, uma loucura, ou um desespero. Alguns homens jamais encontravam essas qualidades e se esquivavam do perigo. Sharpe não os culpava, porque havia pouco a ser admirado na fúria, na insanidade ou no desespero. Ainda assim, eram as qualidades que impulsionavam a luta, e eram abastecidas por uma determinação em vencer. Apenas isso. Derrotar os desgraçados, provar que o inimigo era inferior. O bom soldado era o galo de uma esterqueira empapada em sangue, e Richard Sharpe era bom.

Sua fúria era fria durante uma peleja. Talvez pudesse ser atormentado pelo medo antes do começo da luta — e ele teria adorado encontrar uma desculpa para não cruzar o mastro trêmulo que o levaria para uma turba de inimigos —, mas depois que chegava, combatia com uma precisão letal. Tinha a impressão de que a passagem do tempo desacelerava, permitindo-lhe ver com clareza a intenção de cada inimigo. Um homem à sua direita estava movendo uma lança para trás, de modo que essa ameaça poderia ser ignorada porque levaria pelo menos um segundo até que a lança fosse impelida à frente; nesse ínterim, um inimigo barbado brandiu um cutelo e Sharpe arremeteu sua lâmina contra a garganta do homem, para em seguida chicotear o cutelo para a direita, aparando o golpe da lança, enquanto ele próprio estivesse olhando para a esquerda. Não viu perigo iminente, olhou de volta para a direita, espancou a lâmina contra o rosto do lanceiro, virou-se de novo à frente e arremeteu o ombro contra o lanceiro, empurrando-o para trás, de modo que caísse contra um canhão e ele pudesse levantar o cutelo e, com ambas as mãos, baixá-lo para a barriga do homem. A ponta do cutelo cravou na carreta do canhão abaixo do lanceiro e Sharpe levou um segundo para desprender a lâmina. Marinheiros britânicos passaram correndo por ele, forçando os franceses mais dois ou três passos para trás pelo convés, e Sharpe escalou o canhão, seguiu até o seu outro lado e pulou para baixo. Um francês tentou se render a ele ali. Contudo, Sharpe não ousaria deixar um inimigo ileso na sua retaguarda, de modo que vibrou o cutelo no pulso do francês para que ele não pudesse usar o machado que deixara cair, e em seguida chutou-o na virilha antes de escalar para o canhão seguinte. Os espaços entre os canhões serviam de abrigo para os franceses e Sharpe quis expulsá-los e conduzi-los para as lanças e lâminas dos abordadores.

A tripulação do escaler do comandante Chase seguira-o para ré, travando sua própria batalha em direção aos degraus do tombadilho, mas Clouter chegara atrasado à luta, porque fora ele quem disparara a caronada de vante a boreste do *Pucelle* na massa de defensores antes de Chase liderar o ataque pelo mastro. O homenzarrão negro chegou pelo mastro grande caído, saltou para o convés e seguiu para ré, uivando para que o deixassem atravessar a multidão de marujos. Uma vez na testa da fileira, Clouter limpou o bombordo do convés principal do *Revenant* enquanto Sharpe liderava o ataque por boreste. Clouter estava armado com um machado e, manejando-o com apenas uma das mãos, ignorava os homens que tentavam se render e cortava-os numa orgia de matança. Agora havia franceses se rendendo, largando machados ou espadas, levantando as mãos ou simplesmente atirando-se de bruços no convés para fingir que estavam mortos. Sharpe aparou um golpe de lança, talhou os olhos de um francês, e descobriu que não havia ninguém em oposição a ele. Contudo, enquanto virava-se para seus fuzileiros, um balim de mosquete perfurou a bainha de sua casaca.

— Atirem naqueles bastardos! — berrou, apontando para o convés do castelo de proa onde alguns tripulantes de Montmorin ainda resistiam à abordagem. Um dos fuzileiros apontou uma espingarda de sete canos, mas Sharpe tomou-a dele. — Use um mosquete, garoto.

Sharpe guardou o cutelo, forçando a lâmina banhada em sangue pela garganta da bainha. Correu entre os franceses derrotados até onde a escada de escotilha de vante conduzia para baixo até a primeira coberta. O *Revenant* era a nau irmã do *Pucelle*; de fato, Sharpe tinha a impressão de que estava lutando contra o *Pucelle*, tão idênticas eram as embarcações. Abriu caminho à força através do inimigo, dirigindo-se para a sombra do castelo de proa. Titubeante, um artilheiro estocou um lambaz de canhão contra Sharpe, que desfechou uma coronhada na cabeça do homem. Em seguida, ordenou aos bastardos que saíssem da sua frente.

Fuzileiros seguiam-no. Dois franceses estavam encolhidos de medo na cozinha, cujo fogão de ferro fora dilacerado. Sharpe ainda ouvia os canhões grandes disparando abaixo, enchendo o navio com seus trovões, embora não pudesse precisar se eram os canhões do *Revenant* ou do *Pucelle* que atiravam. Deslizou pela escada de escotilha até a escuridão da primeira coberta de canhões.

Caiu sentado no convés com um baque alto e nivelou a espingarda de salvas. Apertou o gatilho, aumentando a fumaça que coleava sob as vigas; desembainhou o cutelo.

— Acabou! — berrou Sharpe. — Parem de atirar! Parem de atirar! — Lamentou não falar francês. — Parem de atirar, seus bastardos! Parem de atirar! Acabou! — Um artilheiro, surdo aos gritos de Sharpe e meio cegado pela fumaça, levou um junco recheado com pólvora até o ouvido de um canhão, e Sharpe golpeou-o com o cutelo. — Eu disse: Pare! Pare de atirar!

Dois disparos do *Pucelle* martelaram o navio. Sharpe sacou sua pistola. Os artilheiros franceses mais próximos simplesmente fitaram-no. Dúzias de mortos jaziam no piso, alguns cravados com lascas de madeira enormes. O mastro grande tinha uma enorme mordida de bala de canhão num dos lados. O convés estava chamuscado onde o canhão explodira.

— Acabou! — gritou Sharpe. — Afastem-se desse canhão! Afastem-se! — Os franceses podiam não falar inglês, mas entenderam muito bem a pistola e o cutelo. Sharpe caminhou até uma portinhola de canhão. — *Pucelle! Pucelle!*

— Quem fala? — retrucou alguém no navio inglês.

— Alferes Sharpe! Eles pararam de atirar. Suspendam fogo! Suspendam fogo!

Um dos canhões ainda arrotou fumaça e chamas na barriga do *Revenant*, mas houve silêncio quando enfim os grandes canhões se calaram. Um artilheiro saiu por uma das portinholas de canhão do *Pucelle* e pulou para o *Revenant*, onde Sharpe caminhava pelo convés, passando por cima de cadáveres, escalando um canhão caído, gesticulando para que os canhoneiros franceses se ajoelhassem ou deitassem. Três fuzileiros os seguiram, baionetas caladas.

— Deitem-se! — rosnou Sharpe para o inimigo de olhos arregalados e corpos enegrecidos com pólvora. — Deitem-se! — Ele se virou para ver mais fuzileiros e marujos britânicos descendo pela escada de escotilha. — Desarmem os bastardos e tragam-nos para o convés! — Ele passou por cima dos restos dilacerados de uma das bombas de esgoto do navio. Um oficial francês encarou-o com uma espada desembainhada, mas bastou olhar uma vez para o rosto de Sharpe para decidir largar a lâmina. Mais artilheiros do *Pucelle* estavam saindo pelas portinholas de canhão do navio britânico e pulando para as portinholas francesas, vindo para saquear tanto quanto pudessem.

Sharpe passou por uma seção enegrecida do convés onde uma de suas granadas explodira. Os franceses observavam-no com olhos cautelosos. Com o cabo do cutelo, empurrou um homem para o lado e desceu pela escada de escotilha de ré até a enfermaria do navio, que estava iluminado por uma dúzia de lanternas.

Ele quase desejou não ter descido pela escada porque aqui havia uma multidão de homens ensanguentados e à morte. Este era o reinado da morte, as entranhas vermelhas do navio, o lugar onde homens muito feridos vinham submeter-se ao cirurgião e, quase certamente, à eternidade. Fedia a sangue, excrementos, urina e terror. O cirurgião, um homem de cabelos brancos com uma barba manchada com sangue, levantou os olhos da mesa onde, com as mãos avermelhadas até os pulsos, escavava a barriga de um homem.

— Saia daqui! — disse em bom inglês.

— Cale a boca — rosnou Sharpe. — Ainda não matei um cirurgião, mas não me importaria de começar por você.

O cirurgião pareceu assustado, mas não disse mais nada enquanto Sharpe caminhava até o alojamento dos oficiais subalternos, onde um oficial e seis homens enfaixados jaziam no chão. Forçou o cutelo para dentro da bainha, moveu gentilmente um homem ferido para o lado, e segurou o aro da escotilha que conduzia à "toca das damas" do *Revenant*.

Levantou a escotilha e apontou a pistola para o espaço iluminado por uma lanterna.

Ali havia um homem e uma mulher. A mulher era Mathilde, e o homem era o pretenso criado de Pohlmann, o homem que alegava ser suíço, mas na verdade era um inimigo sutil da Grã-Bretanha. Acima de Sharpe, à esfumaçada luz do dia, aplausos soaram quando a bandeira francesa do *Revenant*, que estivera estendida sobre a grinalda da popa, foi dobrada e presenteada a Joel Chase. O fantasma fora caçado, o navio apresado.

— De pé — disse Sharpe a Michel Vaillard. — De pé! — Eles haviam perseguido este homem por dois oceanos e Sharpe sentia uma raiva intensa da traição a bordo do *Calliope*.

Michel Vaillard mostrou ambas as mãos vazias e então espiou através escotilha. Piscou, claramente reconhecendo Sharpe, mas incapaz de lembrar de onde. Súbito, recordou quem era Sharpe e compreendeu instantaneamente que o *Calliope* devia ter sido retomado pelos britânicos.

— É você! — Sua voz pareceu ressentida.

— Sou eu. Agora, de pé! Onde está Pohlmann?

— No convés? — sugeriu Vaillard. Ele escalou a escada, bateu a poeira das mãos e curvou-se para ajudar Mathilde a passar pela escotilha.

— O que aconteceu? — perguntou Vaillard a Sharpe. — Como chegou aqui?

Sharpe ignorou as perguntas.

— A senhora ficará aqui, madame — disse Sharpe a Mathilde. — Ali está um cirurgião que precisa de ajuda. — Ele empurrou os braços de Vaillard para os lados e revistou o casaco do francês até encontrar o cabo de uma pistola. Retirou a pistola e jogou-a de volta na "toca das damas".

— Você vem comigo.

— Sou meramente um criado — disse Vaillard.

— Você é um pedaço de merda, um traidor francês! — disse Sharpe. — Agora vamos!

Sharpe empurrou Vaillard à frente, forçando-o a subir a escada de escotilha até a primeira coberta, onde os canhões grandes, quentes como panelas num fogão, agora estavam abandonados. Os franceses mortos e feridos foram deixados, e uma dúzia de marinheiros ingleses revistavam seus corpos.

Vaillard recusou-se a seguir em frente, em vez disso virou-se para encarar Sharpe.

— Sr. Sharpe, sou um diplomata — disse, solene. Seu rosto parecia mais inteligente, seus olhos mais gentis. Estava vestido num terno cinza e usava uma echarpe preta amarrada ao colarinho rendado de sua camisa branca. Parecia calmo, limpo, confiante. — O senhor não pode me matar e não tem direito de me tomar como prisioneiro — instruiu a Sharpe. — Não sou soldado, nem marinheiro, mas um diplomata credenciado. O senhor pode ter vencido esta batalha, mas dentro de um ou dois dias seu almirante irá me mandar para Cádiz porque é assim que os diplomatas devem ser tratados. — Ele sorriu. — Essa é uma regra das nações, alferes. Você é um soldado e pode morrer, mas eu sou um diplomata e devo viver. Minha vida é sacrossanta.

Sharpe empurrou-o com a pistola, forçando-o para ré em direção à praça-d'armas. Exatamente como no *Pucelle*, todas as anteparas tinham sido retiradas, mas o convés nu subitamente cedeu lugar a um tapete de lona pintada que estava sujo de sangue, e as vigas aqui estavam pinceladas com tinta dourada. As janelas grandes tinham sido estilhaçadas pelos canhões do *Spartiate*, de modo que não restava nenhuma vidraça. Os restos do elegante sofá curvado que ficara diante das janelas estavam cobertos por cacos de vidro. Sharpe empurrou uma porta a boreste da praça-d'armas e viu que o alforje, que abrigava a latrina dos oficiais, fora devastado pela bordada de artilharia do *Spartiate*, de modo que a porta agora dava para nada, apenas para o oceano. Ao longe, quase abaixo do horizonte, as poucas naus inimigas que haviam escapado da batalha velejavam para a costa da Espanha.

— Quer ir para Cádiz? — perguntou Sharpe ao diplomata.

— Eu sou um diplomata! — protestou o francês. — Você deve me tratar como tal!

— Vou lhe tratar como bem entender — disse Sharpe. — Aqui não há regras, e você está indo para Cádiz. — Ele segurou o casaco cinza de Vaillard. O francês se debateu, tentando afastar-se da porta aberta, depois da qual os restos da latrina pendiam sobre o mar. Sharpe desferiu uma coronhada de pistola no crânio do francês, conduziu-o para a porta e empurrou-o para o ar aberto. Vaillard agarrou-se às bordas da porta com ambas as mãos, seu rosto demonstrando tanto pasmo quanto medo. Com a pistola, Sharpe acertou a mão direita do francês, chutou-o na barriga e esmagou com a coronha os nós da mão esquerda de Vaillard. O francês soltou a porta, berrando um último protesto enquanto caía para o mar.

Um marinheiro britânico, rabo de cavalo pendurado quase até sua cintura, testemunhara o assassinato.

— Era necessário fazer isso, senhor?

— Franceses deveriam saber nadar — disse Sharpe, guardando a pistola no coldre. — É da natureza deles.

O marinheiro postou-se ao lado de Sharpe e observou a superfície do mar.

— Mas este é incapaz de nadar.

— Então não é um francês legítimo — disse Sharpe.

— Mas ele parecia rico, senhor — disse o marinheiro em tom reprovador. — Poderíamos tê-lo revistado antes de mandá-lo nadar.

— Desculpe, não pensei nisso — disse Sharpe.

— E agora ele está se afogando — disse o marinheiro.

Vaillard batia desesperadamente os braços, mas seus movimentos apenas o empurravam mais para baixo. Teria ele dito a verdade sobre usufruir de imunidade diplomática? Sharpe não tinha certeza, mas se Vaillard dissera a verdade, então era melhor que morresse afogado aqui para não espalhar seu veneno em Paris.

— Cádiz fica naquela direção! — gritou Sharpe para o afogado, apontando para leste. Mas Vaillard não o ouviu. Vaillard estava morrendo.

Pohlmann já estava morto. Sharpe encontrou o hanoveriano no tombadilho onde compartilhara do perigo com Montmorin e fora morto no começo da batalha por uma bala de canhão que abrira seu peito. O rosto do alemão, curiosamente não tocado por sangue, parecia sorrir. Uma onda levantou o *Revenant*, embalando o cadáver de Pohlmann.

— Ele era um homem corajoso — disse uma voz, e Sharpe virou-se para ver que era o *capitaine* Louis Montmorin. Montmorin havia entregado o navio a Chase, oferecendo sua espada com lágrimas nos olhos, mas Chase recusara-se a aceitar a espada. Em vez disso, apertara a mão de Montmorin, condoeu-se do francês e congratulou-o pelas qualidades que seu navio e sua tripulação demonstraram em combate.

— Ele era um bom soldado — disse Sharpe, olhando para o rosto de Pohlmann aos seus pés. — Apenas tinha o mau hábito de escolher o lado errado.

Assim como Peculiar Cromwell. O comandante do *Calliope* ainda estava vivo. Parecia assustado, como bem devia estar, pois teria de enfrentar julgamento e punição, mas levantou-se ao ver Sharpe. Não pareceu surpreso, talvez porque já tivesse sido notificado do destino do *Calliope*.

— Aconselhei Montmorin a não lutar — disse Cromwell quando Sharpe caminhou até ele. Cromwell cortara seus cabelos compridos, talvez numa tentativa de mudar sua aparência, mas não o semblante pesado e o queixo comprido que eram inconfundíveis. — Disse a ele que esta luta não era de sua conta. Deveríamos alcançar Cádiz, nada mais, mas ele insistiu em lutar. — Cromwell estendeu a mão suja de alcatrão. — Estou satisfeito em vê-lo vivo, alferes.

— Você? Satisfeito em me ver vivo? — Sharpe quase cuspiu as palavras no rosto de Cromwell. — Seu, seu bastardo! — Agarrou Cromwell pelo casaco azul e o empurrou contra o madeirame rachado da amurada debaixo do painel de popa. — Onde está? — gritou.

— Onde está o quê? — retrucou Cromwell.

— Não se faça de idiota, Peculiar — disse Sharpe. — Você sabe muito bem o que quero. Agora me diga: onde está?

Cromwell hesitou, e então pareceu desmoronar.

— No porão de carga — murmurou. — No porão de carga. — Ele estremeceu ao pensar em sua derrota. Ele vendera seu navio por acreditar que os franceses reinariam sobre o mundo, e agora estava no meio das esperanças estilhaçadas dos franceses. Um grande número de navios franceses e espanhóis fora capturado, e nenhuma nau britânica fora perdida, mas Peculiar Cromwell estava perdido.

— Clouter! — Sharpe viu o homem sujo de sangue subir ao tombadilho. — Clouter!

— Senhor?

— O que aconteceu com sua mão? — perguntou Sharpe. O homem alto e negro tinha um trapo empapado em sangue em torno da mão direita.

— Cutelo — respondeu sucintamente Clouter. — O último homem com quem lutei. Tomou três dedos meus, senhor.

— Lamento.

— Ele morreu — disse Clouter.

— Você pode segurar isto? — perguntou Sharpe, oferecendo a Clouter o cabo de sua pistola. Clouter fez que sim com a cabeça e pegou a arma.

— Leve este bastardo até o porão de carga — disse ele, apontando com um gesto para Cromwell. — Ele vai lhe dar alguns sacos de joias. Traga as pedras para mim e lhe darei algumas por ter salvado a minha vida. Lá também tem um relógio que pertence a um amigo meu. Eu gostaria dessas duas coisas, mas se achar mais alguma coisa, é sua. — Ele empurrou Cromwell para o braço do negro. — E, Clouter, se ele causar problemas, mate o bastardo!

— Eu o quero vivo, Clouter. — O comandante Chase ouvira as últimas palavras. — Vivo! — repetiu Chase, e então saiu do caminho para deixar Cromwell passar. Ele sorriu para Sharpe. — Mais uma vez lhe sou grato, Richard.

— Não, senhor. Eu é que tenho de congratulá-lo.

Sharpe olhou para os dois navios, ainda amarrados um ao outro, e viu destroços, fumaça, sangue e cadáveres, e mais ao longe estavam cascos flutuantes e navios cansados, mas todos agora com bandeiras britânicas. Esta era a imagem da vitória, estilhaçada e esfumaçada, cansada e ensanguentada, mas vitória. Os sinos das igrejas repicariam nas aldeias britânicas por isto, e famílias teriam de esperar ansiosamente para descobrir se seus parentes masculinos retornariam para casa.

— O senhor fez um belo serviço, senhor — disse Sharpe. — Um belo serviço.

— Nós todos fizemos um belo serviço — disse ele. — Haskell morreu, você sabia? Pobre Haskell. Ele queria tanto ser comandante de navio! Ele casou no ano passado. Apenas no ano passado, um pouco antes de partirmos para a Índia. — Chase parecia tão cansado quanto Montmorin, mas, quando levantou os olhos, viu sua velha bandeira vermelha ser içada acima da francesa no mastro do traquete do *Revenant*, o único que restava ao navio francês. A bandeira branca adejava do mastro grande do *Pucelle* e seu tecido alvo fora pintado com o sangue de Haskell. — Nós não o decepcionamos, decepcionamos? — disse Chase, lágrimas nos olhos. — A Nelson, quero dizer. Não teria conseguido viver comigo mesmo se o tivesse decepcionado.

— Nelson certamente está orgulhoso do senhor.

— Recebemos alguma ajuda do *Spartiate*. Que grande sujeito Francis Lavory! Espero que ele também tenha conseguido uma presa! — Um vento levantou as bandeiras e dispersou a fumaça no mar. Com o vento, as ondas longas estavam mais agitadas e espuma branca beijava os destroços flutuantes que enchiam o mar. Havia apenas uma dúzia de navios à vista que ainda estavam com seus mastros e cordames intactos, mas Nelson começara o dia com vinte e oito navios e agora havia quarenta e seis em sua esquadra. O restante do inimigo fugira. — Devemos procurar por Vaillard — disse Chase, lembrando subitamente do francês.

— Ele está morto, senhor.

— Morto? — Chase deu de ombros. — A melhor coisa, suponho. — O vento enfunou as velas rasgadas das duas naus. — Meu Deus, finalmente há vento, e espero que não seja passageiro. Precisamos fazer nosso trabalho. — Ele olhou para o *Pucelle*. — Ele parece tão maltratado... pobrezinho. Sr. Collier! O senhor sobreviveu!

— Estou vivo, senhor — disse Harold Collier com um sorriso. Ele ainda estava de espada em punho, lâmina suja de sangue.

— Provavelmente já pode embainhar essa espada, Harry — disse Chase com gentileza.

— A bainha foi acertada, senhor — disse Collier, e levantou a bainha para mostrar onde fora entortada por um balim de mosquete.

— Trabalhou muito bem, Sr. Collier — elogiou Chase. — E agora deve reunir homens para separar os navios.

— Sim, senhor.

Montmorin foi levado para bordo do *Pucelle*, mas o resto de sua tripulação estava aprisionado conveses abaixo no *Revenant*. O vento agora gemia no velame rasgado, e o mar espumava. Um guarda-marinha e vinte homens foram postados a bordo do capturado *Revenant* como tripulação de presa, e em seguida os dois navios foram separados. Um cabo de reboque tinha sido estendido da popa do *Pucelle* para que sua presa fosse rebocada para o porto. O tenente Peel encarregara vários homens de prover cabos novos aos mastros remanescentes do *Pucelle*, numa tentativa de braceá-los contra a tempestade que se avizinhava. As portinholas foram fechadas, os fechos de pederneira desmontados das contratalhas e as peças de artilharia peiadas. Os fogões da cozinha foram reacendidos, e seu primeiro trabalho foi esquentar enormes caldeirões de vinagre com os quais os pisos ensanguentados seriam esfregados, porque se acreditava que apenas vinagre quente conseguia tirar sangue de madeira. Sharpe, de volta para bordo do *Pucelle*, encontrou algumas laranjas num embornal e comeu uma, enchendo os bolsos com as outras.

Os mortos foram jogados ao mar, um a um. Os homens moviam-se lentamente, ossos cansados depois de uma tarde de sangue, sede e luta, mas o cair da noite e o fortalecimento do vento trouxeram as piores notícias do dia. Um barco do *Conqueror* parou perto deles, e um oficial gritou as notícias para o tombadilho estraçalhado de Chase. Nelson morrera, disse o oficial, atingido por um balim de mosquete no convés do *Victory*. Os marinheiros do *Pucelle* mal ousaram acreditar nas notícias, e Sharpe ouviu-a pela primeira vez ao ver que Chase estava chorando.

— Está ferido, senhor?

Chase parecia profundamente desolado, como um homem vencido, e não como um comandante que acabara de arrebatar uma presa que o enriquecera.

— O almirante está morto, Sharpe — disse Chase. — Ele está morto.

— Nelson? — perguntou Sharpe. — Nelson?

— Morto! — disse Chase. — Ó, Deus, por quê?

Sharpe sentiu um vazio por dentro. A tripulação inteira parecia enlutada, como se um amigo, não um comandante, houvesse morrido. Nelson estava morto. Alguns não acreditavam na notícia, mas a bandeira do comandante em chefe, adejando do *Royal Sovereign*, confirmou que Collingwood agora comandava a esquadra vitoriosa. E se Collingwood comandava, era porque Nelson estava morto. Chase chorou por ele, e só enxugou suas lágrimas depois que o último corpo foi jogado ao mar.

Não houve cerimônia por aquele último cadáver, mas ninguém que morrera naquele dia recebera qualquer tipo de cerimônia. O cadáver foi trazido para o tombadilho e, em meio à escuridão cada vez mais densa, lançado ao mar. De repente, pareceu ficar muito frio. O vento estava cortante e Sharpe estremeceu. Chase observou o corpo flutuar nas ondas, e então balançou a cabeça, intrigado.

— Ele deve ter decidido juntar-se à luta — disse Chase. — Consegue acreditar?

— Esperava-se que cada homem cumprisse seu dever, senhor — disse Sharpe, impassível.

— Sim, é verdade, e todos eles cumpriram. Mas eu não esperava que ele lutasse ou recebesse uma bala na cabeça. Pobre sujeito. Era mais corajoso do que eu pensava. A esposa dele já sabe?

— Contarei a ela, senhor.

— Contará? — perguntou Chase. — Sim, claro que contará. Não poderia haver ninguém mais adequado, mas mesmo assim lhe sou grato, Richard. Grato. — Ele se virou para olhar a esquadra, suas lanternas de alcançado já acesas, lutando sob meia vela ao vento forte. Apenas o *Victory* estava escuro, sem nenhuma luz aparecendo. — Oh, pobre Nelson — lamentou Chase. — Pobre Inglaterra.

Sharpe, tão logo voltara para bordo do *Pucelle*, descera à enfermaria, que estava tão fétida e ensanguentada quanto a do *Revenant*. Pickering estivera serrando o osso da coxa de um homem, suor escorrendo de seu rosto para a carne mutilada. O paciente, mordendo uma tira de couro, contorcia-se enquanto a serra cega arranhava seu osso. Nem o cirurgião nem os dois marujos que seguravam o paciente haviam notado Sharpe passar pela escoteria, onde levantara a escotilha da "toca das damas" para ver que sua antepara interna estava salpicada de sangue. Deparara-se com lorde William esparramado no espaço estreito, crânio aberto no local por onde a bala saíra. Lady Grace tinha os braços apertados em volta do corpo e tremia. Quase soltara um grito quando a escotilha fora aberta, mas calara-se ao ver que era Sharpe.

— Richard? É você? — perguntara, chorando de novo. — Eles vão me enforcar, Richard. Eles vão me enforcar, mas eu tinha de matá-lo. Ele ia me matar. Tive de atirar nele.

Sharpe pulara para dentro do compartimento.

— Eles não vão enforcá-la, minha dama. Ele morreu no convés. É isso que todos vão pensar. Ele morreu no convés.

— Eu tive de fazer isso!

— Os franceses fizeram isso. — Sharpe tomara a pistola das mãos de Grace e a enfiara num bolso. Colocara as mãos sob as axilas de lorde William e levantara-o, tentando empurrar o cadáver através da escotilha, mas era difícil fazer o corpo passar por aquele espaço estreito.

— Eles vão me enforcar!

Sharpe deixara o cadáver cair. Virara-se e se agachara ao lado de lady Grace.

— Ninguém vai enforcar você. Ninguém vai saber. Se a descobrirem aqui embaixo, direi que atirei nele, mas, com um pouco de sorte, conseguirei levá-lo até o convés e todo mundo pensará que foi morto pelos franceses.

Grace envolveu o pescoço de Sharpe com os braços.

— Você está a salvo. Deus, você está a salvo! O que aconteceu?

— Nós vencemos — respondeu Sharpe. — Vencemos.

Sharpe a beijou e abraçou com firmeza por um instante, antes de voltar a lidar com o cadáver. Se lorde William fosse encontrado aqui, ninguém acreditaria que fora morto pelo inimigo. Chase seria obrigado por honra a presidir um inquérito sobre a morte. Assim, o cadáver deveria ser levado para a primeira coberta, mas a escotilha estreita dificultava muito para Sharpe passar o corpo por ela. Mas então alguém abaixara a mão, segurara o colarinho ensanguentado de lorde William e puxara-o sem qualquer esforço para cima.

Sharpe xingou baixinho. Xingou porque mais alguém sabia que lorde William fora morto na "toca das damas". Mas ao subir para o mal-iluminado alojamento dos oficiais subalternos, descobrira que era Clouter que, com apenas uma das mãos, estava provando ser mais hábil que homens com ambas.

— Vi o senhor descer até aqui — dissera Clouter. — Estava vindo lhe entregar estas coisas. — Ele estendera para Sharpe suas joias, todas elas, bem como o relógio do major Dalton. Sharpe aceitara os bens e em seguida tentara devolver algumas esmeraldas e diamantes para Clouter.

— Eu não fiz nada — protestou o homenzarrão.

— Você salvou minha vida, Clouter — disse Sharpe, e dobrou os dedos grandes e negros em torno das pedras. — E agora vai salvá-la de novo. Pode levar este bastardo até o convés?

Clouter sorriu.

— Onde ele morreu, senhor? — perguntou, e Sharpe mal ousou acreditar que Clouter entendera tão rápido o problema e sua solução. Ele simplesmente fitara o negro, que sorrira de novo. — O senhor devia ter atirado no bastardo há semanas, senhor, mas os franceses se encarregaram disso e não há um homem a bordo que não dirá a mesma coisa. — Clouter inclinou-se e jogou o cadáver sobre o ombro enquanto Sharpe ajudava lady Grace a subir pela escotilha. Sharpe mandou lady Grace esperar enquanto ele subia com Clouter até o tombadilho. Ali, na escuridão e ao vento cortante, lorde William foi jogado ao mar.

Ninguém notou o corpo sendo carregado pelo navio; afinal, o que significava mais um cadáver sendo trazido da faca do cirurgião?

— Ele era mais corajoso do que eu pensava — dissera Chase.

Sharpe voltou para a enfermaria, onde lady Grace fitava com tez pálida e olhos arregalados Pickering pinçar veias, e depois costurar a aba de pele sobre um membro amputado. Sharpe tomou lady Grace pelo braço e conduziu-a até um dos camarotes dos guardas-marinhas à ré da enfermaria. Fechou a porta, que praticamente não oferecia qualquer privacidade, porque era feita de uma madeira muito fina através da qual qualquer um podia ouvir. Contudo, ao menos ninguém iria vê-los.

— Quero que saiba o que aconteceu — disse lady Grace quando ficou a sós com Sharpe no camarote do guarda-marinha, mas então ela não pôde dizer mais nada.

— Sei o que aconteceu — disse Sharpe.

— Ele ia me matar.

— Então você fez a coisa certa — disse Sharpe. — Mas o resto do mundo pensa que ele morreu como um homem corajoso. Pensam que ele subiu ao convés para lutar, e foi abatido por um tiro. É isso o que Chase pensa, é isso o que todo mundo pensa. Está entendendo?

Ela fez que sim. Estava tremendo, mas não de frio. Havia sangue de seu marido em seus cabelos.

— E você esperou por ele, e ele não voltou — prosseguiu Sharpe.

Ela se virou a fim de olhar para a porta do alojamento dos oficiais subalternos que escondia a escotilha da "toca das damas".

— Mas o sangue... o sangue!

— O navio está cheio de sangue — disse Sharpe. — Sangue demais. O seu marido morreu num convés. Morreu como um herói.

— Sim — concordou ela. — Como um herói. — Ela fitou Sharpe, olhos enormes na escuridão, e então o abraçou fervorosamente. — Pensei que você estava morto.

— Não tive nem um arranhão — retrucou Sharpe, acariciando o cabelo de lady Grace.

Ela estremeceu, e então recuou a cabeça para fitá-lo.

— Estamos livres, Richard — disse com um tom surpreso. — Você compreende isso? Estamos livres!

— Sim, minha dama, estamos livres.

— O que vamos fazer?

— O que quisermos — disse Sharpe. — O que quisermos.

Grace abraçou Sharpe. Ele a manteve em seus braços enquanto o navio adernava ao vento, os feridos gemiam e os últimos resquícios de fumaça desapareciam na noite com a tempestade chegando de oeste para castigar navios que já haviam sofrido demais. Mas Sharpe tinha sua mulher, estava livre, e finalmente ia para casa.

NOTA HISTÓRICA

Sharpe realmente não tinha nenhum negócio para cuidar em Trafalgar, mas precisava voltar da Índia para a Inglaterra e o cabo Trafalgar fica não muito longe da rota que teria tomado e pela qual poderia ter passado em, ou por volta de, 21 de outubro de 1805. Mas se Sharpe não tinha qualquer negócio a tratar lá, o almirante Villeneuve, comandante das esquadras combinadas da França e da Espanha, tinha menos ainda.

A grande esquadra fora reunida para cobrir a invasão da Grã-Bretanha, motivo pelo qual Napoleão reunira seu Grande Exército nas cercanias de Bolonha. O bloqueio britânico e o clima combinaram para manter o inimigo atracado, exceto por uma incursão através do Atlântico com o qual Villeneuve esperava atrair Nelson para longe da costa inglesa. A incursão falhou. Villeneuve arribara em Cádiz, e ali ficou enclausurado. Napoleão abandonou seus planos de invasão e marchou seu Exército para leste, em direção à sua grande vitória em Austerlitz. A esquadra franco-espanhola era agora uma irrelevância, mas Napoleão, furioso com Villeneuve, enviou um almirante substituto. Parece provável que Villeneuve, diante da perspectiva de cair em desgraça e para justificar sua existência antes que seu substituto chegasse a Cádiz, suspendeu com a esquadra. Oficialmente, estava levando a esquadra para o Mediterrâneo, mas deve ter esperado conseguir enfrentar os navios britânicos que bloqueavam Cádiz, obter uma vitória e assim restaurar sua reputação. Depois de apenas um dia no mar, ele descobriu que a esquadra bloqueadora era bem maior do que pensara, e assim voltara seus navios para norte na esperança de escapar da batalha. Mas já era tarde demais. Nelson estava próximo e a esquadra combinada condenada.

Não havia um *Pucelle*, nem um *Revenant*. Nelson lutou em Trafalgar com vinte e sete naus de linha, enquanto a esquadra franco-espanhola tinha trinta e três navios. Ao fim do dia, dezessete desses navios inimigos tinham arriado suas bandeiras e um fora destruído pelo fogo, fazendo de Trafalgar a mais decisiva batalha naval até Midway. Os britânicos não perderam navios, mas pagaram, é claro, o preço da vida de Nelson. Ele foi o herói sem par das guerras napoleônicas, tão amado por seus homens quanto temido pelo inimigo. Ele também foi um adúltero famoso, e seu último pedido ao seu país foi que a Grã-Bretanha cuidasse de lady Hamilton. O atendimento desse pedido estava nas mãos dos políticos e, como políticos são políticos em qualquer época, lady Hamilton morreu na penúria.

Na noite que se seguiu à batalha, uma grande tempestade se abateu sobre a esquadra, e todas, menos quatro, das dezessete presas foram perdidas. Muitas estavam sendo rebocadas, mas a tempestade era feroz demais e os cabos de reboque se romperam. Três das presas afundaram, duas foram incendiadas deliberadamente e cinco ficaram destroçadas. Mais três naus capturadas, manobradas por guarnições de presa pequenas demais para lidar com a tempestade, foram devolvidas às suas tripulações originais e velejaram para a segurança, mas estavam tão danificadas pela batalha e pela tempestade que nenhuma delas foi capaz de navegar de novo. Dos quinze navios inimigos que escaparam da captura na batalha, quatro foram tomados pela Marinha Real e um foi destroçado nas duas semanas seguintes. Muitos dos navios britânicos estavam tão danificados quanto os franceses ou espanhóis, mas a habilidade soberba dos marinheiros levou a todos em segurança para o porto.

O *Pucelle*, ao varrer o navio a contrabordo do *Victory*, roubou os louros do *Temeraire*. O *Redoutable* era comandado por um francês impetuoso chamado Lucas, provavelmente o mais hábil comandante francês em Trafalgar, que treinara sua tripulação numa técnica inovadora direcionada unicamente para abordar e capturar um navio inimigo. Quando o *Victory* se aproximou do navio bem menor de Lucas, o comandante fechou suas portinholas de canhão e reuniu seus homens no convés. Seus mastros estavam cheios de atiradores que despejaram um fogo violento no *Victory*, e foi um desses homens que atirou em Nelson. Lucas virtualmente varreu os conveses superiores do *Victory*, mas exatamente quando estava reunindo sua tripulação para abordar a nau capitânia britânica, o *Temeraire* passou por ele e esvaziou suas caronadas nos abordadores. O *Saucy* também varreu o navio de Lucas que, de qualquer modo, já estava sendo martelado pelos canhões da primeira coberta do *Victory*. Isso terminou a luta de Lucas. O *Redoutable* foi capturado, mas fora tão danificado por tiros de canhão que afundou na tempestade subsequente. O *Victory* perdeu 57 homens, incluindo Nelson, e teve 102 feridos. O *Redoutable*, em contraste, teve 22 de seus 74 canhões desmontados e, de uma tripulação de 643, teve 487 mortos e 81 feridos. Esse índice de baixas extraordinariamente alto (88%) foi causado por artilharia, e não por mosquetaria. Outros navios inimigos sofreram índices de baixas similarmente altos. A bordada de artilharia inicial de carga dupla do *Royal Sovereign* varreu o francês *Fougueux* e matou ou feriu metade de sua tripulação nesse único golpe. Quando o *Victory*, mais tarde na batalha, varreu a nau capitânia de Villeneuve, o *Bucentaure*, ele desmontou vinte de seus oitenta canhões e novamente matou ou feriu metade da tripulação.

A disparidade nos índices de baixas foi extraordinária. Os britânicos perderam mil e quinhentos homens, mortos ou feridos, enquanto as baixas francesas e espanholas foram cerca de dezessete mil; testemunho da aterrorizante eficácia da artilharia britânica. Vários navios britânicos foram varridos de proa a popa por canhões, como ocorreu com o fictício *Pucelle*, mas nenhum registrou o alto índice de baixas sofrido a bordo dos navios inimigos que também se viram de popa ou proa para uma bordada de artilharia britânica. O *Victory* teve a lista mais elevada de baixas da esquadra britânica, enquanto provavelmente o mais atingido de todos os navios britânicos, o *Belleisle*, que navegou para o conflito ao sul e foi varrido por canhões mais de uma vez, perdendo todos os seus mastros e gurupés, teve apenas 33 homens mortos e 93 feridos. Quatorze dos navios inimigos tiveram mais de cem homens mortos, enquanto somente quatorze navios britânicos tiveram dez ou mais homens mortos. Um navio britânico, o HMS *Prince* — aquele que navegava "como uma tartaruga" —, não teve nenhuma baixa, provavelmente porque sua baixa velocidade o impediu de se engajar na batalha até o final da tarde, quando poucos inimigos eram capazes de impor muita resistência. A desigualdade das baixas disfarça a tenacidade com que a maior parte do inimigo lutou. Eles estavam sendo dizimados pela artilharia britânica muito superior, mas ainda assim teimosamente mantinham seu fogo. A maioria das tripulações francesas e espanholas eram mal treinadas, e algumas não tinham qualquer experiência prévia em combate naval, mas uma coisa que não lhes faltava era coragem.

O elevado índice de baixas do *Victory* foi parcialmente causado pelas táticas de Lucas de saturá-la com fogo de mosquete e parcialmente porque ele foi o primeiro navio britânico na seção norte da frota inimiga, e, portanto, lutou sozinho por um breve período de tempo. Ele também estava ostentando a bandeira do almirante, o que o tornava alvo para vários navios inimigos. A nau capitânia de Collingwood, o *Royal Sovereign*, o primeiro na seção sul da frota inimiga e também arvorando uma bandeira de almirante, teve 47 homens mortos e 94 feridos, as maiores baixas em qualquer navio no esquadrão de Collingwood. Os almirantes lideravam da frente de batalha.

A batalha foi verdadeiramente decisiva. Ela abalou tanto o moral das Marinhas francesa e espanhola que nenhuma das duas se recuperou pelo restante das guerras napoleônicas. O poderio naval britânico foi supremo e permaneceu assim até o começo do século XX. Nelson, mais do que qualquer homem, impôs a Grã-Bretanha no mundo do século XIX. Costuma-se dizer que suas táticas eram revolucionárias, e de fato eram no contexto das táticas de guerra naval do século XIX, quando o modo aceito de combater uma esquadra contra outra era formando linhas paralelas de batalha e posicionando uma bordada de artilharia contra a outra. Ainda assim, em 1797, na costa de Camperdown, o almirante Duncan formara sua esquadra de 16 naus de guerra britânicas em dois esquadrões que ele velejou direto contra as bordadas de artilharia de 18 naus de linha holandesas. No fim da batalha, ele havia capturado 11 desses navios e não perdera nenhum dos seus. Isto não é para denegrir Nelson, que provou sua habilidade vezes sem conta, mas sugere que naqueles anos sofridos a Marinha Real estava aberta a propostas inovadoras. Ela também era extraordinariamente confiante. Ao mover seus esquadrões diretamente para a linha inimiga, Nelson, como Duncan antes dele, estava apostando que seus navios poderiam sobreviver a uma varrida de canhões contínua. Eles sobreviveram e depois disso se puseram a destruir o inimigo. Em Trafalgar, durante pelo menos vinte minutos na abertura da batalha, os navios britânicos não podiam disparar um único tiro, enquanto uma dúzia de inimigos podia disparar à vontade. Nelson sabia disso, arriscou e tinha certeza de que podia vencer a despeito disso. Foi só quando a Marinha Real enfrentou a Marinha dos Estados Unidos, na guerra de 1812, que a artilharia britânica encontrou seu par, mas a Marinha dos Estados Unidos não tinha condições de mobilizar grandes vasos de guerra, de modo que podia representar apenas um incômodo menor a uma esquadra internacional que nessa época era globalmente preeminente.

Algum homem serviu tanto em Trafalgar quanto em Waterloo? Conheço apenas um. Don Miguel Ricardo Maria Juan de la Mata Domingo Vicente Ferre Alava de Esquivel, misericordiosamente conhecido como Miguel De Alava, foi oficial na marinha espanhola em 1805 e serviu a bordo da nau capitânia espanhola, o *Príncipe de Astúrias*. Esse navio lutou bravamente em Trafalgar e, embora tenha sido gravemente danificado, conseguiu não ser capturado e escapar de volta para Cádiz. Quatro anos depois, Alava tornou-se oficial no Exército espanhol. A Espanha tinha então mudado de lado, e o Exército espanhol foi aliado dos britânicos sob as ordens de sir Arthur Wellesley (o futuro duque de Wellington) na luta da Península. O general de Alava foi nomeado oficial de ligação espanhol de Wellington e os dois tornaram-se amigos extremamente íntimos, amizade que durou até suas mortes. De Alava permaneceu com Wellington até o fim da Guerra Peninsular, quando foi nomeado embaixador espanhol da Holanda, e, portanto, pôde se juntar aos aliados na Batalha de Waterloo, onde permaneceu ao lado de Wellington durante todo o dia. Ele não precisava estar lá, mas sua presença indubitavelmente ajudou Wellington, que confiava no julgamento de Alava e valorizava seus conselhos. Praticamente todos os ajudantes de Wellington foram mortos ou feridos, mas ele e Alava sobreviveram sem um arranhão. Portanto, Miguel de Alava lutou contra os britânicos em Trafalgar e por eles em Waterloo, uma carreira realmente estranha. Sharpe iguala-se a De Alava na sobrevivência a essas duas batalhas notáveis.

Sou enormemente grato a Peter Goodwin, o consultor histórico, guardião e curador do HMS *Victory*, por seus comentários ao manuscrito, e a Katy Ball, curadora do Portsmouth Museums and Records Office. Os erros que sobreviveram são todos meus, ou sua culpa pode ser atribuída a Richard Sharpe, um soldado à deriva num estranho mundo naval. Em breve, Sharpe voltará a terra firme, onde é seu lugar, e marchará novamente.

Este livro foi composto na tipologia New
Baskerville BT, em corpo 10,5/16, e impresso
em papel off-white, no Sistema Cameron da
Divisão Gráfica da Distribuidora Record.